肖建国 著

海底捞月

海天出版社
·深圳·

图书在版编目（CIP）数据

海底捞月 / 肖建国著. — 深圳：海天出版社，2021.10
ISBN 978-7-5507-3212-4

Ⅰ. ①海… Ⅱ. ①肖… Ⅲ. ①长篇小说－中国－当代 Ⅳ. ①I247.5

中国版本图书馆CIP数据核字(2021)第129612号

海底捞月
HAIDI LAOYUE

出 品 人	聂雄前
责任编辑	雷　阳
责任校对	万妮霞
责任技编	郑　欢
装帧设计	麦克茜

出版发行	海天出版社
地　　址	深圳市彩田南路海天综合大厦（518033）
网　　址	www.htph.com.cn
订购电话	0755-83460239（邮购、团购）
印　　刷	中华商务联合印刷（广东）有限公司
开　　本	787mm×1092mm　1/32
印　　张	12.5
字　　数	336千
版　　次	2021年10月第1版
印　　次	2021年10月第1次
定　　价	52.00元

海天版图书版权所有，侵权必究。
海天版图书凡有印装质量问题，请随时向承印厂调换。

目 录

一
拈到"海底捞"时响炮了 —————— 001

二
打起锣鼓闹起台 —————— 012

三
扫盲结果 —————— 043

四
手气顺时搏自摸 —————— 066

五
一朵棉花两边吹 —————— 105

六
积小和,等转运 —————— 144

七
麻将鬼啊麻将鬼 —————— 177

八
一副烂牌翻起打 ———— 203

九
叫和大过天 ———— 252

十
打牌怕生手 ———— 297

十一
弃和的背后有好难 ———— 324

十二
东边日头西边出 ———— 359

十三
海底捞月的魅惑 ———— 390

一
拈到"海底捞"时响炮了

坐歌堂会到后半夜就开始蔫了。围观的人脚跟脚离开，唱的人多显疲态，老婆婆栽起了瞌睡，大嫂子眯了眼，小媳妇儿沙了喉，只有细姥婢神气还足。一双眼睛碌碌地转，嗓子脆脆地亮。这是第三晚坐歌堂会了。我们那里土俗，有人家嫁女，都是集拢好多女人过来坐堂唱伴嫁歌的。一唱一晚，也有闹两晚的。只有这李家摆阔，一连三晚。头两晚唱"小嫁"，第三晚才是唱"大嫁"，这是要唱到天光的。晨曦一开，新娘上轿。一般人家，也就是请上一班歌手，唱个一晚两晚散场。李家不同，把县城里东、南、西、北四条城门的好歌手都请到了，又把东边乡里刘家，上宅王家、石桥雷家的歌头搬了来，齐齐在堂屋里分堆坐了。一人唱罢，又一人接着来，一个接一个，不得断牵。这就有了比赛的意味了，各自暗中较劲，看哪方天的歌手肚子里有货，口水足。两个夜晚下来，歌手们多已神气涣散，再又熬得大半晚，都很疲了，都只是有一声没一声地挨着，不断仰脸朝楼顶上望。

据说新娘子就在楼上的闺房里打麻将，三天三夜了，没有看见她下过楼。

李家小姐好打麻将是出了名的。她长得乖（漂亮），真是好乖，乖得县城里的人都形容不出。她很少出门，偶尔出来了在街道上现一现身，一街的人就都定住了，觑起眼睛去望。男的顿感心促气短，女娜只觉脸红胸胀，卖豆腐脑的停止了吆喊，炸糍粑的滚油在锅里啵啵地翻，敲牛皮糖的停下了悦耳的叮叮声，街边的铺面老板忘了找零钱……时光都好像凝固了，通天下就只有一个小女娜在款款地走。

李家小姐名翠玉，排行老满。这个满女崽从小娇养惯了，凡事都依着她。城里但凡有点底子的人家，小把戏（小孩子）到了五岁就要开蒙读书了，翠玉却不肯上学堂，天天拿个麻将放在手里玩。稍大了些，就开始约角到她的闺房里开台。一打起牌来，就忘了晨昏，饭菜点心都是用人送到楼上去的。她家的楼高，亮窗很敞，稀稀哗哗的麻将声能传到围墙外面好远。那声音给了街巷上的人好多的遐想。

忽然就听说翠玉要远嫁他乡了，好多人心里都有种说不清楚的味道。他们知道以后再难见到她的身影了，都想借坐歌堂的机会多看看她的芳容。依照规矩，待嫁的新娘每天晚上要下到堂屋里给歌手们上一道茶，发一轮纸包糖，道几声"辛苦"。可是她一直没有现身，全部由两个姐姐代劳了。人们不怪她，知道她是要过足了麻将瘾才出门。人们不时望楼顶，是不自觉的，眼里满是怜惜。

神气尚足的细姥婢已经压倒了众多的歌手，仍然一首接一首地唱着伴嫁歌，字正声清，悠扬有致。她不像那些老婆头大嫂子们声腔里满带怨切，而是有一种欢快的向往。细姥婢还只有十四岁，还体会不到出嫁做了媳妇的悲苦。她不像那些长辈，不唱"哭嫁歌"，不唱"骂媒歌"，不唱"长歌"，只唱"耍歌"。她就是唱着好玩。每次唱完，都要往楼顶上望一眼。她对楼上的闺房、对新娘子翠玉充满了好奇。

鸡叫头遍，李家的姐姐进来添一次茶水，再上一碟腌萝卜和块糖，这就告诉大家，要歇下气了。这次歇憩会有一个时辰。于是，女人头们喝茶的喝茶，掂腌萝卜的掂腌萝卜，掰糖的掰糖，然后眯眼小睡，积攒点神气，只等鸡叫三道天光时唱"长歌"送新娘子上轿出门。

趁着人们忙乱,细姥婢一脚溜出了门。长到这么大,她这是头一次进李家院子。李家老爷是做苎麻和盐生意的,把苎麻运出去,把盐运进来。他到过长沙,下过广州,还到南洋打过好几次转身。赚了钱,长了见识。他起的堂屋是县城里第一大宅,在东门口的白露河边,围了围墙,种了树。树是千年青,前头三蔸,后头三蔸,都长得齐屋檐高了,枝粗叶密,春季换叶,四时常青。堂屋高大气派,跟本地堂屋略有不同的是,所有亮窗都镶了毛玻璃,上楼下楼用的不是楼梯,而是从堂屋两侧拿砖石砌了阶梯,一侧安了护栏,拐弯的地方还龇出一块平台,站在上面,可以看到蜿蜒而下的白露河里的天光水影。堂屋两侧,各有一栋厢房,几间杂屋。进来两晚,细姥婢得空就钻出去到处溜达,把路径都摸熟了,只有楼上闺房未曾去过。她当然不甘心,她最想看的就是那里。

细姥婢出了堂屋,踩着一地的响炮纸屑,傍住墙脚往旁边走,几蹿几蹿就到了阶梯旁。然后,她屈起左脚,单腿往上蹦。头上的灯笼红红地瞪着,照得细姥婢的身影非常阔大。她一路飞蹿上楼。一脚刚踩进楼门,就听见一阵搓洗麻将的声音哗然响起。稀稀哗哗,哗哗稀稀,震得细姥婢心子乱跳。细听一会儿,便蹑脚往东边的闺房傍过去。

闺房的门窗都关着。细姥婢扒住窗台,踮起脚想往里头看。有花玻璃挡着,从外面看不进去,里头却一下看见了窗户上映出的人影。有人呵斥一声:"乜(什么)人?"门就开了。

灯火送出一团红影,望住这边再问道:"乜人?"

细姥婢提脚迎过去,嚯声说:"我哩。"

"你是哪个?"

"我是细姥婢。"

"细姥婢是哪个?"

"细姥婢是唱歌的。"

说着话,细姥婢已经走到了门边。她看见门里的女崽穿了一身红衣

一 拈到"海底捞"时响炮了

裤,清清爽爽,便欢喜道:"呔,你就是新娘子吧?"不等回答,细姥婢就一头钻进了房里,张起眼睛往四处看。

牌桌上的四个女角也抬脸看她。正对门的年轻女娜满脸笑意,发髻上的玉簪子一颤一颤,说:"哟,好欢气(漂亮)的女娜。"细姥婢知道认错了人,倒也没有局促,只说:"没有你欢气。世人都说你欢气。我就是想来看看你到底有好欢气。"说着又趋前半步,直了眼睛去看。几个女角都笑了。她们的红衣服都没有脱身,只有新娘子穿件白色细毛线的高领紧身衣,衬得脸色更白了。新娘子白里现红,眉眼细致,分外婀娜。细姥婢咂嘴叹道:"天呔,真的是欢气呔!"

几个女角又笑。新娘子招手说:"过来,到我近前来,让我也看看你。"

新娘子收胸侧脸,由上而下将细姥婢打量一遍,也喷声说:"脸模子几乖(好)的,身段也几乖,比我细的时候不得差。"又转脸对几位牌角说,"你们看出来没有,这女娜福气大哩!"

几位牌角都点头附和:"福气大,福气大。"

新娘子问:"你刚才说,喊什么名字?"

细姥婢大声说:"我喊细姥婢。"

新娘子说:"细姥婢是诨名吧?大名呢?"

细姥婢小小声说:"大名刘细细。"

就有人插嘴说:"她是北门口染坊刘师傅的独伶女,天天见面的,不知道大名叫刘细细。"

新娘子收回握住细姥婢手指头的手,盈盈笑道:"细姥婢、刘细细,我好喜欢你。"

她让刚才给细姥婢开门的丫头退到一边去,换了细姥婢站到背后,给自己做"站墩"。

"'站墩'是做什么的?"细姥婢不解。

左手边的牌角就告诉她，站墩什么都不要做，只要站在新娘子背后，只看，不作声。

"为什么要人做站墩？"

"新娘子不是讲你福气大吗，她是要借你的福气旺手气哩。"

"我还能旺她？"

"我看你好像也是能。不是什么人都可以做站墩的哩。要长得乖，脸模子好，要神气足，站有站相，还要是十四五岁、没有开苞的小女娜。'开苞'——你懂的吧？"

几个牌角嘻嘻哈哈地笑起来。细姥婢绯红了脸，白牙齿咬住红嘴唇。忽然一点头："好，我站！"随即又惊叫："呃，等会我得下去唱歌哩！"

新娘子说："有什么好唱的。翻来倒去的那些伴嫁歌，凄凄凉凉，悲悲惨惨，听得心烦。结婚是喜事哩，搞得好像赴难一样——不去！"

"好，不去了。"

细姥婢挪挪身子，斜倚（站立，读 qī）在新娘子背后站妥了。于是，牌局重新开始。八只玉手，拢住一桌麻将，细致地，一轮一轮地揉、搓。细姥婢看到，人家都是整个手板扑地，胡乱地搓洗，只有新娘子是手心抚在麻将牌上，十指反翘，轻柔地来回磨圈，手势格外优雅，显得淡定。麻将好像也经不得这一揉，互相碰撞着，稀稀哗哗地吟唱不止。然后砌牌、摸牌、搭牌。新娘子摸牌的手势真好看。只见她用拇指同食指拈住一张牌，就地拉近到眼前了，才翻上来，定睛凝神。这时她的脸色是凝肃的，眉尖是微蹙的，嘴唇轻轻抿住，腰身挺直。细姥婢忽然心里一动。不知为什么，这个动作好像在哪里见到过，很熟悉。她悄悄将拇指和食指捏住，着意把另外三根手指翘起来。眼光迷离，有点走神。

这一局很快有人和了牌。稀稀哗哗的声音又响起来了。细姥婢转开脸，往房里四周看了看。原来新娘子的闺房也不大，但很清爽，很简洁。

一 拈到"海底捞"时响炮了

里侧一铺小床，挂了洋纱布蚊帐，帐钩上吊着两只绣球。麻将台对角各有一张高脚凳，两根大红蜡烛比小酒杯还粗，爧爧燃着。进门左侧烧了一盆木炭火。盆是铜盆，上头盖个镂了很多小眼的铜罩子，不见火光，只有热气静静地拂过来，暖意融融。靠墙放着一张矮柜，蒙一方白绸布，正中摆放一只黄铜花瓶，上插一茎细细长长的白梅花。细姥婢忽然闻到了一股檀香味，转眼到处找了找，没有看到香炉。却在不经意间看到了面对前头院子的雕花窗棂上贴了好大的一个"和"字。细姥婢不认识这个字，心里奇怪，别人家结婚，家里都贴"喜"字，这个新娘子贴的什么物器（东西）呀。

忽然有人在扯衣袖。细姥婢低头一看，是新娘子。新娘子急促地说："来来，给我担下土。"一圈牌打下来，她还是一把没和，手气黑得卖墨，就有点坐不住了。她要让细姥婢给她换换手气。

细姥婢着急地问："担土？担什么土？"

"担土你都不懂？"

"懂，懂。我好小就到黄泥塘担过土。"

新娘子知道她会错意了，"噗嗤"一笑，说："我是让你替我打一圈牌，换换手气。"

"哦，麻将桌上说担土就是做替身。"

"正是的。"

"担土也不是谁都可以担的吧？"

"只要会打牌，谁都可以。"

"可是我不会打牌哩。"

"我教你。打一盘就会了。"

"那样容易？"

"当然容易。"

"可是——可是我没钱。"

"不消你有钱。输赢都算我的。"

"有这样好？"

"哈——这下欢喜了吧！"

说着，新娘子已经拉细姥婢在凳子上坐好了。细姥婢心里痒痒的，兴奋得很。码得整整齐齐像城墙一样的麻将垛子在烛光下跳着细白亮光，一下子亲切得不行。禁不住挥手一摸，湿湿滑滑的，还带点沁凉。细姥婢感到了一种与生俱来的亲切，一身的筋脉霎时通了，无比松快。她欢喜地笑起来，左手边的女角就笑道："这麻将牌摸起来舒服吧？"细姥婢点头："好舒服。"女角就说："你晓得不晓得，这麻将是用象牙做的哩！"细姥婢惊奇道："吔，还有象牙做的麻将？我要多摸一摸啫。"就拈一粒牌捧在手心里揉。那女角就吓她说："莫揉，担心揉烂了，你赔不起。"细姥婢吓住了，赶紧住手，慌道："呀，这象牙做的麻将比豆腐还不经搞啊。"一旁的新娘子早不耐烦了，说："莫信她！她在戳诡（骗人）呢。这象牙拿火烧都烧不坏，是揉得烂的？只会越揉越光滑哩——不说了，开始开始。"

头回打牌，细姥婢有点紧张，但不怯场，她跟麻将似乎天生有种缘分。牌一上手，自然地就分了堆，索子是索子，筒子是筒子，万是万。东西南北中發白，她不认识，就只拣相同的花色集在一处，单张牌就随便靠在一边，随时准备打出去。她还不会防上家、堵下家、盯对家那一套麻将兵法，但知道跟张打张，别人没打过的牌，绝不先打。新娘子并没怎么点拨，她就很快上手了，打得很入法。她还学新娘子，只拿拇指和食指拈牌，另外三根手指翘得比新娘子还好看。新娘子暗暗惊叹：她的前世人不是麻仙，也是麻圣。

有人点炮，细姥婢兴奋地立即推牌和了。接着第二盘又和了。新娘子高兴地喊应她："莫性急啊。你现在牌顺，就要搏自摸。"打牌怕新手，细姥婢的牌真是顺哩。边张，卡窿，两飞叫，三飞叫，要风得风，要雨得雨，一摸就有。喜得新娘子不断拍手叫好。一圈下来，七盘牌就和了六盘。

一圈牌很快就打完了，新娘子推细姥婢下来。细姥婢好不甘愿啊。她的兴头刚刚上来，还远没有倒瘾哩。她真希望能给她一直打下去，也打完三天三夜。可是她明白，她是在帮人"担土"，这是在新娘子的家里。

细姥婢慢慢起身，把位置还给新娘子。

新娘子重新上桌，黑了一晚上的手气果然就变了。她比细姥婢老到，沉得住气。有人放炮了，不和。又有人放炮了，还不和。不到最危急的关头，绝不吃和。她就是要搏自摸。自摸和吃和，赢面差得太大了。新娘子摸一把和，就扭脸看一眼站在旁边的细姥婢，眨眼笑笑，似在说："感谢你啊！"

上家、下家、对家，三家的银钱看着看着就汇到新娘子面前了，堆起好高。

新娘子脸块绯红，喜色难抑，喃喃地说："今天啊，一定要和一盘好大好大的牌！"

细姥婢焦灼地想：好大好大的牌，会有好大呢？她还不知道这种牌的打法有幺九，有十三幺，有杠上花，有海底捞月。

鸡叫二遍了。

鸡叫三遍了。

楼下有锣鼓声轰然响起，音浪像狗牙齿一样钻上来，寻了缝乱钻。几个人都一振，睁大眼睛，似在谛听。伴嫁歌又开唱了，混沌而邈远。又是左手边的女角笑道："呦，只怕是来接亲的花轿快进县城了吧，新娘子要赶紧打扮去了哩。"细姥婢忽然觉得这女娜真是话多，有点带厌了，就拿眼去盯她。这一盯才发现，那张尖削脸上，一双眼睛眯眯的，眼角上有一块疤皮。早先总有一绺头发遮挡，这时撩上去了，现了出来。

"死疤眼皮。"她在心里恨一声。细姥婢看得入味，正在兴头上，不想牌局就这样结束。

新娘子好像懂她的心思，说："不急。今天我不摸盘大和不得走！"说着，她就自顾开始摸牌了。十三张牌上手排开，心就禁不住猛跳。老天眷顾，牌的来势很好，看来这下是要做一盘无比大的牌了。拿定主意，她不管不顾，只将一些闲张一个跟一个地往外丢。

这就让细姥婢完全看不懂了。她不明白新娘子为什么尽留一些不傍不靠的牌在手里（比如东、南、西、北），却把中间牌往外丢（比如三万、四万，六筒、七筒），有两次还把成型的搭子稀里糊涂地拆了，惊得她屏息瞪眼，想要提醒，又不敢开声。新娘子早就有规定：只看，不说。

细姥婢急得一身燥热。

新娘子瞒得了细姥婢，却瞒不过对方三家。她们早都看出了新娘子的意图，于是心照不宣，暗使招数想要破她的局。但人算不如天算。虽然早早都停牌叫和了，无奈最后点炮的牌，要不就被新娘子早已打掉，要不就是留在三家手中，互相对死了。三家都很绝望，心如火灼，只好等着挨刀了。

牌势顺着新娘子的操作一直往前走。她洞若观火，却声色不动，只是每次摸牌打牌的时间稍稍拖长了一点，兰花指翘得更带媚势。

终于，池子里只剩下两墩牌，从下家摸过去，正好每人还有一张牌，轮到新娘子是海底。

下家摸牌。抖抖地凑到眼前一看：白板。这是个新张，池子里还没见过。她清楚新娘子吊的应该就是这张牌。按牌理，这张牌绝不能再打了。这时新娘子也猜到了那是张什么牌，笑笑说："你放心，你放炮我不会和的。""真的？""本新娘说话算数！""好，我就放你一炮试试。"一甩手，白板飞到了池子里。新娘子望都没望，只催对家："摸牌哩。"

对家一摸牌，又是白板，哈哈一笑，立即打了。牌桌上规矩，没有吃上家的和，下家跟打是不能和的。新娘子也跟着抿嘴一笑。

第三家没等摸牌，先就把手里蓄了好久不敢打的白板抠出来，摁到池子里。然后，锥起眼睛去望新娘子，疤眼皮笑得一闪一闪。

几个女娜挤眉掐手，笑作一团。

新娘子没有笑。池子里只剩最后一张海底。她有一种强烈的预感，就是它。新娘子将面前的牌扑倒，偏脸问细姥婢："你晓得我在做什么牌？"

细姥婢摇头："不晓得。"

"那我告诉你：十三幺。"

"十三幺是什么牌？"

"是好大好大的牌。"

"有好大？"

"你想好大就好大。"

细姥婢想了想，摇头说："悟（想）不到。"

"你晓得十三幺有好难做成吗？"

"也悟不到。"

"它哩，一手牌里要有一万、九万、一索、九索、一筒、九筒，有东南西北中發白，十三张单牌摸齐了，才能成事。难吧？"

"哦，我晓得了，十三张两边不靠的牌。"

"灵醒（聪明）。它也叫十三不靠。"

疤眼皮插嘴说："也叫十三烂哩。"

"好多人打了一世的麻将，没有和过十三幺。有的人和过十三幺，但不是自摸。能自摸，还是海底捞月，通天下还没听说过。"

"海底捞月是什么意思？"

"就是自摸到一盘牌的最后一张。"

"那好难啊,是要仙人才做得。"

"你说我是不是仙人?"

"你是仙人,你是仙人!"

"好。承你吉言!"

新娘子双手一拗,将十三张麻将翻转过来。麻将一见烛火,都兴奋地眨着鬼眼。烛光下清楚地看到:一万、九万、一索、九索、一筒、九筒、东西南北中,还有一对發,正是单吊一张白板。三个女角的脸都青了。

新娘子挥手将食指搭在海底那张牌上,忽又顿住,扫一眼众女角,嫣然笑笑,说:"不要那么紧张嘛。今天成也在它,败也在它。若不是白板哩,算我命苦;若天助我哩,我谢天地谢大家,不得收你们一毫钱!"

三位女角都长吁了一口气,松快了。

细姥婢还是懵懂,只觉得好好玩。

新娘子微微闭眼,右手食指一着力,将麻将撬起,大拇指在牌面上略一摩挲,忽然睁眼,高高举起,叫一声:"海底捞——"

——"月"字尚未出口,炮响了。炮弹就落在很近的白露河上,"轰"地震得大屋直晃。接着,一声枪响。

枪声就在楼下的院子里,子弹从花窗的"和"字里穿进来,正打在新娘子的手上,只听半声惨叫,红血染白板……

二
打起锣鼓闹起台

细姥婢后来才知道,那天清早是解放军开的炮,跟着放枪的却是李家的厨子李水旺。解放军队伍从州里过来,走一夜山路,天光时扎在县城西门,"轰"声开出一炮。炮弹飞过半条城,落在东门口的白露河里响了。炮声一响,李家屋里即时乱了。李水旺本来是厨房师傅,那天临时被调去握支枪守门。一乱,一慌,鬼知道怎么手里的枪就走了火,又鬼知道怎么会不偏不倚正好打中了新娘子拈麻将的手。

解放军只射了一粒炮弹,白露河里炸起的水花还没有落尽,城里的警察就破门而出,顺着南门口的泥路,像蛇一样溜得不见了踪影。县城解放了。

细姥婢仓皇狂奔回家。她横在床上,不敢闭眼,一闭眼就看见李家新娘子血糊拉的手指和白板在面前晃,心里有团硬东西在冲。后来睡着了,可是很快又醒了。她听到外面有锣鼓声震耳地响着,近了,又远了。全城都在放响炮,噼噼啪啪,噼噼啪啪,热闹得像讨亲。细姥婢躺不住了,心里充满好奇,想去看看城里头热闹成什么样子,想去看看那个新娘。想起新娘子,她忽然很过意不去。当时炮一响,枪一响,血一溅,她吓得魂都没了,拔脚就跑,也不知道新娘子伤得怎么样。

一出门,细姥婢就走不动脚了。也就是一阵子的工夫,好像大风吹过,城里完全变了样。大街小巷,到处插起挂起了红旗。阳光很好,街上有好多人在走动,临街的人家都开着门,下了铺板,墙壁上贴了很多标语。标语像搓衣板那样一长条,红纸的、黄纸的、绿纸的,上面的墨笔字好豪气。她拉住一个熟识的人打问,那人一边走一边念过去:"毛主席万岁!""中国共产党万岁!""中华人民共和国万岁!""中国人民从此站起来了!""翻身做主人!"……细姥婢不明白这些话是什么意思,她只是觉得好新奇,有种神气在心里冲涌,感觉好松快。

街道拐弯,一路到了衙门口。衙门口好热闹。牌楼顶上插起一杆大红旗,在风中猎猎作响,好厚好重的铁皮大门四敞大开,两边各有一排持枪站岗的解放军战士。都是十八九岁的样子,年轻英俊,精神抖擞,个头一扎齐。他们一身黄军装,腰扎牛皮带,脚蹬旧草鞋,目光凝视,帽子上的红色五角星格外亮眼。大门旁边挂着一块长牌子,写着簸箕大的几个大字:"禾仓县临时人民管理委员会"。地下的响炮屑子积了有半尺厚,踩在上面好松软。

衙门的缓坡上挤满了人,都昂起脑壳看墙上的"安民告示"。细姥婢低着头一面往里面挤,一面问:"看什么?看什么?"有人斥她:"挤什么挤,你又不识字。"细姥婢伸手揪住他:"我不识字,你识字,那你告诉我呀。"那人说:"小女娜,告诉你你也不懂。"细姥婢说:"懂哩。你告诉我我自然就懂了。"那人就说:"喊我声大舅,即时告诉你。"——"大舅!"——"哎,好乖的小女娜。我先问你,晓不晓得共产党?"——"晓得。"——"晓不晓得解放军?"——"喏,衙门口站起的。"——"晓不晓得新政府?"——"晓得。"——"既然你都晓得,新政府出的'安民告示',什么意思你应该懂了。"——"好似有点懂了。"——"那你说说,懂了什么?"——"我悟起呀,不就是说,斳(换)新政府了,要我们老百姓安心过日子。"——"哎哎,我这外甥女灵醒呢,'安民告示'上写那样多,给她一句话就说完了。"——"没说错?"——"一点不错。"——

"我说我懂吧！"细姥婢得意极了，退开去一步，调皮地冒起脑壳对那人说："你不是我大舅。你是我大外甥。"说完一笑，闪身跑了。

细姥婢低头钻出人群，傍住墙边正走着，忽然有人在后面喊她："细姥婢，你给我站住！"

细姥婢一惊回头，喊她的人她认识，是北门口那个挑井水卖的欧土保。欧土保和一个解放军站在一起。细姥婢拿一根手指点住自己的鼻子，问："喊我？"

欧土保说："不喊你喊哪个，未必这城里头还有两个细姥婢？"

"有事？"

"当然有事。"欧土保一指身边的解放军，介绍说："这是余同志。"

细姥婢抬了眼睛，就见那位余同志啪地举手敬了个礼，说："细姥婢同志，你好！"手放下，随即又伸过来，要同细姥婢握手。

细姥婢不知这是什么礼节，想了想，管它什么礼，自己不能失礼，就一下把手伸出去，轻轻同余同志一握。她感觉到余同志的手好软和。余同志一张圆乎乎的脸笑起来像弥勒佛。

细姥婢问欧土保："你们找我有什么事？"

欧土保说："喊你去唱歌。"

细姥婢说："咄，又有人家嫁女啊？"

欧土保说："小小女娜，你就晓得讨亲嫁女。不讨亲不嫁女就不能唱歌啊！"

细姥婢说："我只会唱伴嫁歌，别的歌唱不来。"

欧土保："唱不来也要唱。我问过好多人，个个讲你唱得好。你家里也是穷苦人家哩，如今共产党新政府领导我们穷人翻了身，喊你去唱个歌庆祝一下都扳俏啊！"

细姥婢给吓住了，白着脸说："我没有讲我不去哩，我是讲我只会唱伴嫁歌。"她本来还想说，你一个挑井水卖的小后生，凭什么喊我去我就要去?若不是有这个解放军跟着,睬都不会睬你。细姥婢抿住嘴巴,忍到没说。

余同志问:"伴嫁歌是什么歌?"

欧土保就告诉他,这里的风俗,有人家嫁女,头天晚上会喊起一些女亲戚去家里唱伴嫁歌。都是些老婆头、赖嫂子、小女娜凑在一堆,能有什么好话,骂男人、骂爷娘、骂媒婆、遭孽呀、伤心呀、悲苦呀,听得人卵根子抽。

"卵根子抽?"

"呵呵,这是句粗话,意思是听了气愤。"

余同志提议让细姥婢唱几首听听。欧土保就带着他们去了西门口的小学校。挪开几张桌椅,腾出一块空地,让细姥婢站在里头。细姥婢有点局促,问:"先唱哪首呢?"余同志说:"就唱你最拿手的吧!""那——自然是《半升绿豆》。""好,就《半升绿豆》。"

半升绿豆选豆种,我娘养女不择家。
千家万户都不许,偏偏嫁给财主做三房。
嫁去三天都不满,就像路边烂草鞋。
吃了好多隔夜饭,喝了好多冷菜汤。
受了好多酸辣苦,挨了好多蛮巴掌。
嫁鸡随鸡,嫁狗随狗,嫁块木头背起走。
妈妈哟害了我。

细姥婢瞟眼看到余同志的眉头越皱越紧,顿住,怯怯地问:"还有第二段,还唱吗?"余同志问:"第二段是什么内容?"细姥婢说:"女娜嫁了穷人家。"余同志问:"也是诉苦?"细姥婢说:"嫁了穷人家有嫁穷人家的苦。"余同志说:"不唱了。另外还有没有?"细姥婢说:"有,有。我一肚子的歌哩。"余同志说："换一首唱吧！"

细姥婢运运神，就起腔又唱：

唱个歌来打开口，吃杯凉水解心头。
凉水解得心头火，山歌难解女儿愁。
女儿愁，哪到头？买个花鼓作枕头。
睡到半夜花鼓响，手捧花鼓玩一场。
玩了一场又一场，买个金鸡配凤凰。

余同志的眉结松动了一点，但还是不点头。

余同志问："有没有欢快的？"细姥婢说："欢快就是欢喜的意思吧？"余同志说："对，需要欢喜的。"细姥婢说："也有啊。要不要唱给你听听？"

余同志忙说："唱，唱。"

细姥婢抿抿嘴，一起就是高腔：

打起锣鼓闹起台，姑姑姐姐请出来。
有歌姊妹上席坐，无歌姊妹两边排。
唱得鲤鱼跳上水，唱得珠泉转转来。

歌声一停，余同志就鼓了掌，失声赞叹道："太好了！"他听到歌的余音还在耳边嗡嗡地响。

细姥婢也很欢喜，但还是怯怯地问了声："这个可以？"

"当然可以，曲子好，词也好。你听听，'打起锣鼓闹起台'几多好哩！我们新政权开张发势，就是要打起锣鼓闹起台。好，打起锣鼓闹起台，这代表了人民的心声，代表了老百姓对新生活的向往。庆祝活动那天，你这首歌打头阵，第一个上去唱。"余同志显得十分高兴，搓着手，在空地上踱了几步，又问："你还能找来几个歌手吗？"

"能啊，十个八个，一喊就有。"

"那好，你再喊十个姐妹，到时一起上台。"

余同志握住欧土保的手，说："感谢你啊，你帮我把任务完成得很好！"

欧土保也很高兴，得意地说："我说了吧，有什么事情，你找我就没错。"

演出是在南门口墟陂上的戏台楼头。两盏汽灯，将戏台照得雪亮，站在台上，连台下几丈开外观众兴奋的脸都看得清清楚楚。戏台楼头历来是唱大戏的地方，这回却是演节目。"演节目"是个新名词，人们还是头一次听说。更重要的，这是改朝换代后的首次开台，人们都想看个新鲜。县城里的人差不多倾城而出，附近乡下的人也来了好多，墟陂上只看见人头攒动。两排凉亭后面的缓坡上、街口上，都挤满了人。不是看戏，是看热闹来了。所谓"节目"，在细姥婢和姐妹们的"打起锣鼓闹起台"开始以后，主要是解放军在表演。独唱，男女二重唱，男声小合唱，女声小合唱，大合唱，间插一点本地民歌、花灯戏，中间还耍了一通狮子。乡下人看戏没有规矩，一直大声小声地吆喝议论，嘤嘤嗡嗡的声浪淹住了台上的歌声。人们听不到唱的什么，只看到台上的解放军很着神，有一种很足的气势。好多人都觉得那些女兵没有本地女娜长得乖，身材一点不婀娜。

细姥婢头一次上戏台，心情十分紧张。她的膝头骨一直在抖。她很奇怪，小腿不抖，只膝头抖。她看到台下一片影绰，连墟陂中间高高的凉亭瓦背也是虚幻的。恍恍惚惚中，她听到好像是报幕的余同志喊了声"起"，就扯起嗓子嘶唱起来："打起锣鼓闹起台——"细姥婢唱得有点性急，又有点走调，同台的姐妹们慌急跟上，却已经慢了半拍，后台的锣鼓手们还在酝酿情绪,前台一唱,火急一敲,完全不在点子上,就乱了,一时间歌声和锣鼓声搅成了一锅粥。看到台下的笑声一滚一滚,细姥婢像在做梦。一曲唱毕,一身大汗。退到台侧,咬着手指发呆,好久都没回得过神来。她感觉自己好倒丑。

其实细姥婢想多了。人们讶异的是,小小女娜,居然在众目睽睽之下,登台唱伴嫁歌,人们哪里在意唱得是好是丑。这是从一些人的态度看出来的。细姥婢的父亲是染布的,每天都有人拿了白土布来他家漂染。进来一个,见到细姥婢,挑一挑大拇指,说:"小女娜厉火(害)啊,出得众!"又来一个,又挑大拇指,又说:"小小女娜厉火,出得众!"还有人逗她:"上台就上台,打什么胭脂,不打胭脂更欢气!"说得细姥婢的父亲母亲笑哈哈。

细姥婢心里的阴霾一扫而空,又欢喜了。小小女娜,一欢喜就想往外头跑。解放了,街上应该会有好多的新鲜事,她好想到处去看看。

"回来!"

母亲一声断喝,把她喊回到门里。

细姥婢斜倚在门板旁,嘟起了嘴巴。她不明白母亲今天为什么口气这样硬。她说:"上午的事情我都做完了,为什么不能出去踹(转)一踹?"

母亲说:"事情做完了也不能出去踹。"

"为什么?解放了,出去踹踹都不可以?"

"解放了就解放了。不能出去踹就不能出去踹!"

"为什么?爸——"

细姥婢在母亲这里得不到许可,就搭父亲求援了。细姥婢是父亲膝下的娇娇女。父亲从小就把她看得比自己的命还重,任何事情,只要她开口,有求必应。为这事,母亲常常怨怼父亲:"穷人养娇女。"

父亲正从门口坪里捞起一匹布往竹篙上搭,听到细姥婢一声喊,赶紧就过来了。双手托住的布匹，蓝靛水扯成线往地下沥。父亲的耳朵有点背，人称"秋聋子"。可是他并不是全聋，无关紧要的话他听不到，要紧的话却每句都听得清。他对细姥婢说："女崽啊，娘老子喊你不要踹就不要出去踹，听话，啊！"

"你怎么也这样说，解放了哩——"

"我清楚。解放了，我们穷人要当家做主人了，我也好欢喜。真的好欢喜，起码一点，以后我们不会受人欺负了。但是在这新旧交替的时际，街上好乱哩，什么牛鬼蛇神社会渣滓都会出来趁火打劫，不安全哩。"

"有解放军啊。解放军有枪。"

"我还不晓得有解放军，解放军有枪啊？我还晓得有民兵、有农协会哩。女崽啊，你年纪还轻，好多世事你都还不清白。不管世道怎么变，我们作为老百姓，本分最要紧。无论谁坐了朝廷，我们就是努力做事，有饭吃，有衣罩，过好自己的日子。不求大富大贵，只求平安度日。我的话，你一时还不懂，以后慢慢去悟吧！"

细姥婢自然是一时体会不到的。但她知道，父亲经历坎坷，吃过好多苦，见过的人、经过的事很不少，对世道人心多有了解。细姥婢一向对母亲有点犟着来，对父亲却十分依顺。这是因为，一来父亲对她非常宠爱，二来父亲凡事都有定见，从来不急不躁，说的做的都很在理，让人服。既然父亲这次都这样说，自己再要霸蛮，终归是不好的。细姥婢轻轻点头，说："好，就不出去踹了。"

"这就对了。等以后街面上太平了，你爱到哪里去踹就到哪里踹。"

"这是你说的噢，说话算数。"

"当然说话算数。"

细姥婢又高兴起来，过来托住父亲手里的湿布匹，说："我搭你一起，把水绞干晾出去。"

二　打起锣鼓闹起台

"呵呵呵，我这个女崽就是乖哩！我们刘家是哪世人修的福，送我这样一个乖乖女！"

解放了。县城里扎实翻腾了一阵子，随后便稳定下来，恢复了日常秩序。衙门口两旁的摊担排起好长，墟日里人潮汹涌，街巷上空飘荡着油炸糍粑的香味，小把戏们在旧城墙上奔逐喊叫，人们很快便适应了新政府领导下的规矩。对于巨大变动，这里的人们有着很强的适应能力。这座县城，虽然地处偏远，只有一条小路绵延一百多里才到达州里，但消息还是灵通的。早在两个月前，人们就已经知道革命胜利了，湖南老乡毛泽东主席在北京宣告：中华人民共和国成立了！这里的人们对"革命"也不生疏，早在大革命时期，这里就有了共产党的地下支部，那些好有血性的后生，虽然后来给国民党一个一个抓起来枪杀了，但炭火熄灭，热灰还在，他们的光焰给人们多多少少感知到了有关"革命"和"共产党"的温热。

面对大的变动，县城里的人表现得都很淡定，少有惊慌失措。这种心态，是有着久远历史积淀的。县城建起六百多年，经见的实在太多。天灾、人祸，久不久就会来一次。比如近些的，太平天国洪秀全的部队压境，已经到了离城十几里处的石燕，探报不断，风声鹤唳。几个大户人家赶紧关了铺门外逃了，老百姓却照样过着自己的日子，打铁的打铁，织布的织布，挑水的挑水，补扒锅鼎锅的在街边上把炉火扯得呼啦啦响，一如往常。

不久又一次，已经是过年边子了，翘脚岭上的土匪蛮子倾巢下山，团团围住了县城。翘脚岭上的土匪凶蛮是出了名的，城里人吓唬夜晚啼哭的毛毛（婴儿），只说："再哭，再哭就喊翘脚岭上的土匪蛮子把你抓了去！"那回土匪围城，全城上下并无惊慌，只把城门紧闭，城墙上增加了些许兵丁，老百姓仍然是打铁的打铁，织布的织布，挑水的挑水，该吃饭吃饭，该睡觉睡觉，中午还有人在衙门口击鼓鸣冤，招起好多闲人围看。土匪围城四天，最后竟不战自退，突然跑了。

后来才知道，土匪们打了几条狗，烧火炖肉（那里人都极喜欢吃狗肉）。冰天雪地，找不到柴火（炖狗肉是很费柴火的），一找找到了水王庙。土匪大胆，不信神，竟把神台、供桌、门窗都卸了，架起大火炖狗肉。报应即时见效。吃了狗肉的土匪当晚就拉起了肚子，拉到脱水，站都站不住，只好连夜退回翘脚岭。后来，闹天地会，辛亥革命，成立民国，共产党闹革命。历史的风云吹到这里时，总要晚一段时日，声势就弱了些，振幅不再那么强，在人们板结的心田上没有引起好大的震荡。人们风轻云淡，议论一番，便只当谈资来下酒。

细姥婢家在县城北门，秀水河边上的石埠头旁。秀水河在白露河的上游，是白露河的一条支流。这里也叫北门，也有一条石板路铺过去，但区别很明显，石板路是从老街道接过去的，老城墙的废墟空着，过了废墟才开始起屋。这里的房子和县城里的老屋大不相同。县城里的房子不叫房子，喊作堂屋，一栋一栋的，一丛一丛的，都有很长岁月了，皆青砖黑瓦，进门便是堂屋，堂屋里盘一个很大的地灶，也是青砖砌就，离地约半尺，地灶上横竖摆起两条火炉凳；堂屋两侧，各是厢房；正对大门的神坛背后，还有睡屋。

这里的房子却都是直筒子，一栋三间，或是一栋四间，都是前头作坊，后头住屋。屋檐都龇出来很多，一栋挨着一栋排过去，就形成了骑楼，方便做生意，也方便过路人。这里的人家很多是外来户，有祁阳的、衡阳的、邵阳的，还有湘潭的，过来的缘由各不相同，但都有一段血泪史。他们都已经会说本地的土话，只是话尾了还带了各自的乡音。只有在家里，或是老乡之间，才说家乡话。他们都是手艺人，这一路行过去，两边尽是打铁的、做铜器的、做锡器的、做竹器的、做面条的、做豆腐的、做豆瓣酱的、做糖的、弹棉花的、织布的、缝衣服的，也有两三家是完全靠下苦力给人帮工挣点死钱养家的。

　　这里的人家，好多都是半夜就起床，开始备料、选材，做准备工作。天还没亮，各种声音就响起来了。叮叮叮，当当当，嘭嘭嘭，呼呼呼，乞咔——乞咔——。各种声音交汇在一起，好热闹，也好和谐，让人忽略了他们劳作的辛苦，只感到一种生活的愉悦。

　　细姥婢的家有前后三间，头进灶屋，中间给细姥婢开了铺床，父母亲住后头。做手艺的人家总是很凌乱，各种工具、材料，还有空瓶子、废纸皮、旧螺丝，都是乱放起，柜顶上、墙角湾、床底下，筑满。细姥婢家里不一样，饭桌是饭桌，碗橱是碗橱，衣柜是衣柜，床铺是床铺。床铺上的被窝枕头总是叠得整整齐齐；各种染料罐，都在过道上分类摆放；做事穿的衣服挂在门背后，长筒套鞋搁在屋后坪里。

　　细姥婢家屋后有一块长条形、很方整的空坪，竖了六根木桩，搭起三根竹篙。屋檐下筑了一个鸡笼、一个兔笼。空坪那头，拿黄泥垒了个土灶，灶上坐一口好大的铁锅，旁边堆着柴棍子。往前几步下几个石阶，有一块桌面大的石埠头，秀水河就在低它一尺高的地方，从早到晚哗哗流去。河水流过的地方荡着长长的绿绿的苔绿。细姥婢的父亲当年选中这块地方起屋，是有他的职业考量的。在坪里将布匹染就，下到石埠头漂洗一道，双手捞着，上来捶干了，就可以晾在竹篙上。他家的生意很好，三根竹篙上总是晾满了染成蓝色的布匹。起风时，布匹迎风摆荡，摇漾出一波波浓浓的暖暖的蓝意。

　　细姥婢的父亲秋聋子是个实在人。手艺精到，做事细致，待人平和，经他手染出来的布，颜色均匀柔致，图案清晰规整，难见瑕疵。他染的布，一定漂洗干净，拿回去没有气味，不得脱色。县城里还有另外两家染坊，一家在东门头，一家在西门口，但无论城里还是四围乡下，人们都愿意把布匹拿到他这里来漂染。

　　秋聋子每天起得很早，隔壁邻舍的捶打声响起时，他已经穿好工作服、戴上袖套、蹬起长筒套鞋,坐在后门空坪里的竹椅子上抽烟了。他抽的都是随卷随抽的喇叭筒。他卷起烟来十分熟练,不用眼看,拈起一撮烟丝摊在烟纸上,左右手的三根指头各捏住一头,轻轻一卷,再伸出舌头拿口水舔几下,不过几秒钟,一根烟就成了。他每次都要抽完三根烟,把精神蓄饱了,这才开始工作。他染布,是要有帮手的。他的帮手是细姥婢的母亲——他老婆。

细姥婢的母亲是从广发乡下忠良村嫁过来的媳妇,村随人走,人都喊她作"忠良婆"。说她是秋聋子的帮手,并不全对。忠良婆也是有自己一门手艺的,她会扎花。她扎花的手艺是跟秋聋子学的。此地习惯,织出的土布,都要染成蓝色,但那只是做衣服裤子的,若要做门帘、桌布或被盖,纯蓝未免太素,这就要在上面出点花样。扎花是要有点技术的,她跟着秋聋子只学了一年,就能独立操作了。

她拿全部手指捏住白土布,叠啊叠啊叠啊,一朵花就叠成了。扯麻线扎紧,然后埋下脑壳,咬住线头,嘣一声咬断——呲,她的牙齿真是锋利啊!牡丹花、凤仙花、腊梅花、石榴花、山茶花、芙蓉花、木槿花、荷花,来来去去,她就会扎这些花。不同的花,要叠成不同的形状。每次花扎好了,就拿到后面坪里去给秋聋子漂染。

秋聋子早已经在黄泥土灶上烧起了亮火,一大锅蓝靛水静静地冒着热气。漂染扎花布要技术,也要体力,尤其站桩功要好。别的染坊师傅,都是拿一把长铁钳,钳住扎花,左右摆涮。秋聋子不拿铁钳,只拢在锅灶旁边,用手攥牢了扎花,在锅里漂涮。轻柔地、均衡地,很有节奏。用铁钳染出来的扎花,难免会在花朵上溅有星星点点的蓝点子,细看时颜色也不均匀。手漂的就没有这些毛病。经他手漂洗出来的扎花清晰、干净,还别有一种情韵,像宣纸上的画。

拿手去做,自然要比用铁钳来得辛苦。而且,靠得锅灶近,紫烟、火气、水汽,熏得人睁不开眼睛,满头满脸的汗。每逢夏秋,秋聋子干脆就扒掉上衣，赤了膊干。不过半支烟的工夫，汗粒子就在肩头上忽地一下涌出来，密麻一片，很快集拢在一起，像屋檐水一样顺着背脊往下淌。这时候，忠良婆就会赶紧停止烧火，起身拿毛巾给秋聋子擦汗。从下往上，倒着在背脊上擦。秋聋子不耐烦地喊"前头，前头"——他下巴上的汗水也像屋檐水一样，就要流下去了。他怕汗水流到锅里坏了蓝靛水。忠良婆刚给他把脸上的汗抹干净，他又喊了："胳肢窝里，赶快，胳肢窝里！"——"好，好，胳肢窝里。"——"哎，轻点轻点。"——"好轻哩，好轻了哩。"

秋聋子忽然轻轻地"嗦——"一声。一滴滚水，溅到了手背上。他的手背，已经嵌了好多蓝点子。他的十个指甲都是蓝的。他的眉毛根里，也隐现蓝色。

秋聋子四十七八岁了，很老相，精瘦精瘦的，一身皮肤像阴干了的大蛤蟆，比老农民的皮肤还黑。因为长年守在灶锅边，眉头总是皱着，两眼间隆起了一个肉棱。忠良婆却是肥硕，肉鼻头，双下巴，颈根上肥肉起了堆。秋聋子很少言语，一天也说不了十句话；忠良婆却是一天到晚笑扯了的，嘴里念得不歇气。熟悉的人都说，这一对老榨骨硬是配到死了火。

老两口一天忙着赚钱，家务事就都交给了细姥婢。三口之家，家务事说多不多，说少也不少，只要肯做，也是可以从早忙到黑的。每天，细姥婢都起得很早，秋聋子在后坪里抽到第三支烟时，她也已经起了床。她不点灯，摸着黑扒开地灶里的火屎（炭灰），垫好刨木花，火一起，就将半撮箕火屎压上去，操起蒲扇一顿猛扇，看着火苗上来了，再将炭糍粑敲成拳头大一块，一层一层错落搭好。这炉火至少要填十几斤炭，得烧到中午。不知什么道理，这县城里的人家，无论穷富，每天灶上烧三炉大火是必不可少的。冬天这样，夏天也如此。然后挑水。她家的水缸很大，有半个大人高，能装下四五担水。她总是一次就要把水缸挑满。

接着扫地，整理床铺，抹桌椅，做早饭。早饭很简单：一锅面条，或是半锅稀饭、一屉包子。吃完饭洗碗涮锅，即刻又要准备中饭了。

除了一日三餐，她还包洗全家的衣服。她家的脚盆就搁在门口阶矶上，里头搭一块搓衣板，一副随时准备洗涤的架势。正街上的商铺里有洋胰子（肥皂）卖，很贵，买不起，她家用的是茶枯饼。茶枯饼就搁在大门背后的角落湾里，每次敲一块下来，丢在脚盆里化开，她就坐在小板凳上，撸高了袖子，用力搓洗。她干得很专注，身子一顿一顿地，心无旁骛。

她就那么一刻不停地干着，只是有时拈起茶枯水中漂起的碎稻草，弹出盆外；偶尔也抬起一只手，撩一撩垂到眼睛上的头发。茶枯水的油性很大，浸得她的手亮晶晶的。衣服洗好，一件一件绞干放进木桶，提着到后面河里漂洗。她提得有点吃力，身子往一边歪斜，手臂扭成了一张反弓。漂洗过的衣服，就晾在空坪的竹篙上。这时候她才可以坐下来，安静地看一看忙碌的父亲母亲，看一看脚下的河水和对岸的柳树，看一看天上飞过的小鸟。她感觉到真是好安逸。

旁边的矮桌上，放着烟丝盒、卷烟纸和火柴。她知道父亲每天最喜欢的一件事情就是抽烟，那是他最松快、最享受的时候。她知道父亲每天夜里上床睡觉之前，必做的一件事情是，把烟叶一匹一匹抽掉梗子，叠成菜碟子那样大的方块，放到床铺脚下压紧，第二天再切丝。她知道父亲从锅灶旁边下来，头一件事就是卷根烟抽。她于是扭转身子，学着父亲的样，揭一张烟纸，拈一撮烟丝平摊在上面，卷好了，放到嘴边舔几下。她当然没有父亲那么熟练，但她卷得很细心。卷好一根，放到桌上；再卷，再放到桌上。她把卷好的烟放在桌上排起了一排。父亲从河里漂洗完布匹返转来，手都未及擦干，捡起一根卷烟就叼在了嘴里。忠良婆看见了，就说："啧啧，你呀，把女崽的口水都吃进去了。"秋聋子把嘴吸一吸，含混说道："自己的女崽，吃她点口水有什么关系。"细姥婢拍手笑道:"就是,就是!"

细姥婢很亲父亲,也很亲母亲。她唱伴嫁歌,就是母亲带出来的。忠良婆嫁过来的时际,对县城充满新鲜感,喜欢到处去玩,四处蹿。她活泼开朗,为人随和,喜欢说话,喜欢笑,一脸的福相,城里有人家嫁女,都愿意请她去捧场。她的伴嫁歌唱得一般般,但她出得众,不怕丑,很会搞气氛,哪个歌手一时接不上气了,她会猛然插上一句两句,虽无来由,但很见效果,总会逗得人们大笑。嫁女讨亲,图的是个喜庆吉利,说了什么并不在乎。到她怀上细姥婢,挺起了肚子时,仍然很多人家请,她也仍然有请必到。

细姥婢还在她肚子里时,就听足了伴嫁歌,是伴嫁歌的旋律伴随了她的发育成长。因为跟着母亲经常走人家,耳濡目染,细姥婢还只有一岁多不会说话时,就已经能跟着那些歌手咿咿呀呀地哼唱伴嫁歌了。她的哼唱先于说话。到五岁时,就唱会了二十多首伴嫁歌;到十二三岁,肚子里已经装下了一百多首歌。"打起锣鼓闹起台""送姐送到金丝塘""风吹树叶飘过墙""金丝荷包银丝绒""女是天边一朵云""一台花轿四朵云""十八满姑三岁郎""苦竹生在荒坡上""家娘厉害不怕她"……一首接着一首。

细姥婢口吐玉珠,如诉如泣,一口气接连唱两三个钟头不打顿,成了北门口一带的歌头。她嗓子清亮甜润,稚气却又并未完全脱去,唱起来别有一种韵味。本来,伴嫁歌的曲调哀婉凄恻,愁苦多,哀怨多,凄凄惨惨切切,让人伤感,可从她嘴里唱出来,味道却变了,愁苦中带了甜味,哀怨中有了暖意,不再那么低沉伤怀。而且,虽然她才十二三岁,身子都还没有长开,却已经有模有样了,脸蛋白白净净,腰身细长细长,两条细腿溜溜直,一张口,一起腔,眼睛就像鸡蛋清一样放亮。有她出场的歌堂,好多男人都跑去扒在亮窗上看。又因为经常跟着母亲走人家,四条城门走到,细姥婢很小就熟悉了县城的格局。

这是一座有点古老的县城，城里房屋稠密，街道规整，巷陌纵横，一律铺的条石，路面常年四季湿漉漉、光光滑，像小把戏的屁股。城中间是县署衙门，是权力中心，也是地名，当地人都习惯叫那里作"衙门口"。衙门口一边一只石狮子。石狮子好大好高，光石座就平及细姥婢的肩膀，她要伸直了手才能摸得到石狮子的爪子。衙门的大门包了一层铁皮，上面钉起密密麻麻的钉子，太阳打在上面，放出来的光都是冷的。石狮子和铁皮大门显得森严庄肃，到了那里，人们都是低头匆匆走过。

衙门口前面很开阔，右边是操坪，左边有一排房屋。一条小河从西门口流过来，从衙门口的石板下面潜过，直到东门头才现出水面。城里老人说，这条从九老峰下石缝里蹦出来的小河，自西门口穿城而过，一路跳荡，喧哗有声，一到衙门口，忽然就安静下来，无声无息，似乎没有流动。出了石板街的那头，才又喧腾起来。老人们还很奇怪的是，城里城外的几条河历史上都发过大水，淹过好多地方，不少人家里都进了水，只有衙门口前面的这段石板街，洪水都只够到石板底部。

衙门口前面是条直街，直街又叫正街。正街上真是热闹。两旁商铺栉比，门楼密集，开的都是铺挞子门。饭店、面铺、茶楼、油货店、药店、鞋店、五金店、日杂店、瓷器店、理发店、药店、布店、中医诊所、税务所，一路排下去。这里从早到晚都滚动着喧闹的人声，混合着各种味道。正街到头，往右拐，就是南门口了。

拐过去的街道明显收窄了很多，上头的屋檐都快要挨到一起了。脚下的石板也窄小，还不平整。时常走着走着，石板就翘起来，呼咚一响。街道很长，一直接到了丰和墟的戏台楼下。沿街住的都是做小手工业的。一栋房屋就是一家小作坊，也是商店，前店后坊。做竹器的、做鞭炮的、做纸钱线香的、做小孩子口水夹的、钉水袜底的、编草鞋的、织斗笠的、修锁的、补锅的，铁匠、铜匠、木匠、漆匠、石匠……这里从清早开始，就响起了叮叮当当的敲打声。这里也和细姥婢家那一带的人家一样，靠手艺吃饭。街道尽头的丰和墟陂上,平时很清静,只有到了赶墟的日子,才会热闹大半天。最热闹的是过年。戏台楼头会唱五天大戏。附近好多农民都背起铺盖进城来,睡在几个凉亭下,夜晚看戏,白天踹街,快活几天。

衙门口的右边,分岔出两条石板街道,皆傍水而延伸,通往城外。那里统称西门口。那里住的大多是农民。那里的堂屋错错落落,高高低低,大多很低矮,很逼仄,但也有不少明窗亮瓦,高檐大柱,各个显出上辈人的生活痕迹。那些人在城外多少有点田土,吃饭还是够的。如果做点小生意,每天就还能喝杯水酒。那里的堂屋里挂着镢头、耙头、蓑衣斗笠,竹篙上搭着干红薯藤。那里的街头巷尾,常常会出现一泡冒着热气的牛屎,不一会儿,就给人铲走了。那里的巷道里,常年飘荡着熬猪潲的带点酸腐的气味。水边的石凳上,总有人蹲着洗红薯藤,洗大芥菜。晚上就有人站在水里擦澡,那里的巷道十分复杂。

县城的巷道都很复杂,西门口尤其难走。城里的街道就那么几条,小巷子却密如蛛网,有长的、短的、宽的、窄的,还有弧形的、S形的。长巷子有半里路长,短的则不过丈余长;宽的可以过板车,窄的一人侧身才能走。巷子回还往复,兜转曲折,不熟悉的人一天也转不出来。父亲告诉细姥婢,这是为了防范强盗拐子。县城地处偏远,自古以来多拐子。附近的九老峰和翘脚岭上还常有蛮子啸聚。这些拐子蛮子道行都很高,常趁月黑风高夜,潜入城里,翻围墙,扒亮窗,拿竹签挑开门闩,偷取财物。祖先们为了防盗,把巷道布成了迷魂阵一般,想的是让那些坏东西进得来,出不去。谁知道高一尺,魔高一丈。一天夜里,拐子又来了。两人结伴,手里抓一把线香,在每个巷子拐角都插一根。偷到东西后,他们顺畅地按原路返回。出得城时,第一根香都还没有燃尽。全城人无不恻然。

城里巷道再多,细姥婢都不怕。她常常跟随母亲忠良婆去坐歌堂,城里都熟了,闭起眼睛都不会走错路。

细姥婢有时也会出城去。早先县城是有城墙的,城区也因为四条城门而分别被叫作东门头、南门口、西门口、北门脚。历经几百年的岁月,城墙已经箍不住膨胀的房屋和人口,早已毁弃,城门亦已不存。废墟上都做了菜地,高的是豆角苦瓜,矮的是白菜辣椒葱姜蒜,一年四季青翠鲜绿。

城里到处有路通向城外。城外四面都是山,东边的叫东塔岭。东塔岭顶上有一座石雕的雷公菩萨。细姥婢跟随母亲上去烧过香,就坐在宝塔石阶上,俯瞰岭脚下的麻地河。麻地河官名春陵江,又名钟水,当地人却习惯称麻地河。官名总不及俗称更普及。这条县境内最大的河,从西边桥那头汤汤而下,在东塔岭下拐个大弯,留下一湾碧青的深潭,又一直流,一直流,流到湘江去了。

河上有渡船来往,船上载着三五个或七八个旅客,有的站着,有的倚船帮而坐,有的就坐在自己架在箩筐担子上的扁担上。老艄公(不知为什么,艄公都是老人)精赤上身,腰里扎一条大帕,撑着竹篙沿船侧一步一步地从船头撑到船尾。渡船到岸,老艄公会突然"嗷——"的高喊一声。他为什么会这样高喊一声呢?是表达到岸了的喜悦罢!

河里还有好多机帆船、小舢板。机帆船上载着高高的货物,风帆张开饱满的肚子,突突突地吼叫着,跑得飞快。小舢板是打鱼船。打鱼人(多半是中年汉子)也是精赤上身,待船到了河中央,停住,把渔网披挂在左肩上,略一沉腰,双手一扬,渔网就在半空中张开一个圆满的弧形,啪一声罩进了水里。打鱼人双手攥住网头绳子,一把紧一把地收扯上来。不一阵,渔网被收拢来甩在了船板上,打鱼人低头一层一层地揭着网绦。

细风拂过,细姥婢听到了网绦上的铅砣撞得船板叮叮响,看到了鱼鳞刺眼地闪着白光。常常地,河面上有木排或竹排漂过。那木排或竹排上有年轻后生闲闲地慢慢地前后走动。排上面架着竹篙,晾晒的衣裤随风飘荡。船行得很慢,似动非动,可是转眼间就漂到了远处的灰雾中,只看到一痕浅色的影子。细姥婢突然有点眼神迷离,她努力想去想象远方的人是如何过日子的。

每逢初一、十五,细姥婢就要跟随母亲去北门外九老峰下的水王庙给菩萨烧一炷香。水王庙建在一处石坡上,上去得走左侧的一条石径。水王庙不大,也很旧了,但很雅致,香火很旺。

进门就是神殿,水王菩萨光起脑壳、眯眼笑着端坐在神台上,双手合抱一个小木牌,上书"风调雨顺"。据说水王菩萨是水龙王变的和尚,这一带要风调雨顺全靠他庇佑。水王菩萨左右有四尊更大的菩萨,鼓眼突睛,手执兵器,十分威严。神殿两边各有一个侧殿,排列着十几尊小菩萨,有泥塑的,也有木雕的。忠良婆都能说出他们的名字,但细姥婢一个也记不住。好像也没有好大兴头,每次母亲叫她磕头就磕头,上香就上香。说声归去了,赶紧就抬起了右脚。每次进出水王庙,母亲就教她,出入庙门,女人要先走右脚。细姥婢记住了。

她经常也会去义公祠、普济寺、土地庙、文庙,也去过寨脚下、较场坪、射马岭、猫崽丛。寨脚下曾在好多年前驻扎过土匪。较场坪是清朝年间修建起来的,作练兵用。射马岭是古时候将士跑马射箭的地方,是一块大坪。猫崽丛在丰和墟过去还有里把路的地方,是一座黄土山包,山上不长树,满地尽是灌木刺伙。那里是刑场,有人犯了死罪,就被拖到那里去砍脑壳。那些地方只有细伢子们经常去,以显示他们的胆量。细姥婢也去,是因为那些地方长满了野菜:车前草、鱼腥草、藠头、石蒜、野葱、马齿苋、地菜子。青青翠翠,遍地都是。她扯了野菜回去喂兔子,有时人也吃。拌地菜子做出来的荞麦糍粑就好香。

细姥婢在家里已经待好几天了,每天关起前门,坐在后门的竹篙下面,看秋聋子和忠良婆劳作,看河对面的风景,给秋聋子卷烟。城里头总有鞭炮炸响,锣鼓唢呐在街上一路吹打过来,近了,又远了。她心里痒痒的。

细姥婢忽然听说要分李子云家的浮财了。李子云是翠玉的父亲,翠玉就是那个新娘子、麻将鬼。细姥婢早起去八方井府(这里的人对水井一律称"井府",大约是感念水井养育了百家,故尊而为"府")挑水,看到街筒子里人一绺一绺地往城里去。一打问,顿时也来了兴头。她挑水回到家里,扁担都没有卸下,就飞脚往东门头走。

李家门口好热闹,墙里墙外都是人。李家的财物都取出来,摆放在了堂屋外面的地坪里。金器、银器、玉器、铜器、锡器、首饰、字画、绫罗绸缎、名贵药材、雕花檀木屏风、大头樟木箱、雕花太师椅、纹了龙凤的眠床,腊鸡、腊鱼、腊鸭、腊麂子、腊肉,码起一大堆。空气里飘荡着一股熏烟味。每堆金银财宝旁边,守了持枪的解放军。布匹药材后面,站着戴红袖章的民兵。独那一大堆腊鱼腊肉没人管。

细姥婢从人缝间直往里头钻,什么都想看。她听到婆婆姥姥在议论:"啧啧,这样多的簪子,这样多的耳环,一天戴一样,一年四季不得重样。"她听到女娜媳妇在细声调笑:"哎哎,这缎子,真是滑软哩。""着在身上,会好松快。像一样东西。""像什么?像什么?""像男人的手。""嘻嘻嘻——呵呵呵呵——"细姥婢脸上一热,感到了一种羞怕,赶紧蹿出去。她又听到老榨骨在感叹:"这发财人家,才真是发财人家,天下的东西,他都有。"她还听到两个民兵旁若无人地说:"这样多的腊鱼腊肉,能吃三年。""那还要天天吃,只怕还吃不完。""这下好啊,他吃不成了。""我们帮他吃。等下带两块出去,一起打平火。""好,打平火。还搞壶酒,铳(喝)一铳。"细姥婢斜他们一眼,扭身转过去了。

一转转到堂屋门口,这里人流稀松了好多。她忽然看到疤眼皮就在旁边,一下想起新娘子出嫁那天她们打麻将,心里好欢喜。细姥婢扯住她的衣襟,兴奋地说:"呀,你也在这里。"疤眼皮望她一眼,淡淡地

二 打起锣鼓闹起台

说:"是啊,我也在这里。"细姥婢又说:"你们什么时候还打麻将?叫上我。"疤眼皮猛然甩开她的手,恼怒地说:"你什么时候看到过我打麻将?乱哇三千,贱麻皮!"

细姥婢一下惊得呆住,像给雷劈到,胸口炸炸的。她不明白疤眼皮怎么会变得这样。细姥婢捂住被甩痛了的手,塌下眼皮,转身离开。

转身之间,眼前竟一亮。一只铜火盆,好眼熟的铜火盆。那日在新娘子翠玉的闺房,就是从这只铜火盆的细眼里吐出来的热气,带给人几多温暖。细姥婢蹲下身子,欢喜地抱起来。天气寒人,铜盆冰冷,她的心里却涌出一丝暖意。

忽然她的臂膀给人箍住了。疤眼皮站在旁边,凶侉侉地低声斥道:"不准拿!是我先看到的!"

细姥婢犟脾气也上来了,耸起鼻子说道:"你看到就是你的了?"

疤眼皮说:"我先看到就是我的!"

细姥婢说:"你喊它一声,看看喊不喊得应?"

"我不喊。"

"那我不给!"

疤眼皮扬起一只手,就想打人。不想后头伸出一只大手板,将她的手钳住了。

两人转头一看,那人都认得,是水旺。

"做什么,做什么?新社会了,还动手打人?!"

县城解放那天,水旺一枪成名。城里人都搞不清楚,他怎么会有这样一手好枪法,都对他有了一种畏怯。今天,这个昔日李家厨师的破棉衣上又箍了个红袖章,显得越发雄唐。疤眼皮一时怕了。

"水旺,我们都是熟事人,不要那样横哩!"

"熟事人就要讲熟礼,你不能欺负小女娜。"

"我哪里欺负了小女娜。凡事讲究个先来后到,是她不讲规矩。"

"我亲眼实见的,就是你欺负了人家。"

"你是这样横的啊。李水旺,我识得你!"

"雷土花,疤眼皮,我也识得你。你家就在南门口开间杂货店,你常来这里搭李翠玉打麻将。"

疤眼皮一下蔫了,像给人点了穴。她忽然叫起来:"水旺,松开你的手,你要把人捏死啊!"

疤眼皮甩脱手,几步闪进人堆,不见了。

细姥婢也扭身要走。水旺喊住她:"这个物器你不拿走?"他踢踢地下的铜火盆。

细姥婢摇头说:"那不是我的物器。"

水旺说:"你两个刚才不就是争这个?"

细姥婢说:"我没有争,是她要抢。"

"那你不喜欢它?"

"当然——是喜欢。"

"喜欢就拿走!"

"拿走?"

"拿归家去!"

"啊?天下还有这样的好事,喜欢的物器就可以拿归家去?"

"今天可以,明天就不行了。今天我说了算。"

"——不能,我还是不能拿。"

"你这人真是糯粘(拖拉),我说了能拿就能拿。"

忽然有人在后面说:"做什么做什么,你们要做什么?"

两人一惊,同时扭头去看。身后站着罗长子。这罗长子长得好高,比城里一般人都要高出半个脑壳,身条细细长长的,颈根也细,像螳螂。但他不像螳螂那么难看,倒是眉清目秀,鼻子嘴巴都很周正。罗长子是李家的短工,细姥婢上次来坐歌堂,见过几面。她记得那时这个小后生好脯脾，见人就打招呼，未打招呼还先脸红，那些小媳妇大嫂子都爱逗他散心。细姥婢也拿片糖抹在他嘴巴上，让大家笑他。今天他只不过手臂上箍了个红套套，怎么就变了样子。细姥婢心里好慌乱，像是做了什么错事。

水旺似也恼火，只把眼睛去斜他。

好一阵，罗长子自己憋不住，噗地笑了。

他是吓吓他们，开个玩笑。

水旺不喜欢这样的玩笑。刚才罗长子一声断喝，吓他一跳，好久还回不过神来。他正想对罗长子发几句火，罗长子的神色忽然变了。他看见欧土保正一晃一晃地往这边走来。欧土保早先也是李家的长工，如今是民兵队长。做长工是好劳力，当民兵队长是个狠角色，这个欧土保不平常。一解放，欧土保有种久雨天晴抖落烂蓑衣的感觉，身上的很多东西焕发了出来，肌肉偾张，活力溅射，意气得很。解放军余同志很看得起他，着力地培养。罗长子知道他正走时运，说话做事都方正刚戾，不给一点面子。如果这时细姥婢给他撞见，那就背时了。他要细姥婢赶紧走开。

水旺也要细姥婢拿起铜火盆赶紧走。

细姥婢不敢，说："我不要。"

"为什么不要？要，一定要要！"

水旺一把扯掉捆在腰上的草绳，缩手脱下棉衣，包住铜火盆，夹在腋下。他拍着现在外头的红袖章，说："有这个物器作保护，看谁敢挡老子！走，我送你出去！"一手扯住细姥婢，往外就走。罗长子在后面小声喊："走后门，后门人少。"

细姥婢给水旺拉着，脚步趔趄，一路无阻。好多人只是奇怪地看一眼他们。出了后门，到了水碾坊的巷口，水旺才松脱手。他不放心，脚不停步，又带着细姥婢转过几条巷子，看得见北门口的秀水河了，才站住。水旺剥开棉衣，把铜火盆交给细姥婢，说："好了，你可以放心大胆把物器搬回去了。"

细姥婢还是不放心，怯怯地问："我们这样算是偷吗？"

一阵北风掠来，水旺打了个寒噤。他紧紧棉衣，大笑着说："这怎么算偷？发财人家里的物器如今都没收了，见者有份，拿了就拿了，到手是财。"又说："硬要说是偷，也是我偷的，不关你的事，你尽管放心！"

水旺点点头，转身走了，他似乎有点得意，大声地唱："送姐送到大门前……"

他还会唱伴嫁歌。

细姥婢捧着铜火盆一边往家里走，一边想这个李水旺，好讲义气的喔。又想，今天转来转去，怎么就没有看到那副象牙麻将呢？不是说，把李家大屋挖地三尺，任何物器都没有落下的吗？细姥婢这时才明白，自己那样急煎煎跑起去，为的是看到那副象牙麻将。她祈愿，那样好的一样物器，千万不要落到不懂得珍惜的人手里，那会糟蹋了。

傍晚，细姥婢提了一桶衣服下到秀水河边的石埠上去漂洗。刚一站落，石头后面晃出一个人来，吓她一跳。偏脸看时，竟是翠玉。她一时好奇怪。

翠玉也提了桶，填了衣物，但显得很沉，放落地上时咕咚一声响。然后，就定定地望着细姥婢，好一阵没有出声。

"你是——找我？"

"是，找你。"

翠玉说完，又是好一阵沉默。她已经完全没有了做新娘子那天晚上的神采。穿一件不太合身的土布棉衣，戴顶蓝帽子，帽檐耷拉在额头上，看不清眉目，只看到满脸凄惶。细姥婢心里一阵难过。

"你是——你是回娘家来？"

"我一直住在娘家哩——我没有嫁得成。"

"你说什么？我没有听懂。"

"我说我嫁人没有嫁成。"

"那是为什么？"

"哦，你都不知道啊。"

翠玉就告诉她，自己出嫁那天，唱了三天歌堂，打了三天麻将，细姥婢不是还上去给她做过"站墩"，帮她担过土吗？本来天亮就要上花轿的，谁知一声炮响，县城解放了，她就没有走得成。不久就听说，夫家那边听到风声，赶紧逃走了。是一家人一起走的，不知所终。有的说到了长沙，有的说去了香港。夫家是大财主，家业很大，田沙不少，在长沙、香港，甚至马来西亚都有店铺，估计是不得回来了。这桩婚事，等于给埋进了坟墓，她以后就是个守活寡的人了。

翠玉慢慢细细地说，好久才说清楚。她的神情呆呆的，脸上没有血色。低垂的眼睛一直盯着脚下的河水。傍晚的河水变成了深灰色，倒映着天上的云彩，溶溶汤汤，深沉得有点慑人。

细姥婢望望她，又望望河水，她不知道该如何同她开声。

"你不消宽我的心，事情都过去了。"翠玉幽幽地说，"这阵我家里的麻纱事（麻烦事）还多哩。爷老子和几个哥哥都给捉去关起了，家里给抄了个精打光，接下来还要把我们的房子给分掉，娘老子急得天天躲在屋里哭……这些，你也都听说了吧？"

翠玉撑起眼皮望住细姥婢。翠玉家的状况，细姥婢也都听说了。但她不知道是该点头，还是摇头。小小年纪，还不懂得如何宽解别人。她只能用眼睛去迎合翠玉的目光。

暮霭压下来了，已经看不清翠玉的面目。

她听到翠玉说："所以哩，我尽量不去想自己那些背时的事，是何如就何如了。"

细姥婢只能点头应和:"噢,噢噢——噢。"

"我也有话直说了,今天特地来找你,是想求你帮我一个忙。"

"我能帮你什么忙?"

"送你一尊物器。"

"送我物器,还是搭你帮忙?我不懂。"

细姥婢摇着头,却已经看见翠玉掀开桶里的衣物,抱出一个木匣子来。细姥婢一见就眼熟,这是那个装象牙麻将的紫檀木匣子。

翠玉说:"这副麻将你识得的。我爸爸知道我这人就爱打麻将,专门从马来西亚买起,带回来送给我的。贵不贵不管它,光是几千里路带回来就不轻易,我好欢喜。我拿它放在枕头边上,睡觉都是抱起它睡。你可能会问,我家里的任何东西都给抄家抄出来了,怎么这副麻将没有抄走。这你就不清楚了,一个人只要想把一件物器藏起来,别人是万难寻到的。我知道,以我这样的人家,以后迟早是保不住的。我不想让这样金贵的物器随便落在别人手里,怕会糟蹋了。我悟来悟去,把熟悉的人都悟了一遍,只有你最可以放心。虽然我们只会过一次面,但看得出,你这人靠得住。而且,你也实在是很喜欢这副麻将。"

细姥婢没有打断翠玉的话,听她一口气说完,心里翻上翻下的,忍不住偷偷看了几眼地下的木匣子。

但她终归是摇着手,坚决地说:"不能!这样金贵的物器,我不能要!"

翠玉急忙说:"我的话你没有听明白?不是我要送你物器,是请你帮我的忙。"

"帮忙也不要!"

"如今我家里背时了,你怕沾我的边?"

"不是不是!你要我帮任何忙我都一定帮,物器我不能要。"

"任何忙都不要你帮,还就这件事要寻你。"

细姥婢默了一阵，还是摇头。

翠玉就轻轻叹一声，一把抱起木匣子，说："我也不想找别人了，就把它丢到河里去，总比给人糟蹋了好！"

细姥婢给翠玉的决绝惊住了。她忽然明白了翠玉的心意，忙伸手托住翠玉手里的物器，说："既然这样，你就拿它先寄放在我这里，以后还你。"

翠玉说："不是寄放，不要还！"

这时，忠良婆在坡坎上喊："细姥婢，几件衣服你要洗好久啊。"

细姥婢急忙答应一声，手下不觉加了点力，翠玉趁机松开手，挽起桶子，对细姥婢点下头，转身走了。她走得有点飘忽，像是脚不沾地，转过岩头，不见了。

细姥婢一手抱着木匣子，一手提桶，返回坡坎上的屋坪里，将事情同父母亲述说了一遍。秋聋子耷拉着眼皮一直抽烟。听完了，烟也抽完了。他把烟屁股一甩，对细姥婢说了两句话。

第一句话是："你把物器收好，这桩事再不要搭任何人说起。"

第二句话是："你赶紧去，看还追不追得到李家小姐，告诉她一句话，'再难再难，日子都要过下去'。"想想又叮嘱细姥婢："她如果已经回到屋里了，就不要进屋搭她说了。"

细姥婢说声知道了，扯腿就往外面跑。抄近路，转过几条巷子，在义公祠门口看到从那头过来的翠玉。天已经黑完了，翠玉完全是个影子，踽踽走着。细姥婢一脚迎上去。她有点兴奋，也有点急促，微微带喘，小声叫着说："翠玉翠玉，我爸爸交代我一定要告诉你一句话。"

翠玉站住了，吃惊地望住她。

细姥婢说："我爸爸要我一定告诉你，再难再难，日子都要过下去！"

"就这句话？"

"就这句话。"

翠玉忽然睁大了眼睛望住她，两眼晶亮。

"记到了？"

"记到了！"

翠玉点点头，又点点头。

细姥婢自己也把这句话记死了：再难再难，日子都要过下去。

得了这副象牙麻将，细姥婢的生活一下多了好多生气。她把它看得像宝贝一样，十分爱惜。她专门在一天清早从珠泉井府挑了泉水回来，将麻将淘洗了一道。象牙做成的麻将，浸泡在清水里头，才真正现出它的本色：乳白、滑腻、匀净，像煮熟剥了壳的鸡蛋，却又比煮熟剥了壳的鸡蛋多一种诱人的釉色。看着就欢喜饱了。她把麻将淘洗过，又拿块干净细布，一粒一粒擦拭清楚。她将紫檀木匣子也里外抹过一遍，抹得锃亮。她觉得能得到这样一副麻将，真是一种缘分。白天，她将匣子收到大衣柜的顶里头，上面还会放一个香包。晚上，就抱出来放到枕头边，伴着睡觉。空下来的时候，她就把床单扯下来铺在小饭桌上，自己一个人玩一阵麻将。

一个人自然是打不成麻将的，实在说她也还不太会，纯粹就是好玩。一时把麻将砌成四方围墙，转着圈地看；一时又把麻将揉乱了，一粒一粒往上头垒，垒到好高，稳不住了，哗啦一声塌下来；或者是拿麻将作砖块头，依想象搭成各式房屋亭台；又或者就把麻将握在手里把玩。滑腻的象牙肌理让她心尖子发颤，爱不释手。忠良婆看见了，常会顺嘴怨问："死女崽，那麻将是作得饭吃还是当得衣穿。"细姥婢也会回她："就是作得饭吃，就是当得衣穿。我喜欢啊！"忠良婆说："你那样喜欢就搭麻将结婚算了。"细姥婢说："可以啊。你要能让它开口说一声，我就嫁给它。"麻将自然是不会开声说话的，忠良婆似乎有点恼，作色要骂。秋聋子就劝道："小女娜喜欢一样物器有什么关系，她爱玩就让她去玩。"忠良婆叹一声说："唉，穷人家养娇女！"

细姥婢不喜欢母亲总把"穷人"二字挂在嘴上，更不喜欢母亲说自己是娇女。她觉得家里不是那样穷哩。一日三餐，早晨稀饭，中午杂粮（有时红薯，有时苞谷，有时高粱粑粑），晚上米饭，都能尽饱。每到墟日（县城里逢五、逢十赶墟），母亲都会从墟上割回四两新鲜猪肉或提回巴掌大一条活鱼，拌辣椒炒了打牙祭。这时候父亲就会斟起半碗水酒，一小口一小口地慢慢抿。她身上衣裤的袖口、肩膀、屁股上都打了补丁，可是洗得勤快，总是清爽干净的。有时想买根红头绳、买块小手帕，一开口，父亲即时就给她买了，不让她感觉到生活的困窘。

她哪里又"娇"呢？五岁就学会了起火做饭，那时挑水还只能挑半担，走在石板路上，跌倒了，膝头骨跌出了血，她抿着嘴，含着泪，返回去重又挑过，回到家气都不吭一声。她实在是比一条街上的小女娜都耐劳。吃穿虽然都粗糙，但从生养出来就是这样过的，都习惯了。没有饿着，没有冻着，母爱父宠，邻里和睦，时不常地还给喊去坐歌堂，得个包封，她觉得这样自在自然地过着，真是很好。

她还小，还没有进入社会，体会不到生活的艰辛。世道不好，恶就多，乱事也多，但到父亲那里就都打住了。父亲在外头受了气，遭了欺凌，回家从来不说，他只是闷头抽烟，抽烟，把那些东西自己消化掉。父亲就像一道闸门，把好多东西关住了，带给细姥婢的只是绵绵的欢喜。

细姥婢天天守在家里，做家务，给父亲卷纸烟，把玩象牙麻将，浑然感觉不到"解放"给中国老百姓带来的巨大变化。

变化是从划分成分开始的。

那天，清晨就有人把秋聋子喊去城里头开会了。一去大半天，中午过后秋聋子才回来。

回到家的秋聋子眉开眼笑，一身喜气，塌屁股坐到火炉凳上，搓着手在灶头烤，不开声，只是笑。忠良婆本来等得心里发毛，这时见了秋聋子的样子，心里的石头落地，跟着嘻嘻地笑。她好久没见秋聋子这样欢喜过了。

"遇到什么好事了？"

"好事，好事。当然是好事！"

秋聋子扁起嘴巴接住细姥婢伸过来的喇叭筒烟，夹块火炭点燃了。他用力地吸着烟，眯细了眼睛自顾笑。

忠良婆和细姥婢一起问："到底什么事？"

秋聋子这才说："成分划定了，我们是手工业者。"

细姥婢问："手工业者是什么物器？"

秋聋子得意地说："那就不是物器哩，钱都买不到。听干部解释说，这是根据各人家里的财产，划分作了三六九等，叫作阶级。成分最高的是地主、资本家，最低也是最好的是贫雇农、工人。"

"还有呢？"

"还有很多，我记不清，也说不清。"

"贫雇农是些什么人？"

"像欧土保一样的人，叫作上无片瓦，下无立锥之地，都是最穷的人。"

"难怪欧土保那样横。"

"走时运的人，旁人看着觉得横。其实也有好多人不横，像罗长子就不横。"

"李子云家里应该是地主吧？"

"岂止是地主，还兼资本家，双料的。他屋里那么多财产，那么多田沙，危险。"

"有好危险？会坐牢吗？"

"那要看他有没有血债。如果有血债，打靶砍脑壳都有份。"

"他有血债吗？"

"你问我，我也不清楚，要政府才清楚。"

"呀呀呀……"

"唉，他就不该聚那么多钱财，收那么多田沙。看来看去，还是我们这种靠手艺靠力气吃饭的人家稳当。"

"我们家里的成分很雄吗？"

"当然，雄得飞起！我们手工业者跟贫下中农是一个阶级，都是政府依靠的对象。以后呀，我们就是国家的主人了。"

"嗨，国家的主人呀。好雄！好雄！"

细姥婢想象不出国家的主人能有好雄，只是满心的欢喜。这时忠良婆已经把饭菜又热了一道，给秋聋子斟满酒。一家人就欢天喜地吃起来。中饭、晚饭，都做一顿吃了。

这年年底，大地主李子云给枪毙了。刑场还是在猫崽丛。行刑那天，县城里去了好多人看。细姥婢没有去。只听说在丰和墟的戏台楼头宣判完毕，两个战士夹着李子云一路小跑，进到猫崽丛，将李子云往前一推，随即就一枪打在后脑勺上了。

三
扫盲结果

细姥婢参加了扫盲班学习，一下子好忙起来。扫盲班夜里上课，时间是七点到九点。两节课中间，给三十分钟休息。这件事很好，这个时间节点也很好，秋聋子在外头办事，听说了，立即去给细姥婢报了名，回来搭两娘女一说，都很高兴。忠良婆找出一块蓝色的细土布，连夜给细姥婢缝了个书包。

细姥婢已经满十六岁，吃十七岁的饭了，没有想到这个年纪还有机会读书识字。真是好欢喜，好感激。更没有想到，一段姻缘就落在这上头，竟扯出好多麻纱。

扫盲班办在义公祠。义公祠正在东门头，坐东朝西，门前有白露河流过，门口的石板街面很空旷。义公祠的正面过去一点是广济桥，左手边的街道直通衙门口，右手边有条小路可到丰和墟。大门是重漆刮过的，黑中显红，两边嵌了一副对联："积德前程远，尚义后步宽。"这家祠堂的祖公有五兄弟，分别是仁、义、礼、智、信，老大、老二的名字嵌在了门联里头。义公祠的上厅很大，两边厢房也很大，中间的天井十分宽敞豁亮，可以坐得下一两百人。镇政府的领导真是会选地方。

每天吃完晚饭，忠良婆就催细姥婢："你走，赶紧走。"主动揽下了洗碗涮锅那些事务。细姥婢也不客气，一抹嘴巴，捧起书包就走。从她家到义公祠,有很多条路径,只是都要包远路,只有顺白露河下去很捷径,但很荒寂。细姥婢偏就走白露河边那条小路。一边走,一边唱歌。她唱的自然都是伴嫁歌。伴嫁歌的曲调无不凄切,但掩不住她心里头的喜悦。所以,唱得很走调。

扫盲班一开始是上大课,以后才会分班。上厅和天井笼统在一起,一排排摆起了长条矮桌和长条凳,前头的神龛下面,架起了一块大黑板,一溜四盏汽灯照得夜晚如同白昼,一团热气。人们都到得很早,很踊跃,天还不曾黑完,课堂里就差不多满了。好多是小媳妇大嫂子,也有好多后生崽,还有一些老前辈和小女娜,什么人都有。乍作学生,都很兴奋。占住座位,却不落座,只冒起了脑壳四处张望。招手、喊叫、嬉笑、寒暄,热闹极了,像是赶墟。细姥婢到得早,一屁股就占住了第一排正中间的位置。她看到了一些熟人:疤眼皮、罗长子、三道弯……哦,欧土保也来了,坐在顶后头,面前的矮桌上老老实实摆着笔记本。

李水旺在快上课时才匆匆进来,径直走到前排,拍一拍细姥婢旁边的三道弯,说:"挤个位置,给我坐。"三道弯甩甩头发,斜他一眼,说:"挤不进了,都坐得巴紧的。"水旺说:"我打个尖。"三道弯说:"打不进。"水旺说:"我说打得进就打得进,摆的长条凳,就是给后到的人打尖的。"三道弯说:"你后到就该得坐后面。你没长眼睛啊,看不到男人都坐在后头。"水旺说:"我喜欢坐前面。"三道弯说:"你大些啊,想怎样就怎样。"水旺说:"我就是大些哩,你不服气?"三道弯说:"那你喊细姥婢让。"水旺说:"不行,我就喜欢坐旁边这个位置。"三道弯说:"我还就不让。"水旺说:"那你信不信,我即时让你三道弯变作四道弯。"

细姥婢感觉到周围的人都在往这边看,忙说:"别吵,上课了。我们都往边上挤一挤,位置就有了。"说着偏过身子,挪挪屁股,让出一道缝来,水旺一脚跨过去,直墩墩地就楔在了凳子上。三道弯"嗷"地叫一声,只好也往边上挤去。水旺坐平稳了,说声:"多谢,大姐。"三道弯不理。他就又偏过头对细姥婢展颜一笑，说："还是细姥婢妹妹好说话。"细姥婢也一笑，说："你真是个钉子变的，哪里都尖得入。"水旺说："钉子再尖没有你帮忙也是进不得膛。"细姥婢想起那天在李家大院拿走铜火盆的事情，不由得笑道："你这人做什么都霸得蛮。"水旺说："霸蛮不好吗？"细姥婢说："好，好哩！"她又在心里说："我就是好感谢你那样霸蛮哩！"这样想时，忽然一身都不自在，赶紧扭头去看黑板。

上课老师已经拿粉笔在黑板上写下六个大字，然后丢开粉笔，换作教杆，点着六个字一顿一顿地念道："东、方、红、太、阳、升。"

细姥婢大声问道："这个东方红的'东'是不是麻将牌上东南西北的'东'？"

大家哄笑起来。老师眨眨眼，也笑了，随即答道："你问得没错，这个东方红的'东'，正是麻将牌上东南西北的'东'，也是东塔岭的'东'、东门头的'东'，都是同一个字。懂了吧？"

细姥婢大声答道："你这样说就懂了。"

老师又说："还有，麻将上中發白的'中'，也是中国的'中'，中华人民共和国的'中'，中华民族的'中'，中秋节的'中'，中饭的'中'，中学的'中'，中医的'中'。另外，麻将牌里还有筒、索、万呢，怕也是你认得，但写不出吧。莫急，一下一下来，这些字我以后都会教你们。这些字不光要会认，还要会写、会用，要提高自己的水平，这也是我们学文化扫盲的目的。"

噢——原来老师也是麻将精。底下的学员都大笑起来。细姥婢又大声回答："懂了！"

老师敲敲教杆，端肃起来，说："今后，我要请大家注意一点，就是提问题和回答问题时，都要站起来。这是规矩，也是礼貌。"

细姥婢站起来，更大声说："好，懂了！"

细姥婢坐下时，水旺伸出一个大拇指，在她面前晃了好久。水旺的眼睛里头有种柔情。

水旺说："麻将上头的字我都认得，都会写，以后我教你。"

细姥婢说："好。"

细姥婢做事上心，一头扎在扫盲班的学习里，每天都有进步。她从义公祠捡了粉笔头回家，把每天学过的新字描摹在各种物器上。桌上写个"桌"，凳上写个"凳"，灶头写个"灶"，地上写个"地"，门上写个"门"，墙上写个"墙"……一屋子陀螺纠拐地写满了字。有一次趁秋聋子不注意，在他背上写了个大大的"人"字，一转身给忠良婆看见，逗得哈哈大笑。忠良婆嫌她到处鬼画符一样把家里画得不成个样子。秋聋子却很喜欢，每有新字，都要一起考量一番，夸她的鬼点子新鲜、有用。

细姥婢晚上写了新字，白天一边做事一边在心里头默。"一横、一竖、一弯钩……"淘米时默、扇火时默、洗衣服时默，扫地时一抬头看见了，便不再默，大声念出了口。她默得太入神，好几次炒菜忘记放盐。她再没有时间坐在屋后坪里发呆，也很少给父亲裁纸卷喇叭筒了。

细姥婢对扫盲班的上课是越来越上心了。每天脚还没出门，心思就早飞到义公祠了。她会想起授课先生挥动教杆时的神态，想起义公祠屋檐下亮如白昼的汽灯，想起和姐妹们互相考问生字，想起祠堂里争相回答问题……她还会越来越多地想起那个打靶鬼李水旺。

每晚上课，水旺都还是挨紧她一起坐在前排的位置。祠堂里有个不是规矩的规矩，头一次来坐在哪个位置，以后也就基本不会挪动了。水旺乖巧，第二天去上课时，就送了三道弯一个带蝴蝶结的发夹，是那种刚刚时兴、缀有细珠子、夜晚还发光的新式发夹。三道弯一看就喜欢得不得了，冰释前嫌，即时回应给水旺一张热情得要漫出水来的笑脸。再听水旺的花嘴巴一顿巧，更是满心欢喜了。一口一个"水旺哥哥"，叫得沁甜。此后她每天都差不多提早来到课堂，给水旺占好位置。她似乎也清白水旺意不在自己，在细姥婢。但这个年纪的小女娜，总是容易给一些美好的东西所迷幻，引发向往。

水旺有一张逗小女娜喜欢的脸，俊秀、清爽，眼睛清亮清亮的，像蓄了一汪泉水；身条子也好，直溜溜的，上下匀称。他还理了一个当地后生少见的西式头发，一身的衣裤总是干干净净的，鞋袜周正。又有一张逗小女娜喜欢的花嘴巴，雪里说出火，火里说出糖，树上的鸟崽能花下地，水里的鱼崽能花上岸。

水旺是个孤儿。他父亲一直在李子云家里做长工，跟随主家到外头做生意。主家做的大多是苎麻生意，一批货至少一条船，有时还两条、三条船。船从南门口过去的油涵铺码头起水，经桂阳、常宁，在衡阳进入湘江，再到长沙，一个来回就是一个多月，这就需要自家的人随船做帮工：上货卸货时做搬运，行船时做船工，中途停下还要做保卫。帮工身兼数职，要有力气、有身体，还要对主家的忠诚。好多人经不住熬，做得几年，就做不下去了。或者手脚不干净，运输途中偷了苎麻出去换钱，给主家发现，被辞退了。只有水旺的老子一路十几年做下来了。可是天有不测风云，"常在水里走，总会碰到鬼"。他老子在一个雷雨天失脚跌进湘江河里，尸骨都没有捞得回来。父亲一死，母亲很快就改嫁到邻县乡里，再没有回来过，音信全无。父亲过世的那年，水旺只有八岁，孤身一人，在四处流浪了一年，活得不像个人样子。是李子云看他遭孽，又念了这是族里带点巴糟亲（远亲）的亲戚，他父亲也是为自己做事殉身的，便着人带到家里，给他点剩饭吃，给他个地铺睡，喊他帮着打打杂，送水烧茶看个院子什么的。后来李子云又把他送到饭铺里学了两年徒，然后就在李家做了厨师。新中国成立后，他的成分定的是雇农，分了房子，还分得一房家具和成打的毛巾袜子。

水旺每天都早早地就到了义公祠，总要先细姥婢一脚。到了，就在三道弯给他占起的位置上坐下，再又搭细姥婢占住位置。他的口袋里常年兜起有零食，南瓜子、西瓜子，都炒得喷香。他给细姥婢抓一把，也给三道弯抓一把,几个人就咔咔地一边嗑一边细细地说话,吐一地瓜子壳,熏得半截课堂都香了。给扫盲班上课的是珠泉小学的老先生,教书很有板眼。他每天教的新字、新词,要求学员们在课堂上跟着念二十遍,再抄写三十遍。一般都是上半节课跟着念,下半节课跟着写。这些学员都很认真,抄写的时候不出一点声,听得见老先生来回走动的脚步声。

细姥婢写字的姿势真好看,微偏着身子,微偏着脸,凝眉抿嘴,抓铅笔的食指拗成了一张弯弓,指尖鲜白。旁边的水旺看看她的手,看看她的脸。他看到细姥婢后颈窝里起着浅浅的茸毛,心里有点颤颤的。细姥婢因为写字太过着神,一下把笔芯拗断了。水旺就会接过去,拿小刀削好。他左手握笔,右手拿刀,一下一下地、细心地削着(他是学过厨师的,刀功很好),细细的、刨木花一样的铅笔碎木屑翻转飘扬,轻轻覆盖在地下的瓜子壳上。细姥婢冷眼看着,心里却漾起一阵阵热意。

细姥婢的铅笔每天晚上都会折断好多次笔芯,每次都是水旺接过去削好。她的铅笔用得很快。她自己都记不清上一年课用过好多铅笔了。

忽然有一天,那是清早,细姥婢去四方井府挑水,转过小巷,一眼看到水旺也挑着水桶站在井府旁边。她惊奇地问:"你怎么会到这里担水?你家门口不是有井府的吗?"

水旺说:"这里的井水甜哩。"

"你说痴话哩,井水就是井水,有什么甜不甜的。"

"这你就不清楚了,通县城有九架井府,水质都不一样,珠泉的水清,细井府的水冰,螺蛳井的水浊,八方井府的水涩……只有这四方井府的水啊,是甜的。"

"你编的吧?"

"是老前辈们说的哩。"

"我生这么大,没听说过。我担了十几年的水,也没觉得这井水甜。"

"可是我觉得甜哩。"水旺又涎起脸,小小声说,"有你在这里,这水就更甜了。"

细姥婢将空桶往井边上一顿,恼道:"担水担水。说这话也不怕丑人。"

她一阵脸热心跳。

四方井府的水很深,从水面到地面,有一丈来高,这需要在桶上接一条长绳,打水要有技巧,这些水旺都会。他先搭细姥婢打满水,再给自己也打好了,把长绳收好,又将两担水并排放起,说:"你信不信,我把两担水一肩挑走。"细姥婢说:"看到过能挑两担谷的,没看到过能挑两担水的。我不信。"两担谷可以叠起来挑,四只水桶能叠到一起挑吗?说给谁都不会信。水旺说:"好,我表演给你看看。"就蹲矮了身子,在两边肩膀上各搭了一根扁担,一努力,站直了,又颠一颠扁担,一手搭前头,一手搭后头,待水桶平稳住了,起步就走。他肩上的扁担有点晃,但还稳当,腰杆子笔直的。他走得很快,细姥婢得小跑着才能跟得上。桶里的水荡起了细细的水花,一路沥沥拉拉,在石板街上留下一串水渍。

一口气挑进北街,能看到细姥婢的家了。细姥婢在后面小声喊道:"好了,就到这里了。"

水旺放下担子,脸上红扑扑的,一头汗水。

"这下你信了吧?"

"信了。服了你了。"

"我还搭你挑到家里去。"

"那做不得。"

"为什么做不得?"

"做不得就是做不得。"

"那好,我就返去了。"

水旺挑起水桶走了两步,又返回头,说:"我以后会天天到四方井府去会你。"

……………

水旺天天还会做的事情是，送细姥婢回家。扫盲班每晚九点钟下课，人们从义公祠大门涌出来，晃着手电筒，点起麻秆，一绺一绺地走了。水旺就站在黑影里等。他知道细姥婢总在最后一拨才出门。细姥婢一眼看到黑影里的水旺，心里有数，但没停脚，一直往外头走。她走的还是傍在白露河边的小路。她走得很慢，脚下迟迟疑疑地。一会儿，水旺就跟上来了，搭她走并排。小路很窄，仅容两人并肩而行。水旺打着手电筒，光一直照在细姥婢脚跟前。似乎是有心，又似乎不经意，水旺的手臂常常会撞到细姥婢的肩膀。每撞一下，细姥婢的心就会紧缩一下。不知为什么，她一身都像鼓一样绷得好紧，很难放松。河风很凉，很柔和，拂在脸上非常舒服。屋脚下的石缝里藏了好多灶鸡子（蟋蟀），它们怎么都那么兴奋，"嚯嚯嚯——嚯嚯嚯——"不歇息地叫。比灶鸡子叫得更猖狂的是它们的同宗兄弟油葫芦，"啾——啾——"短促、尖锐，带点歇斯底里。只有蛙族的合唱是间歇性的，"哇——哇——"节奏感很强，底气很足。水旺能辨别出哪是泥蛙，哪是青蛙，哪是癞蛤蟆。萤火虫在他们头上上下飞舞，一时亮了，一时又亮了。远处的天光在慢慢收窄，变淡。细姥婢忽然"哎哟"一声，说肚子痛。水旺丢掉手电筒，双手扶住她，接着就又抱住了。水旺一连声地问："哪里痛？哪里痛？"细姥婢指指心口，显得十分疲弱，说："这里。"水旺的手一下从衣襟下探了进去，问："这里？"——"还上一点，上一点。"……

那年细姥婢十八岁了，结实，饱满，娇挺。

秋聋子和忠良婆是很迟才听说细姥婢搭水旺处对象这件事的。县城的地方并不大，他们做得又太现形了，尤其是扫盲班下课后成双成对地逛田埂（县城的风气还很古朴，青年男女结对走路都是避讳的——何况还是夜晚，更何况还是郊外），让好多人都看不惯。私底下难免议论，一传十，十传百，传到秋聋子和忠良婆耳朵里时，生米都快煮成熟饭了。

这能怪谁呢？怪只能怪他们这几年太忙，怪他们太驽钝，太闭塞。县城解放，新政府成立，政通人和、国泰民安、气正风清，老百姓的日子看着看着就好了起来，财茂粮丰、衣廪足实，讨亲嫁女的每个月都有好多起，隔几天就有人上门求他们接活。染布料的、做被窝的、做床帐的、做门帘窗帘的、做桌布的，他们家的过道里码起一摞一摞的布料，各标了名字、尺寸、花式要求，都要得很急，有的还先不先（预先）就交了定金。因此他们很忙，从早做到晚，不歇一下憩，连去屙泡尿都带了跑式。他们一点没有察觉细姥婢的变化。看到细姥婢脸色红润，眼带桃花，一天比一天活泼，走路都是蹦着走，还常常无缘无故地一个人傻笑，只以为是她在扫盲班学有成效，心里松快，如此而已。

秋聋子倒是注意到了细姥婢每天吃过晚饭出门前都要换上干净衣裤，想想女崽也有十七八岁了，爱漂亮也是自然不过的事情，并不在意。听到传言，两个大人一个气恼，一个很蒙。女崽大了，总是要嫁人的，这两年来提亲的没有断过，秋聋子和忠良婆都没有松口答应。他们不是嫌人家不好，也不是嫌后生不雄唐，是他们太喜欢这个独伶女了，还舍不得把她嫁出去。他们还没有想好未来的女婿是个什么样子。他们怎么也没有想到，细姥婢这鬼女崽人细心野，会自己做主去找水旺处对象。他们不明白，细姥婢怎么会看上水旺呢？！忠良婆气得直拍大腿，咬牙发狠，一定要挡住他们。秋聋子发了一阵蒙，摇头说："洪水发起来了，只怕挡不住哩。"忠良婆说："不管它洪（红）水墨水，一定要拆散他们！"

两个人关起门来审细姥婢。

忠良婆问："你认不认识一个叫李水旺的人？"

细姥婢说："认识。还很熟哩。"

"熟到什么程度了？"

"熟到啊——我都离不开他了。"

"你说清楚,离不开他是什么意思?"

"爸爸、妈妈,我晓得你们今天要问我什么,明的告诉你们吧,我爱上水旺了,水旺也爱上我了,我们两个恋爱了。"

"小女娜崽崽的,说话这样不怕丑,爱啊爱的我听到都丑人。"

"爱、爱、爱,我就是爱了他。"

"世上的后生万万千,你怎么就会寻了他?"

"世上的后生万万千,我就是寻了他。"

"我不同意!我不准!"

"你不同意作不得数。这是我自己的事,只由得我自己做主。"

"我告诉你,你还没有大完,你还飞不起。从古至今,从来就是父母之命,媒妁之言,讨亲嫁人的事,还由不得你做主。"

"你这是老思想,封建思想。如今《婚姻法》颁布了,年轻人恋爱自由,不能由父母包办,也不准父母干涉。"

"这是谁说的?"

"扫盲的老师说的。是政府让他们宣传的。你不准我自由恋爱,就是搭政府反着干。"

"我不管你谁说的,说透了眼到我这里也没用。你是我的女崽,我说不准就是不准!"

细姥婢一下噎住了,眼睛瞬间红肿,一泡泪水就要喷涌而出。她嘶叫一声:"爸爸——"

秋聋子一直闷头抽烟。他把喇叭筒卷得又粗又长,吸得一屋子烟雾浊重。好久,才开声问道:"你晓得李水旺这个人野名叫什么?"

"叫滑粒子哩,爸爸哎——"

"你晓得别个为什么搭他起这样的野名?"

"晓得一点。大摸子(大概)是说他这人花嘴巴,滑头,做事不实在。"

"我搭他没有打过照面,还不认识他,听到的都是这种说法。搭这种不实在的人不说做夫妻,做朋友都是要考虑考虑的。"

"我不管别人家哪样议论他,反正他对我很好很好。"

"嘴巴里说得好没有用。人心隔肚皮,你知道他心里是怎么想的?"

"他说他一辈子都会对我好。"

"不可能。越是拿这种花话放在嘴巴里念的人,越是靠不住。女崽哎,做夫妻是要在一起实实在在过日子,要过一世人,不是嘴巴说的。说了也不可信。"

"我相信。你们是不知道,他对我几好呢。"

"有几好?还能好到天上去。"

"就是能好到天上去。"

"你的意思,他还超过我们做爷娘的了?"

"不是不是。爷娘是爷娘,他是他,不一样。"

"太不一样了。爷娘对你好是实实在在的好,他对你好是花嘴巴要哄你上钩的。"

"他对我也是实实在在的好哩。"

细姥婢卷了根喇叭筒,筑到秋聋子嘴巴里,又小了声说:"爸爸,你从来是最疼我的,这回要站在我一边,搭我撑脚哩。"

秋聋子说:"我自然是最疼你,永远搭你撑脚。但是这回我要反对。"

"为什么呀——"

秋聋子瘪起嘴巴大力吞了口烟,说:"因为我不喜欢这个人!"

细姥婢伸手摘下他口里的喇叭筒,说:"不给你抽了。"

秋聋子说:"你这女崽,不识得好丑,我们这都是为你好哩!政策我也不是不懂,你要自由恋爱我也不反对。只是要寻也寻个靠谱点的男人。女啊女,做错生意是一场,嫁错男人是一世。我们这样的人家找女婿，总归是得本分点，实诚点，没有懒筋手脚勤快点的，还要晓得疼你，不然会要吃一辈子苦的。"

细姥婢说："我认为水旺就是靠谱的男人。我就喜欢这样的男人。我就要嫁给他。"

忠良婆一拍大腿，厉声说："我就不准你嫁给他！"

细姥婢憋红了脸，说："我就要嫁给他！"

"跪下！"

又说："你给我跪直了！"

忠良婆说着就从门背后捞过洗衣槌，抓在手里紧摇。"看我打不脱你的脚！"她跺脚说。

细姥婢还从来没见母亲发这么大的气。她看看忠良婆，又看看秋聋子，脸色由红转白，慢慢屈起一条右腿跪下。

"拿两条腿一起跪好了！"

细姥婢低了头说："我这两条腿，右腿是你的，左腿是爸爸的，爸爸没有开声喊我跪，我就只能跪你的这条腿。"

没想到细姥婢会说出这种话来，秋聋子忍不住笑了。忠良婆点着他，嘶吼："你开句声！"

秋聋子抚着嘴巴说："自家的女崽，骂可以，打可以，罚跪就不可以——让她起来。"

忠良婆气得脸皮发紫，说声："都是你惯坏了她！"把洗衣槌一扔，坐到地上呜呜地哭。

细姥婢没有哭出声，只是眼泪水一串一串地往地上滴。白牙齿咬住红嘴唇。

忠良婆的哭声换作了"哎哟"声。胸口痛，扯起来痛，炭烧一样的痛。秋聋子赶紧扶她到床上躺下，又大声喊细姥婢起来倒了碗红糖水送过去。

忠良婆一脸寡白，说话都没了力气，只摇手，让细姥婢起开去，不给拢边（靠近）。

忠良婆哼叫了一晚。

细姥婢就倚在门边上，守了一晚。

秋聋子带忠良婆到西门口伍先生的诊所拣五服中药吃了。半个月过去，才见好转，可以起来走动走动，坐在后门的坪里看秋聋子一个人染布。但也从此落下了一个气痛的毛病，冷不得，累不得，尤其气不得。冷了，累了，气了，胸口就扯一样的痛，出气不赢，要喘好久，喉咙里咝咝地响。她这个病，是一辈子都难断根的了。纵使如此，有件事情她却是绝不妥协的。那就是一定要切断细姥婢搭水旺的来往。她觉得这是关系到细姥婢一辈子有没有好日子过的事情，比她自己的命都要紧。

她以为最好的办法是不准细姥婢出门，但那又怎么做得到呢？人不是鸡鸭猪狗牛，喊关起来就关得住的。不要说柴米油盐酱醋茶，每天开门的七件事少不得出门的，只说扫盲班上课，就是每晚必须要去的。照忠良婆的意思，扫盲班都不消去了，每天夜晚就老实待在家里。这就过分了。细姥婢不肯，秋聋子也不答应。早先是家里没有钱给女崽上学读书，耽误了；如今政府这样重视，免费给他们补习，学得好的还有奖励，这样的好事，哪朝哪代都不曾听说过。而且，再有两个月就领结业证了，结业证也是文凭，他们怎么都不能半途而废，给女崽怪一辈子。秋聋子态度坚决，一番话说得十分在理，忠良婆只好妥协。

妥协并不是让步，忠良婆自有她的一套做法。她每天都随同细姥婢一起出门，一起进义公祠，就坐在细姥婢旁边原先水旺的位置上。细姥婢听课、写字，她就笼着手低头栽瞌睡。课间休息，细姥婢到门口吹风，她也跟到门口吹风，细姥婢上茅厕，她就在茅厕门口守住，任何人都拢不得边。下课了，她会揪住细姥婢的衣摆，等人们走尽了，才最后出门。她再不肯让细姥婢走白露河边的小路，宁愿包远路走大街。她寸步不离地跟在细姥婢身后，一支三节电池的手电筒前后左右地晃，任何可疑的人都逃不脱她的警惕。气得细姥婢直想发疯。

更想要发疯的是水旺。他没有想到忠良婆会这样强烈地反对自己和细姥婢的来往，更没有想到她会用这样决绝的手段阻止细姥婢同自己见面。他根本没有心思做事，成晚成晚地睡不着。一闭上眼睛，面前就是细姥婢的身影来回地晃。每天清早，天还麻麻黑，做豆腐的人家都还没有亮灯火，他就起来了，失了魂一样地跑到细姥婢家附近躲起来守候。他真想能搭细姥婢会一下面，真想两个人能说一说话。他拿两个眼睛死死地盯着斜对面细姥婢家的大门。大门关得严丝密缝，门楣上已经旧了的春联一点一点清晰起来。忽然大门无声地开了，细姥婢挑着一担水桶走出来。水旺的心一下提了起来。可是紧跟在细姥婢后面就有忠良婆走了出来。水旺眼巴巴地看着母女两个一前一后走完长街，拐进四方井府的巷子里了。过一阵，两人又转出来了，还是细姥婢走前，忠良婆走后，像看守所的解放军押解犯人。细姥婢皱着眉头，扭着腰肢，脚步迟滞，腿上如同吊了铅砣。两人走进家，大门又咣当一声关紧了。水旺还听到门上哗啦一响，好像是上了闩。然后是半天半天，大门都没有动静。大街上人来人往，热闹喧闹，水旺却视若不见，眼睛只死死地盯住那扇大门。他都把那扇大门盯出水来了。偶尔地，有时是中午，有时是傍晚，细姥婢会开门出来，往城里头走，去买盐、打酱油，或是打壶酒，她旁边总跟随着忠良婆，寸步不离。水旺还是拢不得边。

最好的机会还是义公祠。到义公祠来听课的人总很多，一些人没有座位，就站在祠堂后面，或是两边廊檐下。水旺没有另外去抢座位，只站在前排左侧廊柱子的阴影里。从这里可以清楚地看到细姥婢的左侧脸，还有她的一头黑发。水旺看着细姥婢的侧影，胸口就一阵一阵地骤跳，呼吸也急促起来，魂都飞过去了。近在眼前，却不得一会，他恨得真可以把忠良婆圞吞了。最有机会见面的地方，反而变得最没有机会，水旺的心里好难受。

他已经听到了好多空话,好多人指他的背,耻笑他:"癞蛤蟆想吃天鹅肉……""晒不死的茄秧,赶不走的痴汉,没见过这样癞皮的……""不是黄泥不烂路,不是精肉不巴骨,看样子这两个是成不了夫妻的……""成了成不了,他就应该早早速速请个媒婆去说合呀。""他?穷得屁眼里都夹不住屎的,还拿得出钱请媒婆……""这就好哩,看你们自由乱(恋)爱!"……也有一些人站在水旺一边,支持他。那都是些二十岁上下的后生崽,正是情欲炽旺的年纪,头脑简单,脾气急暴,一点就着,听到这种事情都兴奋不已,只愿闹得越大越过瘾。他们纷纷给水旺出主意。有的说,你就擂到她家里去,当面搭她的父母开硬口,要讨细姥婢做老婆,不答应就不走。有的说,找个机会,把细姥婢拐到家里来,先斩后奏。牛崽出了塯,看你牛婆还能咬我的卵。有的干脆就要在路上拦住忠良婆,扯起头发打一顿,打得她再不敢反对……对这些馊主意,水旺一概不听。他觉得对未来的岳母娘不能得罪太狠,他坚持不肯让伙计们乱来。

还是小女娜们有定见,仗义、体贴、细心,爱心和同情心都满满。三道弯明白水旺这时候最想知道的是什么,她让水旺写了张字条,到义公祠听课时交给了细姥婢。她是当着忠良婆的面递过去的。忠良婆不识字,以为真的是三道弯写的作业让细姥婢鉴定。细姥婢看完字条,略一凝神,抿嘴在背面写下几个字,又隔着忠良婆交回三道弯。水旺写的是:你能坚持吗?细姥婢回了四个字:死都不变!

三道弯的这招很好玩,还很刺激。就在忠良婆的眼皮子底下,细姥婢和水旺借着三道弯之手鸿雁传情,心里头都多了一种兴奋。他们把以前从嘴里说不出口的话语都写在了纸条上。一张张秘密的,然而又是极其光明正大的纸条将两颗热恋的心一天天绚紧,刀劈不开,火烧不烂。周围的人都知晓了这个机关,却都难得地一致保守秘密。等到忠良婆有所察觉的时候，细姥婢和水旺已经私订好了终身。

他们约定，不管大人同意不同意，等扫盲班的结业证书拿到手，就结婚。

他们做了最后一次努力。水旺央请一个媒婆上门提亲。可是媒婆没有进得了门，就给忠良婆骂起回转了去。事情不成，水旺还是按礼俗送给媒婆一块猪肝、一双皮鞋，另外加了一个两块钱的包封。

从此两个年轻人死了心。但斗志一点也不减，反而愈坚。细姥婢和水旺在互相交递的纸条上画满了惊叹号。以此盟志，铁板钉钉，绝不回头。他们都暗自准备，一心等着扫盲班领结业证的那天。水旺请人算过了，那天的日子很好。

到了领证那天，忠良婆的气痛病忽然又犯了，躺了一天，到傍晚还起不得床。本来，细姥婢想好了几十条计策，到这天如何撇脱忠良婆，独自到义公祠领证。没料想忠良婆一下病了，睡在床上不吃也不喝，让细姥婢失了主张，一条计策也用不上。这天秋聋子也没有到后面染布，一早起来，就去了衙门口的街市，砍了精肉，割了牛肉，捉了鸡，买了鱼。精肉是猪颈根偏后一寸的活彻肉，还不要第一刀，要的是第二刀，第一刀的肉有腥气，第二刀砍下的肉才鲜甜。牛肉是靠大腿里侧的腱子肉。鸡是叫鸡。那条草鱼在他经过时，一下从盆里蹦跳出来，他捡起就喊鱼贩子过了秤。然后兜兜转转，在理发店门前的一摊慈姑前蹲下来。慈姑是才从田里采挖出来的，好新鲜，个个饱满圆润。他挑了几个放进衣兜里。细姥婢自小就爱吃馅豆腐，尤其喜欢拌了慈姑香菌肉馅的馅豆腐。

回到家，秋聋子即刻忙碌起来。先是洗、剖、剁、砍，然后蒸、煮、炸、炒、煎。井然有序，一刻不停。只在等着水开，或是蒸屉里的热气还没上来时，才在炉灶前的矮凳上稍坐片刻，卷一根烟抽了。他不让细姥婢帮忙，叫她就在火炉凳上坐着，或者去床上躺一躺。细姥婢听话地在火炉凳上坐好，一双眼睛睁得大大的，看着父亲忙东忙西，心里十分不安。她不明白今天父亲是怎么了，平素日子父亲是很少做家务的，只在过年过节，他才会到灶上来炒几个菜。但也仅炒炒菜而已，洗洗切切剁剁的事情是从不做的，像今天这样大包大揽，没有过。那这是为什么呢？想来想去，只有一条，今天扫盲班结业，他高兴，要犒劳自己。可是从他脸上又看不出很高兴的样子。他只是手脚不停地忙碌，很少说话，脸色很板滞，眼皮一直耷拉起，好像心思很重。

细姥婢想得脑壳都痛了，后来干脆不想了，梭下灶台，坐到小板凳上去卷喇叭筒。卷着卷着，脑壳一栽，就趴在矮桌上睡着了。她的头发翻披过来，遮住了整个脸面。轻细的鼾声从头发缝里飘散出来，又安逸，又跳荡。她睡得非常踏实。父亲的咳嗽声，刀切砧板的嗒嗒声，新菜下锅的油爆声，碗碟相碰的叮叮声，都好轻好轻，好远好远……

她听到父亲在耳边轻声说："细姥婢，该醒转来，吃饭了。"

她抬起头，将头发拢到耳后，揉了揉眼睛。天色已经向晚，眼前有点蒙眬。饭桌搬到了灶台上，桌上摆满菜碗菜碟，袅袅冒气。她站起身，看到秋聋子正满眼慈爱地望着自己。她有点茫然，问道："都做好了？"

父亲说："都做好了，就等去吃了。"

她定了定神，恍然清醒过来，忙说："我去喊姆妈过来一起吃。"

父亲说："莫喊。我打了一碗精肉汤给她吃过，又睡了。让她好生睡，莫吵到她。"

细姥婢上到灶台，一桌的肉菜惊得她直吐舌头。炭火重新架过了，亮火上坐了一锅滚水，热气往卜扑，一身都暖洋洋的。

"呵呵，这真像过年一样呢。"

"当然，就是过年呢。"

"这样多的，怎么吃得完。"

"吃不完也要吃。多吃，放开肚子吃。"

"爸爸——今天是什么日子,有什么喜事?"

"——喜事?当然有喜事。今天你的扫盲班不是结业领结业证吗?这不是大喜事啊!"

"不就结个业,那算什么大喜事。"

"是大喜事哩,我晓得是大喜事!"

"这太夸张了。"

"一点不夸张,不过就十个菜,为的是取个好意头,十全十美——来,拿酒筛(倒)起。"

秋聋子给自己倒了碗酒,也给细姥婢斟上。

"爸爸,你知道我从来没吃过酒的哎。"

"今天破回例。"

"好,我吃——呀,这酒好甜。"

一口酒进肚,细姥婢身上热炽起来,一张脸像蒙了红布。秋聋子又拿过她的碗,每样菜夹一点装进去,鸡把腿、馅豆腐、肉丸子、牛肉丝、墨鱼片、鱼腩肉……堆起一碗。细姥婢连说:"够了,够了——这样多,哪里吃得完。"秋聋子说:"吃得完,吃得完。今晚上你一定要吃饱、吃胀,不能饿了。"

细姥婢抓起鸡腿咬一口,又夹起馅豆腐咬一口,接着又把一瀑牛肉丝筑进去,吃得嘴巴两边鼓起好大,像是三岁细娃的吃相。秋聋子一下笑了起来。点起一根烟,吸着,看着细姥婢,眼神好复杂。好久,他才问了声:"好不好吃?"细姥婢说:"好吃。""好吃就多吃点,以后口里没味了,就多想起这个家里的味道。""不用想,我叫你下厨不就行了?""不轻易,不轻易哩。哪里是你叫我炒就能够炒起给你吃的?""有什么不轻易?我就要叫你炒。"

秋聋子喝口酒,夹点青菜吃了,又说:"女崽啊,你不要怪做爷娘的。""我哪里怪了你们?""真的不怪?""不怪!""那就好。"

秋聋子给自己碗里斟满酒，说："女崽啊，以后要学会自己照拂好自己哩。寒了记得要加衣，暖了要减衣，冷水不要喝，冷饭不要吃，要早睡早起，手脚放勤快。"细姥婢口里含了菜，含糊说："晓得。"秋聋子说："事非经过不知难，以后你就是大人了，凡事要恻着恻着来，该说的说，不该说的不说，该做的做，不该做的不做，自己要有定见。"

细姥婢不知父亲怎么怪怪的，说话东一榔头西一棒子，不着边际，但她没有细想。眼看着外头天都黑尽了，她的心思早已飞到了义公祠。她胡乱点头应着，又盛半碗饭赶紧吃了，就要出门。

"你等一下。"秋聋子喊住她，颠颠地跑进里屋，捧了一套衣服出来，要她换上。

新衣服是细布做的。蓝色底子，胸口上扎染了一朵大大的红牡丹花。蓝是纯蓝，红是艳红。细姥婢拿在身上比了比，一时好喜欢。心里喜欢，口里却说："又不是——"差点把"嫁人"二字冲口而出，话到嘴边，一惊，变作"又不是过年，穿什么新衣服"。

秋聋子说："领证比过年还大哩，穿上新衣服才有神气。穿上穿上。"

细姥婢就换上新衣服，一手抚着胸口上的牡丹花，轻快出门，往义公祠去了。

扫盲班的结业典礼很简短。县文教科的干部讲了讲话，然后就给学员们发结业证。结业证分作三摞摆在讲台上，学员都在座位上坐好，听点名，喊到，一个上去一个。学员们都好欢喜，都是跑着上去领证，领到证书，迫不及待地就翻开证书看自己的名字。然后对老师鞠躬，又转身对下面笑，于是大家都笑。笑声像发洪水的白露河四处流淌。人们都兴奋得头上冒热气。

细姥婢好快就回了家。

秋聋子还没有睡，一个人枯坐在火炉凳上。煤油灯捻得只有一点豆火，灶膛里的煤火已经黯黑了下去，脚下躺了好多烟屁股，一见细姥婢，

三　扫盲结果

秋聋子忙把油灯捻大,伸长了手说:"结业证拿到了吗?给我看看。"

秋聋子翻开结业证书,顺过来,倒过去,看了几遍,最后递还给细姥婢,讪笑着说:"上头的字我倒顺都分不清,你读给我听听。"

细姥婢就念道:"这边,是毛主席语录——毛主席语录你懂不懂?就是毛主席说的一段话,毛主席是这样说的:从百分之八十人口中扫除文盲,是新中国的一项重要工作。"

秋聋子说:"啧啧,难怪难怪,毛主席都这样重视。"

细姥婢说:"这边呢,高头是'脱盲证'三个字,下边你听清楚了啊:刘细细学员,女性,现年十八岁,系湖南省禾仓县城关镇人。通过政治文化学习,已达到脱盲水平。望继续努力,不断提高。再下边是时间,不读你也晓得。"

"读完了?"

"读完了。"

"太简单了点。"

"不简单了。事情说清楚就可以了。"

"我也不是嫌它简单,只是想多听你读一下字。"

"这个容易。以后我可以搭你读报纸。"

"报纸上的字你都认得完?"

"大雾之(大概)吧,不认得的可以查字典。"

"你还懂查字典?"

"那当然!"

"这就真是不简单,了不起。能读报纸,会查字典,我的女崽那就是文化人啦。感谢毛主席,感谢政府!"

秋聋子感慨一阵,又再三交代细姥婢把结业证收好,就去睡了。他已经劳累了一天,脚杆子都有点发酸,走下灶台时扶住炉桌才勉强站稳。他迎着自己庞大的身影走进里屋,房门在他身后轻轻关拢了,像一声叹息。

　　细姥婢吹熄灯,和衣躺下。她有点兴奋,有点紧张,又有点惶然不安。她同水旺已经约定,今晚鸡叫头道时分,她过水旺家去,举行婚礼。嫁人是一辈子的大事,按照礼俗,女方家里是有很多仪式要搞的。尤其坐歌堂不能少,要热闹,要排场,要轰轰烈烈烟生火爆,场合不怕大,礼仪要到堂。但今天都不可能搞了。礼仪不礼仪,她并不在乎,但她念想坐歌堂。坐歌堂好玩哩,开心哩,过瘾哩。她给多少新娘子坐过歌堂,轮到自己时,却无法热闹,想起来心里就过不得。她设想,如果坐歌堂,这阵子就应该开唱了。没有人,不妨自己给自己唱吧。

　　她在心里哼唱起来:

　　风吹树叶飘过墙,好女今日离娘边。
　　六月绩麻共碗水,七月绣花共花箱。
　　火烧茅厕有人救,出嫁女子无人留。
　　哪个留得出家妹,黚个日头转过天。

　　又唱:

　　堂屋中间一炉香,先拜我爷后拜娘。
　　先拜我爷为什么,衣襟兜米把女养。
　　后拜我娘为什么,天天夜晚谁湿床。
　　布裙捆烂两三条,竹席睡烂四五床。
　　……

　　吟唱过几首,已是难过得不行。怨恼、伤悲、委屈,还有不舍,搅得她肠子痛。

三　扫盲结果

夜很深了，外头的风好大，掀得屋顶的瓦片咔咔响。细姥婢折身坐起，侧耳听听，隔壁里屋很安静，想来父亲母亲早都睡死了。她轻悄下床，收拾行装。东西早都收整好了，两双新布鞋，一双水旺的，一双自己的，是她用了好几个夜晚，一锥、一针、一线做好的。一床被套，两个枕套，还有一床薄床垫。另外是几件换洗衣服。所有行装，床垫最为重要。她将那副象牙麻将一粒一粒散开缝在了里面。她打算拿它垫箱底。她也不打算告诉水旺。她摸着黑把东西一样一样搬出来，拿一块印花布一包包了，打个活结，挽在手臂上。她没有换衣服。父亲下午给她的那件蓝底红花新衣服，在今晚上的那种场合，正好合适。

整好了，要走了，细姥婢的双腿却沉甸起来。她想起了父亲母亲。想起母亲的气痛病，想起父亲眉毛里头的蓝靛色。她想起自己这样一跑，父亲母亲不知道会急成什么样。又想起她这一跑，母亲何时才会消气准她回娘家。父亲抽烟只怕会越来越厉害。她觉得非常对不起两位老人家。可是，这又完全怪得她吗？……

细姥婢面朝里屋，恭恭敬敬地鞠了三个躬。然后，轻轻走到门边，摘掉暗闩，抽开木闩，一点一点把门打开，侧身挤出去，反手正要关门，一条手臂伸过来隔住了。秋聋子从后面跟了出来。

细姥婢惊讶地喊了声："爸爸——"

秋聋子把一个包袱递给她。包很大，也是蓝花布做的包皮。里头包了铺的、盖的，还有几段布料和一个手镯。一般人家嫁女，大致也就是这些陪嫁的东西了。原来他们什么都知道，本来也是。县城就那么大，这样的事怎么瞒得过他们。细姥婢明白了，父亲为什么做那样一桌菜给自己吃，为什么让自己穿新衣服去领结业证，为什么说话颠三倒四，神情异样……细姥婢哭了，哭得哑哑的。

细姥婢哽咽说："我们三天后回门来看你们。"

秋聋子忙摇手说："不消了，不消了。"又伸手指往里屋指指，"等过番日子再说吧！"

细姥婢说："那你们两老自己多保重！"

秋聋子说："别记挂我们，你们自己好好过。"

说完转身回了屋。木板门在他身后悄无声息地关紧了。细姥婢听到木闩在门后窸窣的上闩声，听到父亲一路咳嗽着进了里屋。四周沉寂下来。北风呜呜地叫得越发凶悍。

细姥婢擦干眼泪，猛然转身，左肩一个，右肩一个，背着两个包袱，一步一拖地往街那头走。水旺的迎亲队伍就在街道拐角的地方等着。来了好多人，都是小后生和小女娜。（细姥婢后来才知道，如果秋聋子和忠良婆不让她出门，他们就要冲进去抢人。）那些人也都穿了新衣服，小女娜的头上还扎了红纸花，带了响炮，带了锣鼓唢呐。一抬花轿，黑黢黢地蹲伏在街边上，像头张口吃人的老虎。细姥婢看了心里就一蒙。本来她同水旺说好，只来一两个人接她就可以了，酒席也不办。既然打破礼俗，那就一切从简，越低调越好。但看眼下这个场合，是要搞得通天下的人都晓得哩。事已至此，已经没有回头的可能了，她只能硬着头皮往前走。细姥婢一到，那些人喊一声"好"，即刻有人帮她卸下包袱，安置到抬盒上，又给她头上戴起花，蒙了红头巾，簇拥着上了轿子。响炮炸响来了。锣鼓铙钹一齐响。唢呐吹得好嘹亮，像要把县城里的人都闹醒。

花轿颠得很厉害。细姥婢双手揪住轿沿，轻轻地哼唱伴嫁歌。她还是唱给自己听的：

天光了，鸡叫了，刘家门脚没份了。

没份了，没份了，李家门脚栽根了。

栽根了，落枕了，李家门脚变人了。

…………

四

手气顺时搏自摸

细姥婢和水旺的家在原先李子云的大宅院里,土改的时候,这座宅院里的房子分给了六户穷人家,水旺分得的是南边的两间杂屋,虽是杂屋,却比细姥婢那边的家还要敞亮周正,杉木作梁,青砖到顶,滴水瓦檐很长,两侧开有亮窗。水旺拿它一间作灶屋,一间作了两口子的睡房。房子四周都是空地,出日头的时际,满地白花花的阳光晃眼睛。晒个东西,晾个衣服被子,都有地方。以后生了小把戏,可以随他们摸爬滚打,也不怕走失。正屋的前头后头各栽了三苑千年青,枝叶耸起很高,早晨东边日出,东头的树冠将它们的阴影盖在两间屋顶上,傍晚落日一斜,西头的荫凉又铺过来,席地起凉风,他们家就总在一片温和的气象中。大宅院背水临街,四周围筑了围墙,大门出去即是大街。大街上热闹嘈杂,大门一关,里头十分清静。背后的小门外头,一条石径通到白露河边,河边有一座碾米坊,一盘硕大的水车就拱在蓝天下面的房顶上。碾米坊下面是拱花滩头,一排石凳通到河对面,那边是大片田畴。县城里高大气派的堂屋很多,但有围墙、有院子、有树的宅院却只此一处。

细姥婢很喜欢这个新家。她喜欢这里的敞亮素净,喜欢这里的方便通达,喜欢那几苑高大葳蕤的千年青,还喜欢这里的茅厕。县城四处茅厕很多,一丛一丛的,每条巷子里都有,但都非常简陋。这城里人对吃喝讲究，对拉撒却极其马虎。拿一些断砖碎瓦砌成不过人高的矮房子，胡乱安个门，搭两块木板，就是个茅厕。门是半截门，还没经过刨子，丫着（张开）一条一条手指宽的缝隙，墙也不到顶，四面都张着口子。木板下面的粪坑里，各种秽物和蛆婆子低头可见，触目惊心。那些茅厕是封闭的，又是通透的，在里头冬天屁股冷，热天脑壳热，再加上秽气熏鼻，谁都不敢蹲久。这院子里也有茅厕，是建在最北边的围墙边上，打了地基，下半截是砖砌的，上面钉了木板，还开了亮窗通风，粪坑很深，地面也是搭的木板，但严丝密缝，十分平整，只留了几个出恭的口子。最新鲜的是，这里的茅厕还分了男、女。左边男的用，右边女的用，很是分明。细姥婢每次上茅厕都很放心，很舒服。

　　细姥婢嫁过来后的日子，过得真是很舒心，很安逸，水旺不肯让她出去做事赚钱，只管安心守在家里，想睏就睏，想坐就坐，想走人家就走人家，想要出去踹也随她。水旺自己却很勤快，每天一清早，他就把一杆秤杆子斜背在背上，前头挂着秤盘，后头吊着秤砣，袖着手出了门，直奔衙门口的菜场。乡下人进城卖个菜，或是捉只鸡提只鸭端盆泥鳅黄鳝来卖，都不兴带秤，有了生意时，就喊他去过秤，给个一分钱两分钱劳务费。人们都喊他这种人作"秤杆子"。在菜场上做秤杆子的有好几个，但数水旺的生意好。这是因为，一来他的嘴巴花，能说会道，总能把讨价还价正在犹豫的卖主买主花得立即决定是卖还是买；二来他的心算好，斤两一出，价钱也跟着就报出来了，难差分毫。他还很会看人行事，遇到机会时，就会不动声色地在秤高秤低上做点手脚，高低之间，进项自然人不一样，事后得了便宜的事主也自会悄悄孝敬给他一点。

　　菜场一般到中午就散了。水旺回到家，把一堆散碎票子交给细姥婢，吃完饭，扳倒脑壳眯一觉，就又出门去了。这时他手里的工具换了，或是钓竿，或是捞网，或是扳罾，有时还只背个鱼篓。县城外头，有几条小河流过，小河之外的田野里沟圳纵横，都有鱼在里头生活。水旺巴腥，只要往水边一站，鱼们就都往他跟前凑，尽他收拾。水旺的眼睛贼尖，隔丘水田都能看到泥鳅眨眼。水旺这人不贪，每天收获得小半篓子鱼，就回去了。他也懒得回去拿秤，嫌那样来去费事，直接到衙门口一站，估堆卖了。有时也会提回家去，亲自下厨，炒一盘辣椒滚泥鳅，或是拿鳝鱼做成咸辣盘龙图，晚饭用来下酒。水旺酒量很大，常常喝得一脸通红。一脸通红地，抱住细姥婢就撒酒疯。撒完了酒疯，两个人都感到很累，很过瘾，翻个边就呼呼睡了，有时连门都不闩。

细姥婢自从嫁给水旺，就变得特别能睡，常常一觉睡到大天光，醒来时水旺早已出门做事去了。她把手搭在旁边的枕头上，还会赖一阵床，直到躺得腰酸屁股痛一身都痛了，才慢慢起来。吃完早饭，扫地。扫了屋里，又把屋子周边扫一遍，还走到围墙北边，把茅厕也扫了。茅厕是院子里大家共用的，本是每家轮流打扫，细姥婢有时间，就主动去扫了。然后提一桶衣服去河边清洗。

细姥婢蹲在河边，一边拿棒槌捶打衣服，一边就会想起在娘家做女时的情景，常常就会停下来，发好久的呆。衣服洗好了，她会顺路拐进碾米坊看看。碾米坊是罗长子的。罗长子是个赤贫户，土改时他没要田土，没要房屋，只要了这座碾米坊。碾米坊很破陋了，有些地方的砖缝都蚀空了，四面透风。罗长子就在旁边搭了个小屋，吃住都在里头。细姥婢同罗长子早先打过几回交道，觉得这人心善，本分厚朴，很直套。她嫁到这边来，和罗长子也算是熟人了，心理上自然有几分亲近，可以一起说说话。罗长子的生意有时很好，一担担的谷箩排到了门外头，有时半天半天都没有生意。罗长子见到细姥婢总是很欢喜，赶紧过去关了水闸，一个站着，一个坐着抽烟，念一阵空话。临走时，细姥婢会在地上扫一捧碎米子，用衣襟兜着拿回家喂鸡。

吃完中饭，细姥婢就彻底空闲下来了，她没有睡午觉的习惯，做晚饭也自有水旺劳神，她有大把的时光需要打发。这时候她就会到院子里去走人家。

她最喜欢去的是含田婆家。

含田婆是欧土保的老婆。含田婆是从县城外头的含田村嫁过来的，人们自然就叫她作含田婆，细姥婢一直不知道她真实的名字叫什么。他们住的是大堂屋里南边三间厢房，过去是大地主李子云的卧室，外加楼上一间闺房和旁边一间灶屋。堂屋很大，石门槛很高，进门有一道木屏风，一个石条砌的天井。堂屋的一半也归他们在用。欧土保如今是镇里的一个什么主任，管的事情很多，忙得很，白天很少落屋，家里整天就是含田婆带着三个细伢崽打转。细伢崽都还嫩茁，一个五岁，一个两岁，一个还只一岁，正是顽劣捣蛋、时刻离不得人的年纪。含田婆一天到黑只看到不停地忙。她要带三个细伢崽，要做家务，要喂两头猪和一群鸡（鸡就关在灶屋里，白天放出去，晚上叫回来），还要侍弄一块自留地。她的坯伙（身材）很大，屁股很圆（难怪那么会生息），腿把子溜圆的，精力格外好，挑一担尿水（总有一百五十斤吧）走得飞快，背上还背个嫩毛毛。她整天忙忙乱乱，自己身上就没办法讲究了。她的头发好像总是乱的，脸也好像不常洗，额头上有汗渍都不晓得擦干净。不知什么道理，她的衣服裤子，手肘和膝盖地方特别容易烂，那几块地方总巴起有补巴。

这含田婆待人热情大方，细姥婢头回到她家会面走人家，就感觉像是前世认识的样子，十分投缘。从此她经常得空就过去坐坐。含田婆总是非常忙碌，不是喂毛毛，就是搓衣服，或是剁猪菜，手脚不闲，看到细姥婢进门，也只抬头望一眼，说声"来了"，该做什么继续做什么。细姥婢不打生疏，也会看事做事，帮忙哄哄毛毛，晾晾衣服，拿棍子伸到猪潲锅里搅几搅，两个人就一边零零碎碎地念些空话。有时候含田婆要去自留地浇水、摘菜，细姥婢就会帮她在家守住几个小把戏。

慢慢细姥婢知道了，含田婆真是个能干婆，不光家务操持得好，她的水酒也做得好，坛子菜腌得更好。她做的水酒，放好长时间都不会酸。细姥婢带过一壶回去给水旺喝，以后差不多水旺都要拿钱给她过去买。含田婆家的灶屋里，挨住墙脚摆了一溜腌菜坛子，浸水的坛盖上压着砖头。大头菜、酸豆角、腌蒜头、酸冬瓜、酸白菜、酸柚子皮、酸西瓜皮、酸黄瓜。任何瓜菜，经她手一腌，都变得酸脆可口，极好下饭。常常有南门口西门外的小把戏托个碟子穿城过来讨要坛子菜。隔不好久，含田婆就要把院子里的婆婆姥姥大嫂子小媳妇喊到堂屋里，围坐一起吃桌抬茶。桌上碗碗碟碟，尽是坛子菜，外加一盘炒瓜子，一碟片糖。细姥婢提出要搭含田婆学习做水酒、做坛子菜。含田婆一口应承，立即把自家的酒引子匀出几粒给了她。又带她去墟陂上，挑了几个腌菜坛子，几天就教会了她。

细姥婢到院子里另外几户人家也都蹿过了。含田婆家对门住的是两兄弟，也姓李，和大地主李子云是同一个祠堂的亲戚，但早已出了五服。两兄弟一个叫李初一，一个叫李初二。他们那长工出身的父亲没文化，就给两个崽按出生的日子取的名。两兄弟当然不是同一年生的，相差有五六岁。头两年老长工过世不久，娘老子也跟着去了，两兄弟就分了伙。老大分的是祠堂里头的两间厢房，老二得了天井旁边的一间厢房，外加一间灶屋。厢房上头都有楼，各归各使用。老大李初一膝下也是三个崽，但都比含田婆家的大。李初一的大崽已经上小学了。那两口子都很勤劳，白天一天都在田里做事，只在中午，做老婆的才匆匆忙忙提早回来做点饭。筷子一丢，两口子就又背起锄头出去了。两个小把戏就丢在家里，随他们在堂屋、在院里疯跑疯玩。大崽放学回来得早，也参加一起玩。三兄弟常常打架，互相抱住在地上滚。等到天黑完了，做母亲的在大门口喊："吃饭了，种肚子了——"三兄弟才乌漆抹黑地回了家。他们家的晚饭总是很晚，含田婆家早已吃过饭，涮洗完了，他们家才开始。

不知为什么，那两口子做事那么发狠，生活还是困难，饭桌上少见荤腥，永远是一捧碗水煮白菜，或是水煮萝卜丝。一盏昏暗的煤油灯放在堂屋的神龛上，照着小饭桌上五个黑乎乎的脑壳，只听一阵筷子扒动碗边响，一鼎锅饭霎时就见了底。有时不够，那老婆就到对门含田婆家借一碗饭来，搭每人碗里再分一点。

细姥婢好久才知道李初一的老婆名字叫彭土香。彭土香是从石羔乡下嫁过来的，若依土俗，叫她作"石羔婆"似不大好听，人们于是就直呼其名了，把姓去掉，只叫土香。隔壁李初二的老婆则未能免俗，依土俗被叫作石燕婆，但相熟的人更愿意叫她花红薯。花红薯是军属，男人李初二年前参军走的。她家门头上"光荣军属"几个字总是擦得光亮光亮的。据说分伙时，两妯娌为争一把梳子吵了架，互相撕扯了头发抓破了脸，从此不再来往，连年饭都不肯坐在一起吃。有一次花红薯从田里回来，看见细姥婢正和土香站在堂屋里说话，脸一黑，转身走了。花红薯家的房门总是关着。白天出门，一把牛尾锁挂在上面；回来了，人一进去，门也随即关死，响起一阵哗啦啦闩门声。隔得一番日子，花红薯就会回娘家住几天，那把牛尾锁就一直巴在门头上。细姥婢很少看到她人。

同细姥婢家对称的堂屋北边的两间杂屋里，住了一户篾匠，人都叫他封师傅。城里头只有他一家姓封，只要有人喊一声"封师傅"，都知道那是喊他。他们是从湘北那边迁徙过来的，这从他给几个女崽起的诨名就可以看出来：大毛坨、二毛坨、三毛坨、细毛坨。他们家有一个半瘫在床上的老奶奶，平时很少下地，吃饭、喝水、屙屎屙尿，都在床上，只在含田婆喊吃抬茶时，才会让大毛坨搀扶着，一步一拖地走到前面堂屋里来，在桌子旁边拿张竹靠椅坐下，拈起一块片糖，一下一下地放进嘴巴里舔。舔几下，放下，一边瘪起嘴巴一蠕一蠕地回味，一边安静地听妇娘们说东说西。细姥婢知道她好这口，每次她来，就把放片糖的碟子转到她跟前，给她的杯子筛上凉茶。

四　手气顺时搏自摸

细姥婢家左边过去十几步脚、在大堂屋的后头是一间仓房，住了一对中年夫妻。男的早先挑脚，从衡阳水口山那边挑盐过来，经广东连州，走官道，经车头渡，一担盐两百来斤，两百多里路，五天打个来回。仓房是用作堆盐的，挑盐脚夫分了盐仓房，也亏土改时分房子的那帮人想得出。挑夫姓胡，因为长得粗壮，人称胡砣。老婆也姓胡，人长得不丑，只是脑壳不太清白，两个眼睛成天一眯起，人都叫她胡麦糊。新中国成立后，食盐、煤油都由政府统起来了，胡砣不再挑盐，只是四处打零工。两口子都很勤快，每天清晨出门，很晚才回来。到了傍晚，两个人就各端一个大捧碗出来，捧碗里堆尖的饭上面盖了一瀑酸菜，或是几块腌萝卜，一个坐在门口，一个坐在门外，就着天光，埋着脑壳大口往嘴里扒饭。看到他们的那种吃相，会让人觉得天底下只有吃饭是最松快的事情。细姥婢有时过身（路过）碰见，跟他们打声招呼，两口子都没有回应，只抬起脑壳望她一眼，神情呆滞而讶然。

细姥婢最想念的，是翠玉姑娘。翠玉就住在茅厕旁边的牛栏屋里。牛栏屋的后面紧挨围墙，前面是一条砖铺的小道。牛栏屋很高敞，四面没有窗户，只有一扇很大的门。她家的门，一天到晚都是关着的，里面听不到一点响动。细姥婢从没看到那扇门开过，也没见她出来走动。细姥婢很纳闷，未必她不要买油买盐买菜的？不要做饭不要挑水的？不要洗衣服的？不要上茅厕的？她很希望能会到她，希望把那副象牙麻将送还给她。她上茅厕，有时会故意在那条砖铺路上站一歇，有时还会到牛栏屋门口转一转。含田婆看见了，赶紧叫她过去，告诫她："那个人的成分好劣（差），千万千万，你不要去沾她！"说得细姥婢心上心下的，紧张不安。

日子悠长而安逸，细姥婢胖了。只是在半夜醒来时，会想起秋聋子和忠良婆，好久睡不着。她有好久没有见到两老了，不知道父亲抽烟是不是更厉火了，不知道是不是还一抽烟就咳嗽，不知道母亲的气痛病又犯了没有,不知道家里现在是谁去挑水,谁做饭炒菜。她真不明白两老怎么就那样拗,生米都已经煮成熟饭了,还是这样转不过弯来,结婚这样久了,他们没有来看过一次,也不肯让她回门探望。想着想着,心里一恼,翻过边就又睡着了。

细姥婢很快发现,肚子里怀上了。一块肥田,随便把种子撒进去,轻易地就生了根。从此细姥婢越发地金贵,家里事情,水旺都不让她挨边,一个人包了。细姥婢从小就是做惯了的,如今好啦,整天整天地,不是躺着,就是坐着,闲得一身的骨头发胀。正发愁大把的时光如何打发,院子里来了个老熟人。

那天是疤眼皮发了麻将瘾,可是三缺一少个角,找来找去找不到人,于是找到了这个院子里,还是一眼就看到了坐在千年青树下无聊发呆的细姥婢,一阵风样的就到了她跟前。

"细姥婢,细姥婢,还识得我吗?"

"识得哩,哪里会不识得。"

细姥婢挪挪屁股,给一截石板让疤眼皮坐。

疤眼皮紧挨细姥婢坐着,捏捏她的手臂,摸摸她的脸块,说:"呲,你嫁人以后还胖了,皮肤更光亮,人更欢气了。老实交代,水旺做了什么营养品给你吃?"

细姥婢淡淡地说:"我们这种人家,有餐饱饭吃就不轻易了,哪里有什么营养品吃。"

"我不信。上头没吃,下头肯定吃得多。"

"你东讲西讲哩!"

细姥婢羞得红了脸,神采却出来了,扬起拳头要捶疤眼皮。

两人笑闹过一阵,疤眼皮才说明来意,要细姥婢搭她去打麻将。

"打麻将?我不会。"

"你会。你打过。"

"哦——"细姥婢想起来了,翠玉嫁人那天,她来坐歌堂,给翠玉喊起到麻将桌旁做站墩,还帮她担了一回土,手气出奇地好。细姥婢心里有点痒痒的,嘴上却说:"我哪里会呀,那个物器我玩不来,早都忘得精打光了。"

"玩得来。麻将这物器,谁都玩得来。你不记得的地方,我告诉你就记得了。"

"你说痴话哩,你说玩得来就玩得来的。"

"我就是说的痴话。我的眼睛有毒,看死了你就是打麻将的鬼。"

"你个死疤眼皮!——疤眼皮,弹棉被。割块肉,送大姨。大姨不要,我一口吃。"

细姥婢好坏,拿伴嫁歌的曲调唱起童谣,气得疤眼皮双脚直跳,恨不得踢她几脚。

但她忍住了,今天她不能恼,她是来求细姥婢去凑角的,如果闹翻,麻将会打不成。于是她眨着疤眼皮,挤出一声笑,说:"骂完了吧?骂完了就搭我走。"

"去哪里?"细姥婢也觉得玩笑有点过分,口气软了下来。

疤眼皮说:"去我家里打麻将啊。"

细姥婢指指后面院子:"那里有个会玩的。"

"谁?"

"你的老熟人,翠玉。"

"你是要害我找背时?这种时候哪个还敢搭她打麻将!不要糯粘了,今天就是你了。"她见细姥婢还不肯起身,就又说:"你不知道,打麻将是桩好舒服、好松快的事情。"

"我晓得。"

"你不晓得。你不过是那次担了一回土,麻将都还没有入得门。麻将这物器,不打上几十场、几百场,那里头的妙处你体会不到。"

"你还越说越神了。"

"就是有那样神奇哩。只怕等你玩出味道来了,到时候棒槌都打你不走。"

"搭你这一说,我还真想跟你去试一试。"

"去吧去吧。反正你现在不要做事,一天到晚闲得卵锅子痛,时间不知道怎么打发。我敢保证,你只要往牌桌上一坐,天崩下来都不得管,时间都不知道怎么一下子就过完了。"

细姥婢"啧"地一声笑了,还未开声,疤眼皮就又捉过她的一只手,让她手心朝上看看,翻过手背看看,捏弄一番,又把四指并拢举高了,端详一阵,啧啧叹道:"哎哎,你这个手不得了,简直搭那地主婆翠玉的手是一个模子倒出来的。手心好软,手背又厚,几根手指搭青葱一样,并拢在一起看不到半点缝。有这样手板的人只聚财,不漏财,打麻将只进不出,稳赢不输。我活这样久还只看到两双这样的手,再没有第三个,有这样一双手的人不打麻将真是可惜了。"

"不说了,我去。"

"这就对了。"

牌局就在疤眼皮家里。疤眼皮住南门口的长街上,前店后房。这条街上的人家都是前店后房。前头做门面,后头住家,门面大致都差不多,一边是柜台,一边是门。柜台很大,门很窄。柜台上凿得有槽沟,是用来上铺板的。铺板大多五块,也有六七块的。白天卸下,夜晚上好。店堂很大,除了柜台上陈列的货物,店堂里的墙脚下还摆满了箱笼坛罐,装起存货,以供不时之需。店堂里摆得有竹靠椅。来了顾客,有的站在街边柜台边,买了货物就走,也有的会进去,坐在竹靠椅上,筛杯茶,一边喝,一边念一阵空话,茶喝完了,道声"多谢",拎起货物走人。厅堂靠里是一方灶台。店主一边照看柜台,一边煮饭炒菜,两头都不耽误。吃饭就在灶台上围桌而坐,眼睛却瞭着街上的过往行人。有了生意,端起碗就过去了,把碗放在柜台上,筷子架碗上,拣货、过秤、收钱,然后又端起碗返回灶台,边走边往嘴里扒饭。

这条街上的铺屋,大多是三进,也有四进、五进,甚至六进的。房高却都差不多,都有楼。房里光线黯淡,遇上阴雨天气,白天都要摸着走。后来文化馆一位女干部在这条街上走了一转,回去跟人说,如果从天上看下来,这条街就像一首现代诗,前头规整划一,后头参差不齐。后头有一条水圳蜿蜒流过,再过去的旧城墙下面就是一望无际的田野了。

疤眼皮家开的是酱铺,专卖一种叫作寿山酱的豆瓣酱。豆瓣酱的产地在两百里开外的祁阳县城。两口子分工,男的负责进货,疤眼皮守店。每隔十天半月,男的就要跑一趟祁阳,一去四五天。光卖一种豆瓣酱,似乎还难以维持生活,而且品种也太单调了,他们还卖酸菜、卖酒。门口的柜台上,正中间是一口贴了红纸"寿"字的陶罐,两边各摆了四个大大的敞口玻璃瓶,浸了大半瓶子酸汁,现出里头浸泡着的萝卜、黄瓜、刀豆、茄子、豆角、大头菜。进门的墙脚下,摆了一坛水酒。平时,坛口上用一个包了沙土的布包盖得严严实实,只在有人来打酒时,才揭开布包,拿过挂在墙上的酒端子,一下两下地给人量酒。她家的生意不好也不坏,但应该还过得去(她家门口挂在墙上的酒端子总是湿漉漉的),不然,她哪里会有余钱打麻将。

细姥婢相跟着疤眼皮到了她家,先到的两个角早已等得不耐烦,一见细姥婢如期驾到,顿时喜笑颜开,欢喜得不得了。细姥婢一看,竟是两个熟人,也笑了。她们一个是三道弯,另一个居然是同住一个院子的李初二家的"光荣军属"。问过之后,才知道她叫花红薯。

没有什么客套,四个人围着麻将桌各据一边坐好,把规矩一说,即刻开台。

麻将桌就摆在柜台旁边的空地上。这天出了太阳,街边的阳光带着潮气卷进屋里,亮白亮白的,有点打眼睛。细姥婢揉搓着竹制的麻将,感慨说:"这竹子做的麻将,硬是不如象牙麻将细滑,响声又大,噪耳朵。"疤眼皮说:"当然。象牙麻将摸起来好松快,好来神。"三道弯说:"好像摸了男人那物器。"花红薯说:"谁不晓得,你不摸男人那物器就睡不落觉。"三道弯啐一口,说:"你男人常年四季不在家,你想摸都没得摸。"花红薯说:"我没摸过,也不想。"几个女人都笑起来,说:"假话,假话。"花红薯挣红了脸说:"就是真的,我没得你们那么骚。"疤眼皮说:"出牌,出牌。等下自摸到了幺九、十三幺,那比摸什么物器都有神气。"细姥婢说:"那要摸到海底捞月呢?"疤眼皮说:"那呀,两个字:松快,松快,松快!"

过一会,疤眼皮又自语地说:"翠玉屋里的那副象牙麻将,不明不白就没看见了,好奇怪。"说时,似还不经意地瞭了细姥婢一眼。细姥婢心里一动,忙说:"是哩,好奇怪。"疤眼皮说:"土改时际,我万物不要,就想得到那副象牙麻将。"三道弯说:"难怪那番日子,看到你天天守着翠玉的屋子转。"疤眼皮说:"守有什么用,转有什么用。一人藏,万人寻。她把东西藏起来了,没办法寻得到的。"花红薯说:"象牙麻将有什么巧,我们村的地主家里就有一副,丢在路上都没得人捡。"疤眼皮说:"你蠢哩。人跟人不同,象牙跟象牙也不同,翠玉屋里的那副象牙麻将,是从好远好远的国外进口来的,只说是原始森林里野生象牙做的,好金贵。"花红薯撇嘴说:"未必比金子还金贵?"疤眼皮说:"你这人真是没有见识,世上好多物器都比金子金贵哩。"又说,"她那真不是一般的象牙麻将,一粒一粒晶莹剔透的,像珍珠,像玛瑙,像玉石,摸起来滑手——细姥婢,你是见识过的,我说得没错吧?"细姥婢胡乱点头说:"没错。"

细姥婢现在只专注打牌,不敢分神。她还是几年前打过麻将,就那样短短的几盘,得幸有翠玉在旁边指点,她才算是勉强应付下来了。好多情况,好多桥段,都已忘记。她必须尽快地把记忆都恢复起来。麻将桌上，四个人互相都是对手，你死我活，你衰我才会旺，谁也不会帮你，谁也不会等你（还有，谁都希望你衰，谁都希望你忙中出错。你衰了，她才有机会旺；你出错了，她才有可能赢——哎哎，这话好像说得有点缺德，可事实就是如此）。开端发事，她还真是慌乱过一阵。十三张牌一呼噜堆在眼前，脑壳一下就蒙了。牌还没有看清，人家已经在催她出牌了。还是三道弯好心，小声告诫："莫急，看清楚牌再打。"是哩是哩，这时候千万不能急。细姥婢心里慌乱，却很清白，知道一急就会乱，一乱就容易出错牌，她不甘愿给她们有机可乘。

几盘下来，她已经调整好了心态，镇定自如。原来打牌很要紧的是要有好心态，要平和，要专注。她记起了那晚上瞟学到的翠玉打牌时的手段。她很明白了防上家、堵下家、盯对家的牌场兵法。她死守住那天晚上学到的牌场基本法则，跟张打张，少碰多摸，宁弃不放铳，绝不打生张。她也学得了那天晚上翠玉摸牌时的手势，只拿拇指和食指的指尖拈牌，另外三根手指翘起好高呈扇形。她的老道让几个对手暗暗称奇：这哪里是新手啊！

细姥婢当然是新手。但她有悟性哩，还有定力，而且老天也帮她，就是那句行话说的：麻将怕新手。七分手气，三分技术。大凡新手上桌，手气总是好得出奇，总还能赢。也不知这是不是麻坛引人入场的一种策略，先让人尝到甜头，引君入瓮，有了兴致上了瘾，再慢慢收拾你。一轮转过来，细姥婢的手气渐旺，这时她及时记起了那晚翠玉反复交代过的话：手气顺时搏自摸。细姥婢一试，果然。再试，又自摸。于是就放心大胆地搏了。但好景不长。牌桌上谁都不会容忍谁占上风。细姥婢立即遭到一致的围攻和破坏。言语里奚落嘲笑，手底下使尽阴招。奚落嘲笑是要激怒细姥婢，让她心态失和，乱了分寸；使阴招则是要破坏掉她的大和自摸。

细姥婢很偏执，很自信，还认死理，不会审时度势，无论大和小和一律搏自摸。自摸了每人给的筹码翻一番，还奖一个码，码不落空，落到谁头上谁还再多给一份，如果恰巧落在自己头上，另外三个人则都要给双份。如此算起来，自摸和牌至少是点炮和牌的八倍进账，甚至可能是十二倍，这个账细姥婢明白，别的人更明白。但她还不明白的是，别人一旦意识到她在做大和，立即会一致对外，设法破坏，或弃和，或改做小和，或乱碰乱点炮，不等她自摸，别人已经和了牌。因为手气好，细姥婢常常能摸到一手好牌，却又往往在即将登顶暗自得意誓搏自摸时，瞬间垮塌。这不能不让她十分沮丧。那时她还不明白，在牌桌上，沮丧的心情是很影响手气的。手气转了，她还是赌了一口气，谁点炮都不和，就搏自摸。居然还就零零散散地搏到了几把。有一次搏的还是边张，只剩绝张，还硬是让她摸到了，这让其他三人惊得目瞪口呆，直骂她狠。

细姥婢越打越有兴头，一泡尿憋得发胀了都不肯起身。

打牌的时间容易过，不知不觉，太阳落山了，屋子里暗黑下来，该收场了。四个人纷纷起身，急着赶回家去做晚饭。

她们约好了第二天还在这里开台。

从此她们就成了疤眼皮家麻将桌上的铁角。每隔两三天，就要聚在一起玩一玩。她们似乎都有点上瘾，就像抽烟的有烟瘾，喝酒的有酒瘾，吃大肥肉的有肉瘾，她们有牌瘾。几天不上桌摸几把，就会手痒心跳皮子发胀，脾气也变得非常焦躁，无缘无故会发火。十几场麻将打下来，互相都摸到了对方的套路和习惯，细姥婢喜欢做大和；花红薯喜欢乱碰牌；三道弯性急，只要有人点炮，倒牌就和；疤眼皮则喜欢声东击西，明明要的是"万子"，却故意虚晃一枪，摸一张牌，嘴里念一声"筒子""索子"，吓得几家都不敢打"筒子""索子"，眼睁睁看她自摸，真是狡猾狡猾的。

牌桌上的风水也是轮流转的，今天细姥婢手气好，下一场也许就转到花红薯手里了，再下一场，又是三道弯了，再下下一场，就该得疤眼皮笑了。很少连续旺下去，也少有一直衰的。此消彼长，此长彼消，如果是长期固定的几个牌友，输赢不会太大。牌场在这一点上大致还是公平的。但有的人精明，很会审时度势，自己手气好时连续赴局，感到开始走背运了，便会找借口推脱不来，所谓趋吉避凶。麻将桌上的输赢，很大程度在技术高下。七分手气，二分技术，这也是很要动脑筋用心机的。像疤眼皮那种人称"麻将鬼"的，是真厉害。麻将一百三十六张牌，她心里都有数。池子里打出了多少张牌，她有数；垛子里还有多少张牌，她有数；上家、下家、对家手里有什么牌，她有数；她们要什么牌，她也大致有数。什么牌先打，什么牌后打，什么牌能打，什么牌不能打，她都算计得清清楚楚。她还常常扣牌，宁肯拆搭子，宁愿弃和，也不肯让别人得势。她很清楚，打麻将也同武术比赛一样，只有第一，没有第二。第一家和了，那就没有第二家什么事了。

　　她出牌也慢，一张牌在她手里，总要停顿十几二十秒，倒来倒去，逗得另外的人心情烦躁，叫骂声讨。她不动声色，神情始终冷严得像一口深井。奇怪的是，如此神机妙算，能征善战，赢面却并不大，常常废牌还没有打完，人家就已经和了，倒是细姥婢这种嫩苗芽苗，完全不按牌理出牌，一心只朝着叫和大步狂奔，抓到的废牌乱张想都不想随手就打出去，一点不顾忌是不是人家正想要的牌，更不管是否就放了炮了。她也有她的理论，放炮不怕，自摸一把，抵得过放十次炮。她暂时还处在麻将的初级阶段，只相信手气，随心所欲，乱打乱发财。几十场下来，竟是赢得多，输得少，略有盈余。

　　细姥婢的肚子已经鼓起好大了，但她还是强撑着依约隔天去赴牌局。肚子胀得身上难受，她只能常常站着鏖战。她探着身子、齐牌、摸牌、打牌，却也十分自如。肚子里的毛毛就在哗哗的麻将声中安静地待着。有时也会蠕动一下，痛得她一阵痉挛。后来发现，毛毛蠕动时，是自摸的前奏。这个发现让她惊喜不已。于是每到叫和时，她就会对着肚子里的毛毛轻轻叫唤："动啊，赶紧动啊！"别人都不明白她这是什么意思，问她，她不说。这是秘密，天机不可泄露，说出去就不灵了。细姥婢独自享受着这个秘密带给她的喜悦。

转眼到了八月中秋节。头天晚上，家家户户的灶上架起煤火蒸粽子，到了清早，粽子都蒸熟透了，街巷上空飘荡着掀都掀不开的粽香。各家各户，这一天的早饭、中饭、晚饭，就都是吃粽子了。那么多的粽子（都是一鼎锅一鼎锅地蒸哎），一天自然是吃不完的，就都在楼上通风的地方一串一串挂起，肚子饿时，随时剪一只下来剥开粽叶就吃。县里土俗，中秋节这天只吃鸭子不吃鸡，墟场上的鸭行只看见一笼一笼的鸭笼摆满，不到半天就卖光。

细姥婢有两天未曾出门了，她算过日子，肚子里的毛毛应该就在这两天出生。可是两天过去了，一点动静都没有。她整天躺在床上，一身烦躁，干脆起来靠在门框上看水旺炒菜。中秋节这天，个个家里的中饭和晚饭是作一餐吃的，中午只吃个粽子哄哄肠胃，留起肚子晚饭吃宴席。水旺已经炒好了两道菜，还有六个菜等着下锅。他不要细姥婢帮忙，也没有工夫搭她说话，只让她回床上去躺着。细姥婢哪里还躺得住，想了想，扯脚就去了疤眼皮家。

疤眼皮家还正在开台。凑不齐角，三个人也搭起麻将桌打起来。细姥婢进去，二话不说，坐下就伸手摸牌。那天应了她的预感，手气特别好，一上手就是清一色的架势。一摸，万子；再摸，万子；又摸，还是万子，而且卡张边张都是应运而来，没有一张废牌。眼看一个万子清一色就要叫和，只等自摸了，细姥婢欢喜得手指发凉，抖着嘴巴念道："动啊，赶紧动啊！"

肚子里的毛毛应声而动。这次跟以往不同，动得好猛，细姥婢只觉得肚子猛然一阵抽搐，又一炸，下身就像撕裂一般地痛。她把持不住，一屁股就跌到了地上。疤眼皮一看，说声"哎呀，是要养了"，赶紧跑到门口,喊住两个过路的后生,帮忙摘下门板。一边将一床棉被铺上去,抬起细姥婢就往东门口走,一边又打发小把戏飞脚去给水旺报信。

一簇人行至东门弯街口,迎面水旺急匆匆走了过来。水旺问:"是到妇幼保健站还是到家里?"疤眼皮说:"妇幼保健站刚刚成立,只有一块牌子个人,乜样(什么)都没有,有鬼用哩!你们去家里——我去喊接生婆。"

细姥婢刚进屋躺下,疤眼皮带着接生婆也到了。接生婆挥手喊大家都退到门口,只留下疤眼皮打下手,把门带关了。

生养是大事,院子里的人闻讯都过了来,站在空坪里等着贺喜。含田婆迟了几脚才到,径直走进屋里去帮忙。

水旺守在外间屋的灶台边,来来回回地走,侧耳听着里屋的动静。

接生婆小声地不断地说着:"扒开点——再扒开点——用力、用力啊——"细姥婢一直像杀猪一样号叫,一声比一声紧促。

水旺焦躁得不停地搓耳朵。

好久,接生婆只开一条门缝侧身出来,小声对水旺说:"你老婆肚子里怀的是横胎,我奈不何。"水旺急了,说:"你没有着神吧?"接生婆双手一拍,说:"人命关天的事情,我哪一次会不着神?天有眼哩!"看样子她也确是着了很大神的,脸上都汗津津的,出气不匀。水旺说:"我没有怪你。辛苦你了,你一定要搭我想想办法!"含田婆走出来,说:"小点声音,莫吵到驮肚婆了。"

几个人走到门口,含田婆说:"我还没有看到养崽这样难的。我养了三个,哪个都像上茅屙屎一样,一用力就出来了,连不(一点也不)费力。"接生婆说:"人和人不同,有易的,也有难的。"含田婆:"你经得多,今天细姥婢这种情况,你以前碰到过没有?"接生婆说:"当然碰到过。"水旺忙问:"哪样解决的?"接生婆说:"没有办法,只能等死。"水旺一下来了火,挥拳吼道:"我打死你!"含田婆忙把他推开,说:"发什么癫,你打死她就有办法了?"旁边有人说:"如今新社会了,时代都不同了,应该有办法。"水旺气狠狠地说:"你赶紧想办法!一定要搭我想办法!"又软下口气说:"我也是急得上火了,你老人家不要见怪,我搭你赔礼道歉!只求你一定要想办法保住大人和细崽,我求你了!"说着眼泪水都出来了,便要下跪,含田婆忙拉住他,说:"等细崽养下来了,你再跪她谢她都不迟。现在先想办法。"又对接生婆说:"不行就赶紧送妇幼保健站去?"接生婆说:"妇幼保健站刚刚建立,站长搭助产医师都是我,送到那里有什么用?"含田婆说:"县城里头还有哪个接生婆厉害的?你应该晓得。"接生婆说:"我当然晓得,没有哪个比我还厉害的。不然政府也不得请我去当妇幼保健站的站长。"含田婆说:"总会有办法的,你自己说的,人命关天,你要帮忙想想主意。"接生婆说:"要我想主意,只有一条,即时送州里的医院去。"含田婆叫起来说:"那有一百多里路哩。"接生婆:"一百多里路也要送。州里的医院有大医师,有设备,办法多,只有那里能保证大人和细崽的安全。"含田婆问:"来得及?"接生婆说:"来得及!一百多里路,即时动身,一夜就到了。"含田婆又问:"哪样去?"接生婆说:"你这话才问得新鲜。哪样去,当然是抬起去啊!"

细姥婢的号叫声,像烟子一样从门缝里长一声短一声飘出来,扎得人心痛。

含田婆说:"那就去州里。"

水旺也说:"去州里,去州里!"

含田婆就朝人堆里喊一声:"胡砣在不在?"胡砣做过挑夫,她想喊他抬人去州里。

没人应声。是胡砣老婆搭的腔,说:"胡砣走人家去了,明天才得回来。"

含田婆叨咕一声:"要他出力的时候就寻不到人了。"一偏脸,看到院子大门口晃进来一个人,扯声喊道:"土保癫牯,过来。"

如今的土保是镇里的治保主任,权力很大,神气很足,跟谁都是脸板板地,嗓门很粗,谁见了他都是"土保主任,土保主任"地恭维,只有老婆不管他这些,在家里都喊他"土保癫牯",指使他做这做那,喊崽一样。

土保主任听到含田婆喊叫,又见这头聚了一苑人,就一晃一晃地走过来。问清楚情况,没有多想,只把肩上的钢枪一耸,说:"送人去州里的事情我解决。"他带人巡逻,刚刚在丰和墟戏台楼头后面抓到两个偷狗的强盗拐子,人就关在看守所里。那是两个小后生,劳动很好,抬个人走百把里路不会很费力。

土保主任走进屋里,搭水缸里舀瓢冷水喝了,对着里屋喊一声:"细姥婢你好好歹歹等着,有我土保在这里着神,你放心!"

土保主任很快就带着两个偷狗的强盗拐子打了转身。两个小后生果然雄唐劲壮,腿把子很结实,畏畏缩缩地贴住土保后面站着。这里一副抬椅也准备好了。土保主任一脚踩在抬杠上,让两个小后生立正站直了,当着众人训斥道:"你们晓得自己犯了什么罪?"

"晓得。"

"想不想将功补过?"

"想。"

"好。罪错很严重,态度还可以。我今天就送你们一个将功补过的机会。等下把一个驮肚婆抬起送到州里去。做好了,我即时放你们回家;做不熨帖,即时送去法办,判刑坐牢。"

后面的花红薯搭了句话,说:"不过是偷了条狗,动不动就说法办,说话不打草稿,也不知道有什么法律依据。"

土保主任知道搭话的是自己的邻居,没有回头,只耸了耸肩上的钢枪,说道:"法律?我就是法律!如今新社会,对这种危害人民财产的强盗拐子，判刑坐牢还是轻的，砍头打靶都不为过——我再问你们一声，想不想将功补过？"

"想、想、想……"

"好！那就先铳壶酒，再上路。"

含田婆忙说："还铳什么酒？人家细姥婢等不及哩，赶紧上路走吧。"

土保说："再急也不争这一时半时。一百多里路哩，不吃饱肚子能走得到？"又喊水旺："有没有酒菜？没有到我屋里去端。"

水旺点头："有，都现成。"扯脚就到屋里舀酒上菜。又喊人们快点上桌。

土保把含田婆拉到一边，交代她回去拿件夹衣、拿个手电筒来。夜里山上气温低，走夜路要有手电筒照脚下，这两样东西少不得。

含田婆惊奇地问："你也去？"

土保说："我必须要去。道理不用我说你都明白。"

含田婆紧点头说："这才是个好干部。"

土保神气地一耸肩膀："那当然！"

含田婆很快就抱着手电筒和夹衣打了转身，另外还多拿了一串粽子、两块月饼和一个水壶。

土保猛夸他老婆想事周全。

几个人吃饱喝足，要上路了。水旺早已把细姥婢横抱出来，平放在躺椅上，盖上棉被。细姥婢一脸寡白，咬紧牙巴，不肯让自己哼出声来。

两个小后生吃得不少，饱得直揉肚子。土保主任喊住他们，把钢枪从肩膀上摘下来，拉得枪栓"劈啪"乱响。一粒子弹从枪膛里跳下地。土保主任瞪着他们说："我再强调一次，一路上你们一定要老实规矩，喊哪样做就哪样做，不然的话，我认得你们，枪子不认得你们！"

两个后生不搓肚子了，连连点头称是。

土保主任从地上捡起子弹，放到细姥婢手里，要她抓紧了。告诉她:"这是辟邪的!"

大堂屋的李初一老婆走过来,把两个肉粽子压在细姥婢脑壳旁边,说:"肉粽子最抵饥。饿了,难过了,你拿起咬一口,比药还见效。"

院子那边的封师傅急匆匆小跑过来,把一面铜锣筑在水旺手里,说:"路上你要走前头,碰到山深林密路险的地方,你就要把铜锣敲起来。一边敲,一边喊。喊什么?我来教你喊:天煞归天!地煞归地!神煞归神!各路菩萨都来到,保佑我家里母子平安!记到了?记到了就念一遍给我听。"

水旺就照念道:"天煞归天……"

封师傅喊住他:"前面要先喊一声'哎嗨'——这是礼性,给牛鬼蛇神先打招呼。"

水旺说:"刚才你教我的时候没有喊'哎嗨'呀!"

"哦哦,是我忘记了——对不住!"

说得众人都笑起来。土保主任斥道:"封师傅,你这是搞迷信活动哩。"

封师傅忙说:"不是迷信活动,是风俗。"

土保主任说:"风俗也不行。不过今天特殊情况,允许做一回,下不为例!"

众人挤眼瘪嘴,又笑一回。

连细姥婢也咧了咧嘴,挤出一丝笑容。身上松快下来。

诸事妥帖,水旺谢过众人,正要动身,却见两个人互相搀扶着,从大门口一路哭了过来。

细姥婢心里一震,端起头来。她听到了进来的是母亲忠良婆和父亲秋聋子。

忠良婆哭着扑到细姥婢身上,嘶喊道:"女崽呀女崽,你遭孽了呀!"

几个女人头忙围拢去扶住她，七嘴八舌地劝慰。含田婆说："你来了是件好欢喜的事情，哪里能哭呢。"疤眼皮说："你这样哭，会惊到肚子里的毛毛哩。"花红薯说："若是逗起细姥婢也跟着哭，那会拐场啦！"三道弯说："婶婶，你就要做外婆了，实在应该欢喜才对，哪里能哭哩。"含田婆又哄毛毛一样哄她："婶婶，不哭，不哭，喔——"……

忠良婆到底止住了哭。带着哭腔问接生婆："你搭我放句实话，我的女崽和外孙崽保不保得住？"接生婆说："当然保得住。"忠良婆说："你能保证？"接生婆说："保证我不做。没有把握我不会说这个话。只要明天赶到州医院，你可以放心。"忠良婆说："我就是不放心！"接生婆说："你这人哪里这样糯粘（难缠）。你要清楚，这样会耽误事的。"忠良婆还想说什么，含田婆叫起来了："婶婶，你自己看看，你们一到，细姥婢的神气都足了好多，脸上有血色了。"

忠良婆转眼看过去，细姥婢已经睡平下去，镇静下来，脸上活泛了好多。这时她叫了声："姆妈！"又叫一声："爸爸！"声音还是沙哑，但显得生动。她不知道是谁去给父母亲报的信。她好感谢这个报信的人，父母亲一来，她的心一下踏实了。

秋聋子双手抱一个铜热水壶站在旁边，一直没有开声。听到女崽喊他，忙"哎"了一声，趋前半步，揭开热水壶盖，舀出一铜勺热汤，说："来，你张开嘴巴喝一口。"

细姥婢伸嘴接住了，咂嘴说："啧，好香。什么汤这样香？"秋聋子眯眯眼笑着说："什么汤不告诉你。"含田婆哼哼地说："估都估得到啦，外公外婆送过来的汤，肯定是'十全汤'。"几个女人头就"哦"一声，明白过来。做了母亲的都知道这个风俗，女崽生养之前，外公外婆必须做个"十全汤"给女崽吃。吃了"十全汤"，母子安全，十全十美。只是都很奇怪，"十全汤"是要拿猪心、猪肝、猪肚、猪肾、猪膈、猪眼、猪嘴巴、猪耳朵、猪舌头、猪脚十样菜慢火炆出来的，这样短的时间,老人家怎么就把菜买齐,还炆好送过来了。

原来是,秋聋子早就偷偷打听清楚了细姥婢的预产期,这几天每天一清早,他第一个守在衙门口的猪肉案子边上,猪肉佬一到,他抢先把猪身上的每样东西割下一点,包回家炆汤。汤炆好了,女崽那边没有消息,他就和忠良婆分作两碗吃掉。等了三天,没有动静,他们就吃了三天的"十全汤"。如果没有消息,秋聋子还会一天一天做下去。这个秘密只有忠良婆知道。她不说。

他们还给未来的外孙悄悄准备了衣服鞋帽、被窝,拿银子打了副长命锁。

铁打的锤头,糯米粉做的父母心。

几个女人头小声感叹:"这样的外公外婆,哪里去找。"

水旺给忠良婆作了个揖,喊声:"姆妈!"又给秋聋子作个揖,喊声:"爸爸!"秋聋子应了,忠良婆偏头不理。

土保主任催道:"话说完了没有,说完了就都倚一边去,不要耽住事。各就各位,即时走路。"

忠良婆也要跟着一起去,给众人劝住了。

疤眼皮弯腰俯在细姥婢耳朵上,细声说了一句话,说得细姥婢"嗨"一声笑岔了。

疤眼皮说的是:

"手气顺时搏自摸,着神!"

水旺手提铜锣走前,土保主任肩背钢枪殿后,一行人迤逦出了县城,刚刚踏上水王庙旁边的官道,天就黑下来了。天很蓝,不知什么时候,一轮月亮已经挂在了天幕上。月亮很圆,很洁净,像用白露河水漂洗过的,照得官道两旁一派清明。

细姥婢给女崽取名大姥婢,忠良婆一听就不喜欢,说:"你叫细姥婢，女崽反倒叫大姥婢，没有这样取名字的，失了倒顺，乱了辈分。"细姥婢说："名字取得贱，易养成人。"忠良婆说："那她的大名呢，叫什么？"细姥婢说："李柏姣。水旺取的名。"忠良婆一听水旺，脸就黑了，说："那我还是喊她大姥婢。"细姥婢笑笑说："你爱喊什么喊什么，自己的外孙女崽，只要喊得顺口就好。"第三年，细姥婢生的还是女，细姥婢顺势就喊了"二姥婢"。水旺还是按辈分取了大名，叫李柏玉。忠良婆也只好跟着喊"二姥婢"。忠良婆说："你毕竟还是要生的，再下一个若又是女崽，难不成就叫'三姥婢'？"细姥婢说："就叫'三姥婢'哩。"忠良婆说："好好，我反正是跟着你叫。"细姥婢说："等我生出崽来，就不这样叫了。"忠良婆说："那要一直生的都是女呢？"细姥婢叫起来，说："娘老子哎，你这做外婆的，就不希望有外孙子？"忠良婆说："当然希望有外孙子，就等你生崽哩！"

　　细姥婢生的第三个果然还是女崽。她心里怪怨母亲把话说早了，但她知道这是命，只能认了。她从州里抱着大女崽回来时，隔壁含田婆说："会养崽的先养女，会做鞋的先做底。"还让她欢喜了一阵。没想到接下来两个还是女崽，这就好愁了。家里五张嘴巴吃饭，光靠水旺一个人挣钱已经好难维持。这几年，说起来，市场是越来越兴旺了，做生意的人越来越多，但衙门口和墟陂上的小商小贩们也都学精了，懂得精打细算、积铢累寸的事理，"秤杆子"的钱虽不多，却也不能给别人去赚，为长远计，便都纷纷买了秤在手上，再不用求人。水旺常常一两天都接不到一单生意。水旺捉鱼的本事倒是越来越精到，人们的生活水平总在走高，鱼的价格也见长，可是捉鱼的人也多了。站在旧城墙上放眼望去，河里、溪里、水圳里、田头水边，星星点点好多打鱼人。背撒网的，举捞网的，扯拦网的，放钓竿的，将水氹两头筑堤一拦戽干水捉鱼的，到处都是。水里头来来去去的鱼就那么多，哪里经得住这样捕捉，水旺常常费半天力，拿回来的鱼不过半斤一斤，全部卖掉还不够一家人一天的开销。日赚日光,日子不能是这样过的,细姥婢真是愁死了。好在水旺还年轻,脑筋活泼,有的是力气,做"秤杆子"不行了,捉鱼的收入少了,他就去挑煤炭卖。

挑炭是县城里一个特殊的行业,是件很苦的事情。县城离张家煤矿二十里,来回就是四十里路,山路蜿蜒,中间还要过一道麻地河。挑炭还不是从煤矿挑回来转手再卖那么简单,是要和上黄泥踩匀踩黏了,团成饭碗大一个煤炭粑粑,拍在墙壁上晾干了,才能挑到墟上去卖的。当水旺把这个想法告诉细姥婢时,细姥婢真是又惊喜又心痛。惊喜的是水旺肯去做这种又苦又累还会给人看不起的力气活,心痛的是他那样一副身坯吃得了这个苦吗?水旺说:"你那样看不起人?我看到那些挑炭人家里的小女娜,还只十四五岁年纪,腰没有我壮,腿没有我粗,挑起担子走得飞快。未必我还不如那些小女娜?"细姥婢说:"看人做事不觉难,人家从小挑担子,那是做惯了的。"水旺说:"挑百把斤担子走二三十里路的事情我也不是没做过,没有你说的那样难。"细姥婢说:"你要天天挑就知道难了。"水旺说:"为了你和三个女崽,再难我也要去做!"细姥婢忽然有点感动,说:"那我只准你每回只挑一百斤。"水旺说:"我就要挑一百二十斤。"细姥婢说:"不行哩。这是天天要做的事,你会累垮去。"水旺说:"你信不信,只要天天让我回来搭你眠一觉,第二天照样有劲。日日眠,日日有劲。"细姥婢扬手打他一下,说:"你丑不丑人!"

水旺把准备工作做得很足,他请封师傅专门拿黄竹篾织了一担箩筐。黄竹篾织的箩筐比青竹箩筐要轻两三斤,也结实经用。箩筐从外面看上下一般齐,内里却是上小下大,多装了东西不显形。水旺又挑了根柔韧性很好、走起来上下颤悠的柞木扁担。还趁赶墟买回来一炮(十双)草鞋。新草鞋容易打脚,他就找了些布筋缠在鞋跟上。临到要去挑炭的头大下午,他就给熟悉的人打好招呼,半夜四点钟叫醒他。

县城里挑炭的有两种人:一种是挑来自家烧的,另一种是拿来卖的。前一种每个月挑两三回，大约就够家里烧的了；后一种除了落雨下雪，却是每天要去的，人称"挑炭牯"。前一种大多是天亮后出门，中午就回到家了；后一种比他们要早，半夜出发，到吃早饭时已经回来，上午补一觉，吃过中饭又再去挑一担回来。两种挑炭人都是结了伙，一起来去的。水旺刚入行，每天跑两趟自觉吃不消（细姥婢也不肯让他那样辛苦），但他必须同那些"挑炭牯"打成一伙，同出同进。

水旺很快就知道了，同伙的"挑炭牯"们半夜出发去煤矿，为的是吃"头啖汤"。那时候天还将亮未亮，煤场工人还没有上班，从矿井下挖出来的煤炭堆放在煤场上，生炭（块煤）、碎炭和煤矸石混堆在一起，还没分拣开。"挑炭牯"们趁这空当，抢先把拳头大小的生炭拣出来，很有技巧地码在箩筐底下，码到差不多了，再在上头盖上一层碎炭。生炭和碎炭质地不一样，价格也不一样。生炭经得烧，一炉火烧得大半天；生炭无须加工，挑回去就可以翻倍地卖钱，碎炭却要和上黄泥巴踩匀做成煤炭粑粑才能拿去卖；生炭八角钱一百斤，碎炭五角钱一百斤。"挑炭牯"们过秤之前，先买筹码，都是竹片做的，上圆下尖，涂了红漆写了黑字的是生炭筹码，涂了黑漆写了红字是碎炭筹码，上面分别标明：十斤、二十斤、五十斤、一百斤。"挑炭牯"们买的一般都是碎炭筹码。这一说，就能明白他们为什么要在箩筐里面做手脚了。过磅员（煤场使用的都是磅秤）当然也知道这里头的名堂，过磅之前，会先拿一根粗铁丝做的长钎子往箩筐里插几下，探一探里头埋了多少生炭。他们都算是有良心的人（过磅员年纪都偏大，年纪大些的人良心好像都好些），知道凡来靠挑炭挣口饭吃的人都不容易，只要不很过分，也就睁只眼闭只眼不多为难。

水旺跑过几趟，就把行情摸熟，把箩筐里的机关做得很巧妙了。他不贪，每次也就夹带一小半的生炭，适可而止才做得长久。他还发现，磅秤上也可以做手脚。把箩筐置放在磅秤中间和后头的重量是有差别的。

把箩筐靠后放（有时还拿脚尖稍稍顶住箩筐一点），一百斤的重量，秤戥上显示的数字只有九十六七斤。每回偷袭成功，他心里都会欢喜一阵。

细姥婢现在有事做了。除了带孩子，做一日三餐，做家务，还要踩炭。水旺挑炭回来，细姥婢服侍他洗澡、吃饭、躺下睡觉，就把三个女崽带出去，在门口空坪里踩炭。她计大姥婢带两个妹妹在眼睛看得到院门口的树底下玩耍，她一个人先把生炭拣出来，再拿粗筛将碎炭过一道筛，然后从中间挖出一个池子，倒上黄泥，倒上水，拌匀了，再又一锄一锄将煤炭铲到泥浆里搅和，再然后哩，站上去用脚踩。一下一下很用力地踩，四周都踩到。拿锄头翻转过来，又一一二二地踩。她一边踩着花步，一边端起脑壳望住在不远处玩耍的几个女崽，有时还哼几句歌，哼的是伴嫁歌。汗水从她下巴尖梭梭地往下流。翻来覆去踩过七八遍，一堆煤炭生生踩熟了，不再挂脚，可以随手捏成饼，一个一个拍在墙壁上。

她家的三面墙壁上都巴满了煤饼，一排一排像黑蘑菇。黑蘑菇上印着清晰的巴掌印，五根手指细细长，掌心微微凸起。过几天的傍晚，细姥婢约莫着墙上的煤饼干透了，便用铲刀一块块揭下来，堆码在屋檐下，拿破草席盖住，等买主来要走。他们家的煤炭很好卖。好多"挑炭牯"都是趁逢墟的日子挑炭去墟上卖，却有好多人问上门来找他们买。那是因为，别人家的煤炭里黄泥巴总是放得过多，有时候一餐饭还没有搞熟炭火就蔫了，他们家的黄泥巴不多不少正适中；别人家踩炭不过三四遍，一敲就碎，他们家的要踩七八遍，煤饼紧绷绷的，要用力才能敲开；别人家的煤饼是放在太阳下暴晒，外头好像干了，里头实际没干透；他们家是阴干的，里外一个样。他们家在秤上也从不耍花招，童叟无欺。而且这家的女人长得乖，声音沁甜，搭她说说话也是件愉快的事情。所以他们家的煤炭常常供不应求，得要预约。

细姥婢有很久没打麻将了。大女崽满月的时候，她求到封师傅家里,搭她拿竹子做了一副麻将,又做了个竹匣子。麻将用清油油过,一粒粒晶莹滑润,竹匣子是仿着翠玉姑娘的檀木匣子做的,上了桐油,盖子上拿黄铜做了个提手,还安了搭链,可以上锁,精巧又轻便。那时她还很有闲,有时去疤眼皮家打麻将,有时就把疤眼皮、三道弯和花红薯邀到自己家里来玩。她拿一块印花包布把嫩毛毛背在背上,一边哄她睡觉,一边熟练地洗牌码牌,又飞快地把牌打出去,神情十分安逸。

有一次在牌桌上提起翠玉姑娘,疤眼皮也不记得曾经说过"不认识这个人"的话了,极力怂恿细姥婢一起去敲开翠玉的门,邀她出来一起玩。翠玉一身穿得齐齐楚楚,神情淡淡的,只把木门丫开一条缝,轻轻说:"我不会打麻将哩!"疤眼皮惊奇地说:"你怎么不会打麻将哩,有阵子我们经常打的啊。"翠玉不望她,硬硬地说:"我不会打麻将!"疤眼皮说:"你是怕什么吧?我们都不怕了,你怕什么?"翠玉把脸偏了偏,还是说:"我不会打麻将!"细姥婢不知道她为什么会这样说,赶紧拉着疤眼皮跑了。那天细姥婢情绪不太好,有点心神不定,几次打错牌,输得好窝火。有好长时间她都在想着翠玉那句话,似乎有点明白,又似乎不完全明白。她那一段手气都不好,到养下第二个女崽,她更忙了,疤眼皮要来喊她三四次,她才会去应付一次。

打麻将这事,需要身心放松,勉强不得,不然就是自己找时背。细姥婢那段时间都是输多赢少。到又添了三姥婢,三个小女崽就缠得她根本无法脱身了。常常是上个茅厕都像打仗一样,哪里还能得空去打麻将。打麻将这事情却是很怪,有得一段时间不打,有的人可能就此疏远了,有的人却心心念念地一点不能释怀。这是牌心牌瘾都很重的人,已经嗜麻成性了。细姥婢显然属于后一种。她在家里做着做着事,常常一分神,心思就到了麻将桌上。她会想起某盘牌上失手打出的错张,想起某盘牌一副大和眼看就要自摸却给疤眼皮破解掉,想起某一次自摸幺九还买码买中自己时的欣喜,想起有次打到天亮连连放炮捶胸顿足的懊丧……想

四 手气顺时搏自摸

起好多好多，一时就手痒难耐，搬出竹匣子，"哗"一下把麻将倾倒在方桌上，一粒一粒摸起放下，过干瘾。从此以后，每当水旺出门不在家，她把三个女崽哄睡了，就把麻将搬出来，一粒一粒在手里过摸。细细方方溜滑光洁的麻将握在手心里，她感觉到无比的松快，一天的劳累消解得无踪无影。不长的时间，她就把一百三十六粒麻将都摸熟了，随便拈起一粒，中指在朝下的牌面上一刮，立即知道是"三条""五万""九筒"，或是"东南西北中發白"，无有差错，屡摸不爽。

有好多次，她都想把翠玉送她的那副象牙麻将也搬出来摸一摸，还想过要拿给疤眼皮她们面前现现世，她站在大衣箱跟前，发一阵呆，很快就又打消了这个念头。

每到星期天，细姥婢就会带上三个女崽回去娘家，待上一天。吃完早饭，她就背着三姥婢，一手牵二姥婢，再让大姥婢牵住二姥婢，一行人穿街过巷，慢慢走着去了。自从那年细姥婢生大姥婢难产，忠良婆就同细姥婢和解了。但她和水旺的结还是解不了。她不来水旺家看望，也不准水旺登门，但很欢喜女崽和外孙女们回娘家。

现在忠良婆和秋聋子都是县里印染厂的工人，一星期要上六天班，只有星期天休息。他们是印染厂最早的工人。公私合营那年，政府工作人员上门动员，才一开口，秋聋子就答应合进去。秋聋子是个明事理、懂看趋势的人，知道政府决定要做的事情，最好是顺着去，没必要自找烦恼。他知道凡事有利有弊，自己有技术有劳力，到哪里都吃不了好大的亏。一开始，他最不习惯的是要按点上下班。他是个自由惯了的人，自己在家里做事时，想什么时候开工就什么时候开工，什么时候收工就什么时候收工，没有人管。他也不需要有人管。但他很快就适应了，每天提早上班，下班很久了才走人。他做惯了的，不做点事身上还耐不得。他还不习惯的是一个星期做六天休一天。他真不知道休息那天怎么打发。好在细姥婢那边添了外孙女，忠良婆和细姥婢的关系也有了改变，于是每到星期天，他就叫细姥婢带外孙女过家里来玩。细姥婢接连养的三个都是女崽，他个个都喜欢。他在口袋里装了纸包糖，让外孙女们叫"外公"，叫一声"外公"，他答应一声，发一个纸包糖。三姥婢小，叫"外公"还叫不全，只会叫"外外"，他听了似乎更欢喜，额外多发一粒糖。然后就带着外孙女们玩，玩跳格子，玩捉迷藏，玩公鸡捉小鸡。有一次他在门槛上绊了一跤，好久站不起来，大姥婢二姥婢都吓住了，不敢作声，只有三姥婢一扑过来抱住他，嘶声大哭。他一下好感动，抱住三姥婢，连声说："我的好外孙啊！我的爱爱外孙啊！"眼睛里竟有了泪光。

细姥婢回到娘家，把三个女崽往父亲手里一交，就随母亲进到里屋，两娘女坐在床边上，膝盖挨膝盖，手搭手，说一阵体己话。两娘女好像有三年没见面了，有那么多的话说。细细密密，缠缠绵绵，一肚子的线团总也扯不完。说着说着，就咯咯地笑起来。有时也会掉眼泪，一个掉了眼泪，另一个也随着眼里出水，两个人的眼睛都搞得红红的。过一会，又都拍腿打手地笑起来，压抑不住地欢喜。

体己话说得差不多了，两娘女开始择菜做饭。吃完中饭，秋聋子带三个外孙女在一铺床上躺下哄她们睡觉，忠良婆也要眯一会儿，细姥婢就把屋里屋外捡拾一道。她扫了地，抹了桌柜椅凳，清理完灶膛下头的煤灰，又从火炉凳上、床头上、椅凳靠背上把邋遢衣服收拢起来，泡在脚盆里，打上肥皂，用力搓洗，然后装进桶里，两只手轮换提着去屋后面的秀水河里漂洗。衣物漂洗完，已经到了半下午时分，太阳斜斜地照下来，让她身上起了一种慵懒。于是，她就势坐在石头上，双手抱膝，腰弓弯起（她都是做了几年母亲的人了，腰身还是那么柔软），默一阵神。她的脸块映在河面上，眼睛是眼睛，鼻子是鼻子，好清晰。一阵河风拂过，河面上起了涟漪，河底下长了手，将她的脸影一下子攥紧了，一下子又放大了。攥紧了和放大了的脸影都显得好恐怖，逗得她自己也笑起来。她的心境变得特别松快，这时又或许想起了做女崽时候的一些

四　手气顺时搏自摸

事情，好多心思翻上来，喉咙发痒，好想唱歌。立刻就有歌声一句追一句地从嘴巴里唱出来。她唱得十分动情，好像一个人都跌进歌声里了。

这天，她唱完一首歌，正要提桶回去，一个女娜大声喊叫着，急忙忙从上游浅滩上踩水过来。到了跟前，那女娜说："等一下。"

细姥婢不认识她，睁大了眼睛问："你是哪个？"

女娜喘息着，说："我是文化馆的干部，我叫段碧池。"女娜说的不是土话，也不是本地官话，说的是长沙话。女娜的长沙话很好听。

细姥婢说："我不认识你，听都没听说过。"

段碧池说："不认识不要紧，迟早会认识的。"

段碧池让她把刚才唱过的歌再唱一遍。

细姥婢说："我唱的是伴嫁歌。"

段碧池说："我要听的就是伴嫁歌。"

细姥婢又正眼看了看段碧池。眼前的女娜长得好乖，怕是要比自己小好几岁哩，弯弯的眉毛，细长的眼睛，肉色白里透红，一头短发乌青的，新鲜得像刚淋过水的白菜秧子。

细姥婢对她有了几分喜欢，说："我唱的歌很好听？"

"好听哩，几好听的！"

"好，我唱给你听。"

"呀呀，那先谢谢你了！"

细姥婢就又抖着喉咙唱了一遍。

她是拿土话唱的。段碧池一句也没听懂。

"你会讲官话吗？"

"当然会呢。我在扫盲班读过三年，拿到结业证的。"

段碧池夸张地撮起嘴巴，说："咯（这）下好了，我到底碰到一个唱歌的文化人了。"一边就拿出一个绿皮笔记本，小心翻开。

细姥婢换了官话来唱。她无端地有点紧张，歪脸看天，不时地皱眉缩鼻，想一句唱一句。段碧池飞快地记录下来。完了又逐字逐句地对了一遍。一边对，一边感叹歌词真是朴素，有生活味，有人情味。歌词是这样的——

天上落雨细灰灰，一朵棉花两边吹。
我爷听见我今回，杀猪干塘等女回。
我娘晓得我今回，烧茶煮饭等女回。

在家做女一条龙，一觉睡到日头红。
出嫁媳妇日子丑，垫高枕头等天明。
在家做女日子好，金盆打水洗手巾。
出嫁媳妇日子丑，脚盆装水洗衣襟。
在家做女日子好，高凳梳头插花针。
出嫁媳妇日子丑，火炉凳板我安身。

歌名是《一朵棉花两边吹》。段碧池合上笔记本，双手护在胸前，问："这里是你的娘家？"细姥婢点点头，"唔"了一声。段碧池又问："你自己家也在城里头吗？"细姥婢又点头，说："是啊，就住在东门头的李家大院子里。"段碧池把手里的笔记本抓紧了，欣喜地说："我晓得了，你是细姥婢。"细姥婢说："是啊，我是细姥婢——你怎么知道？"段碧池翻开笔记本，说："喏，这上头还记得有你的名字，好几个歌头都同我提起过你。"细姥婢眨闪着眼睛问道："哦哦，她们怎么说我？"段碧池说："都是夸你呢。说你人长得漂亮，伴嫁歌唱得好，肚子里歌词多，小小年纪在城里头就唱出了名。还说你是自由恋爱结的婚，佩服你有决心，有勇气。好早我就想拜访你了，没曾想会在这里碰到，真是缘分。"说着，她就盯住细姥婢看。那目光太火辣了，也盯得有点久，盯得细姥婢身上都不自在起来。

　　也许是站太久了，段碧池一屁股在石墩上坐下，也拉细姥婢坐了。太阳拱在远处的山垭垭里，周围镶起了金边。河风变大了。段碧池说："只听到人说你伴嫁歌唱得好，怎么在歌堂总看不到你呢？"细姥婢说："人家不请我。"段碧池说："为什么？是你的成分不好吗？"细姥婢说："我家的成分好呢，手工业者。你说好不好吧？"段碧池说："那当然是好成分啦，党的依靠对象。为什么不请你？"细姥婢说："不好意思说，说出来丑人。"段碧池急了："说，说。我帮你解决。"细姥婢低了头，摸摸衣角，又随手将桶子推开一点，默着神，一副开不出口的样子。段碧池说："不怕。告诉我。我是政府干部呢，有政府给你做主！"细姥婢又默了一阵，细声说："我养的几个都是女崽，人家嫌呢。"段碧池说："就是这个原因？"细姥婢说："怪不得人家，是我们地方上的土俗。我们这里的人家讨亲，请去坐歌堂的都是要有崽有女的歌手，要不就是黄花闺女，假如是有孙崽孙女的就更好。"段碧池说："我明白了，为的是讨个吉利。"细姥婢说："正是正是。"段碧池大声说："典型的封建迷信思想。女儿就不是人？要没有女人，这个世界还不成个世界了哩！下次我请你去！"细姥婢摇头说："不行不行，你请的不算数。要主家请才能作定准。"段碧池说："我是文化馆的音乐专干，是政府干哩，政府请的还不作数？！"细姥婢还是摇头："主家会不欢喜。"段碧池说："有我陪你一起去，主家会不高兴？不可能！我只问你，你想不想去？""想——当然想。""想去就好。这样，过两天正好有一家人结婚摆歌堂，我让他们给你送张请帖来。""人家会听你的？""听。一定会听！""有帖子来，我就去。""好，说定了！""说定了——我先谢谢你！"

　　把事情说定，段碧池很高兴，站起身，拍拍屁股上的灰尘，正要把笔记本收回包里，忽然又想起一件事，再拉细姥婢坐下，说："我要请你帮我个忙。"细姥婢说："什么事？我还能帮到你的忙。"段碧池说：

"帮忙给我做翻译。"细姥婢不懂"翻译"是做什么的,耸高了眉毛望着她。段碧池就说,她去过一些歌堂听歌,那些歌手都是拿土话唱,她一句也听不懂。她们都没文化,不会官话,好久还解释不清。她要细姥婢一边听,一边给她翻译成官话。"这事我做得。"细姥婢一边说,一边站起来,她看到太阳公公有半边脸缩进山垭里去了。段碧池也随即起身,说:"以后你会要经常同我去坐歌堂,不光在城里,有时也要去乡下。"细姥婢说:"去乡下我就不方便了,我的嫩毛毛还只有两岁多,离不得人。"段碧池说:"这个困难可以克服,把嫩毛毛带着一起去,我也可以帮你一起带。"又说:"我不会让你白做事,我们馆里会给你补贴的。"细姥婢欣喜地说:"你的意思是,又一起耍了,又还有钱进?"段碧池肯定地说:"当然!"细姥婢说:"天底下还有这样的好事,蠢子才不去哩——我去!"

细姥婢觉得真是遇到活菩萨了。

从此以后,细姥婢就又成了歌堂里的活跃人物。那时已经秋收完了,好多人家都闲下来,似乎就只等着过年了,讨亲嫁女的多起来,隔不得十天八天,段碧池就要来邀上细姥婢去坐歌堂。细姥婢比以前忙了好多,可是非常松快。生活富足,社会安定,嫁女的人家歌堂一摆都是接连三晚。晚晚唱通宵。点心丰富了很多,包封也很大。重操旧业,细姥婢风采依旧,歌头的位置依然是她。也许是大了几岁的缘故,她的歌声少了清润,多了几分愁郁,唱起来不再那么平滑,却特别动人。伴嫁歌是且唱且舞的,她的舞姿还是曼妙无比,脸上的表情也显得丰富。她的包封都比别人要大。坐一次歌堂,收入抵得上水旺汗巴水巴地挑一个礼拜的煤炭。于是,一有歌堂要细姥婢去,带崽的事自然就落在了水旺身上,自然地,那几天他就都无须去挑炭了。每次留守,水旺都很心甘情愿。毕竟带崽比挑煤炭要轻松活泛很多。这是个散漫惯了的人,他从来认为带孩子就是放养。所以,神气来了时,他会带着三个小把戏满院子疯跑疯玩,三姥婢跌倒了,他只会训她"真是没有卵用";懒筋一来,他就让大姥婢带着两个妹妹在院子里玩,自己袖着手就上街逛荡去了。

　　细姥婢很感激段碧池,第一次接到包封,就请了她到家里,做了五荤五素十大碗菜招待她。以后段碧池就成了她家的常客,有事没事都会过来坐一阵。县文化馆就在衙门口对直过去的正街上,去细姥婢家里如果要图近便,穿过几条巷子就到了,段碧池却宁愿包远路走大街。她不习惯巷子里的狗屎牛屎,还有旁边茅厕飘出来的浓厚气味。段碧池站在门口拿长沙话喊一声"细姥婢",细姥婢即刻就拖两张竹椅子出来了,两个人就坐在门口树荫下,细细声地说话,时常哈哈哈地又笑仰了。细姥婢安排坐在门口,是刻意的。她要给院子里的人看到,她是有"工作干部"的朋友的。很多时候,段碧池找她,是校对头天夜晚记录下来的伴嫁歌歌词,有时没事,只是过来闲坐,听细姥婢说点本地的风俗人情,学说几句本地土话。

　　水旺也非常喜欢段碧池来家里做客。只要在家,也会搬条小凳子跟在一旁坐了。他喜欢看到段碧池轻盈姣好的身段,喜欢段碧池优雅的做派,尤其喜欢段碧池那一口纯正的长沙话。他觉得长沙话就是一种高贵,一种身份。他总会把几个女崽喊拢来,跟着段碧池学说长沙话。女崽们操着童音大声地一句一句学,他也在一旁张合着嘴巴跟着念。

　　细姥婢不明白他让女崽们学这个做什么。他说:"学会讲长沙话有用呢。"细姥婢说:"我悟不出有什么卵用。她们若在县城里讲长沙话,人家不在你脑壳上敲几个丁壳才怪呢!"水旺说:"我哪里是要她们在自己这里讲长沙话?我是要她们到了长沙,就能讲长沙话。"细姥婢说:"你这想法才是奇巧,长沙那是什么地方,是省城,是大地方,哪里是她们能去的地方。"水旺说:"她们的日子还长得恶(很),说不定哪一天她们就去了长沙。"细姥婢说:"我看没有这种可能。"水旺说:"如今是新社会了,什么可能都会有。"细姥婢说:"有可能我也不肯让她们去。"水旺说:"为什么?"细姥婢说:"长沙天远地远的,还不晓得在哪一方天,去了做什么?"水旺说:"长沙是大地方,去了做什么都可以。怎么都比我们窝在这鸟不屙屎的地方强。"细姥婢说:"强什么强?人活世上,在哪里不是过日子?过日子是什么?就是我父亲扯常讲的:日求三餐饱,夜求一宿安。另外有时间了去坐坐歌堂,打打麻将,我觉得我们现在的日子就蛮好。"水旺将头猛摇,说:"真是五月的鸡崽没脑髓,搭你说不清。"

段碧池每天记、每天记,她的那个绿皮本子都快记满了。她记下了县城里能听到的伴嫁歌,记下了细姥婢肚子里知道的所有的歌。很多歌,她也能哼唱了(她本来是音乐专科的毕业生,学唱民歌,不难)。伴嫁歌很杂,也有分类:耍歌、长歌、射歌、哭嫁歌、骂媒歌。她喜欢的是耍歌和骂媒歌。她一边轻摇手板给自己打拍子,一边哼唱:"半升绿豆选豆种,我娘养女不择家。千家万户都不许,偏偏嫁给财主家。嫁去三天都不满,就像路边烂草鞋。吃了好多隔夜饭,喝了好多冷菜汤。受了好多酸辣苦,挨了好多蛮巴掌。嫁鸡随鸡,嫁狗随狗,嫁块木头背起走,妈妈哟害了我。"又唱:"十八满姑好可怜,嫁人嫁个胡子郎。睡到半夜亲个嘴,好比蓑衣罩酒缸。"唱过了,掩嘴笑一会儿,又大声地唱:"一块手巾花灵灵,花唇巧嘴做媒人。骗起我娘报时辰,拿起纸笔写生庚。三块肥肉塞嘴巴,害苦千千万万人。"

唱过了,又会静静地默半天的神。有时还会在本子上标记点什么。她就这样常常自己一个人哼唱,独自默神,一待好久。

段碧池来到县里都快四年了,她已经能把本地土话说得很流畅了,知道"沙、心、遭"是"我、你、他",知道"家家"是"妈妈",知道"箩公"是"外公",知道"糖日"是"明天",知道"乜咯"是"什么",知道"眠"是"睡觉",知道"节"是"稀饭","窝"是"肉",知道"出背恭"就是"屙屎"。她还搞清楚了一些很土很冷僻字句的大致意思。

四 手气顺时搏自摸

虽然知道，但她跟人交流时从来不说，还是讲她的长沙话。人们听惯了她的长沙话，贸然一改，说的人别扭，听的人也会不习惯。

段碧池给县里做了件很挣面子的事情：她做工作让省里的全省民间音乐舞蹈艺术汇演放到了县里举行，又让县里的伴嫁歌也上了舞台。县城里会唱伴嫁歌的歌手多了去了，不说上千，也有大几百，光歌头就有十几二十个，挑谁上台呢？那些人大多没有文化，一辈子连县城都没有出去过，只是"螺蛳壳里做道场"，没有见过大世面，很难保证上台不紧张。她想到了细姥婢。若将歌喉、长相、年纪综合起来比较，细姥婢自然要高出一篾片，是最合适的。可是，她也有同一个问题，上了台会紧张吗？段碧池跑到细姥婢家里一说，没想到细姥婢紧张没有，倒是有点兴奋，只问："是到总工会大礼堂的台上演出？"段碧池说："是啊。"细姥婢说："到那里演神气不足。"段碧池问："那要到哪里演神气才足？"细姥婢说："当然是丰和墟陂上的戏台楼头。"段碧池说："总工会大礼堂有一千个位置呢！"细姥婢说："丰和墟上何止一千人。"段碧池笑了："你想要场合大啊，找个机会，我让你到丰和墟上去唱。"细姥婢神气地说："到天上去唱我都不怕！"

段碧池又有了一种担心，她担心细姥婢太不在意，一个歌手上了台，太紧张或太不在意都有可能出西西（洋相）。她又给细姥婢强调一遍，这次登台演出，是代表了全县人民去的，几十万人都在望着哩，千万不能出差错，一定要唱出自己的水平来，让上级领导和兄弟县的同行看到我们伴嫁歌的风采。最后说："你若是唱砸了，看我不搔死你！"

细姥婢收起笑容，正色说："我晓得！我会着神的。"

段碧池说："光是晓得不行，一定要给我拿个奖回来！"

"一定？"

"一定！"

"——好，拿奖就拿奖！"

段碧池给她定下了上台演唱的歌目:《半升绿豆》。她觉得这是很有代表性的伴嫁歌。她抽时间专门给细姥婢作了几次辅导,让她把几个地方的唇音拖得更重浊一点,对旧时代的控诉要更沉郁。她还带细姥婢去总工会礼堂走了几次台,让她熟悉环境。面对空阔深远的大礼堂,细姥婢一开始吓了一跳。一张张自动椅像一个个方眼睛朝她扑压过来,让她感到了慌张和恐惧。但走过几次台以后,她就很镇定,很自如了。看着侧面的亮窗,感觉像在自家的堂屋里。最后彩排的时候,段碧池组织了一些歌手和小学生来当观众,坐了半个礼堂。那天她擦了胭脂,穿了舞衣,着了一双带扣襻的黑布鞋。细姥婢歌声钝郁,舞姿翩翩,让临时的观众们拍红了巴掌。

擦了胭脂的细姥婢真好看。

全省民间音乐舞蹈艺术汇演如期举行。总工会礼堂门前和衙门口都扯起了大红横幅,四座旧城门和街口张贴了每天演出的剧目,绿色抛光纸上的演员名字放得有酒杯大。各个机关单位门口都贴起了标语。红的红,绿的绿,黄的黄,把县城渲染得很有气氛。

细姥婢没有辜负段碧池,很对得起县里几十万双眼睛,演出结束,她得了三等奖。这是她无论如何都没有想到的。演出时她没有感觉紧张,走上领奖台时,才真是紧张了,紧张得双脚打跪。当然,更多的是兴奋。掌声骤然响起时,恍如做梦。

省里的汇演组委会给她发了奖状、奖品。奖品是一条毛巾、一只白色的洋搪瓷缸。毛巾和洋瓷缸上都喷了字,圆弧形的一行小字下头,那个大大的"奖"字格外打眼。细姥婢把奖状挂在家里墙上,把奖品供放在衣柜顶。好多人都跑起来看。他们不是看毛巾和洋瓷缸,是看上面的字。疤眼皮显得特别高兴,一边把洋瓷缸捧在手里倒来倒去地看,一边就说要把三道弯和花红薯喊起来打一场麻将,以示庆贺。正说着,就见她一失手,洋瓷缸掉落到了灶台上。那灶台是青砖砌的,生硬,洋瓷缸跌落在上面，就听砰一声响。细姥婢赶紧捡起看时，缸底跌伤掉了铜钱大一块白瓷，现出里头黑黢黢的生铁。一个崭新的白洋瓷缸，平白地添了一块黑色伤疤，变得非常难看，细姥婢心痛得直吹冷气。疤眼皮也很心痛，还显得有点慌张的样子，说："我不是故意的。"细姥婢说："我没有怪你是故意的呢。"疤眼皮说："我帮你拿到街边的补锅匠那里补好。"细姥婢摇头。疤眼皮就又说："我去百货公司买只新的赔你。"细姥婢又只摇头不出声。心里说："这上头的字，你赔得起吗！"

晚上，细姥婢把洋瓷缸从衣柜顶上拿下来，放进抽屉里收起了。她靠在抽屉旁边，默了好久的神，眼睛里慢慢蓄起了泪光。她心里很难过，不光是因为代表荣誉的洋瓷缸给打烂了，其实是疤眼皮说的一句话刺伤了她。疤眼皮哪里是来道喜的，分明是来倒她的丑的，当着那样多人的面，进门就说："细姥婢呀细姥婢，你若是能养个崽就好了。你有这样大的本事，又有崽有女，那你在人前不会要飞得起呀！"这话真是过不得细琢磨。煞尾（最后）还要把她的奖品打烂。还说不是故意的，哄鬼哩！那双手抓麻将那样稳当，会拿一个洋瓷缸抓不稳吗！

细姥婢发了狠心，无论如何，如何无论，她都要养个崽出来，给世人看看。

五
一朵棉花两边吹

含田婆知晓细姥婢的心思。两个人打了七八年的邻居,今天你送我一碟酸萝卜,明天我给你一抓腊干鱼,走亲了。有些话,细姥婢不得同母亲说,却会搭含田婆筐(倒),亲密如姊妹。含田婆知道,细姥婢现在心心念念地只想得个崽。她很上心,到处打听土办法土方子。

这天,细姥婢踩好一担煤炭,到拱花滩头洗了澡,刚刚回到院子里,就见含田婆从前头拐出来,对她招手。含田婆说:"赶紧,到我屋里头来。"细姥婢说:"等下去。你没看到我头发都湿浸了,梳都没有梳一下。"含田婆说:"头发等下梳,我等不及。"细姥婢问:"什么事,这么急促?"含田婆却不答,只要她把水旺也喊起一道过来,说:"这桩事是要两口子一起来才做得成器的。"细姥婢身上起了一阵胀热,赶紧进屋把刚刚睡下不久的水旺拍醒了。

进堂屋,过天井,一入厢房,含田婆就在后头把门关上了,还上了木闩。细姥婢正惊疑间,却见灶头上端坐着一个白胡子老头,眼睛很眯,寿眉很长,正神态安详地望着他们。

细姥婢想起,听人说过,有道法的人眼力都不好,这人莫非是卦公,或是八字先生?

细姥婢估(猜)对了。坐在灶头上的白胡子老前辈正是卦公。他姓彭,人都称他"彭先生"。彭先生是县城郊外的含田村人,含田婆从小就认识他。彭先生曾拜过三个和尚做师傅,他道法很深,通晓天文地理,能看透人的前世今生,预测吉凶祸福。他的名声很大,生意很好,去找他勘问人生秘密的都要提前预约,因为他一天只接受十个人的问询,超过这个数字,他的法力就消失了,只跟平常人一般,再看不到神界的东西——这些,都是新中国成立以前的事情。新中国成立后,政府禁止了这类迷信活动,他也成了被管制对象,规服规法,再没有了作为。含田婆是在那天晚上半夜醒来,忽然想起了这个人,于是一早就起来回了娘家,到彭先生家里把他喊了出来。起先彭先生是不肯的,但镇长老婆(含田婆的男人欧土保现在已经是副镇长了)亲自上门来喊,他又不敢不去,犹犹豫豫直到含田婆拍胸脯保证没事,他才跟着来了。

当下细姥婢搭水旺在彭先生对面坐了。彭先生分别将他们打量了几眼,问了两人的生辰八字,吩咐含田婆拿出三根香,起身点燃,望虚空中拜三拜,插进香炉里;又叫含田婆筛一杯酒,他左手端酒杯,右手拇指和无名指沾了酒,望空弹了三下。一边弹,一边仰起脑壳眯了眼睛念念有词。白胡子撅起,寿眉轻弹。细姥婢听不清念的什么,只听到"……天神菩萨……土地公公……送子观音……"后来声音大起来,就清楚了:"哎呀,得罪得罪!我左脚踏金,右脚踏银,左手捧金花,右手捧银花……"最后更清楚了:"好好好,养个崽过年。伢崽有财发,有德行,有孝心……"念毕,"啊啾"一声,嘘口长气,微微睁眼,似乎一身气力使尽,踉跄几步,瘫坐在灶头凳上。

水旺赶紧点根烟筑到他嘴里。

彭先生连吞三口烟,才像又魂魄回了身,缓过气来。他睁了睁眼睛。细姥婢只觉一道精光泄过来,身上一凛,忙伸手揪紧了水旺。

水旺却没事人一样,嘿地一笑,伸手揽住细姥婢。

含田婆紧着问道:"送子娘娘怎么说?"

彭先生续上水旺又递过去的一根烟，似还没有从仙界的情境中回过神来。好久，才发梦眊似的说："送子娘娘怪你们不懂规矩。"

含田婆说："什么规矩？"

彭先生一指细姥婢："一捆钱纸、一把线香、两根蜡烛，这是要由他们送过来的。"

含田婆忙说："他们年轻人，不懂这些。这事怪我，没有喊醒他们。"

彭先生说："不怪，不怪，哪个都不怪。我即时送了十块钱给送子娘娘，不怪了！"

几个人都松口气，身体软下来。

彭先生又慢悠悠地说："他们的姻缘没有问题，能白头偕老，只是中间会有坎坷……"

含田婆打断他，说："我没有要你问姻缘，我是要你问他们这世人有没有崽养。"

"哦，哦。"彭先生说，"我当然问了，不会有错。送子娘娘——"

几个人一下都把颈根伸直了，问："怎么说？"

彭先生把手搭水旺一伸，说："拿根烟。不吃烟，说话没有神气。"

水旺忙把半包烟捧过去，顺手抽出一根，划火点上了。

含田婆骂道："你个四类分子，名堂多！"

彭先生叼烟在嘴，嘿嘿笑道："不吃烟说不清事，你奈得我何，我奈神仙不何。"

几个人只好耐住性子，等他把一根烟抽完。

在满屋子的烟雾缥缈中，彭先生说："送子娘娘说，这两口子肯定有崽，但是——在这个崽的前面，会有三个姐姐。"

细姥婢突然感觉到一种惊恐，她偏脸去望含田婆。含田婆摇摇头，又摇摇头。好像说："我什么都没有告诉过他。"她脸上是一种坦然的接受。于是，细姥婢心里也欢喜起来。

她听到那声音又从好远的地方飘过来:"不过你们这个崽呀,要发心去抢。"

水旺说:"我们不知道要怎样去抢!"

"你不知道,我告诉你就知道了。"

彭先生就告诉他们,先拿杉树条做一条小船,捉只叫鸡公养起,还有钱纸、线香、蜡烛一应物器,到十五晚上子时以前,两口子一道,自东南方向出城,顺大路一直前行,碰到有桥的地方(大桥小桥都可以),在桥下面近水边的地方,点蜡烛,点线香,烧钱纸,拜三拜,杀鸡,将鸡血淋在小船上,再把小船放到水里,念完咒语,人就可以离开了。切记,往回返时一定不能回头,一直往前走。

彭先生把咒语念了三遍,水旺记住了。

水旺问:"就这些?"

"就这些。"

"灵不灵?"

"我说灵,肯定就灵!"

说完,屋里的烟雾忽然散去了。彭先生睁开眼睛,猛吸了几口纸烟,掐一掐手指,又说:"只要把这些都做好了,你们要崽得崽。早呢,今年底,生崽过年;迟也不得迟过明年插田时际。"说时又盯水旺一眼,眯笑一声,道:"这段时间,后生崽你就要多展点劲,发点狠。"

水旺赶紧把一个包封双手送了过去。

彭先生忙摇手说:"做不得,这做不得。"一边就拿眼睛去看含田婆。

含田婆大声道:"收起!人家后生崽的一点心意。我说收得就收得!"

水旺和细姥婢也一齐说:"收起,收起!"

彭先生就点头谢过,接过包封,在裤脚上卷好,起身去了。

过后不久,细姥婢果然怀上了。肚子一天天鼓起来,一切形态都是民间所说的怀了崽的样范。比如细姥婢的肚子鼓起好圆,圆而尖;又比如肚形偏在左边。含田婆还注意到,每回细姥婢来她家,进大门跨门槛时,都是左脚在先。"男甜女酸",细姥婢越来越喜欢吃甜的东西。细姥婢自己也感觉到,这次怀孕和前头的三个情形都不一样。她和水旺都满心欢喜地怀着好大的期望。

到年底,十月怀满,一朝分娩。细姥婢果然养出一个虎头虎脑啼声响亮的胖崽。这回生崽,竟一点不难。细姥婢肚子痛起来时,水旺还炒了一碗油渣糯米饭给她吃饱了,才往人民医院送。一进产房,崽就拱出来了,细姥婢感觉就像屙泡屎一样的轻易。细姥婢双手接过崽,泪水涟涟,轻声说:"崽啊崽啊,好体恤娘老子的崽!"水旺也喜仰了,煮了一篮子鸭蛋,给鸭蛋一头涂了红色,见人就送。又偷偷去了一转含田村,谢过彭先生。

水旺给这个崽取名叫作李柏运,小名就叫运崽。期望这个崽能给家里带来好运。

得了崽,水旺显得比细姥婢更欢喜,精神焕发。人一精神,身上的力气也大了好多。他去挑炭,从一百二十斤一下增加到了一百五十斤,挑在肩上还连不费力。这时他从邻居胡砣那里学到了一招。当年胡砣做挑夫时,盐包一上肩,嘴里就会含一粒盐。盐能生津,也能长力气,平添一股耐力。水旺也在口袋里揣一把粗盐粒子,走一程,放一粒到口里,能清晰地感觉到力气从身体里一点一点地沁出来。挑炭回来,自然不能让月婆子动手,他就喊大姥婢、二姥婢一起帮忙,把炭踩好,摆放在坪地里暴晒。他要比细姥婢奸巧,炭里头掺的黄泥总要过点量,也不再拍在墙壁上等煤粑粑阴干,过秤时,总会小小地动点手脚,一百斤的东西能称出一百零五斤,秤尾还翘起好高。水旺有空就到水边去转,捉好多鲫鱼回来炖了汤给细姥婢发奶。喝了鲫鱼汤的细姥婢奶水充足,气血壮旺,喂养得运崽一身滚圆,手脚壮得像棒槌,一天一个样。一家人都好欢喜。

过了年，摆过满月酒，生活忽然发生了急转直下的变化。好像是一夜之间，市面上的东西都给大风刮走了，变得空空荡荡。食品店关了门，面馆、饭铺限量供应，街边的私人小店倒是开着门，但货架上都空了，只有三两个敞口玻璃瓶里盛着几根腌萝卜或大头菜，衙门口的摊担肉案不见了踪影，偶尔有乡下农民挑担白菜进城，刚出巷口就被在大街上游荡的人们一抢而光。吃的东西越来越少，没有油水，人们饿得发黑眼晕，见到能吃的东西就想抓起往肚子里填。

这时细姥婢的生活发生了一件大事，让她一下陷入了绝境。

闯祸的是水旺。

那时细姥婢已经几天没有沾过荤腥，营养跟不上，奶水就变少，而且寡淡，运崽嘬得两口，就不肯再嘬，张起小嘴大哭。哇……哇……哇。哭声嘈人，急得水旺直在原地打转转。他心痛呢！痛老婆，更痛自己的崽。他天天去衙门口转，明知不可能买到肉也去转。他抓鱼的好本事完全没有用了，水里的鱼虾早已经被捉完捉尽，连水蟑螂、田螺都见不到一个。转悠几天，一无所获，但他还是在东塔岭下的潭湾里闻到了鱼腥味。凭经验，他能断定潭湾里藏得有鱼，只是那里水深，鱼又藏得隐秘，靠手捉，靠钓钩，靠撒网，都是搞不上来的。于是，他搞来了雷管炸药，趁夜黑风高之际，潜到水边，一声炮响，鱼没有打上来，却招来了巡逻的民兵。民兵们拿麻绳将他绚得像粽子，几杆枪押着，送到镇政府。

水旺很快判了，刑期五年。

水旺被判刑坐牢，顶梁柱一下塌了，这还叫细姥婢一家人的日子怎么过？细姥婢病倒了，躺在床上起不了身。秋聋子和忠良婆请了事假，过来陪细姥婢，日里夜里都陪着。秋聋子塌着眉毛坐在火炉凳上，不说话，只一根接一根地抽烟。烟蒂子抽到底了，随手甩在炉火里，就见呼地亮起一蓬明火。火一蓬，秋聋子的眉毛也跟着一跳，还是不说话，又摸过一根烟，划火点上。忠良婆却是没歇憩，熬米汤，给运崽喂米汤，换尿片,洗尿片,一刻不停。手脚不歇憩,嘴巴也不歇憩,叨叨叨地怨天怨地。她好像有无穷的怨气没有地方发起,手脚很重,常常倒得运崽哇哇地哭。一听到运崽哭,细姥婢就在里屋大声喊:"你手脚不能轻点吗?"

忠良婆说:"我手脚轻不来。看见他就想起那李水旺,心里就来气。"

细姥婢说:"水旺又没有招你惹你,来什么气?"

忠良婆说:"李水旺就招了我惹了我。你要不是跟了他,哪里会背这样大的时。"

细姥婢说:"我背时是我的事,我不后悔。"

忠良婆说:"事到如今,你想后悔都迟了。"

细姥婢说:"你说这样的话,是要气我吧!"

忠良婆说:"我气你做什么?我是气我这几个外孙女外孙子——唉哟呵,他们怎么得大呵!"

细姥婢说:"得大不得大不关你的事。我屙(生)得他们出,就养得他们大。"

忠良婆说:"口一丫(张),气一喷,你癞蛤蟆打哈欠,口气好大呢。你要工作没工作,要技术没技术,如今年景又这样不好,你拿什么赚钱养大他们?真是五月鸡崽没脑髓,讲得轻巧!"

细姥婢说:"一匹茅,一匹露水,我有手有脚,你凭什么说我养不大他们?——你才没脑髓!"

说着话,细姥婢已经光脚走到外间屋。一双眼睛红红的,睁起好大,看样子是准备大吵一场。忠良婆毕竟是做母亲的,知道细姥婢正在难处,不想再逗她伤心,就将手里的运崽横抱过来,一挪身,拿背对着细姥婢,软下声来说:"不争了,不争了,争来争去没意思。"

细姥婢嘶声喊道:"争啊,争啊,有意思呢!我知道,水旺出大事了,我家里有祸祟了,你欢喜,过来看笑话来了……"

五 一朵棉花两边吹

忠良婆仰头说道："天地良心啊，你哪里能这样说你的娘老子。我要想看你笑话，会请了事假天天过来陪你？！"

细姥婢说："我不要你陪！"

忠良婆说："你是我的女，我是你的娘，你不好过，我也难过。我不来帮你，还有哪个帮你？"一边说，一边站起来，"好好，你不稀见我，我带起崽崽女女们过我们那边去，让你一个人在家里好好清静。"

细姥婢一把抱过运崽，说："他是我的崽，我自己晓得带。任何人莫想带走。"

运崽在细姥婢怀里舞手舞脚地哇哇大哭。

几个女崽也在火炉凳的角落湾里挤作一堆哭起来。哭得呀呀的。

秋聋子伸手揽住她们，轻声说："莫哭，莫哭，啊，莫哭。"等几个女崽一个个止住了哭，他才叹口气，望住细姥婢，说："细姥婢你过来，坐我旁边。"等细姥婢慢慢细细挨过来在他旁边坐了，才又说："你肯不肯听我也说几句？"

细姥婢很用力地点了点头。

秋聋子拿另一只手抚在运崽头上，运崽安静了，舌头舔在嘴缝里，虚起眼睛望天。秋聋子说："有句老话是这样说的，打白霜，落黑雪，人人有一段，个个有一节。如今你就是撞到这一节了。水旺他一时发蒙，犯了法，坐牢去了，我们也没有法子，不去讲他了。但是你搭你的四个崽女还要生活，要过下去。怎样过？我相信你说的那句话，你生得他们出，就养得他们大。你这话听得我心里好松快。我的女崽到底是我的女崽，这话说得好有骨气！只是我要怪你一句，你不能不把我搭你老娘算进来。你是我们的女，他们几个是我们的亲外孙，我们是一蔸子人，养大他们，天经地义，责无旁贷。女崽你相信我一条，如果你做到了十分，我们只做到了九分九，我们就不算是好爷娘。不过话又说转来，这日子是要一天一天过的。怎么过？我们三娘女必须坐下来好好盘算盘算。

归圆了一句话,没有过不去的河,没有翻不过的岭,我们总能想到办法!——女崽你说是吧?"

细姥婢将脸埋在小运崽的身上,声音从头发缝里钻出来:"是的。"

秋聋子说了他的盘算:将四个小把戏分开来,细姥婢带大姥婢和运崽,二姥婢、三姥婢过到外公外婆那边带。运崽还在吃奶,离不得娘,细姥婢要做事,要带嫩毛毛,一个人忙不过来,大姥婢七岁了,可以搭把手了。秋聋子那边离工厂近,而且两个人在同一家厂,上班时带到厂里,把她们关到会议室里玩(会议室好大,还有乒乓球桌子),他和忠良婆可以轮流过去照看一下,下班了再带回家。

细姥婢心里好感动,觉得秋聋子这样的安排很好。老实说,若让她一个人带四个崽,真不知道能不能带得了。她一下觉得肩膀松了一半。

细姥婢抬起头,仍然垂着眼睛,叫声"爸爸",又叫声"姆妈",说:"我这做女的真是没用哩,还要这样来让你们操心费力。"

她腾出手来,卷了根烟递给父亲。

秋聋子划火柴点燃烟,深吸一口,说:"不知道为什么,每回细姥婢搭我卷的烟,味道就是不一样。"

忠良婆说:"你尽说痴话。烟就是烟,有什么味道不一样。"

秋聋子眯起眼睛,说:"这你就不懂了,噢——"他朝细姥婢点点头。

细姥婢也点点头,耸着鼻子笑了。

气氛缓和了,接着就是商量起具体的生活问题。细姥婢说:"我这两个细毛坨人细肚皮大,吃得多,以后我按月把她们的粮食定量买好送过去。"

秋聋子想了想,说:"你只把她们的粮食定量取出粮票给我们就行了,你不消去买。"

细姥婢又说:"那我把她们的油票、布票、肉票、糖票、肥皂票、副食品票……都寻出来一总拿给你。"

五 一朵棉花两边吹

秋聋子说："那些就无关紧要了，可拿可不拿。只是小毛坨的粮食少不得，没有粮票买不回米，不能饿到他们。"

忠良婆插嘴说："那些票证若有剩也不要丢失了，都收好。"

细姥婢说："我晓得。"

忠良婆问："你晓得什么？"

细姥婢说："我晓得它们都能变作钱，还能换鸡蛋，换红薯。都好抵钱呢。"

忠良婆说："你晓得就好。以后的日子会越来越紧，什么都要把紧点。"

细姥婢点头："那当然！"

忠良婆又细细地交代了一些生活琐事，一家人草草吃了点东西，就叫细姥婢把二姥婢、三姥婢的一应物器拣出来，作一包包了，看看天已黑尽，准备返回北街那边去了。临走，秋聋子又把亮窗、门闩查看一遍，叮嘱细姥婢每天晚上记得关好闩紧，便牵着抱着拎着簇拥着出门走了。

细姥婢关好门，又在门闩下面加根棍子撑牢了，让大姥婢自己洗脸洗脚，给运崽喂过奶换好尿片，安顿睡下。她挨在床尾坐下，倒了杯水，一小口一小口地饮着。三天了，她还没有好好地坐下喝口水。大姥婢轻轻地扯着鼾息，运崽睡着一动不动，有老鼠在屋顶上轻轻滑过。屋里好黑，好安静。她心里也好安静。冷水顺喉咙落进心里，无比地清凉。她忽然想起了义公祠的扫盲班，想起县城外头那条泥巴小路，想起水旺一个人一肩挑两担水的滑稽样子，想起那回半夜坐的花轿。她忽然感到了一阵燥热，骂声"背时倒灶打靶砍脑壳的"，抖掉罩衣，倒头睡下。茶杯掉在地下当的一响。

细姥婢这一觉睡得真死。直到第二天中午，她蒙蒙眬眬听到运崽的哭声，顺手搂过运崽，睁开眼睛一看，运崽正张开嘴巴哇哇地哭，屁股下的尿片给尿水浸得渍湿。大姥婢早起来了，站在床边眼巴巴地望着她。

细姥婢一边敞起奶子给运崽喂奶,一边同大姥婢说:"饿不饿?"

大姥婢细声回答说:"饿,好饿。"

细姥婢说:"饿了你不晓得到外头屋里找东西吃?"

大姥婢说:"你交代过,你不开声不准开门。"

细姥婢说:"那你喊醒我啊。"

大姥婢说:"我看你睡得那样死,就没敢喊。"

细姥婢问:"你就这样饿着站在我旁边?"

大姥婢点点头,眼泪哗一下出来了。

细姥婢心里一酸,眼泪也流出来了。她伸手揽过大姥婢,说:"来,你先嘬口妈妈的奶。"

大姥婢已经七岁了,晓得事了,哪里能这么大了还咬着母亲的奶头吃奶的,一时忸怩起来,挣扎说:"我不吃。妈妈的奶是给弟弟吃的。"

细姥婢叹一声:"好懂事的女崽。"又说:"乖女崽你再忍一下,妈妈即时起来煮饭给你吃,妈妈不得饿到你,以后也不得饿到你。"

喂饱了运崽,换过尿片,细姥婢穿上衣服,开里屋门,再又抽掉顶门棍打开外屋门,探头一看,门口站着含田婆。

自从水旺出事,含田婆每天都要过来看一看,也不坐。聊几句闲话,有时帮忙捡下场、扫地、收衣服。家里蒸了红薯,或是糠米粑粑,也会送两个过来,给几个小把戏分着吃,有几天还把几个女崽带到家里去,自己伴着她们睡。这天她知道细姥婢的父母亲回去了,清早就过来打了个转身,看到门关着。中午又来,门还关着,里头阒冷清静,没有一点动静。她拍门,把门拍得嘭嘭响,还是没有回应。她心里忽然有点发毛,正想弯到屋后去喊人,门开了。

含田婆轻轻地拍着胸脯,说:"我那样敲门,你都没听见?"

细姥婢说:"睡死了。没听见。"

含田婆说:"拿我急了一头。"

五 一朵棉花两边吹

细姥婢说:"有什么好急的,怕我寻死路?"

含田婆说:"是怕你想不开。"

细姥婢说:"没有什么想不开的。我还有四个小把戏要养大他们呢,我不能丢下他们不管。"

含田婆拍手说:"你这样悟就对了,我就放心了。人活世上,就只能寻活路,不能寻死路。我急促找你,就是告诉你,有事情做了。"

原来是,县里要把通州里的那条简易马路改造,需要大量石头。开山炸石有人做,搬运石头有人做,给细姥婢做的是锤石头——把石头锤成算盘子大小,再按方算钱。这事情不难,只要有力气就行,男女老少都做得。当然也不是什么人都可以去做,要看出身的,成分高的不行。锤一天石头,大模样可以赚到块把钱。工期不短,会有一年左右。昨晚上土保回家一说,含田婆就给细姥婢报了名。

细姥婢算了算,粮站里的大米是七角八分钱一斤,红薯五分钱一斤,锤一天石头,一家人买口粮的钱就赚到了,这事情做得。

"做这事情还是很辛苦的。你拖儿带崽的,能吃得消吗?"

"辛苦我不怕,我吃得消。我可以把运崽背起一起去,放在坐篮里。有大姥婢守在一边看着,我也放心。"

"你若是觉得可以,就去镇里办公室寻一个叫欧光祥的人登记一下,他负责这件事情。"

"含田婆姐姐,我好感谢你!哪日有空了,要请你吃抬茶。"

"你这话说得丑。"

"我说的是心里话。"

"我晓得你说的是心里话,我们是姊妹呢。现在你碰到了难处,互相关照是应当应分的,能帮到你一点忙,我心里头好舒服呢。你说的那些话,我不爱听。"

"是的是的。我懂了!"

含田婆走后,细姥婢还在门口站了一会。一片阳光打在瓦背上,她觉得心里好敞亮。

中午,细姥婢炒点现饭打发自己和大姥婢吃了,正洗着碗,就听到门口几张嘴巴乱槎槎叫着:"细姥婢、细姥婢——"一抬头,拥进了花红薯、三道弯和疤眼皮,几个牌桌上的麻友。

细姥婢一下笑了:"你们几个,这时际跑起来打鬼呵。"就挓挲着手拿茶杯倒水。

疤眼皮眯起一只眼睛看着细姥婢,说:"我看出来了,你心情还那好,还会笑呢。"

细姥婢说:"我不笑,还哭啊。"

疤眼皮眯起一双眼睛说:"要换作我啊。眼睛早都哭瞎了,眼泪水泡得脚。"

细姥婢说:"你以为我不哭啊。不过现在我也悟通了,一个人先生八字后生命,强求不来。既然这是命,那就'烂蓑衣只能自己背',好好歹歹把日子过下去。"

三道弯拍手笑道:"好哩,好哩,这话我爱听。"花红薯也说:"我就是担心呢。我一个人又不敢过来看你。怕什么?怕看到你哭。我本来不会说话,看到别人哭就更不会说话了。还是她们来约我,才敢来。这下我放心了。"疤眼皮跟着说:"就是就是。既然苦八字,只能苦来撑。我们还要苦中作乐,耍几盘——"说着就熟门熟路地攀到碗柜顶上去搬麻将盒。

原来她们是来找细姥婢开台的。

"你们说起来都不该,这种时候还能打麻将?不能够。不能够!"

"为什么不能够?"

"你们也不悟一悟,现在饭都快没有吃了,肚子饿得起酸水,而且我家里又是这种情况,还有心思打麻将?说出去都会给人骂死。"

五 一朵棉花两边吹

疤眼皮说："哪条规矩说了饿起肚子就不能打麻将？我敢保证，只要一上牌桌，什么肚子饿都忘记了。"

三道弯说："又有哪条规矩规定了，你的男人出了事，你就不能打麻将了？事情已经出了，这是没有法子的事，你未必还能上吊寻死，拿起石头去打天？越是这种时候，越要好好过，只要打一场麻将，什么背时倒灶的事都忘记了，以后该做什么就做什么，这一世人也不白过了。"

花红薯也说："就是，就是，你若不玩，我们三缺一，就玩不成了。"

细姥婢上牙巴咬住下嘴唇，还是犹豫。疤眼皮就又说："我们特地到你家里来，就是专门来给你解忧愁的呢。他们男人一醉解千愁，我们女人头也可以一摸解千愁。好好歹歹玩一场，明天松松快快去做事，拿日子过下去。"

细姥婢终于下了决心，一松牙齿，说："好，就陪你们玩一场。反正这苦日子哪样过不是过。"

几个女角都唏出一片好。细姥婢就又说："我们现在都穷得屙屎都揩不干屁股，要钱没钱，要物没物，今天就打场素麻将。"

"不来荤的了？"

"要荤的回家搭你男人荤去。"

"我倒是想回家搭男人荤呢。没奈何我想他不想，下边的卵根子总也直不起来，软不拉耷像条鼻涕脓，搞得人烦不过。"

"那是饿的呢。上头没得吃，下头哪有劲。"

一旁的三道弯就说："人和人差别这样大的？我屋里的那个鬼不同，一顿饭两顿饭不吃做得，一晚上不做那事不行，还越饿越雄唐，来了一回要二回，一晚上不歇憩。"

疤眼皮说："那不是很松快？"

"松快个屁，搞得人像坨油渣子。"

"你哪里是油渣子的样范？如今个个饿得面皮发绿，只有你，面色油亮，神气焕发。"

"我？还油亮？还焕发？"

几个女人头一齐笑道："油亮呢。焕发呢。"

疤眼皮就手扯住花红薯的衣袖，嬉笑道："你怎么不开声？也搭我们说说你的男人。"

"说我男人什么？"

"还能说什么，说他雄唐不雄唐啊。"

"这种事情都好拿出来说的？我说不出口。"

"你做都做得，怎么就说不得？"

"有些事做得说得，有些事，却是做得说不得。两口子的事，哪是可以随便拿出来当歌唱的？"

"没有人要你当歌唱，只要你说，你男人的那物器雄唐不雄唐？"

"我不晓得！"

"你不晓得？你家里初二好久没回家了，我就要扒开你的裤子，看看你裤裆里头的茅草窝枯蔫了没有？"

说着，疤眼皮就对三道弯使眼色，作势要扒花红薯的裤子。这就有点不像话了。细姥婢忙阻止道："我的女崽在旁边呢，不要带坏了小把戏。"细姥婢的神色很庄肃，还带了点愠恼，疤眼皮不好再放肆，但她却兴头还高，一时停不下来，就把话头转到了细姥婢身上，说："你家里水旺坐牢去了，五年，五年哪，一千八百多天呢，这样多日子你怎么过？"

这真是哪壶不开提哪壶，有点过分了。三道弯赶紧对她眨眼睛，想要制止。随即又拿眼睛去望细姥婢。细姥婢却只淡淡地说："哪样过？白天白过，黑天黑过，白天黑天都照样过。"

疤眼皮不管不顾地，还说："你就没有悟过改嫁算了？你还这样年轻，生得又比谁都好看，好多男人想起你都流口水哩，随便你选。"

三道弯和花红薯都紧张地望着细姥婢，都担心她会发脾气。她们都知道细姥婢最恨别人提这个话题。水旺刚刚公审过了宣判后,就有人上门劝说她离婚、改嫁,让她给吼骂一通,舞起扫把赶出了门。她们看到她的上牙巴又咬住下嘴唇了,胸脯起伏,鼻息很重,拈起一粒麻将,啪一声砸在盒子里,又拈起一粒麻将,啪一声砸在盒子里。看样子马上会有一场电闪雷鸣,她们都不知道该如何收场。

没想到细姥婢硬把心里的火气压下去,忍住了。她将一盒麻将摇得哗啦哗啦地叫,说:"疤眼皮你这番话说得太丑了,听得我心里打哕。你不是不晓得,我搭水旺是自由恋爱爱上的,本来有感情;你也不是不晓得,水旺他去炸鱼是为什么——他是为了我的运崽有奶吃啊!若是他做强盗拐子,或者偷了人,坐牢去了,不消你多嘴,我自己就会提出离婚。既然他不是因为那些癞头事坐的牢,莫说五年,就是五十年我也会等他。大不了守一世的寡,那又有什么了不起!"

说疤眼皮这人不懂味还真是不懂味,话都说到这样了,她还想要辩白。她说:"我也是一番好意,我是担心你的几个细崽……"

"不消你操心。我老早老早就说过,我生得他们出,就养得他们大。"

细姥婢忽然来了性子,将麻将盒往桌上一顿,说:"你们到底是来打麻将的还是来劝我离婚改嫁的?"

疤眼皮忙说:"打麻将的打麻将的。"

细姥婢说:"打麻将就打麻将,不要东扯西扯净扯些打屁不挨板凳的空事!"

她又提出,今天只能打素麻将。

疤眼皮说:"打牌不打钱,似如炒菜不放盐,那有什么味道。"

细姥婢说:"那就搞点惩罚,输了的喝水。"

水缸就在墙角湾里坐着。头天晚上秋聋子临走时把水都挑满了,尽够。

疤眼皮说:"喝水多,屙尿也多,难得起身。"

细姥婢说:"尿桶就在门背后,方便。"

疤眼皮撇嘴说:"你会打算呢,一桶尿卖给人家一角二分钱,等于你赚了。"

细姥婢说:"降价了,一桶尿只卖得一角了。"

疤眼皮说:"那也是你赚了啊。"

细姥婢说:"你要这样说,去你家里打。"

三道弯牛怕又横生枝节,今天这场麻将就会打不成了,忙说:"不走了,就这样了。"

花红薯也同意。一下把凳子横过去,将麻将哗一声倒在桌子上,说:"开始开始。"

这天细姥婢的手气很背。她的手气还从来没有这样背过。输者喝水,输一盘喝一竹端,这是她自己提出的规矩。只见她不停地起身到水缸边舀水喝。然后,又要经常地跑到门背后屙尿。空空的尿桶一时一时地就涨起来了。开始时屙尿声还是"汩汩"的(那是尿击桶壁的声音),到后来,就是一片"哗哗"响了,听着心惊。她朦朦胧胧地意识到,人在走背运时,就不该打麻将。人都背时了,手气怎么能好哩。不到天黑,尿桶就满了。

细姥婢抱着运崽送客出门。风一吹,头发飘起来,脑壳清醒了。她忽然想起什么,问疤眼皮:"好奇怪,你好似一下午没有屙过一瀑尿?"

"我憋着的。"

"做什么憋着?那好难受呀。"

"我要憋着,回到家里再屙。"

疤眼皮脚不停步,耸肩含腹,迤逦歪斜地走远了。

细姥婢在门槛上坐下,撩起衣襟给运崽喂奶。一场麻将打下来,十分疲累,可是全身的筋骨都活络了,所有的阴霾一扫而光,非常松快。她望着远处的暮霭,愉快地想:

"好，明天开始，有力气锤石头了。"

锤石头的工地在西门外汽车站旁边。简易公路从汽车站的闸口冲出来，直溜溜地冲出两三里路，然后，拐弯。公路边是农田，这边，一片荒坡。锤石头的人们就拿这片坡地做了工场。坡地紧挨在小学校的后背，安静的时候可以听到小学校里上课下课的钟声。

开工那天，细姥婢很早就到了工地。镇里办公室的欧（光祥）干部事先关照她，开工那天早些去，找个好位置。什么是好位置呢？就是靠石头堆近的地方，那样方便把石头搬过来加工，来去能省好多力。那天细姥婢差不多是半夜就起了身。她反复思量过了，到底不放心把运崽和大姥婢留在家里，得把两个细崽带到工地上去，这样虽然大人会要多受累，但随时看着，心里踏实。拖儿带女，出个门不容易。她得蒸好两餐的红薯，得烧一壶开水，完了叫起大姥婢，给运崽换尿片，喂奶。一晃两三个钟头就过去了。看看窗户上现出了麻麻亮，赶紧将运崽背到背上的包袱皮里，右手挽个坐篮，左手提着箩筐，筐里装着红薯、水壶、尿片、铁锤、抹布一应杂碎，叫大姥婢在后头跟紧了，直奔西门口的汽车站。

紧赶慢赶，还是晚了，工地上已经到了好多人，围着石堆，一圈一圈地摆起了占地的标志，石头、箩筐、小矮凳、脱下来的罩衣……拉拉杂杂，像从猫崽丛蹿出来的疯狗屙的野屎，又抢眼又糟心。细姥婢一时间好后悔，真是应该半夜起身就先过来占地方的。正茫然不知所措，里头有人招手喊她。循声望去，原来是欧干部。欧干部今天很神气，穿一件四个口袋的中山装，上衣口袋里插了两支钢笔，小分头拿茶油抹得溜光。细姥婢赶紧踮起脚走过去。欧干部有点不悦地说："你这人真是不醒脾，我交代过你要早点过来的啦。"细姥婢喘气不赢，低声说："起是好早哩，你看我这样子，左一下，右一下，就耽搁了。"欧干部说："你今天耽住了一时，以后要耽搁好多工哩。我就悟到了这一点，早不早搭你占住了地方。"说着一踢脚下一坨大石头,说:"你就在这地方做事了。"细姥婢惊喜地说:"啊——啊,你有这样好的!多谢哩!多谢了!"

背后有人不满地议论:"她男人是劳改犯哩,哪里能对劳改犯家里这样好的?"欧干部闻言,猛地转过头去,眼光梭梭地,恨道:"谁说的谁说的?她男人是劳改犯,她不是劳改犯。一个女人头,拖崽带女,照顾一点不应该?"

即刻有人随声说道:"应该呢!遭孽呢!心好不用吃斋。做了好事,上天看着呢。"说着就帮细姥婢解下背上的毛毛,说:"欧干部搭你寻的这个地方再好不过了,以后就在这里做。"又说:"有欧干部罩着,以后任何人不敢欺负你。"

细姥婢感激地把头点了又点。欧干部帮她占的这个地方很好,很适宜。这是一块平地,就在石堆旁边,却又不是很靠近——太靠近了,人们从这里来来往往搬石头,也是干扰很大——前头还挡得有三四个事主,将纷扰也都挡开了。尤其难得的是,几步开外就有一蔸苦楝树。树还不高,但把毛毛的坐篮放在树下,好歹能遮下太阳遮点风。欧干部真是有心,帮她搬来占地方的这坨石头四四方方,矮板凳大小,中间还窝下去那么一点点,正好可以作锤石头的砧石。这样生成一样的砧石,亏了欧干部也找得到。细姥婢拿锤子在砧石上顺手锤两下,砧石当当地叫起来,好是脆生。她心里一热,鼻子有点酸酸的。

县城里头有个约定俗成的规矩,但凡这种场合,只要头一次占住了的地方,以后就都顺理成章地延续下去了,再不得有人来争。有时也有不守规矩不讲埋的人,但也总会有旁人站出来主持公道,给一个说法。因此,细姥婢再不用担这个心,可以落心落意地睡到自然醒,梳洗好了,打发一家人吃完早饭,然后再去工地。她将坐篮靠在苦楝树下摆好,将运崽放到里头去继续做事了。她真是做得发狠,左手捡石头,右手挥锤,一刻不停地锤打。细姥婢的锤子很重,手劲很大,一锤下去,石头瞬间开花，碎石头四散开去，乱纷纷落在砧石周围。

久不久地，细姥婢会手拄铁锤，让腰杆子松弛下来，望一眼不远处的苦楝树。苦楝树下，运崽坐在坐篮里头，只露出半个脑壳，安静地睡着。大姥婢很听话，寸步不离地守在坐篮旁边，拿个鸡毛毽子在脚上踢，踢得汗巴水流。踢累了，就席地坐下，把背脊靠在弟弟的坐篮上，抬眼望天。有时细姥婢也会转头四处看看。工地上散散乱乱的人们都在闷头忙着，各守其位，锤声一片。每个砧位上，都有两个、三个，甚至四五个人做事。那显然是一家一家的人倾巢出动了来这里挣钱。都有分工，哪个负责搬运石头，哪个锤，哪个又负责把碎石堆拢来，都有默契。只有细姥婢这里是孤家寡人一个，搬石头、锤石头、码堆，哪一样都得自己过手，没有人帮。细姥婢只看一眼，就不想看了。那种凄清酸楚的味道，直让她想要哭一场。于是，就又勾下脑壳，更加发狠地锤起石头来。

砧石四旁的碎石已经壅起好高，快要埋住脚背了，细姥婢站起身，拿撮箕撮到一边的平地上堆起来。这时大姥婢在那边喊她："姆妈姆妈，运崽醒了。"细姥婢知道，运崽一醒，就会咧起嘴巴找奶吃，赶紧拍拍头上身上的灰尘，过去抱起运崽，撩起衣服，将奶头筑到毛毛嘴巴里。一边又拿过水壶，让大姥婢喝点水。运崽真是饿极了，小嘴巴一蠕一蠕，大口吃着奶。细姥婢能清晰地听到奶汁吞咽进喉咙里时的声音：咕嘟——咕嘟——她微微侧脸，万分怜爱地望着这个满崽。运崽一直睁大眼睛望着她的下巴。运崽的眼睛清亮清亮的，自己的脸块在他的眼珠子里缩成了米粒大的一点，好像嵌在了里头一样，细致生动。她忽然一阵感动，将脸块轻轻地贴在满崽的额头上，心里喊着：崽啊崽，再难再难，我都要把你抚养成人！

细姥婢和大女崽的中饭就在工地上吃的。两个红薯，一块酸萝卜条。一壶冷水，两娘女轮流逗在嘴巴上喝。红薯吃了胀肚子，但不经饿，到了半下午，她还得再吃大半个红薯，才有力气坚持做到天黑。

一天锤的石头，都要在天黑前码成堆，要求是正方形，或长方形，等着欧干部带人过来验收。这次做事，细姥婢还学到一门知识，知道了长乘宽再乘高，就是石头堆的体积，叫作"方"，到时候按方算钱。

验收的队伍很浩大。还是半下午过一点，就有人吹哨子提醒大家抓紧码堆了。很快地，欧干部就带着一队人马压了过来。吆喝喧天，耀武扬威，气势好大。这些人都有分工，有人拿铁钎检查质量，有人拿皮尺丈量，有人打算盘算数，有人记账，还有两个空手的，不过在左手臂上套了红袖箍，那是做什么的呢？未必这种事情还要人维持秩序？细姥婢有点紧张，担心自己孤儿寡母，势单力弱，给人欺负。她知道，那皮尺是活的，紧一点，松一点，寸短寸长的，出入好大。她跟在扯皮尺的后生身边，眼睛盯着皮尺上的读数，只不作声。

欧干部看出了她的心思，拿手挡开她，笑笑说："放心，我们不会巧（欺负）你的。"

扯皮尺的后生也说："我们也是帮公家做事，讲究公正，哪里会巧人呢——一万成都没有一成。"

细姥婢诺诺应着，赶紧退到了一边。

全部石方验收完，天已擦黑。按照约定，工钱是三天一结——要到第三天收工才能拿到手。细姥婢随身带了个旧的小学生作业本，把石方数和工钱数记下，日后好对账，就收拾收拾，同早晨出门一样，将运崽背在背上，右手挽坐篮，左手提箩筐，叫大姥婢在后头跟紧了，一路拖着脚回了家。

捅开锁，推门进屋，连背上的运崽都不及解下，她一下跌坐在了火炉凳上。这时她才感觉到了累，好累。浑身上下软不拉耷的，像水田里沤久了的麻秆子，散发出一股沤气。她叫大姥婢从水缸里舀一瓢水给她喝了，又坐了好一阵，身上才还了阳，有了活气。她知道这时候不能久坐。这人都生得贱，越不动就越不想动。出门一天，家里还有好多事情等着她去动手。吃了一天的冷红薯，晚上这餐好好歹歹要有一碗热饭、一口热汤。要把水缸挑满，把地扫了，把第二天吃的红薯洗干净放好在鼎锅里，还要给两个小把戏和自己把澡洗了，把换下来的衣服洗干净。

等把这些事情做完，夜都好深了。两个小把戏已经睡得鮈鮈的。细姥婢把大门关好，把里屋门闩紧了，又端起煤油灯往床底下照了照——家里一天没人，可不要进了强盗拐子躲在里头——这才放心地爬上床去，吹灭了灯，脑壳往枕头上一放，即刻就睡死过去了。

她是给运崽的哭声吵醒的。运崽肯定哭了好久，声音都嘶哑了，连大姥婢也给吵起来迷迷瞪瞪地坐在床头。她知道运崽是饿了，蒙眬中眼皮却像给胶水胶住了，只是睁眼不开。她动了动，想把运崽抱过来，这才发现一身痛，右手从肩膀到指头都胀起来一样地痛，根本抬不起来。她知道这是昨天做得太发狠了，累的。她只好侧转身子，让运崽趴在身上吃奶。运崽吃饱了，她也能打开眼睛了。窗户纸上现出了灰白，天要亮了，她也该起床了。这时候啊她真是不想起来，可是不起来做得到吗？她还得去汽车站锤石头呢。现在全家人就靠她赚钱吃饭了。一天不做，就一天没有。而且她一天不去，说不定她在工地上的好码头就给别人占去了。

她咬牙抿嘴，强撑着爬下床来，梳了头，洗了脸，咕咚咕咚喝了一瓢冷水，就把大姥婢打起来，抖抖精神，背着，挽着，提着，牵着，一家人往工地去了。

到了工地，细姥婢就又精神了。袖子扎起好高。搬石头，锤石头，码堆，她都有劲得很。她记得水旺说过刚开始挑炭时的经验，头几天也是感觉累，也是一身痛，不想挪不想动，但他愣是硬起肩膀背下来了。背得几天，那些疼痛自然就消除了，力气变得更大。细姥婢觉得自己也一定能背下来。

事情好像没有水旺说的那么轻易。第二天收工回到家，细姥婢感觉更难了，一身都痛，连手指头都胀得痛。晚上躺在床上，翻过来，侧过去，仰天睡，趴着睡，怎么睡都不熨帖。一晚上都是浑浑噩噩的。早上起来，一身软塌塌，右胳膊都肿了，一碰就痛。她站在门口犹豫了一阵，最后一咬牙，还是去了工地。到了工地，安顿好运恩，她坐在小板凳上，拿过锤子，却好久不想动挪。后来终于挥起了锤子，又常常出差错，好几次都砸在了手指上，那锤子完全不听使唤，轮番地往手指头上砸。大拇指、食指、中指、无名指、小手指，有的出了血，有的青肿发乌——那是血淤在里头了。十指连心，左手痛得抓不稳石头了，她就换了右手，拿左手挥锤。换了手不习惯，失错更多。不到半天，一双手十个指头就都受了伤，血糊淋拉的。每次指头给砸到了，急忙就放到嘴里嘬几口。到后来，嘴角上沾满血水。看到的人都以为她挨了打，轻轻说声："遭孽！"她听到了，拿水往脸上一浇，抹干了，接着做。有一下，没一下，只是做着。

好容易熬到半下午时分，验收石方的队伍喧哗着从那头一路过来了。细姥婢赶紧将石头码好堆，抱过运恩，坐在小板凳上喂奶。她塌着身子，望着那堆小小的石方，有点心酸。

验完石方，当即兑现，细姥婢领到了三天的工钱。辛苦三天，收获不小，细姥婢一下领到了三块五角六分钱。三张一块，一张五角，还有六张分币，她把钱收成一卷，紧紧地抓在手里，心下盘算：这些钱，可以买回四十斤口粮，差不多够得三娘崽一个月的生活了呢！细姥婢心里欢喜，忽然感觉手指不痛了，身上不难了，背起运恩，一路走得飞快。

路过衙门口时，日杂店还没有关门，天上的火烧云打在门楣上，很是晃眼，她往里张了张，小心地跨过石门槛，径直走到香烟柜台前面，松开手里的钱，买了两包大前门烟。想了想，再又添了一包。头两包烟准备感谢欧光祥，后面一包是孝敬父亲秋聋子的。父亲卷了一辈子烟抽，没看到他抽过纸烟，她不能只想着感谢别人，也应该让父亲老人家润一下味。

　　细姥婢本来还想割二两精（瘦）肉回去，也犒劳一下自己的。可是衙门口早已没了人影，肉案子板着一张黑脸横在街头，上面结了干痂。她只好怏怏回到家里，从坛子底下翻出最后一抓干鱼崽，切几个辣椒炒了，吃了顿饱饭。

　　吃过饭，细姥婢撕了一些烂布筋，把十个手指头仔细地包了起来。拿细麻绳扎紧的手指头，不再那么火辣辣地痛了。但是不能挨，一挨就还是痛。她不知道这手第二天还能不能够做事。这时候她是真不能歇啊！

　　这天细姥婢睡得很早。半夜时分给一声雷响震醒了。那雷好响，就像在枕头旁边炸开，震得她一下弹坐了起来。接着就落下雨来了。那雨又急又猛，打在瓦背上劈啪作响。细姥婢迷迷瞪瞪地想：落啊，落啊，有本事就再落大，明天不消出工了。倒头又睡了。

　　再一觉醒来，窗户还是黑乎乎的，雨还在下着。细姥婢拉开门闩，门就被风推开了。风夹着雨灌进来，逼得她直往后退。天黑着，远处的闪电像打摆子似的一闪一闪。屋檐水扯成了瀑布，在地上砸出哗哗的响声。路上的水灌成了河。细姥婢估摸着应该是中午了，看来这雨一时半时还不会停。那么这一天就真是不消出工了。做一天，好好歹歹能赚到块把钱；一天不做，那钱就白白拉拉没有了。可是这腰也酸背也痛，手都抬不起来了，还做得动吗？也是老天有眼，自己想做，它还不肯让你做，要让你休息。细姥婢在暗黑中站了一会，她好像有点遗憾，好像又有点庆幸。最后她扯起嘴巴好像笑了笑，用力关好门，闩紧了，返回里屋继续睡觉。

　　大雨落了一天一夜，到第二天中午才停。细姥婢睡了两天，缓过劲来了，一身胀鼓鼓的，力气往外冲。她知道这下好了，翻过了这道坎，接下来只要每天匀匀均均地下力气，手膀子会越来越紧实，身上再不得作难。

从此以后，细姥婢学乖了，每天都尽量从容，尽量缓着来。也是在这时，她忽然发现在工地上是可以听到小学校里的钟声响的。"当、当、当……"上课的钟声响了，响好久。她知道学生们的一堂课是五十分钟。学生们不挪不动坐五十分钟都要下课休息十分钟，自己这样辛苦，也是久不久就需要放松一下的。于是她把小学校里的钟声当作了自己的闹钟，跟着作息。下课的钟声一响，她随着起身，过去看看运崽和大姥婢，喝口水，安静地站一会。她给自己每天的工作定了量，也就是三方石头上下，绝不多做。每天收工，她都要让自己觉得身上的力气还留了点没有用完。她觉得留下的这点力气就像做酒时的酒药，留给第二天发酵，日子还长得恶，她要让自己每天都有足够的力气去磨。

看到母亲这样辛苦地锤石头赚钱，大姥婢一下子懂事了，变得好勤快。她学会了架火、蒸红薯、熬稀饭、扫地、洗自己的衣服，出门也晓得帮大人提点东西了。到了工地，运崽睡着时，她会轻轻地溜到母亲的身边，帮忙把锤好的石头堆到一起。她撒开十指，一手抓几粒石头，一趟一趟地搬过去。如果按她这个速度，锤下来那么多石头，几时才搬得完呢？她好像是不管这些的，只是十分卖力极其夸张地来回奔走，能搬好多是好多。运崽醒了，她会立即撒掉石头奔跑过去，拿手抚在运崽的肩膀上轻轻地拍啊拍，又对着运崽做各种怪脸：咧嘴巴、捏鼻子、鼓眼睛、揪耳朵、把头伸扯成一蓬刺窝。运崽给逗得舞手舞脚地笑了。细姥婢在不远处看着，也眨着眼睛笑。

逢到星期天，秋聋子也会到工地上来看看。他一手牵着二姥婢，一手牵着三姥婢，总是快要中午才到。到了，把两个小女娜往细姥婢一交，接过细姥婢手里的锤子，就在小板凳上坐起来。于是，细姥婢的这番天地也变得欢快起来。几天不见，两个小女娜对细姥婢亲热得不得了，一边一个，猴在她身上，不断地"家家、家家"大声叫。秋聋子每次来，总会随身带点吃的东西：几个野菜饺粑，一包水煮花生，一包炒豆子（炒蚕豆、炒黄豆、炒青豆），有次还带了几个野杨梅。野杨梅是真酸啊，能把牙齿酸脱。细姥婢故意逗小女娜，一人两个，硬要她们都吃下去。她还真的捡根树枝守在旁边，谁不听话打谁。她看着几个小女娜一边咬野杨梅，一边耸鼻皱眉乱跺脚，三姥婢还把眼泪水都弹出来了，她不禁哈哈大笑。等疯够了，她就让大姥婢带着妹妹们玩，自己过到秋聋子这边，一边将小石头撮成堆伙，一边同秋聋子说话。

秋聋子本来话就少，现在更少了，往往是细姥婢说上一大阵，秋聋子才"嗯""呀""啊"地接上一两声。其实细姥婢也本是个话不多的人，可是不知为什么，她近来总感觉心里憋了好多东西，一层一层地堆叠得心口发闷，只想找人说说话，说了就松快了。但她搭谁去说呢？而且，她又哪里有工夫能够跟人坐下来念空话？父亲来了，这真是一个再好不过的倾诉对象。她从小就搭秋聋子亲，什么话都可以说。她的话题杂乱零碎，想到什么说什么，刚刚还说起去河边洗衣服打湿了裤脚，倒下一撮箕石头返来，又说到大姥婢架火总不记得灶膛要通风，给烟子熏得眼泪直流，闭着眼睛在屋里打转转。说过一阵，看看父亲有点累了，就上去接过锤子自己锤。秋聋子就在一边坐下，摸出烟包来卷烟抽，不时地转头看看在苦楝树下嬉玩的几个小女娜。抽完几根烟，感觉身上的汗歇干了，就又去把细姥婢替下来，让她去吃点东西，给运崽喂奶、换尿片，顺带在苦楝树下眯下眼睛。

这一天过得很快，好像眨眼的工夫就过去了。等验收完石方，收捡收捡，一家人就一起回北门的那个家。忠良婆早已做好饭菜在家里等着了。饭是一半红薯丝一半米的烂巴饭，菜是野菜：野藠头、野苋菜、野葱、椿树叶、小笋子、地菜子、鱼腥草……一小碗一小碗摆起一桌，在昏黄的灯火下冒着热气。几个小女娜疯了一天，肚子早都饿瘪了，进门就直扑灶台，却给忠良婆挡住了。打盆热水，一个一个洗干净手脸，才给她们上桌。这餐饭一家人都吃得很有兴头，闹啊抢啊，一盆菜很快光了，又一盆菜也很快光了。只有秋聋子没动筷子，坐在火炉凳里头，埋首眯眼，只是默默地抽烟。细姥婢孝敬他的那包大前门，不舍得抽，总是在一家人过来团聚时，才拿出来，小心地、细细地抽上一根。一口烟含在嘴里，半天不得出来，一包烟放了个把两个月还没有抽完。细姥婢看着父亲抽纸烟的那个样子，有点心酸。这时候她自然会想起欧干部，想起欧干部拿纸烟叼在口里的模样。好像欧干部永远都是抽的纸烟，还永远是大前门。那大前门几多贵呀，一包烟抵得她们一天的伙食费。可是在他的手里根本不算回事。有时看到他一根烟还只抽得几口，就丢掉了，接着又从口袋里抠一根出来，划火点燃。欧干部还那么后生，却常年四季抽那么贵的烟，拿父亲搭他一比，父亲真是活得不抵呢！

这番日子，细姥婢见得最多的是欧干部。

欧干部不是县城里人，是县城边上含田乡里的。实际他也不姓欧，他的祖祖辈辈都姓王，欧姓是他自己改的。县城刚解放那年，有一次他讨饭经过镇政府门口，刚巧欧土保带了一队民兵出来。这些民兵一字排开，肩背钢枪，臂戴红袖章，挺胸昂头，走着正步，好不威风，欧干部心生羡慕，一时看呆了。正看着，欧土保在他耳边一声炸吼："做什么做什么，新社会了还有叫花子出来讨饭？"欧干部吓得一抖，很快回过神来，忙说："不是讨饭呢，是来寻你参加民兵的。"欧土保说："讨饭的烂边碗都还端在手里，敢讲不是讨饭的？"欧干部说："民兵是我们穷人的队伍，我拿起烂边碗来，是为了证明我是穷人。在旧社会我是讨饭的，从今天起不是了。"说着将烂边碗对街边一摔，啪一声，烂边碗打得粉烂。欧干部又说："我要参加民兵！"欧土保"哦"一声，问："你姓什么？"正说着，有人过来喊一声"欧队长"，附在欧土保耳边小声说了几句话。等他们说完了，欧干部才接上话头，说："报告队长，我姓欧。"欧土保就又"哦"一声，说："你也姓欧？"欧干部挺了挺胸，说："你姓欧，我也姓欧，一百三十年前是一家。我该喊你作'叔叔'。"欧土保说："你真的姓欧？这城里头姓欧的我都认识喔！"欧干部说："报告队长，我昨日里还姓王，今天开始姓欧了。"又说："这不奇怪，我参加了民兵，就有饱饭吃了。我是孤儿，哪个给我饭吃，我就跟哪个姓。"民兵们都大笑，一下喜欢上了这个小赖崽。欧土保说："好啊，你要姓了欧，就过来，我搭你找点事做。"

欧土保还真的给他在基干民兵队里挂了个名。王光祥于是变作了欧光祥。欧土保给他发了条皮带，发了个红袖章，让他在队里打杂。他很想也能发支枪威一威，可是欧土保不给。理由是他的年纪还小。没有枪，欧光祥就找了杉木棍子背起，同民兵们一样地出操，出任务。那时的出任务主要是镇压恶霸地主，到地主家里起浮财。他的工作积极性非常高，每次出任务，都是抢着跟在最前头。他脑壳里好像装了雷达，能准确地探知地主资本家的财物埋藏在什么地方。炉灰里头，尿桶底部，衣柜夹层，瓦背缝里，门槛脚下，炉头内胆，无不一指就准。有一次还跳下粪凼，舀干粪水，起出十根拿油纸包起扎紧的金条。他最喜欢做的是点人头。每次进到地主资本家的堂屋里，第一件事是把这家的所有人喊拢来，男丁站一边，女眷站一边，自报身份。这时候他一下来了神气，兴奋得脸块红红的，专往女眷堆里挤。搔搔人家的屁股，撞撞人家的奶婆，摸摸人家的头发，有时还故意往人家脚下一踩，踩得人惊叫。这时候的欧光祥真是得意极了，神气得像一只斗架得胜的叫鸡公。民兵们不出任务时（这种时候很少），大家坐在休息室，栽的栽瞌睡，念的念空话，抽的抽烟，下的下五子棋，各得其哉。只有他不会消停，来回走动，给这个端杯水，给那个找个草垫，有人抽烟没有火柴了，喊他去跑个腿，有人要出背恭了没有纸，喊他找，忙得不歇憩。因此，欧土保和民兵队里的人都喜欢他。

细姥婢还听说过他一件出洋相的事。

那天，民兵队打牙祭，饭尽饱，肥肉尽吃，迎门摆起一大桶水酒，尽喝。常言说：酒醉英雄汉，饭胀死呆坨。在那种场合，食客们大多是喝酒、吃肉，只有欧干部光吃饭。饭是拿土钵子蒸好放在屉笼里的，一钵三两，他一下就搬了六个钵子饭摆在自己面前，埋头大吃。他吃得真香！一钵子饭只分三口，就扒进肚子里去了。六钵子饭很快吃完，意犹未尽，又去拿三钵过来，又吃完了。肚子里好像有了饱意，但还想要吃。于是再拿两钵，往钵子里浇了肉汤，一口一口慢慢吃。到最后还剩半钵子饭时，他感觉饱了，饭已经撑到了喉咙口。但他霸得蛮，喘着气将最后一点饭塞进口里。吞是吞不下了，就含着，两边腮帮子鼓起好大，两眼发直。他忽然感到了难受，全身膨胀，像要爆炸，清鼻涕都出来了。欧土保给人叫过来一看，知道他这是饿得太狠，吃撑了，这时候千万不要去动他，不能坐，更不能躺。欧土保搭把手，让他自己慢慢站起来。欧光祥全身绷紧，两只手都放不下去了，只能斜倚着，像个田里吓麻雀的稻草人，叉腿站着。他就那样站了有两个钟头，才算把气喘匀了。

这事是欧干部自己告诉细姥婢的，说完了还哈哈大笑。细姥婢没有笑，只在心里想着：原来这人也好遭孽哩！

欧干部每天都要来工地上转两次。上午一次，下午一次，例行公事。最后总会在细姥婢这头停下来。他蹲在细姥婢对面，一边丢着碎石头好玩，一边搭细姥婢念空话。这也是个花嘴巴，虽然嘴上功夫不及水旺那么巧，但他肚子里装的事情多，东门头罗家婆媳不和，南门口老扒锅家里几个小扒锅合伙诈老子的钱，西门口一头老猪婆产下十三个奶猪崽，北门口几个后生崽喝井水比赛，小井巷的哑婆偷人，草鞋巷的王家婆婆吃野草中了毒，水王庙的供品给人顺走，有人吃观音土屙不出屎，他都知道，说得活灵活现，有鼻子有眼。他还经常讲些荤故事。他还是黄花崽呢，亏他说起一些细节和秽语来，像吐瓜子皮一样轻易，口一张，气一喷，随便就说出来了。他的嘴很敞，也不怕丑，实在找不到话题了，就说自己的事情，什么好事、坏事、烂事，都往外倒，毫无遮掩。细姥婢喜欢听他说东说西，但不希望他在自己面前久留。"寡妇"门前是非多，一个后生崽总在跟前晃，她担心给人说闲话。每次欧干部一来，她就有点紧张，头都不敢抬，手里的锤子当当当敲得乱响。欧干部倒也懂味，每次都待不久，也就两支烟的工夫，就走。细姥婢望一望他的背影，起身将他碾在地上的烟屁股捡起，丢到更远的空地上。慢慢地，欧干部在她心里留下了印象。逢到下雨天不消出工，一人呆坐时，眼前会飘过他的样子。

欧干部没有好多文化，但他中山装的左边口袋里，常年四季插着两支钢笔。太阳停在笔挂上，光闪闪地，晃得她心里烦躁。

又落着雨，欧干部忽然闯到她家里来了。他是带着雷声风声进来的。细姥婢正坐在灶头下面搓衣服，见到他有点惊讶。她好像知道迟早会有这一天，没有怎么慌张，只是慢慢站起来，一边捋着手上的茶枯泡泡，一边让欧干部上灶头坐。

欧干部给她带了一包红糖过来。他把红糖放在火炉桌上，不坐，只望着细姥婢笑。

"这要不得，我哪里能收你的东西。"

"要得哩！你送我好多回烟了，我也该得还你一点东西了。"

"你这话说得不该。你那样关照我，感谢一下你是应该应分的。"

"感谢的话你不要说。我不要烟。"

"那你要什么？"

"我要你人！"

说着欧干部一把抱住了细姥婢。

一旁的大姥婢吓得"啊"的一声叫。

欧干部瞪眼吼道："起开！进里屋去！"

细姥婢说："那样大声，莫吓到我女崽了。"

欧干部从口袋里摸出一粒纸包糖，对着大姥婢摇。大姥婢想接又不敢接，只拿眼睛去望细姥婢。细姥婢努努嘴说："乖，到里屋去玩。叔叔有话要搭家家说哩。"

大姥婢一把捞过纸包糖，进里屋去了。

欧干部把细姥婢抱得更紧了。细姥婢能感受到他粗硬的喘息，一脸潮红。

细姥婢心里好慌乱，上牙齿紧咬住下嘴唇。

细姥婢轻轻问："你要做什么？"

欧干部说："我要和你眠觉！"

细姥婢说："你是很想吗？"

欧干部说："好想好想，只要看到你就想。"又说，"看不到还更想。"

细姥婢说："你悟过没有，我比你大哩，我生过四头小把戏了哩！"

欧干部说："那没关系。人家说，就你这样的女人头，才最有韵味，正当时。"

"你还晓得蛮多呢。"

"那当然！"

"呵呵，今天你硬是要来真的了？"

"不来真的还搭你耍的啊！"

欧干部说着手里又加了把力。这种时候的男人力气好大啊，箍得细姥婢身上的骨头发响，出气不匀。细姥婢好久没有给男人这样箍过了，她感觉到心的深处有什么东西在融化和酥软。但她也知道这种融化和酥软不能任其发展。又好像有什么地方在膨胀了。这种膨胀更是不得了的。细姥婢躲着他的嘴巴，后来一急，抬起膝盖骨就对着他的下身不轻不重地顶了一下。

细姥婢并没有怎么用力，却也痛得欧干部"哎哟"叫出了声，手上的力气懈了好多。

细姥婢探手抚了抚他刚才被撞痛的地方，软下声来问道："哎呀哎呀，撞痛你了。"

欧干部恨声说道："你要不肯就不肯，不能想要我的命！"

细姥婢忙说："不是不肯哩，更不会想要你的命。我是想把一些话说在前头。"

"那你说，有屁就放！"

细姥婢勾下脑壳，让一绺头发遮住眼睛，改口叫了声他的名字，平柔地说道："光祥，说句实在话，你是个好后生，我也搭心里好喜欢你。不过我是个保守的女娜，这种事尤其认真，如果我们两人成了这个事，我是欢喜不过的，我会即时去洣江劳改农场找到水旺打离婚，以后就搭你一起过了。你要喜欢，我们就去扯张结婚证；你要不喜欢呢，不扯也可以，随便你。"

"说完了？"

"大概吧。"

"你这是要弄我呢！"欧光祥恼怒地大声说。

细姥婢忙拿手抚住自己的胸口，笑笑说："天地良心，我说的都是真心话。你要不相信，我现在就可以搭你睡觉。"说着，一边解衣服扣子，一边又说："我们睡完了觉，我就去告诉我姐姐，让她做我们的媒人。"

"你姐姐是哪个？"

"不远，就住在上边堂屋里，含田婆。"

"含田婆是你姐姐？"

"是啊，是我比什么都亲的亲姐姐。"

"还从来没听你说起过？"

"不信？你现在就可以过去问她。"

欧光祥松脱手，面有愠色，说："信呢。信你是狐狸精变的呢。"他跺着脚，很想拿根烟抽，手在口袋里抠摸一阵，又空着出来了。

欧光祥一步蹿到门口，猛地拉开门。雨还是好大，远处响着雷声，闪电乱舞，他忽然打了个冷噤，一头钻出去，顶着一天风雨走了。

细姥婢追到门口，大声喊道："欧光祥，你不会停我的工吧。"

好久，雨中才传来回声："不会。"

细姥婢返回屋里，把运崽从坐篮里抱起来，忽然放声号啕，一边哭，一边喊着：

"崽啊，我的个崽啊……"

细姥婢的满崽已经半岁了，却总不见长，细弱得像只猫。细姥婢知道只能怪自己，她长期奶水不足。她一个带崽婆，整天劳作，一个月难得见一两次荤腥，红薯都不敢吃饱，太缺营养。这个样子，不光奶水不足，而且寡淡，运崽常常是嘬得几口就甩掉奶头，哇哇大哭。细姥婢急得嘴唇上起了一圈火泡。

含田婆喊应她说："你要想办法吃点有营养的东西啊，不然这奶崽会长不大。"

细姥婢说："没有钱。有钱也没有地方买。"

含田婆说："不能就这样等死，你要想办法。"

这就冤枉细姥婢了，她怎么能不想办法呢？天天想，脑壳都想扁了，还是没有办法。家里的物器已经变卖一空，只剩下地主婆李翠玉交她留下的那副象牙麻将没有出手。她总觉得那是人家的东西，不能随便丢失。她怕自己哪天心一狠就把东西拿出去变了钱，于是把一百三十六粒麻将从被单里拆出来，一粒一粒擦拭干净，装回到檀木匣子里，拿油纸包好，藏起来了。她挖开尽里边的灶头，起出一口窑砖，把檀木匣子放进去，再拿窑砖盖住，拌点灰浆细细地封死了。她把一个秘密和念想都封在里头了。这事她没跟含田婆说过。

这天她想起好久以前含田婆搭她念空话时说的一件事。那时含田婆还很小,常常看到村里一个叫癫婆的人,把人家丢弃在屋后的灾鸡灾鸭死猫死狗捡回去,据说是剁碎了炖汤。那癫婆养了个遗腹子,家里穷得叮当响,要什么没什么,粮食不够吃,鸡鸭鱼肉就更不用说了。可是她要给嫩毛毛喂奶,没有营养怎么行呢?那时的人们,对于不明不白死掉的鸡鸭猪狗一概认为是得了瘟病,谁都不敢拿来吃。叵是癫婆敢。她把那些"灾"过的东西捡回去,拿滚水烫过,去毛,斩头去尾,抠干净内脏,把肉剁碎了,放在鼎锅里炖。先拿大火烧滚了,再用慢火炆,要炆半天。说她癫,其实不很癫,她知道那种肉是不能吃的,她只喝汤。她天天喝那种汤,拿它当饭吃,竟也把自己养得肥实壮硕,奶汁充沛,把她的可怜崽喂养得白白胖胖,一身滚壮,母子两个居然还没有什么病痛,也没生疮疥。细姥婢借由这个故事,问含田婆道:"哪里有灾鸡灾鸭,我也捡只回来炆汤试试。"

含田婆说:"这种时候,还有灾鸡灾鸭等你去捡?人家早都自己炆汤喝了。"

细姥婢说:"没有灾鸡灾鸭,捡只老鼠蛇拐回来也好啊,好歹有点肉。"

含田婆嗔道:"你说痴话哩,那些死东西吃得?吃了得病。"

细姥婢说:"我不怕。只要对我的崽好,割我的肉都肯。"

含田婆叹道:"难为你了,太难为你了!"

细姥婢还真就在一个下雨天,穿戴好蓑衣斗笠,拿把铁夹钳,出门去碰运气了。城里城外,她由着性子只管胡乱地走。看了十几个涵洞,转了十几条小巷子,翻了几堆垃圾,居然有收获。捡到了一只死老鼠,一条狗婆蛇,还有一只麻雀。那只麻雀可能是给雨打晕了,也可能是饿晕了,跌在地上扇着翅膀扑腾,细姥婢一扑上去就抓住了,抓在手里还有一丝热气。细姥婢差点喜晕了。

她用了很长时间去处理这几个死物器。斩头斩尾斩了脚,刮掉皮,抠干净内脏，拿火燎过，剁成小块，找一只瓦罐笼统装进去，架到炉火上去炆。

瓦罐很快烧开了，水汽顶开盖子。细姥婢凑过鼻子去闻了闻，好像不臭，也不香。又过一阵，出味道了，却不知道那是一种什么味道，好像有点臭，又有点涩，还有点酸，呛得鼻子发痒，再凑拢去，再闻，好像出了点香味了。细姥婢感到一种欣喜。

几种味道混合在一起，变成了一种说不清楚的味道，在屋里四处乱窜，不好闻，但也不难闻。

等到炆得差不多了，她把含田婆喊了过来。她担心东西不好，吃了中毒，有个大人在旁边，情况不对好赶紧送医院。

含田婆看着她把一碗汤喝下去了。

含田婆紧张地问："味道怎么样？"

细姥婢咂着舌，说："好哩，还可以。"

喝完汤，两人坐着念了一阵空话，细姥婢一点事没有，只感觉身上一阵一阵发热。

细姥婢欢喜地说："没事了，没事了。"

含田婆还是担心，说："若是哪里不舒服，你不要瞒我。"

细姥婢说："瞒你做什么？我也好担心哩。"

含田婆感叹说："你的肚肠真是有狠呢，这样烂的东西都受得住。"

细姥婢说："生成的。"

含田婆说："天都有眼。"

细姥婢说："搭帮（多谢）你！以后我的运崽有奶吃了。"

含田婆说："话不要说早了。今天是你运气好，以后有没有这样的运气真是说不定。"

细姥婢说："是呢。要在以前，灾鸡灾鸭没人吃，随便捡得到。怎么一下变成这样，想吃点肉这样困难。"

含田婆说:"如今是国家困难时期,全国的人都勒紧裤腰带过日子。听说北京坐金銮殿的毛主席都不吃肉了,只吃素。"

细姥婢说:"你怎么知道?"

含田婆说:"我不知道,我屋里土保知道。他当镇长的人,消息灵通,天下的事知道得完。"

细姥婢啧着嘴说:"这样我就悟得通了。"

从此细姥婢又多了件事情做:寻找死烂畜生。每到雨天,她就城里城外到处转。她已经转出经验来了,知道哪些地方有可能得到"猎物"。背弓岭,猫崽丛,白露河的几道拦河大坝的水湾里,墟陂上,正街的下水道出口,肉食品公司背后的垃圾堆,公安局对面的四方井府,还有县人委会的食堂。县人委会大门口有个叫康老头的把守,十分的严谨方正,外人轻易不得入内。细姥婢却总有办法混进去,常有收获。她知道在丰和墟陂戏台楼头的瓦檐里头躲了好多只麻雀,白天出来,夜晚和雨天缩在里面。她背架楼梯,攀在檐柱上。一溜溜摸过去,总能掏出一只两只来。戏台很高,上面的横檐紧致狭窄,结构繁复,灰尘老厚。攀爬在那里腾挪辗转,还不时要腾出一只手来摸捉麻雀,那是需要一点功夫的,还要冒点险。平时城里头那些最调皮的半大小子,白天轻易都不敢上去。细姥婢却摸着黑就去了。那些七烂八烂的东西,总要加点活物,才能有点味道,才进得了口。为了苦命的运恩,她也顾不了那么多了。

有回在背弓岭下,她还冒过一次大险。那天她正在岭脚下走,刺窝里忽然蹿出一条黑蛇,她挥起铁钳一顿乱扑,黑蛇甩头顺着田埂跑了。她拔脚就追。黑蛇蹿得好快,她跑得更快。眼看追近了,黑蛇一下钻进一个洞眼里去了。蛇尾巴在洞眼外头一甩一甩,身子抻起好长,一蠕一蠕地往里头拱,眼看就要完全钻进去了。细姥婢一把揪住蛇尾巴,往外拖,她用了全身的力气拼命拖,可是根本拖不动。她不知道,蛇进了洞眼,身上的细鳞就张开来,倒钩在泥壁上,任凭她使出再大的力气也是奈不何的。细姥婢急啊。忽然她一低头，一口咬在蛇尾巴上。那蛇尾巴即时就像发面一样肿胀起来，肿起有棒槌大。原来人的牙齿竟比蛇毒还要厉害几分。细姥婢没有息缓，赶紧拿着铁钳往洞眼里头铲土。蛇身子很快现出来了，还在一拱一拱地动。细姥婢对着蛇身七寸的位置一顿乱捣，捣得稀烂，直到那蛇再没有动弹了，这才用力把整条蛇从洞眼里拖出来，倒提着，打起飞脚回了家。

含田婆听说了，过来一看，惊奇地说："呀，这是条眼镜蛇哩！"细姥婢说："眼镜蛇好啊，吃了眼镜蛇大补。"含田婆说："大补、大补，你就知道大补。若是给它咬一口，性命老子就交给它了。"细姥婢说："现在不是它咬了我，是我咬了它哩，我不能看着一条活物从眼皮底下溜走了。"含田婆感觉到了细姥婢身上的那股戾气，正色说："我再要喊应你啦，以后再撞到这类野物器，还是要小心再小心，铜匠铁匠，没有包匠，小心驶得万年船，总是要看好了再行事。"细姥婢点头说："晓得了哩，我的亲姐姐哎——"

三天两头的，细姥婢水一身泥一身地在小巷里踹走寻摸，衣衫不整，头发凌乱，好多小把戏都看熟了，一看到她，就跟在后面乱喊："癞婆子，丑样子，捡到一坨猫屎，以为毛栗子，一把塞到口里。"细姥婢听到了，心里气恼，还真的回身举起铁钳，像癞婆一样呜哇乱叫，作势要打，吓得小把戏们撒脚逃窜。有时，有小把戏不知是出于好意还是恶作剧，会把死老鼠、小死蛇或者死蟆拐（青蛙、泥蛙、癞蛤蟆）冷不丁地丢在她脚下，吓她一弹。等到看清东西，她就不怪了，会朝丢东西过来的方向感激地一笑，俯身捡起，扬长而去。

那番日子里，细姥婢吃过的死烂东西好多：灾鸡、灾鸭、小狗崽、小猪崽、猫、蛇、老鼠、麻雀、猫头鹰、蟆拐、水蟑螂、蜻蜓、蚯蚓、金龟子、螳螂、炸蜢子、蟋蟀、油葫芦、泥鳅、黄鳝、田螺、蜗牛……这些东西，大多都是死的，有的还发烂了，但只要她闻过没有臭味，不是糜烂腐坏了，就都拿回家处理干净，剁成小块，细火炆好。只要可能，她总会把几样东西放在瓦罐里一起炆。有飞的，有走的，有水里游的，这样炆出来的东西才不至于太难下喉。汤炆好了，她拿一只土钵子滗出来，汤渣撮到后门的土坡上挖个洞眼埋掉。她只喝汤，不吃汤渣。她听人说过，这类死烂东西都是有毒性的，但毒性基本都收纳在汤渣里，吃了对人的身体特别不好。她不知道这种说法有没有科学依据，但既然是人家郑重其事地对她说的，总归是要小心点为好。每回炆好的汤，一次两次是吃不完的，她就把剩下的汤盖好，放在大姥婢够不到的碗柜顶上。她怕小女娜饿急了，偷了去喝。她不是舍不得，是怕小女娜小小年纪就把身体吃坏了。

细姥婢胖了，也壮实了。腰上的肉一块一块，紧绷绷的。脸上也有了红润，头发黑亮如漆。那一对奶婆撑起好高，圆圆滚滚，奶汁常常渍湿了衣襟。运崽也变精了，只要一拢身，便噘起嘴巴急吼吼地往妈妈的奶婆上拱，一口叼住奶婆尖尖，好久不松口。

运崽也胖了，十个脚指头胖嘟嘟的像大蒜子。一逗，他就会笑了。笑起来眼睛一眯起，手舞足蹈，嘴巴里"咯咯"有声。

细姥婢身体廒实了，身上的力气足得很，不再感觉锤石头有多么累人。每天锤个几方石头，简直不在话下，还能早收工。有时吃完夜饭，捡清场，还精神得很。回到家里，她打发大姥婢和运崽睡下，自己却好久睡不着。这时她会想起在家做女时的好多事情，想起水旺。水旺那鬼家伙真是个人精呢，做什么鬼名堂都多，嘴巴又巧，花样又多，神气还足，能把人的心逗融了。想过一阵，她自觉燥热难耐，就悄悄起身，走到外屋来，摸出竹匣子，把麻将翻倒在火炉桌上，一粒一粒地摸过去，轻轻地哼起了歌。

她哼的是《一朵棉花两边吹》。

天上落雨细灰灰,一朵棉花两边吹。
…………
在家做女一条龙,一觉睡到日头红。
…………
出嫁媳妇日子丑,脚盆装水洗衣襟。
…………

六

积小和，等转运

从县城接通州里的马路年底就可以修好，锤石头的工作提早收了场。这天下午，细姥婢接过最后一份工钱，摸出早早买好的两包大前门烟敬给欧干部，道声"多谢这番日子的关照了"，就背起运崽回了家。

突然"失业"，一下没有了生活来源，细姥婢倒也没有怎么担心害怕。一匹茅草一滴露水，瞎眼的鸡婆还寻得到食，何况她一个大女娜。有手有脚，又不跛脚瞎眼，只要肯做，饿不倒她。何况她手里还存了点钱，锤了大半年石头，死做苦做，省吃俭用，一分两分地抠出来，也积攒起几十块钱，拿油纸包好，就藏在门背后腌菜坛子下头。这些钱，能够几娘崽买回几个月的口粮了，平时找点零工打，赚点买油买盐买小菜的零花钱，日子总归是熬得下去的。只要熬得住，不拘早晚总会有出头的时候。人生和打麻将好像也有很多相似的地方，都有行时和背时的时候。行时的时候不消说，背时的时候呢，就要耐得烦，不能躁，管它什么小和大和，做得成就和。小和积得多了，总会等来转运的时候。既然含田婆都说了，毛主席都和全国人民一样在过苦日子，未必他老人家就甘心这样过下去？他一定是在想办法寻找转机，让老百姓过上好日子。

这就要看各人的造化了，看能不能渡过这一劫。只是这苦日子暂时还看不到头（而且越来越苦了）。这是从买粮食这件事情上就能看出来的。细姥婢是城镇户口,每个月都定量有二十五斤的粮食供应。以前,她去粮站买米,粮本一交,就能买到二十五斤的白米,现在却都要搭杂粮了。开始是百分之十,然后是百分之二十,很快涨到百分之五十了。也就是说,一百斤口粮只能买到五十斤白米,另外一半只能买杂粮。刚开始时杂粮搭的是苞谷、高粱、黄豆,到后来一律都变作了红薯。这个细姥婢不怕,因为一斤口粮指标可以买十斤红薯。她还巴不得杂粮搭配的比例再往上涨,只要几个小把戏能吃到主粮,她自己天天吃红薯都可以。红薯好呢,容易饱肚,还方便携带,生的熟的都吃得,只是吃得多了,屎多屁多——不雅。

还有一件让细姥婢感到轻松的事:运崽断奶了。运崽的奶断得很突然。那天临要出门了,运崽哭闹着要吃奶,吃却不好好吃,噆住奶头左甩右甩地玩,后来还用力地在奶头上咬了一口。细姥婢烦了,一巴掌拍在他屁股上,没好气地说:"吃不吃?不吃就算了。"运崽听懂了,猛然松开嘴巴,"哇——"地哭了一声,从此再不肯吃奶,见到细姥婢撩起衣襟龇出奶婆,就把小脸偏到一边,嘴巴紧闭。不吃就不吃吧,也是可以给他断奶了。断了奶细姥婢也轻松了,她不用再费力劳神地去翻找那些死烂畜生,也不用再担心身上什么地方突然长出疮疮来。

"失业"后的细姥婢在家里扎实歇了三天憩,她把二姥婢、三姥婢从外公外婆家喊回来,一家人团聚一番,又过到娘家去,好好做了一回娇娇女,直把一身骨头歇得酥松了,这才又打点起精神,出去找零工做。

在县城里,只要舍得出力,找点事做不难。那时候好多人都吃不饱,身体虚弱,手上没力;还有好多人得了水肿病,脚肿得一摁一个坑,走路都困难,哪里还做得了事。这就让细姥婢捡了便宜,来喊她去做事的人接连不断。

细姥婢接的都是粗重零活。

挑河沙,出砖窑,做小工。不知为什么,那时候那么困难,起房子的地方却很多，四处都在兴土木。起房子要得最多的是河沙、红砖和石灰。河沙是从舂陵江里挖捞上来的，倾倒在江堤上，再由人一担担挑往县城里的工地。从江堤到县城里的工地单程七八里，只有一条小路，路上不能歇憩（一停下担子就挡别人的路了），必须一肩挑到工地。出砖窑的通常都是小后生。砖是红砖，砖窑都很大，有两三丈高，站在上面往下看，头都发晕。两支竹跳斜着搭上去，一边空担上人，一边满担下来。竹跳单薄柔韧，一脚踩上去便会晃荡起来，使人心慌。砖窑熄火不久就要往外卸砖，余热蒸人，周围两丈之内都拢不得边，必须要一口气冲上去，再一口气跑下来。虽是落雪天气，后生崽们却个个只着件单衣，头上直冒热气。细姥婢夹在这些后生崽里头，蹿上跑下，毫不示弱。

　　推板车，背竹子，挖树洞，埋电线杆。电线杆是水泥钢筋浇筑成的，长有四五丈，重达千斤。将电线杆底部顶在事先挖好的洞眼里，拿两根粗麻绳套住上头，一边各站三人，有人喊号子："一、二、三——"一齐用力往高处竖。细姥婢使出吃奶的力气往上拉，一个脸块挣得红红的。

　　她还搭几个后生洗过一回井府。洗井府是例牌行为。每到中秋和过年之前，就要把井府淘洗一次。有时有人掉下去（大多是小把戏，当然是掉下去又救上来了），或是发现了死猫死老鼠，或是哪个老婆婆的祖传玉镯子掉进里面了，这时候就会有人牵头，邀上三五个后生，淘洗井府。淘洗井府不亚于一场战斗，几个人脱得精光，分作两组或三组，不断地打水上来，倒掉；再打水上来，再倒掉。打水的速度要快过泉眼里冒水的速度才行。这样一刻不停地干上大半天，井府见底了，赶紧让一个人坠着绳子放下去，将井底的淤泥一筐一筐提上来。再又把井壁淘洗干净。井府洗好了，牵头的人就会提着水桶，一身水渍渍的到附近挨家挨户讨要力气钱。人家一看这样子，知道是做了好事，不拘贫富，多少都会拿点钱出来放进桶里。实在没钱的，也会量一筒米，或是一把红薯干、一捧花生意思一下。不到一个钟头，牵头的人就提着大半桶零票子和各类食物打转回来了。

除了这些，洗井府还会另有收获，从井底挖出的淤泥中，常常能翻捡出一点东西：一分、两分、五分的硬币，铜顶针，扣子，钥匙，发夹，钢笔，菜刀之类。有一次还捡到一块手表，询问到失主，换了十块钱回来，走运得很。然后，几个人披上罩衣，就坐在井台上把钱数清点好，按人头分了。一切就绪，一伙人就提桶的提桶，拿麻绳的拿麻绳，从大街上徜徉而过，找地方打平火吃酒去了。

细姥娌参加的那次洗井府，没有人邀她（谁会邀一个女娜洗井府呢），是她撞上的。既然撞上，那就是运气，不能白白错失一次赚钱的机会。接水倒水，她做得比任何人都卖力。事完之后，她没有要钱，也没有跟大家一起去打平火，只要了一堆食物和三个发夹（那是给三个女崽的，怎么井府淤泥里就正好有三个发夹呢？也是奇怪），拿衣服一起包了，一身渍湿的回了家。

她觉得洗一次井府比挑三天河沙都划得来。

除了同男人一样地做事，细姥娌也做过很多女婆家才做的活。这些事情，大都是在晚上做。那时候她的大女崽大姥娌已经上学读书了，这还搭欧土保帮了忙。镇长大人亲自出面，搭学校打了招呼，说明情况，给她把学杂费都免了。大姥娌白天上学，晚上做作业，学习很用功。天一黑，细姥娌就把煤油灯点上，放在小饭桌上，女崽坐那头写作业，她坐这头做一些接回来的活。做口水夹，打水袜底，织毛衣，织帽子，织手套，钩那种带花边、里头镂空的白纱桌布。这些东西她以前都没有做过，是现学的。她的心很活，手也巧，只看人家做过一遍就会了。她做出来的东西都很精致，结实，有模有样，一些干部家里的人都来找她做活。

没接到事做的时候，她就搓草绳。院子大门的斜对面有一家草席厂，专做一种用在建筑工地上遮阳挡雨的草席。这家草席厂不大，只有三架机器，操作要靠手动。草席厂的原料是草绳，厂家把禾草收进去，再发给人家搓成筷子粗细的草绳。草绳论斤过秤，一斤两分钱，工钱便宜得不像话。禾草本身就轻飘不打秤，搓出一斤草绳不知要花多少气力。但就是这样一件工钱很便宜的事，想做的人还不少，细姥婢是托关系走后门才拿到的。搓草绳的好处是没有定额，没有时间要求，背两捆禾草回来，一天搓完可以，十天搓完也行，没有压力。饭前饭后，睡觉前起床后，或是做重活回来，细姥婢得空就坐在矮凳上拈起禾草搓一阵，就当它是歇憩了。临起身时，总要把刚搓好的草绳提在手里掂一掂，欣喜地想："好了，一盒火柴钱又到手了。"或是："好咧，半斤红薯钱不就有了。"

搓草绳就像白露河上的水声，将她的时间空隙填得满满当当。

细姥婢还给人带过几天毛毛。她得到消息，段碧池要走了，下放到县里最偏远的南岭山那边，要去一年。细姥婢去文化馆送她，和段碧池一道去的还有一个姓苑的工会干部。苑干部的老婆不放心，死活要跟着一起送他到南岭山上。可是他们有一个半岁多的毛毛，如果背着毛毛上山，那么陡峭的山路，如何爬得上去？如果不带着去，把毛毛一个人留在家里怎么办？一见细姥婢，段碧池欢喜地说："我有主意了，你们可以把毛毛交给她带。"苑干部的老婆犹疑地问："放得心？"段碧池说："放得心！只怕她比你们自己带还经心哩。"细姥婢也说："你们若放得心呢，就把毛毛放我那里带。"苑干部的老婆说："毛毛半夜里要换尿片，要喝两次米汤呢。大人一个晚上睡不安。"细姥婢说："我晓得。我的四个小把戏都是我一手一脚带大的。"苑干部的老婆惊讶地说："看不出，你这样年轻，就生了四个了？"细姥婢说："那当然！"段碧池说："这是个能干媳妇呢。她的歌还唱得几好。"苑干部的老婆当即就一起到细姥婢家里看了看。她没有想到一个带崽婆能把家里捡拾得这样熨帖，干干净净，井井有条。那个满崽长得红头花色，竟一点不认生，对她挥手咧起嘴巴笑。她很满意，只是强调细姥婢不要嚼饭喂给毛毛。她看到县城里的带崽婆都喜欢用自己的嘴巴把饭嚼烂了，再喂给毛毛，几多恶心的。她又叮嘱细姥婢每天上午下午要抱毛毛到院子里晒晒太阳。细姥婢说："你放心吧。你哪样把毛毛交给我的，到时候我会哪样交还给你。"照说，给人带毛毛都是熟人介绍，多少带点感情因素，也是事先要说说报酬的，但苑干部的老婆没提，细姥婢也就不好意思问了。她想：人家两口子都是干部，总不得亏待我吧！

　　细姥婢把毛毛带的真是经心。出去做事自然是不可能的了，她得专心在家带好两个毛毛。一天六顿饭是少不了的——四顿米汤，两顿鸡蛋羹。她给苑家毛毛吃的米汤是用苑干部的老婆拿来的精白米专门熬的，用一个瓦罐单独盛放。运恩吃的米汤是用自家糙米煮的。每天上午、下午，细姥婢都要把苑家毛毛抱出去走一个钟头，晒太阳。苑家毛毛尿多，一哭，她就知道是屙尿了，急忙换尿布。苑家毛毛身上的尿布始终都是干的。晚上她也不搓草绳了，早早就给苑家毛毛洗个温水澡，上床哄睡觉。白天还好说，难的是晚上，原来苑家毛毛有个打汤嗝的习惯。人家毛毛是打奶嗝，他是打汤嗝。喝得两口米汤，就嗝住了，一边嗝，一边断断续续嘶声地哭，哭得还那么嘶厉，好像受了什么虐待。这时候细姥婢就得把他抱起来，抱直了，轻轻地给他拍背。她怕吵醒了大姥婢，得赶紧起身把毛毛抱到外屋，来回地走，轻轻地拍，不断地哄。一个多钟头后，苑家毛毛才渐渐安静下来，睡着了。细姥婢却已经是精力涣散，睡意全无。一个晚上，苑家毛毛能闹上两三轮，细姥婢哪里还睡得成觉。她感觉带人家的毛毛好辛苦。

　　苑干部的老婆第五天傍晚才归来，她还算对得起细姥婢，撬口没提报酬的事，道声"辛苦辛苦"，放下一袋荞麦皮，抱起毛毛就走了。细姥婢把那袋荞麦皮过了下秤，刚好十斤，这就相当于带一天毛毛给两斤荞麦皮。荞麦皮很值钱吗？若在以前，喂猪还嫌粗糙，如今不同了，有钱都买不到。苑干部的老婆是粮食局干部，想必搞点荞麦皮不是难事。只是这好像带点霉味的荞麦皮不能煮着吃，也不能蒸着吃，只能磨成粉，掺些米粉，掺些糠，再掺些野齿苋和野蒜子，做成粑粑吃。

细姥婢一家人吃了一个月的荞麦粑粑。

从此以后，细姥婢再不肯给人带毛毛。

这时候母亲忠良婆病了，水肿病。气痛加上水肿，喘气都困难，哪里还上得班，只好请了长期病假，天天困在床上。这就苦了秋聋子。他要上班，要照顾忠良婆，还要招呼细姥婢的两个细女，一天忙得像陀螺。撑了半个月，实在有点撑不住了。他知道再这样撑下去，自己不病倒也会累倒。如果那样，两个家都会完了。他只好把二姥婢送回到细姥婢这里，只留下三姥婢勉强拉扯着。

细姥婢本来是想把三姥婢也一起喊回来的。父母亲现在做了难，自己帮不到一点忙，至少不该给他们添累。可是再要添上三姥婢，她一个人带四个小把戏，能带得了吗？现实如此，也只好这样了。她只能把对父母亲的那份歉疚深深地埋在心里。

二姥婢还只有五岁，却已经会架火煮饭，会洗自己的衣服，会把红薯洗干净削掉两头的蒂子了。吃完晚饭，她就知道自己把脚洗了，爬上床滚到尽里头蜷缩起身子睡觉，乖得像只小猫，让人怜惜。只是总离不得大人，有时细姥婢出去晒个衣服，或是挑担水，只有几分钟见不到，她就会"姆妈、姆妈"地喊叫着跟脚找来。细姥婢去出个背恭，她也跟着，在茅厕跟前站起。忠良婆说她也不知道二姥婢是从什么时候变成这样子的。忠良婆在印染厂做的是保管员工作，二姥婢可以寸步不离地跟着她，所以当时并未觉察。舍田婆说，只怕是小女娜受了吓呢，大人要多点陪她。细姥婢找了人来，半夜里在十字路口烧了钱纸点了香，给她收吓，又在枕头底下压了黄表纸符咒。二姥婢的症状似乎缓和了一些，不是太跟脚了，只是细姥婢在跟前时，她的眼睛就盯着母亲转，眼睛里满是不安，让人怜爱。看到二姥婢想拢来又不敢拢来的样子，细姥婢感到心酸。她将二姥婢抱在怀里，摸着她的头发说："女崽啊女崽，姆妈以后会天天陪到你。"她说到做到，真的就天天待在了家里，给二姥婢做饭，给她洗澡、洗头，教她唱伴嫁歌。她去白露河洗衣服，也是背上背着运崽，一手牵二姥婢，一手提水桶。洗完衣服回来，就让二姥婢帮忙把衣服晾在竹篙上。渐渐地，二姥婢脸上有了红润，神情也活泼了很多，不再一阵子见不到她就惊悸不安。

细姥婢看到女崽一天一天地活彻起来，心里也很熨帖，但另一种焦虑却让她整晚整晚地睡不着觉。她知道一家人要吃饭穿衣，要生活，每天这样只有出的没有进的，终归不是长久之计，她一定要出去找点既能带小孩，又相对稳定点的事做，把日子过下去。这时候一些建筑工地都停了下来，那种挑河沙、出砖窑、做小工的事情已经没地方做了，推板车、背竹子之类的事情也很少，一有事情做就好多人抢，她哪里抢得过。本来搓草绳是件最相宜的赚钱的门路，可是对门那家草席厂偏偏又关张了，连领回来的两捆禾草都不回收，细姥婢只好把它们堆在门口空坪里晒太阳。细姥婢天天在心里盘算，把能在县城里做事的门路都想了一遍，都无路可走，真是愁死了。

后来她想到了开荒种菜。县城四围都是大山：东塔岭、背弓岭、猫崽丛、九老峰……早先的山岭上都长满大树，古木参天，树上好多鸟窝。"大跃进"那年砍完砍净都做了柴火拿去炼钢铁。如今的山岭上只看见一耸耸裸露的岩石。岩石和岩石的空隙里长满刺窝和草丛，常常有小把戏牵了牛在那里吃草。进山的大石头上拿石灰水写着大大的两个字：禁山！细姥婢记得政府好像是有禁令的，任何人不准到山上去砍树和开荒种菜。但她知道，禁令是禁令，还是有人上山开荒种菜。为了填饱肚子，他们管不得那样多了。他们大多是夜里上山，选一处稍微大点又隐秘的地方，砍掉刺窝，铲除杂草，挖开泥土点下蔬菜种子。岩石缝里的泥土肥沃，菜都肯长，进到山里只要稍微留神一点，就可以看到有南瓜藤、丝瓜藤偷偷从刺窝里钻出来，四处蔓延，有的还爬到了岩石上面，舒展着肥绿的叶片，迎风张扬。细姥婢算了算，自己藏在腌菜坛子下面的钱还够得一家人买回三四个月的口粮，如果种了菜，快的一两个月就有收成，慢的也只要三个月，只要自己发狠，多开点荒，种出的菜不光够自己吃，多余的还可以偷偷卖掉，赚到的钱就可以接到一家人的生活了。做这件事还有一个好处，就是她可以带起二姥婢和运崽一起到山上去做，一举两得。

　　主意一定，细姥婢有点兴奋。她搭含田婆讨来些菜种：南瓜、丝瓜、花瓜、苦瓜、辣椒、茄子、豆角、大头菜、黄豆、绿豆、豌豆、四季豆、西红柿……一样一样拿纸包好，作了标记。她到底不敢夜里一个人上山，只能白天去。她带着两个小把戏，箩筐里藏了短把锄头和镰刀，从丙穴那头包了远路过去。她去的是九老峰。她小时候去九老峰扯箅子、捡雷公屎（木耳），对那里的地形很熟。她知道哪里有小路，哪里的空地多，还知道哪里有马蜂窝，哪里有泉水。她把运崽连坐篮一起放在大石头上，让二姥婢守在运崽旁边，交代她一边玩一边放哨，看到有人过来就喊她。她没想到开荒也是很费气力的，主要是那些刺窝难搞。刺窝都是一蓬一蓬长起，互相纠结缠绕，难解难分，得要把周周转转的枝干全部斩断，一齐放倒了，才能拖得出去。一大蓬刺窝，不是一下就能全部斩断的，总在这里那里牵绊着，她得像拔河一样，使出全身的力气往外拖。刺窝里的尖刺无处不在，一不留神，就钩住了衣服，划伤了皮肉。她的两只手臂上很快就划破了好多道血口子。她把罩衣脱下来，包在头上，只管死命地往外拖、拖。终于，哗一声，刺窝给拖出来了，眼前豁然一亮。砍掉刺窝，还得把下面的树苑挖干净。这就轻松多了，可以蹲着挖，也可以坐着挖。然后，把别处的泥土一点一点挖了搬过来，填厚实了。

这天，细姥婢开出了两块荒地。一块灶台大，一块有半间屋子大。第二天有了经验，进度快了很多，开出了三块荒地。细姥婢算了算，这样差不多了。她在五块地上分别种了茄子、辣椒、丝瓜、豆角、四季豆，在四边点种了黄豆和绿豆，又在几蓬刺窝下挖开土种了十二苑南瓜，让它们的藤蔓顺着刺窝往上爬。

种下菜秧，就像自己的毛毛落了地，细姥婢心里特别惦记。每天吃过早饭，她就带着二姥婢和运崽爬到山上去，一待大半天。她提个小桶，接了泉水，一瓢一瓢地浇到菜秧子上。每桶水，她都要先给自己喝一口，再喂给菜秧子。按说，刚种下去的菜秧子每天要浇两道稀尿水，可这里不用。这种岩石缝里的土都是多少年的树叶堆积腐烂而成的，里头还有好多鸟粪，肥沃得很，再要浇尿水，反倒会把菜秧子淤坏了。黄豆、绿豆和南瓜是点的种子，浇完了水，她就一处一处地去看它们有没有嫩芽冒了头。然后，她静静地坐在一旁，心里呼喊道："你们这些伢崽子，赶紧出来呢，出来晒太阳了呢！"

那些菜种子真还给她喊应了，不过三四天，就都从土里冒出了头，张着两片半是鹅黄半是青绿的嫩芽，惊奇地看着这个世界。那些菜秧子也都还了阳，挺直腰杆，叶子变得葱绿。

又不过三四天，南瓜秧就开始起藤了，有的三股，有的四股，贴地而行，延伸开去。

这些日子老天也很关照，天天出太阳。天空很高，日头很大、很白，阳光光亮刺眼，但不强烈，洒在身上让人生出一种懒洋洋非常舒坦的感觉。

夜里偶尔也会飘点小雨，一到早上就停了。这种天气真是适合万物生长。

不过一个多月，各种蔬菜就都长成了，辣椒、茄子枝粗叶绿，丝瓜、豆角冲起好高，四季豆腰身粗壮，最让人欢喜的是南瓜，它最早打花。细姥婢在岩石上攀上爬下，找到她种下的十二蔸南瓜，一蔸一蔸寻过去。一朵花、两朵花……每蔸南瓜都打花了，有的一根藤上就打起了四五朵花。那些花的花瓣都张得很开，好像都很兴奋，黄得照眼，像一支支对天吹着的唢呐，无声地吹着让人心动的曲子。她把一些多余的藤条割掉，掐去藤尖，打掉哑花，每根藤上只留下三四朵花。这些花是一定都能结出大南瓜的。

接着，辣椒、茄子、丝瓜、四季豆……都打花了。白的花，红的花，紫蓝色的花，躲在浓密的绿叶里头，眨着眼睛跟她打招呼。

紧接着，南瓜藤上开始结瓜了。细姥婢顺着瓜藤一根一根数过去，一共三十八个哩。这真是个吉利的数字。她在每个瓜的旁边都做了记号。她想象着，等这些瓜都长老了，一个一个搬回家，能把床底下堆满，吃得小半年了。她盘算着，这些南瓜搬回去，第一个要孝敬父母亲，让他们老人家尝鲜，第二个要送含田婆，感谢她提供了种子。她还打算把南瓜都搬回家后，好好煮一锅南瓜稀饭，把几个麻友喊到一起，打一场麻将，吃一顿饱南瓜。

她觉得这日子能过下去了。

灾难是突然而至的。

在一个早上，所有人在山上的菜土，当然也包括细姥婢的菜土忽然全部给捣毁了。什么人竟这样下得手的？都是脸盆大的石头搬起往土里砸，把辣椒秧、茄子秧、丝瓜藤、豆角苗一概砸得烂粉，南瓜藤连根拔起，中间砍断作几节。细姥婢一看就哭了，气得破口大骂。

远处的岩坡上有人接口说道："还会是什么人？都是镇政府的人做的，我亲眼得见。"

细姥婢一听，背着、拖着两个崽女，转身下坡，疯了一样往镇政府跑。

细姥婢直奔了镇长办公室。

办公室里不见一个人。这时她听到镇长在院子后头吼叫，循声过去一看，那里站了一堆人。欧土保穿着背心，肩上披件中山装，正在训斥一个后生，意思好像是那后生没得卵用，连个下水道都不会修。一堆干部垂手站在那里，脸上有红有白，没有一个人敢作声。细姥婢一竿子横插进去，大声问道："土保镇长，是什么人把我土里的菜毁平了？"

欧土保一下给问蒙了，瞪眼问道："你说什么？再说一遍我听听。"

细姥婢就又说了一遍："土保镇长，我问你，什么人把我土里的菜毁平了？"

欧土保反问道："你哪里有土的？"

细姥婢说："我也是你的居民，我就不能有土？"

欧土保说："这事就蹊跷了，你在哪里有土？"

"——在九老峰。"

欧土保"哈哈"一笑，说："九老峰是国家的土，任何私人不能在那上面有自己的土。"

"我开的荒，就是我的土。"

欧土保说："你晓不晓得政策？政策规定了的，任何人禁止在山上动土。连砍一蔸树都是禁，还能允许你开荒？"

细姥婢说："我不晓得你什么政策不政策的，我只晓得要吃饱肚子，要活命。"

欧土保忽然双肩一抖，甩脱中山装，粗声斥道："刘细细，你要清楚这是什么地方，说话要有点分明。这样反动的话你也敢说？！今天也就是在我们这里，念你是在气头上，头脑糊涂了，说的是混账话，不搭你认真。若在别处给别人听到了，拿你批斗游街都有份。"欧土保又环视一眼周围，说："大家都看到了，一个女人头，头脑糊涂，说了糊涂话，不作数的啊。"

一众干部乱纷纷点头,说:"不作数不作数。"

细姥婢一时给吓住了,脚板心嗖嗖地冒凉气,但又到底不甘心,捯了捯脚,眼望一边,弱弱地说:"你们是冬瓜奈不何,欺负芋头婆哩!我就是要找到毁我菜的人,让他赔我的菜。我花了两个月气力种的菜,不能白白拉拉就毁了!"

欧土保怒道:"还说、还说,你违反国家政策,私自到山上开荒种菜,不法办你就算对你客气了,还敢跑到这里喊要给你赔菜,真的是没有王法了!还了得!"

跟着细姥婢的耳旁就响起了一声吼叫:"绹起来!"

细姥婢急忙偏脸去看,竟是刚才还在挨欧土保训斥的那个后生。这时他昂起了下巴,像只叫鸡公一样抖擞着小分头,一副神气活现的样子。细姥婢撇嘴说道:"绹人,我倒要看你的笋索有好长。一头下水道都捅不开的人,就会'扶卵泡'!"

细姥婢一时气恼,一句骂人的话冲口而出。这是城里头骂人最刻薄的话,猥琐、乖张,还有点淫邪。一般女人头不会拿这话骂人,骂不出口。这种粗痞话从一个乖顺女子口里爆出,将一众干部心头的邪火都点燃了。众人道:"扶卵泡是哪样扶?扶个样子来看看。""他搭哪个扶卵泡,会给你看到了?""对哩,铜锣不能藏在袖里打,亮出来看看。"……

人多口杂,一时说什么的都有。那后生又气又羞,撸起袖子吼道:"老子今天硬要绹起你!"一面说,一面转头四处找绳子。

细姥婢也豁出去了,双手叉腰,厉声说道:"来呀,绹呀,你要不绹你是我的崽!"

细姥婢把二姥婢和运崽往欧土保面前一推,说:"土保镇长,反正你们手里有权,想要拿我们小老百姓怎样就怎样,你们最好是拿我法办了,抓起去坐牢。这两个小的,还有家里两个,一共四个,就交把你们政府去养了。"

说着还不解气,又一把抱起运崽往欧土保手里一塞,说:"你们去养啊,养啊!"

运崽在欧土保手里大哭起来。

二姥婢也跟着"呀——呀——"地哭。

土保镇长忙牵住二姥婢,又将运崽抱紧了。以前他抱过他们好多回,有回运崽还努起小鸡鸡把尿滋到他的脸上,他一点不恼。这回他是真的有点恼了,却又恼不得,只好把气拍在后生干部头上。他凶声说道:"李五崽,你懂不懂政策,会不会讲话?绚人也是随便讲得的?不会讲话就搭我徛到一边去。"

细姥婢看到那个叫李五崽的后生干部一声不作,乖乖走到人堆后头去了。

这时人堆里闪出一个人来,走到欧土保跟前,一手接过运崽,一手牵了二姥婢,又拿手拐子撞了撞细姥婢,对她笑眯眯地说:"走,一起到我办公室坐下谈——你认得我撒。"

细姥婢认得这是镇里的副镇长,姓雷。想了想,抄起地上的坐篮,跟着去了他的办公室。

她听到土保镇长在后面吼道:"李五崽,回来,你这个只会扶卵泡的角色,赶紧搭我把下水道整好了。整不好不准下班!"细姥婢不禁在心里偷偷一笑。

雷副镇长抱着运崽在办公桌后面坐下,细姥婢靠墙站着,叫她坐,她不坐。二姥婢跑过来,也挨她一起站着,她抬手抚住二姥婢的头。

雷副镇长逗着运崽玩,一直把他逗笑了,这才开口说道:"你好厉害呢,敢搭土保镇长唱蛮腔,只怕是找阎王老子拼命,活腻了。"

"我就是活腻了,不想活了。好好的南瓜青菜,说毁平就毁平了,让我们以后的日子哪样过?!"

"看来你心里的气还没有消。"

"消不了！"

"消不了你就把我骂一顿。"

细姥婢看了看雷副镇长笑眯眯的脸，话到嘴边，忍住了。她知道雷副镇长在城里头人缘好，口碑好，帮好多人做过好事。有一回她背着运崽从粮站挑一担红薯回家，雷副镇长看见了，接过担子帮她一直挑回家。在门口把担子放下，水都没喝一口就走了。

此时，细姥婢咬紧牙，咬得两片嘴唇煞白。

"骂呀，你只管拣难听的骂！"

"对你，我骂不出口。"

"这话我就听不懂了。骂我骂不出口，你骂土保镇长又哪样骂得出口呢？"

"哪个要他喊人毁了我的菜土！"

"这事怪不到他。"

"不怪他，未必还怪你？"

"你说对了。怪我，也不完全怪我。我们不过是执行上级的意思。我们这些基层干部就是一颗钉子，上边是锤子。锤子砸下来，钉子只能顺着意思往下钉，没有任何余地。"

"上边是哪个？我去寻他。"

"那你是去寻时背呢。你晓不晓得，这是政策，政策规定了任何人不准上山开荒种菜。"

"我不晓得！"

"你不可能不晓得。每个山下都写起有门板大的两个字：禁山。任何人都看得清。"

"即使是政策，既然荒已经开了，菜也种起了，就等我们收完了再毁也不会这样难过呀。可怜我那南瓜都长起拳头大小，眼看就有收成了，一下子就都没有了，全毁平了。"

说着,细姥婢的眼泪水就要出来了。

雷副镇长给运崽喂了口水,等细姥婢平静下来,又说:"你们的难处,我们都有体验。不是为了肚子,哪个愿意冒险去做那些违反政策的事?不过话又说回来,如今哪个又没有难处呢?你可能以为我们政府部门的人日子会好过。也不好过呢!镇政府已经有三个人得了水肿病,请了长期病假,那还不是饿的。就比如我,说起来丑人,已经好长日子不吃早饭就来上班了。不是不想吃,硬是没得吃。三个崽都是吃长饭的年纪,那点定量(粮食)哪里够,就只能自己少吃点,让他们多吃点,我们吃稀的,让他们吃干的,将就着过。"

"真的?"

"我骗你做什么?其实我们早就知道有人偷偷在岭上开荒种菜,睁只眼闭只眼装不晓得。可是上边有人搭我们的想法不一样。土保镇长已经给喊起去剁三次了。这次是实在宕不下去了,才不得不采取了行动。不然他这镇长的乌纱帽都会保不住。"

"有这样厉火?"

"就有这样厉火。今天我看到你对土保镇长那样吼,真是提心吊胆。大家都晓得土保镇长脾气丑,今天若换作别人,他甩两个耳巴子都是可能的。可是他没有,硬是忍住了。他两头受气,也好不容易呢。你就不要怪他了。"

"不怪他,不怪他。只是你们也搭我着想一下,种点菜,刚刚有了点希望,现在又没有了。我一个女人头带四个小把戏,以后怎么过哟。"

细姥婢说着又带了哭腔,雷副镇长忙说:"莫哭、莫哭,我最看不得女人头哭。你一哭,我的眼泪水也即时会出来。"

他让细姥婢不要性急,好歹找点事做,不能断了经济来源。他也会帮忙留意,只要有合适的事情,就会介绍她去做。最后放低声音,告诉她:"你的困难,土保镇长最清楚,昨天晚上研究工作的时候,他还专门提到你。镇里刚刚到了一笔救济款,大家因为如何发放吵得很凶。鉴于你男人的情况,他不能明说要考虑你,但那意思我听懂了,我知道如何做的。这事你心里有数就行了,千万不能在外头乱说。"

细姥婢点点头。

她忽然哭了,她是不想哭的,可是那眼泪水不听话,哗一下就出来了,流了满脸。

她想起了含田婆和土保镇长两口子这些年对自己的好,那是比姊妹还亲的好。她觉得好对不起土保镇长,当着那样多人对他拍气发飙,顶得他气都出不来,倒了他的丑。自己好蠢!

她过去把运崽抱过来,对雷副镇长恭敬地说:"多谢你,多谢土保镇长了!"她背着运崽,牵住二姥婢,轻手轻脚地出了镇政府的门。

她没想到更大的祸祟还在后头。

细姥婢回到家,开锁进门,忽然觉得有点不对劲——屋里进来过人。她急步走到门角湾搬开腌菜坛子一看,天哪,那包钱不见了。什么强盗拐子这么厉害,大白天开锁进来,不偷东,不偷西,单单偷走了她藏得好私密的那包钱。

她觉得天都塌下来了,气得浑身发抖。她抄起一把菜刀和丁板,转身跑到大街上,一屁股坐在地下,放声大哭,一边拿菜刀剁得丁板当当响,一边嘶声大骂:

"砍脑壳的、绝苑子的、背时倒灶的强盗拐子呀,你偷了我的东西,不得好死呀……

"死了没人埋的强盗拐子呀,你偷了我的东西,右手偷的右手断,左手偷的左手烂……

"天杀的、地不埋的强盗拐子呀,你偷了我的东西,吃了要胀肠子,爆肚子,跌牙齿,从上到下烂粉粉呀……

"天呀地呀,你打开眼睛看看呀,我一世人不害人不偷人,没有做过缺德事呀，为什么就这样给我过不去呀……

"我的大姥婢呀，我的二姥婢呀，我的三姥婢呀，我的运崽乖崽呀，我们以后哪样活呀……

"天呀，天呀，天呀啊……"

细姥婢披头散发，剁一下丁板骂一声，咬牙切齿，凄凄切切，声声不断。二姥婢牵住她的衣服跟着哭。背上的运崽哭得早就哑了嗓子，只是呀呀地叫。三娘崽哭作了一堆。

好多人围在街边上看，都不敢拢边。

后来是含田婆带着花红薯、封家老婆婆和胡麦糊，还有翠玉姑娘，大院里的一伙女人头，拥过去接下运崽，扶腰的扶腰，抄手的抄手，将她架回家里，安顿在火炉凳上坐了。这些女人头也分头爬上火炉凳挤着坐下。是花红薯起的头，众女人纷纷插嘴，你一句她一句，咒强盗拐子，怨时运艰难，叹生活无着，边骂边安慰，说着说着就都哭了，哭得稀里哗啦。

细姥婢这时却不哭了，蜷起身子窝在火炉凳的角落湾里，极其懦弱的样子，似乎轻轻一碰全身的骨头马上会散架。

含田婆打发自己的崽舀来一碗米汤，一调羹一调羹地喂运崽，埋着脸没作一句声。

翠玉姑娘倚住门框站着，睁大眼睛望着一屋子的人。她身上的衣服巴满补丁，却洗得干干净净，整洁清楚。等屋里的哭声渐渐止息了，才轻轻对细姥婢说："都是生成的呢。生成的苦八字，只能苦来撑。你未必还苦得过我？要悟得通呢！"

细姥婢听到这句话，心里一弹。

她把这句话想了一夜。

第二天一黑早她就起来了，梳头洗脸，换了身干净衣服，打扮得熨熨帖帖。她打算再上一回九老峰，菜土毁了，菜苑瓜藤应该还在，捡回来，把茄子秧秆、辣椒叶子、四季豆荚、南瓜尖子清理清理，也吃得大半个月了。

可是她又失算了。菜土里的菜秆菜叶，早都给人收得净光，连菜苑都拔走了。想想也是呢，树叶树皮观音土都有人寻得去吃，这样生鲜的东西哪还有得剩。细姥婢坐在岭头上，望着岭下乌麻麻的县城发了好久的呆，这回她没有哭，没有伤心，只是悲愁地凝神望向远处。

她真是不知道下面的日子该要怎么过了。

正当整日困坐家里，走投无路时，忽然邮递员给她送来了一张汇款单。

汇款单是水旺寄来的。这真是天大的怪事，一个在牢里服刑的人怎么会有钱寄到家里来呢？

原来水旺有一手炒菜的好手艺，尤其炒狗肉最拿手。他能把狗肉炒得粒粒晶莹，炒出一层胶来，又酥又软，香得糯喉咙。刚好他服刑的劳改农场场长就好这一口。他进去没好久，就给派到了犯人食堂炒菜，接着就又调到了职工食堂，专门给领导掌勺。常常有犯人家属过去探监，少不得要一起在职工食堂吃顿饭。不少家属都很懂味，知道掌勺的师傅得罪不起，常常借故进去看菜，偷偷塞点小意思给水旺。水旺就把这一角钱、五分钱都积攒起来，找个机会给细姥婢寄回来了。

还那样巧，水旺寄回来的钱刚好跟强盗拐子偷去的钱对上了数：都是三十块。

细姥婢赶紧跑到邮政局取了钱，又即时到粮站把全家人一个月的口粮买回来了。剩下的钱，再不敢藏在腌菜坛子下面，她缝在了里衣胸口上，白天晚上都带着，再不敢大意。

她觉得心里暖暖的，又有了生活的底气。

雷副镇长没有食言，很快就给细姥婢找了份钉扣子的事情做。缝纫厂的师傅把衣服裁好了，最后一道工序是锁边、钉扣子。这事他们一般不会亲自动手,都是发到外头去做。这事不难,而且很灵活,可以接到家里做。只是事情不多,时断时续,有时一两天都接不到一件。可是这也聊胜于无,好歹有个盼头。

她思谋着另外还得找点事做。

思来想去,还是只能打九老峰的主意。

她决定上去点种苦瓜和豆角,这两样东西都生得贱,不避土的肥瘦,也不避天地宽窄,一蔸苗可以长,一片苗也可以长。生长期还快,不逗虫咬。就点种在刺窝丛里,让它们顺着刺窝往上攀,不用插竹竿搭架子,也不消淋水浇肥,能结好多算好多。这总比困在家里强。

这回她没有从正面上岭,绕了个大弯从背后的文家桥过去,翻过三百磴下来,爬到九老峰背面,还净找一些悬崖陡壁,刺窝茂密的地方,扒开潮泥,小心地种下一蔸蔸苦瓜或是豆角。她选的地方都很绝,一般人不会上去。刺窝里夹杂有野麻生长,瓜豆的叶子搭野麻叶子十分相像,走到跟前也不容易辨别。她在种了瓜豆的刺窝旁边都拿石头做下记号。

这回她很走运,苦瓜、豆角平平安安地自由生长,藤秧子都攀到刺窝上面了,神气地迎风摇曳,尽情吸纳阳光。

细姥婢终于盼来了收获时节。她每天要往返九老峰两次,上午一次,下午一次。她还是包远路从三百磴下去,从背面上岭。她麻利地在岩石间攀爬跳跃,把成熟的苦瓜、豆角摘下来。她的脸上、手上给荆棘划出了一道道血口子,却全然不觉。

那番日子,细姥婢家里顿顿都有菜吃了。苦瓜、豆角轮番上桌。炒了吃,煮了吃,蒸了吃,天天变换花样。苦瓜天天吃,豆角不常有。因为豆角放得住,要留到以后落雪结冰的时候吃。细姥婢给豆角过一道滚水,晾干了,或是挂在墙上,或是腌到坛子里,都可以久放。她家里的一面墙上挂起了几排干豆角,八个腌菜坛子也都筑满了。有时想着无时,细姥婢很会过日子。

天天苦瓜，谁都会腻。细姥婢就拿苦瓜去跟人家换别的菜，掺着吃。苦瓜炒辣椒，苦瓜炒茄子，苦瓜炒丝瓜，苦瓜炒扁豆，苦瓜炒大头菜……什么都搭苦瓜炒了吃。那番日子，细姥婢一家人连哈气都带了苦瓜味。

苦瓜吃多了才知道，这物器特别吸盐。油多盐重，才有味道。没有油，还带得过去，没有盐，撇淡的又苦又涩，硬是难进口。看着两个女崽皱眉鼓嘴难以下咽的样子，细姥婢心酸得要命。可是哪里能搞到盐呢？盐都是按人头限量供应的。城里人口味重，一个月的指标半个月就吃完了，有钱买不到。细姥婢捧着用水洗过几道的盐罐子，喃喃道："哪里能搞得到盐呢？"

大姥婢说："我晓得哪里有盐。"

"哪里——哪里有盐？"

"后头院子胡砣家里就有好多好多盐。"

大姥婢说的胡砣家有盐，细姥婢也知道。其实不是盐，可能喊作"盐土"还更准确。胡砣住的两间屋是大地主李子玉早年间的盐仓库。长年浸淫，盐仓库地上的土都浸咸了。一到春天返潮，墙脚、地上都湿漉漉的，结一层白霜。拿手指拈了一舔，津咸。胡砣就从这里发现了商机，他觉得这是可以利用起来发点小财的。他那时候已经得了水肿病，连搬条长凳子的力气都没有了，就叫老婆胡麦糊拿把小铲子，将地上的土刮起来，然后拿纱布包成小包，悄悄出售。盐这东西，餐餐要吃，一餐不吃心里空得慌，身上没力气。商店里无货，人们自会到处找门路。很多人都知道了胡砣家里有盐土。每天一早起来，胡砣就猴起身子蜷坐在门槛上，眼睛眯起，等人上门。他的生意不是很好，也不是很差，每天总能卖出去两三包，或是四五包。很多人知道他家有盐土，可是不敢买了去炒菜。那盐土黑腻腻的，给千脚万脚踩过，想起都恶心，哪里敢吃。不到迫不得已，不会轻易上门。

细姥婢现在就是到了迫不得已的地步了。

她从碗柜里揭起一个碗,拿把小铲子,几步就到了胡砣家门口。

胡砣眼睛都没有睁开,说声:"来了?"

细姥婢说:"家里小把戏想吃你的盐土炒的菜,过来搭你讨要一点。"

胡砣说:"不要说讨要的话,先出钱,后拿货。两角钱一包。"

细姥婢说:"隔里隔壁的,还打生疏啊。"

胡砣说:"我只识得钱,有钱就是隔壁邻居。"

细姥婢说:"就是一点泥巴,你又没花钱。"

胡砣说:"我的力气不抵钱?"

细姥婢说:"不消你花力气,我自己进去动手铲一点,只一点点,给小把戏止住瘾,可以吧?"

胡砣说:"不可以!"

细姥婢脸上带了愠色,说:"有这样小气的?"

胡砣仍旧不恼不急,说:"我就有这样小气,我要拿钱买粮食,我饿肚子的时候,我病得要死的时候,也没看到哪个对我大方过。"

屋里的胡麦糊接话了,说:"你说话要有良心。水旺在的时候,人家给过我们好多回鱼,好新鲜的鱼。"

胡砣说:"那是他们自动自愿给的,我没有寻他们要。再说,他们的鱼崽吃不完,放起也是臭掉,寻我帮忙吃掉一些,我好意思推?"

胡麦糊在屋里轻轻叹息:"这话说得丑。"

胡砣压低嗓门儿吼道:"你再开声,我筑死你!"

屋里好久没有了回音。

细姥婢摇头说:"这话也亏你哇得出口。"

胡砣说:"要不要?两角钱一包!"

细姥婢说:"鸡蛋大一坨泥巴,还卖两角钱?"

胡砣说:"就是两角钱。"

细姥婢默了一念，说："来都来了，总不能歇空手返去。打个折。"

胡砣"哼"一声，说："管你天王老子，还是镇长县长，概不打折，就是两角钱一包。"

"你这人哪里这样迂夹。"

"两角钱一包。"

"今天你真是让我长见识哩！"

"不客气！两角钱。就是两角钱的事。"

细姥婢知道这是碰到油盐难进的猪脑壳了。她看了看胡砣那略带浮肿的眼睛，心一硬，说声："穷是穷，烂裤子也要剪一筒。你不要看不起人！"说着从里衣口袋里抠出四个五分的银壳子（硬币），丢在他跟前。

胡砣跐起一只脚，将银壳子扒拢去，一把捡起，对屋里喊一声："出货。"

细姥婢接过盐土，转身就走。胡砣又在背后喊住她："细姥婢啊，那纱布包不要打开，每回炒菜的时候，只要打碗水，拿它在里头荡一荡就可以了。一包盐土也吃得十天八天咧。"

细姥婢没有回头，她想着人与人怎么会这样地不同。她听到侧门外头白露河上的水车又响起来了。"咿——呀，咿——呀"，像老人沉重的喘息，她想起了罗长子。

罗长子还在守着他的碾米坊讨生活。碾米坊的生意越来越不景气了，有一单没一单地，常常两三天都不开张，拦河闸前头的水面上积起好厚一层垃圾。生意不好，罗长子好像并不太急，他知道碾米这种事情急也是急不来的，他不可能强迫人家挑谷子来这里碾，只能守株待兔。好在他还是单身，没有负担，一个肚子容易打发。碾米的人走了，碾米机上、舂头缝里、角落湾湾，总会遗留下一些细糠和碎米，扫拢来也有半瓜瓢，掺点大米，从河里捞起一些枯树枝晒干了，烧大火熬一锅麻糊，也不要菜，舀一捧碗稀里呼噜地喝下去，日子就打发了。

罗长子瘦了。脸上、手上、脚上,骨头都撑了出来,远看就像一副骨头架子,可是他精神很好,力气还是好大,单手握住拦水闸板,只一提,蓄水就哗一声流下来了。

细姥婢很少进碾米坊念空话了。水旺不在跟前,她一个守着活寡的人,搭所有男人总归要避嫌的。而且,她现在的时间金贵得很,哪里有空去搭人打闲讲。她还是经常要下到白露河的埠头漂洗衣服,每次都是匆匆去,匆匆返,不多停留。罗长子也都清白,不想有啰唆,只是心里总还记挂着细姥婢,隔不得几天,就把积攒下来的细糠碎米拿一个瓜瓢装了,守在门口,等细姥婢过身时送给她。细姥婢照例会客气一句:"这样金贵的东西,你自己留到吃咧。"罗长子照例笑笑说:"有好金贵哪,我又不是花钱买来的。"细姥婢说:"你也是又要吃又要穿的,不轻易哩。"罗长子大笑着说:"我一个单身牯有什么不轻易的?你没听那支歌哪样唱的?单身牯,单身牯,半斤米,吃三天,端个碗这边走那边,被窝垫一边盖一边,快活如神仙。你就搭我不同,脚下还有四头小把戏,不能饿到他们了。"细姥婢感念他的好心,有时也会走进碾米坊,四处张望一阵,把挂在墙上的破烂衣服收拢起,拿回家缝补好了,洗净晾干,叠整齐了,再打发大姥婢和二姥婢送回去。后来她在九老峰上种了菜,每有收获,也会拿几条苦瓜或一把豆角送去给罗长子尝鲜。每次去,都是顺路,也不进门,只把东西放在门口路边上,喊一声"罗长子,门口放了点新鲜菜搭你尝新"就走了。

有一天,细姥婢洗完衣服准备回家,又顺路拐进碾米坊,想看看罗长子有什么需要洗补的衣服。碾米坊没有人。她大声喊:"罗长子——罗长子。"连喊几声,才听到侧边小屋里有人答应。走进去,原来罗长子还睡在床上。他听到喊声,一下坐起来,不断地眨眼睛,后来不眨了,就亮灼灼地睁着双眼望定细姥婢。

小屋很小,除了一铺床,就没有好多空地了。光线有点晦暗,细姥婢却看到罗长子眼睛里有团火花在跳。她忽然有点心慌。

"不舒服？"

"是不舒服咧。"

"哪里不舒服？"

"一身上下，哪里都不舒服。"

"那赶紧到医院找医生看看啊。"

"没有用。医生诊不好我这病的。"

罗长子忽然一把抓住细姥婢的手，急促地说："我这是心病，任何医生都诊不好的。"

罗长子的力气好大，箍得细姥婢手腕子生痛。她看到他眼睛里的那团火花闪烁变大，快要闪到眼眶子外面来了。她的身上也被烧燃，变得软塌塌的，舌头底下不断有口水沁出来。

她心虚地说："心病？什么心病？没听说过。"

罗长子大声说："就是心病。我天天想到你，白天想，夜里想，这不是心病是什么？"

细姥婢舌头底下的口水沁得更汹涌了，她含混地说："你在说痴话呢，癫话呢，蠢话呢。"

罗长子说："我不痴不癫，这病就只有你诊得好。"

细姥婢摇头："我不是医生，诊不好任何人的病。"

"诊得好哩。你只要让我摸一下，我就好了。"

细姥婢心一硬，甩脱罗长子的手，挺直了身子，生气地说："摸吧，我给你摸。"一只手护住胸脯，另一只手护住下身。又说："你想摸哪里，都给你摸。只是这要命的地方，不准碰。"

罗长子就在她的颈根上摸了一把，又在她的手臂上摸了一把，长舒了一口气，收了手。然后，像打过霜的茄秧子，勾下脑壳，一副听凭发落的样子。

"摸饱了？"

"嗯。"

"心里不难过了？"

"嗯。"

"如果没有止到瘾，你就再摸。你难得开回声，我也难得松回口。"

罗长子摇头，不肯再摸了。

"好，那我就搭你说句硬话，以后再不准开这种口。我一路来都是拿你当亲哥哥待呢，如果再乱有想法，我们亲戚都没得做了！"

"懂了！"

"懂了就好。我们到外面去，搭你说点事。"

细姥婢要搭罗长子说的事情是给他介绍一个对象。罗长子一听就摇头："不要！我就一个人过蛮好的。"

"未必你还能打一世人的单身？你不成家，我以后再不得夹你的门槛。"

"我穷咧。"

"再穷也要讨亲。天上的鸟崽都没有打单身的。"

"你介绍的是哪里人？先说清楚了，这人不能比你差，不然就不要开这个口。"

"不远，就在上头。翠玉姑娘，样子不比我差吧，配你最合适了。"

"不行不行！她一个地主子女。"

"她是大地主的女崽没错，但你是贫雇农成分啊。是她嫁给你，又不是你嫁给她。嫁鸡随鸡，她嫁过来，不就也是贫雇农了。"

"还有这样的，成分都能变？"

"就是这样的，什么都能变！"

"她——她人怎么样？"

"我恻她好久了，这女娜人心好哩。规规矩矩的，从不害人，肯帮忙,还勤快,又不多事,走个路都怕踩到蚂蚁子。"

"搭你这么一说,那还是一朵花了。"

"人家本来就是一朵花哩!"

"你应该改行去做媒婆。"

"你要讨打呢,拿我说得那么丑。"

"做媒婆好哩。做成一单,少不得一双皮鞋、一个肘子、一片猪肝,还有五块钱包封。"

"那好啊。熟人熟事的,皮鞋就不要你的了,包封也省了,我只要肘子和猪肝。"

"只怕你都得不到。"

"你还是不答应?你不要骄傲,只怕你答应了,人家还不晓得同意不同意哩。"

"那不正好,还省得你跑来跑去好麻烦。"

"不行!说,答应不答应?"

"答应,答应。"

细姥婢回去搭翠玉姑娘一说,翠玉姑娘当场就哭了。眼泪小滴小滴地涌出来,滑过脸颊,滑过嘴角,在下巴上略一停留,跌落在地上。她拿出手绢去擦,手绢很快渍湿了一片。

后来,她抽抽搭搭地对细姥婢说:"容我想一想。明天回你的口信。"

第二天一早翠玉姑娘就来回了信。她答应。她对罗长子并不生疏,知道那是个本分人,对人很和气。她常常去白露河的埠头上洗衣服,有时会看到罗长子送碾谷子的人出来,人家走出好远了,他还站在那里招手。她觉得跟了这样的人至少不会有气受。

翠玉姑娘提出,见面、定亲,这些形式都免了,彩礼也不消,日子由男方定,结婚不要大操大办,到时候只要请细姥婢来陪她走过去,拜拜天地、拜拜祖宗,一起吃个饭,就行了。

翠玉姑娘说着，又落了几滴泪。

成就了一对老单身的姻缘，细姥婢很高兴，当即跑到碾米坊把回信告诉罗长子。罗长子也喜仰了，嗨嗨笑着，搓着手，一下抽起了拦水闸。积蓄好久的河水滚涌而下，发出欢腾的喧声，把水花溅起好高。水车咿咿呀呀地转动起来，水点子漫天抛洒。

罗长子偷偷请八字先生选了日子，又找税务所的朋友要来一堆旧报纸，将小屋子的四面墙壁和天花板都糊了起来，又把碾米坊上上下下清扫一遍，还架了楼梯爬到檐柱上把尘埃一丝一丝抠干净。他把蚊帐、被褥都拿出来洗了。他洗蚊帐、被褥的方法同别人不一样，只把几样东西抱到白露河的急水滩上，搬几块大石头压住一头，让急水去漂洗。蚊帐和被褥在急水的冲击下，尽力舒展开阔大的躯幅，在清水中抖啊抖，将一天的日光云影都尽收腹中。

罗长子又倾其所有，置办齐了一套锅碗瓢盆。他打听到翠玉姑娘腰不好，在硬板凳上久坐不得，专门跑南岭山上背回两根楠竹，请封师傅打了一把藤椅。藤椅的靠背很高，弯度很合适，正好能把脑壳舒服地枕在上面。冷天可以坐在上面烤火，夏天可以搬出去歇凉。

细姥婢两头传话，把这些一样一样说给翠玉姑娘听。翠玉姑娘听了，淡淡一笑，说："要那样着神做什么？结婚不过就是拿两坨泥巴撮合到一起，粘得拢就粘，粘不拢就散。"又轻轻叹一声，说："倒也是难为他有这份心！"

罗长子还是给细姥婢准备了一份周全的礼信，这让细姥婢心里不安。她这一世人，得过罗长子好多碎米和细糠，却从来没有过回报。这次她只是上了心要做件好事，也没有怎么劳神费力，居然就成了。她想着怎么也应该给罗长子回一份重一点的礼。可是她能拿得出什么去送呢？她手头上有的，只有天天收获的苦瓜。人家结婚是大喜，总不能送苦瓜吧，这太不像话了。于是，她挑起一担苦瓜，想去跟人换些东西回来。

细姥婢挑着一担箩筐，上面浅浅的铺了一层草遮掩，走大路下去，走到了衙门口。

她忽然看到衙门口好热闹，街道两边摆起了好多担子和摊子，卖青菜的、卖辣椒的、卖黄瓜的、卖茄子的、卖葱姜大蒜的、卖瓜子花生的，葵瓜子、南瓜子、冬瓜子……猪肉案板的前头，排起了一溜长队。街口的拐角处蹾起了一口洋油桶改装的火炉，火炉上架口铁锅，茶油烧滚了，不冒烟，不冒泡，只等着米糍粑一扎进去，才突然喧腾起来，一股香味直冲鼻子……细姥婢好像在做梦。她停在一个熟人的担子前，小声问："今天是赶墟？"熟人说："今天不赶墟。"细姥婢又问："不赶墟会这样热闹？"熟人大声说："你还不晓得啊，从今天开始，市场又放开了呢！"细姥婢惊讶地问："这是真的？"熟人说："当然是真的！你看看团转这些人，哪个不是真的？"细姥婢问："是不是什么人都可以拿东西到这里卖？"熟人说："只要不是偷的、抢的，都可以——你是不是也有东西要卖？"——"一点苦瓜。"——"那赶紧摆出来呀！"

一担苦瓜，几下就卖完了。

细姥婢拿卖苦瓜的钱买了一对枕头，送给罗长子做了结婚的礼物。

罗长子结婚那天，细姥婢起了个黑早。她给大姥婢、二姥婢、三姥婢（三姥婢是头天晚上就接回来睡的）都在头发上扎了根红头绳，给运崽的颈根上围了块红布，几个小把戏站在一起，显出了一种喜气。

细姥婢带他们一起，过去敲开了翠玉的门。今天她要给翠玉做伴娘。她有崽有女，童男玉女是现成的，一家人也能唱一台戏。

翠玉也稍稍打扮了一下，穿了红水袜蓝布鞋，洗了头，头上斜插了一朵红花，一张脸洁净得像剥了壳的煮鸡蛋。见到细姥婢，她起身说："来了？"又说："那我们走吧。"

细姥婢问："都准备好了？"

"都准备好了——也没有什么好准备的。"

细姥婢忽然觉得,就这样走了未免太凄清了点。嫁人,毕竟是人生的一件大事。

她想了想,说:"你坐到,唱完伴嫁歌再起身也不迟。"

翠玉惊疑地问:"还要唱伴嫁歌?"

"当然,一些必要的形式还是要走的。"

"哪个来唱哩?"

"我啊!你不晓得我是出了名的歌头?"

后面的大姥婢、二姥婢说:"我们也会唱。"

"哦,你们也会唱?"

大姥婢骄傲地一昂头,说:"当然会唱。"

翠玉望望门外,小心地问:"在我家里唱伴嫁歌,不怕给外人听到?"

细姥婢说:"不怕,这附近没有外人。这院子里什么人都有,就是没有坏了心思告密的人。"

翠玉说:"我还是怕,还是算了吧!"

细姥婢说:"不怕!怕什么鬼呢!"

细姥婢推着翠玉在灶头坐好了,自己也在一边坐下。她勾下脑壳,望着一炉旺火默神。她忽然觉得今天这种场合,如果还是唱那些凄苦悲切的伴嫁歌,只会让翠玉越发悲伤难过。她想让翠玉欢喜起来。

翠玉的颈根上抹了蛤蜊油,淡淡的香味一丝一丝地飘过来。大姥婢催她:"姆妈,等你起头咧。"

细姥婢想好了,一抿嘴巴唱起来。不唱"女离娘",不唱"哭嫁妆",不唱"怨爷娘",不唱"做媳难",不唱"打孤单",不唱"嫂嫂恶",不唱"骂媒歌",唱的都是"耍歌"。《石榴花开四匹叶》《油菜打花黄又黄》《砂糖做酒满缸搅》《桐油点火绿又青》《一把生柴满把火》《一把芝麻甩过河》《天上落雨瓦背响》《半天月亮两头尖》……

这天细姥婢唱得特别动情,那些歌像在她肚子里排着队,一首一首地往外跳。她唱得很低回，却又十分欢快。她好像是唱给翠玉听的，又好像是唱给自己听的。她觉得生活再苦再苦，也需要苦中作乐耍一耍，给自己调剂一下。唱到动情处，她情不自禁地抚住翠玉的手，盯住她的眼睛，情真意切，像是做妹妹的在劝慰姐姐，又像是做母亲的给女崽祝福。

翠玉也很感动，眼神迷离起来，恍惚回到十几年前自己初嫁时坐歌堂的情景。她想起了满院子的大红灯笼，想起了爆响的鞭炮，想起了吆吆喧天的流水席，想起了连续两天两夜的麻将，自然也想起了那张从海底捞上来的白板。那时候的自己，是好任性，好荒唐呀！她心里像塞进了一把杂草，乱扎扎的。细姥婢的歌声原来这么好听，她的嗓子像是拿滚水泡发了，声音里饱含温润，满是情意。翠玉好久没给人这样待过了，她心里一热，把自己的手按在细姥婢的手上面，轻轻跟着哼唱，心里的杂草被一点一点地捋顺。

细姥婢唱的这些歌，大姥婢和二姥婢有的不会，有的会。不会的，她们瞪起眼睛听；会的，她们尖起嗓子跟着唱。晶亮得像玻璃一样的声音一时起了，一时又静了。

时间过得好快，不知不觉一个多小时就过去了，细姥婢越唱越有兴头，肚子里的歌好像还只九老峰塌下了一个角。但是，该结束了。她一边起身，一边尖起嗓子唱《送姐送到碾米坊》：

> 送姐送到碾米坊，碾米坊里亮堂堂。
> 圆圆抬桌圆圆坐，郎给我姐泡红糖。
> 我姐接过泪汪汪，泪汪汪啊泪汪汪，
> 红糖好吃日子长，两人相好多行年。
> 不是干柴不起火，不是好姐我不陪。
> 枇杷开花姐去了，枇杷熟了转来尝。

细姥婢唱着，忽然喉头哽咽，眼泪水也出来了。这首歌，她是现编现唱的。那年水旺给抓去坐牢，正是枇杷花开的时节。可是，枇杷已经结过几次果了，水旺还没有转来。她是给自己发的感叹。

她将"枇杷熟了转来尝"连唱了三遍。

忽然，屋门给人从外面猛地推开了，炽白的太阳光裹着一群人一下涌了进来，挤满一屋。翠玉先是吓一惊，扫眼一看，竟都是院子里的婆婆媳妇和小把戏。原来是封师傅的大崽大毛坨上茅厕出背恭，听到翠玉屋里有人唱歌，回去同封家婆婆一学说，封家婆婆晓得翠玉要嫁人了，到院子里挨家一传，那些妇娘和小把戏就都出来了。这些人家，平素日子同她都少有来往，生活也是节俭到了极致，这时却都表现出了一种顺乎人情的难得的大方。封家婆婆送来了一只细米筛；李初一家里抱来了一个大南瓜；花红薯拿出一包片糖表示她的心意（这是非常少见的东西了，花红薯家里的李初二早两年转业到了邻县的供销社工作，每次回家都不少带东西）；胡麦糊也没有空手，瞒着胡砣拿了包盐土进的门；含田婆没有到堂，只是让几个崽搬来了一口腌菜坛，坛盖上贴了红纸，坛子里装着刚腌起不久的长豆角和红辣椒——这是带有一种寓意的，表达了对这对新人的美好祝愿。

翠玉一一收下了这些难得的礼信，她没有纸笔，只是在心里记牢了。

送完礼，小把戏们还不散，紧围在翠玉跟前，拉手的拉手，揪衣服的揪衣服，乱纷纷喊道："吃喜糖，吃喜糖，吃喜糖……"

这又是翠玉没有想到的。她只念起自己一个地主家的女娜嫁人，纵是大喜，也不得有人来闹的，什么都没有准备。一时大窘，只好拿眼睛去望细姥婢。

细姥婢笑吟吟地，一手牵起大毛坨，一手牵起二毛坨，说："没有搭新娘子讨喜糖的规矩哩，我们去下面碾米坊的叔叔那里，有纸包糖，有燥花生，还有花根。"又抬头招呼妇娘们："都走啊，一起去喝杯喜酒，沾沾喜气。"

正说着,门口鞭炮响了,罗长子打发过来接亲的人到了。几个后生都是罗长子的本家兄弟,武高武大的,衣衫齐整,规规矩矩。

小把戏们发一声喊,低头挤出人群,抢到外面捡鞭炮,然后紧紧裤子,打起飞脚跟上大人们,往前猛跑。

出了侧门,远远地就看见碾米坊上面的水车转起来了。水车叶子湿漉漉的,在阳光下格外照眼。

七
麻将鬼啊麻将鬼

水旺还真的在枇杷结果时回来了。他是被提前释放的。他的菜做得好，嘴巴又花，还很会献殷勤，把农场领导服侍得熨熨帖帖。他犯得不是反革命罪，也不是抢劫、杀人、强奸罪，都还不到罪不容赦的地步，因此，给他减点刑实在是很容易的事情。农场领导挽留他就在农场就业，许诺他一有机会就转为正式职工，可是他执意不干，买了票就坐车回来了。

水旺坐了几年牢，非但不见瘦，反而胖了，脸上有肉，现出红润。他看到细姥婢几娘女一脸菜色，心里酸酸的。他揽住细姥婢的肩膀，说："以后赚钱养家的事情都等我去做，你就闲在家里，爱带崽女就带带崽女，不爱带就出去玩，尽饱地玩，玩饱玩厌。"

他买了几包点心，上门去给秋聋子和忠良婆磕了个头，又到院子里挨家坐了坐，感谢他们几年来对家里人的关照，给每个小把戏发了两粒豆子糖，还下到碾米坊，拉着罗长子喝了一壶酒。

几天以后，水旺就开始出门做事了。他没有重操旧业，他以前熟做的几样门道，如今都衰落了，再没有什么生意可做。他也不再下水捉鱼。自从炸鱼背了时，他就对水有了一种畏怯，从此不提捉鱼捞虾这个事。现在他要去做的是件听起来有点不舒服的事情：阉猪。

细姥婢一听就好不松快,说:"你做点什么不好,要去做阉猪佬。"

水旺说:"三百六十行,行行穿衣着衣裳。为什么就做不得阉猪佬?"

细姥婢问:"你什么时际学会阉猪的?"

水旺说:"在牢里学的啊。这你就不懂了,坐牢的里头能人多哩。阉猪的、杀牛的、开锁的、修钟表的、看相算命打卦的、修火车的、造炸药的,什么人都有。有一个还是大学教授,《资治通鉴》都读过,学问大得恶。"

细姥婢说:"什么不好学,要去学阉猪。"

水旺说:"你这话又错了。并不是什么都好学的。开锁的、做扒子手的,你能学?看相算命打卦的,你又能学?造炸药、修火车,学了又有什么用?大学教授是好,你又学得到不?我悟了三天三夜,终于悟通了,还只有这阉猪的手艺,我是学得到的,学了也是有用的。"

细姥婢说:"名声太丑了。"

水旺说:"管它名声是好是丑,赚得到钱就是雄的。"

细姥婢说:"你估定阉猪能够赚到钱?"

水旺说:"这你就又不懂了。如今政策放开,国家号召要大力发展农业。农业是什么?农业就是作田。作田靠什么?靠肥料。肥料从哪里来?就要靠多养猪。老话说:猪多地肥,五谷丰登。老话又说:作田不养猪,好比秀才不读书。老话还说:猪牛满栏,肥料成山。所以,国家鼓励发展养猪事业。养猪的多了,阉猪的生意跟到就多,我估到一定赚钱。"

细姥婢说:"哎呀,你还懂得蛮多。"

水旺说:"那当然。我们坐在牢里,可以天天看报纸听广播,晓得的事情不比外头少。所以我老早打定主意,出来就去阉猪。等赚到了钱,再做打算——不错吧?"

细姥婢说:"好、好,你说不错就不错。"

水旺欢喜地笑了。他心里还有个意思，没有说出来。阉猪，是要天天下乡的。他一个坐过牢的人，到底有点不光彩，他怕还在城里混，难免碰到熟人，不好打招呼。给人指背总是件让人难受的事情。到了乡下，水阔天高，那才是他施展才能的地方。

水旺一开始就很顺。

他是个信命又信感觉的人。头天出门，他给自己着意打扮了一番，头发梳得溜光，拿肥皂洗了脸，看看日上一竿，太阳由红转了白，这才走侧门出去。先到了东门头的桥头水边，再折返到西门口（西方属金），沿大路迤逦而上。这条大路通往南岭山。大路两边，远远近近地扯出一些村庄。他慢慢悠悠地走，东张张西望望，不像是去做事，倒像来观风景的。走到一条岔路口，岔路下去不远处就有一个村子，能看到村口上掩映着一座土地庙，白墙黑瓦，庙檐一翘起。他没有停留，继续往上走。又过了几个岔路口，直到到了一个叫水头岭的地方，脚下忽然一踌躇，跟着就停了下来。打眼一望，不远处的村子里错错落落地挤着好多房屋，炊烟蹲在瓦背上，有牛叫声飘过来，村头一蔸大樟树，树下一口大水塘，水光潋滟得十分打眼。他一下兴奋起来，顺脚跌下小路，径直往村里走去。

水旺在水塘边掬一捧水润了润脸，起身进村，过了三张门口以后，才打起土语吆喊：

"阉猪，阉猪咧——有猪崽猪孙猪侄子的都拿出来阉啊——"

喊声未落，门口的晒衣杆下面闪出一个小媳妇，朝他喊道："后生崽，你是要阉猪？"

水旺甜甜地说："是呢，小嫂子哎。"

那小媳妇说："看你样子，不像个阉猪佬。"

"哪里不像？是头发不像还是手不像？"

"哪里都不像。阉猪佬没有你这样后生的，也没有你这样生得乖气的。一身干干净净。"

"我乖气?"

"乖气呢,比戏台上的小生还乖气。"

水旺嗨地笑了声。那小媳妇走近两步,又问:"你搭哪里过来的?"

"说远也远,说近也近。我搭城里头过来。"

"城里头来的啊,还说不远。难怪我一看你就不像附近村府里的人。我就搞不清楚了,你一个城里人,阉个猪还要跑这样远的路到我们乡下来?"

"这你就不懂了,我这是响应政府号召,下乡支援农村养猪事业。政府领导说了,你们这里养猪事业发展得最好。要我们这些阉猪能手过来支援一下。我是能手里头的能手,政府领导专门点了我的名,要我带头下乡。我自然不能抹领导的面子,就带头来了。"

说着话,就有几个小媳妇大女娜拢了过来,亮着眼睛往他身上看。水旺挨个点头给一个笑,暗暗将腰板挺直了起来。

媳妇女娜乱纷纷问他:

"后生崽姓什么?"

"后生崽住在哪条城门?"

"这个哥哥还不上年纪吧,讨亲了没有?"

"后生崽这身衣裤好合身,崭新的呢。"

"后生崽是不是真的会阉猪?你晓得阉猪要从哪里下刀子?"

…………

水旺舌尖口快,眼眨眉毛动,问一个答一个,不怠慢任何人。

"我姓李,小名李水旺。水头岭的水,头旺尾不旺的旺,日子旁边一个王。"

"我住的地方啊,哪条城门都不是,刚刚好在城里头的正中间,离县政府很近,离丰和墟不远。旧社会是大地主李子云的大屋,土改时候分到了我手里住。阔气不说,地头好,风水好,冬天暖和,夏天凉快。"

"你们是看到我还好后生吧,城里头也时常有女娜这样问我。其实我不后生了,过年就吃三十岁的饭了。以我的条件,自然是老早就讨起亲了的,如今大女崽都读小学了,只是我那老婆没有福气,跟到我没享到好多福,去年生病死了。我现在暂时还是单身。"

"我这身衣裤当然合身啦,是请城里头最好的裁缝师傅定做的,是卡其布的呢。我们下乡来支援农村养猪事业,代表的是政府形象,当然要穿得像样一点。"

"大嫂子你这话问都不该问,不会阉猪我这样远跑到你们这里来做什么?来打鬼呀!来寻妹娜们好耍呀!我这身手艺还是家传的呢。我爷老子的阉猪技术在县城团转四里八乡都有名。我还只三岁年纪,穿开裆裤卵袋拖灰的时候就骑在爷老子肩膀头下乡了。天天看他给人阉猪,不讲学,看都看会啦。你要不相信,拿你家里的奶猪崽抱出来,我当场阉给你看。"

水旺说着就朝那大嫂子走拢一步,说:"你不是说我生得乖气吗?我的手艺搭人一样乖气。"

那大嫂子却也不怯,火辣辣地望住水旺,说:"除了这两样乖气,你还有哪里乖气?"

水旺说:"我哪里都乖气。"

"有好乖气?"

"想好乖气就有好乖气。"

"我不信!未必城里人的卵子硬比乡下人的卵子乖气?——脱下裤子看看!"

即刻有几个嫂子响应:"脱——脱。"

几个女娜都低了头,掩了嘴笑。

"不行,不行!那样我就变成耍流氓了!"

水旺赶紧抱拳告饶。他没有想到乡下女人还会这样野的。水旺还是头次在女娜面前嘴巴上服输,他在心里暗暗骂娘。

水旺说:"话莫扯散了,今天先阉猪,以后有时间我们再念空话。我先声明一句,因为这是政府号召下来的,要优惠农民兄弟,阉一头猪,人家收六角钱,我只收五角八分,实在没有钱,也可以拿鸡蛋抵。"

那大嫂子拍手说道:"还有这样的好事?吃亏了,昨天刚刚把家里两头猪崽拿到墟上阉过了——喂,老三家里的,你还不赶紧。"

她叫最早出来的小嫂子,她们挨到隔壁住,看样子是妯娌。果然,那小嫂子眼睛望着水旺,嘴里却说:"嫂子哎,我家里那两头奶猪崽昨天才从墟上抱回来,还要养一番日子才得阉咧。"

做嫂子的就说:"还等什么等,早几日阉和迟几日阉不是一样的,难得这个小哥哥寻上门来了,还有优惠,两头猪就省下四分钱,这样的好事你还不抓住,你蠢啊!"

水旺忙说:"今天开张我也讨个喜气,你的两头猪再搭你减两分钱。"

"三分。"

"三分就三分。今天会到你们我心里欢喜,不图赚钱图快活。"

小嫂子很快就把两头猪崽抱了过来。水旺脱下卡其布中山装,叠整齐了放在一边石头上,从袋子里拿出一件长褂宽袖的衣服换上。这衣服也不知他从哪里搞来的,污渍麻花,衣袖上的血迹结成了黑痂,一看就捏像个阉猪的老师傅。衣服上有两个大口袋,一边兜着菱形的两边都锋利的阉猪刀,一边兜着阉完猪后给伤口缝合的针线。他将工具摸出来,连同一块干净抹布,一一摆在凳子上。

又来了一些人,紧围住在周边看。

那位大嫂子一直站在水旺对面,一边吆喝:"莫挤、莫挤,里头没有钱捡。"一边紧盯着水旺看,看他的脸,看他的操作。

一切都很顺利。虽然水旺是头一次操刀实干,但他在牢里面跟着师傅对着棉花操练过几百上千次，熟练到闭住眼睛都不得出错。他给猪崽缝好针，吐泡口水在上头，然后，捡起那团秽物，一弓腰，用力甩上屋顶，口里念道："卵子甩上瓦，乖猪崽长到二百八。"

奶猪崽号叫过一声，翻过身就往人腿缝里钻。议论声浮了起来：

"看不出，后生崽的手脚这样麻利。"

"你们看他的手，没有沾一点血渍。"

"小师傅桥段还蛮多的，最后这句话念得好，彩头好。"

那大嫂子高声说："那当然！人家在城里头都是出了名的。"

后面有人问："你哪样晓得的？"

她把头一扬，说："我当然晓得！"

那小媳妇早已端了热水热茶过来，水旺洗过手，喝口茶，对着众人问道："下一家去哪里？"

几个声音冲起来："我。""我。"

有人过来一把收起工具袋："走，到我家里去。"

水旺对着众人一笑，说："饭要一口一口吃，猪要一头一头阉。轮起来，一句话说完，今天我不给皆（众）人把猪阉完，不出这个村府。"

那天，水旺是在那个大嫂子家里吃的中午饭。大嫂子很殷勤，炒了鸡蛋，蒸了腊肉，还热了一壶火酒，红薯饭尽饱。水旺也不失礼，出门时留下六角钱做饭资，他只当这天少阉了一头猪。

水旺好晚才回到家。细姥婢还枯坐在灶头栽瞌睡等他。水旺有心逗她一下，便苦起了脸说："今天不走运，冤枉跑一天，还是打了空手归家。"细姥婢睁人眼睛说："一桩生意都没有做到？"水旺摇摇头。细姥婢着急地说："那你一天都没有吃东西？清早出门时，我要你带点钱带点粮票，你不肯，还吹牛皮，凭你的三寸不烂之舌，凭你的阉猪手艺，不怕赚不到钱。好像你是去捡钱一样。"水旺说："对不住了。你不会怪我吧？"细姥婢说："怪你做什么。阉猪赚不到钱，我们还可以做另外的门路。有人就有物。你不在的时候，那样困难，我们还不是过来了。如今你回来了，过日子总是有办法的，大不了我搭你一起出去寻事做。只是你自己不要太过意不去。"说着就起身要去张罗热饭热菜。水旺忙伸手拉住她，从口袋里抓出一把钱往她手里一拍，大笑说："我哄你的呢。看清楚了，这是我一天赚的票子。"

细姥婢瞟一眼手里花花绿绿的钱票，筛了筛，攥紧了，扬起拳头对水旺作势要打，嗔道："你哄我好玩，我打死你！"

水旺抓住她的手，顺势一拉，抱住了，嬉笑说："打死我，你不是没有男人了？"

细姥婢说："天底下的男人还少了去？我即时寻一个回来给你看看。"

水旺说："你要敢寻试试，我变作鬼都不得让你安生。"

细姥婢揪住他的耳朵，发狠说："我倒要看你有好大的本事，还要让我不得安生。"

水旺将她箍紧了，箍得骨头咔咔地响，恶声说："我这阵子就要让你不得安生。"

两人嬉闹过一阵，水旺说："那乡下人还是好哄呢。"就将一天在水头岭阉猪的过程细说了一遍。细姥婢斜倚在火炉凳上静静地听着。听完了，担心地问道："你这样做不会违法吧？"水旺说："违什么法。我一不偷，二不抢，三没拐骗，凭手艺和劳力赚钱，没有错。"细姥婢说："你哄他们哩，说自己是政府派起下去的。"水旺说："这话也没有错，政府是号召下乡支援农业呢。"细姥婢拿脚尖弹在水旺胸口上，说："你是欺我不懂是吧，我懂呢！人家政府的号召是对干部说的，你又不是干部。"水旺拿手抓住她的脚，用力搓着，说："我不是干部还走那样远的路去支援农业，说明我的思想觉悟高。干部有什么了不起，我做一天赚的钱抵得他们十天的工资，给我当我还不想当。"细姥婢感到痒，屈腿把脚收回来，说："水旺，我就喊应了你哪，以后任何违法的事情都不能够做，沾都不要去沾。只要我们一家人在一起，娘娘崽崽平安，比吃什么肉都好！"水旺说："放心啦！狗都晓得头回在什么地方吃了亏，二回好远看到就会跌路。我已经背过那样大的时了，再不得有第二回。"细姥婢说："你说到做到！"水旺点头："当然！做不到我是狗。"细姥婢又是一脚弹过去，怒道："你还骂我？"水旺不解地问："我哪里骂了你？"细姥婢说："我是你老婆，你是狗，那我是什么？"

水旺一想，呵呵地大笑起来。

笑酣了，两人收拾准备睡觉。水旺随口问了声："今日里没打麻将？"细姥婢说："没哩。疤眼皮搭三道弯都没有空。约了明天下午开台。"水旺说："你们还有个常角是花红薯吧？"细姥婢说："花红薯天天有空，随喊随到。她男人在供销社工作，吃的穿的都不欠，天天坐在家里闲得痛。人家命好。"水旺说："吃穿不欠有什么了不起，我也有本事做到让你吃穿不欠，天天坐在家里闲得痛。我巴不得你天天去跟人打麻将才好。"细姥婢说："这是你说的啊！"水旺说："当然是我说的。"细姥婢说："好，我就天天去约她们，到时候你不要骂我。"水旺说："我要骂你啊，我是狗……"

细姥婢还真的就时常地约了角来打麻将。那番日子天气好，每天中午太阳一偏西，几蔸高大的千年青把阴凉铺下来，小风夹着白露河的水汽推送过来，空气清新极了，人畜都恨不得扒开喉咙多吸几口。几个人就把麻将桌开在细姥婢家门口的阴凉地里，静静地鏖战。风在头顶上一阵 阵地拂过。二姥婢搭三姥婢在树底下画了方格跳房子。运崽在摇窝里睡得很熟，含田婆家的土狗子吐着花舌头蹲踞在摇窝一旁。一只鸡婆带着一群鸡崽子，从桌子脚下拱过去，又拱回来。四周很静，麻将的声音传出好远。

翠玉不知什么时候上来的，脚步轻轻，不声不气。她说是听到麻将声响,上来看看。这话可信吗?这里隔碾米坊,到底还是有那么远,麻将声音再响,怎么可能传到那里去——多半是她的心灵感应,这是细姥婢有过体验的。但几个人都相信了她的话,点头应承。细姥婢站起来说:"等我打完这一盘,给你上场。"

"不不!"翠玉摇着手,探身抓过一粒麻将,眼神即时变得迷离起来。她把麻将放在手心里揉搓了一阵,轻轻放回去,说:"我就是上来看看,我家里那头还一屁股的事情呢。"

细姥婢说:"事情搭性命老子一样长,做不完的,来都来了,就坐到玩一阵。"

疤眼皮没有抬头,眼睛仍然盯着面前的麻将垛子,说:"你怕是有十几年没有玩过麻将了吧?未必手不痒?"

翠玉说:"手是痒过,心里更痒。有一阵子夜里做梦都梦到打麻将。但是没办法,我还敢玩吗?现在手不痒了,心里也不想了。"

三道弯说:"你不想玩还过来做什么?"

翠玉说:"我就是想过来看看。听到麻将声,就走上来了。我也不知怎么搞的。"

细姥婢说:"来都来了,就玩几圈过过手痒,就当是给我担土——那年子你不是也喊我搭你担过土吗?我今天手气不好,正好借你的手换换手气。"

翠玉说:"不行不行!我是个这样背时的人,手气肯定好衰,我帮不到你。"又说:"麻将这物器也是有性情的,要经常打经常摸,才熟哩,才会同你亲。我都这么多年头不摸它了,都生疏了,哪里还会搭我亲。"

花红薯"啧"地一声笑了,说:"讲起来还一套一套的。来,我让你打,看你说得对还是不对。"

翠玉忙说:"不要让。我知道任何人一上了桌,都不愿意下来的。赢了的不想下,只想多赢点;输了的更不想下,想扳本——我知道你们是搭我客气。"

疤眼皮不耐烦了，拿一粒麻将敲得嘣嘣响，说："哪里这样糯粘，要打就坐上来，不打就徛到一边去看。"

翠玉赶紧退后两步，垂手站了。

细姥婢进屋去搬把椅子出来，放在翠玉后面。翠玉看一眼，说声"多谢"，却不坐。

疤眼皮说："你看就看，不要过我这边来。我最讨嫌打牌的时候有人站在后边。"

翠玉说："我晓得，我不会乱走。"

细姥婢说："你就站在我旁边。有人讨嫌，但我喜欢。"

花红薯和三道弯也说："我们这里也没关系，看一下又不会跌块肉，哪里那样多讲究。"

疤眼皮说："就是会看跌一块肉，我就是不喜欢有人站在后边看。天机不可泄露。"

三道弯说："就你那手臭牌，还'天机'，请我看还懒得看。"

翠玉浅浅地抿嘴一笑，没作声。

细姥婢说："不说了不说了，各人有各人的脾性，烂话说多了伤肝肺，抓紧打牌。"

牌局继续。几个人忽然都多了一份拘谨，很少出声。平时烂话最多的疤眼皮也抿住了嘴巴，一只眼大一只眼小地盯住麻将池子（她在凝神看住一个地方的时候，有疤的眼睛就显得很大，比另外一只眼睛大），紧张地洗牌、码牌、摸牌、牟牌、出牌。她的动作明显比原来迟钝了一些，摸牌出牌都显得迟疑、滞顿。翠玉明明是站在对面，她却总觉得有双眼睛在身后盯住自己的牌面在看。一垒好牌，就将十三张麻将齐齐扑倒（从此以后，她还落下了一个毛病，只要一叫和，她就会将手里的麻将牌全部扑倒，摸上一张牌，再重新翻上来，飞快地瞥一眼，再扑倒，随即把手里的牌打出去——她这个动作让人很烦）。

细姥婢也有点不安。她这种不安是带有某种歉意的。她觉得自己坐着打牌，却让翠玉站着在背后看，总有点不妥。久不久地，她就会转过头去，瞟一眼身后站着的翠玉。

翠玉却只是静静地站着，脸上无风也无雨，盯住牌桌看。

打麻将是要吵要闹的，那样才有气氛，有味道，才是一种享受。这天的几个人却像是集体哑了，只是默默地洗牌、摸牌、出牌，偶尔也会发出"嗨"的一声，或是"呀"的一声，那是摸上一张好牌，或是刚刚叫和却又放了炮，白欢喜一场。空气显得沉闷。

翠玉应该也看出了场合有点不对，但她丝毫没有离开的意思，像是拿钉子钉在了那里，不喝口水，也不上茅厕。有人要上茅厕了，喊她顶一下，她也摇头。几个人只好一起去院子后面的茅厕屙尿，这时她等她们转过屋角不见了，赶紧到细姥婢的位置上坐下，拈起麻将，一粒一粒过数一样，握在手里摸捏一阵，过过干瘾。这时她的眼神是迷离的，动作是十分轻柔的，身子也前倾得有点夸张。她好像想起了什么。

几个女角邀齐了上茅厕，又等齐了一起往回返。转过屋角，远远看到翠玉还在原地站着。她们都不知道她在这几分钟里做了什么。

日头压山，千年青树顶上有归鸟的啼叫声撒下来，天色转暗，都该回家做晚饭了。疤眼皮把麻将一摔，头一个起身，对着翠玉瞟一眼，说声："走了走了，今天背时。"她今天手气不好，肚子里窝了一团无名火。

翠玉最后一个离开。她帮细姥婢捡清场，这才在凳子上一屁股坐下来。她站着看了一下午牌，好似爬了一下午的山，累得腰骨都酥了。细姥婢端了一杯水给她，说："你这人硬是生得贱，搬了凳子给你，你不坐。"

翠玉说："看牌就要站起看，才有兴头。"

细姥婢说："就你的讲究多。"

翠玉说:"这不是打麻将的讲究,只是一个人的性格。说起打麻将,那里头的讲究才是多。"

细姥婢说:"有什么讲究?"

翠玉说:"讲究多了,三天三夜都说不完。就比方说今天,疤眼皮头一个选方位,背后有墙有树的方位她不选,偏要选一个空地……"

细姥婢说:"等下,为什么要选有墙有树的方位?"

翠玉说:"有墙有树才有靠啊。"

细姥婢似懂非懂地点点头。

"还有呢?"

"还有啊,疤眼皮不肯给我站她后面看她打牌,这也是她的失策。我晓得有很多人都讨嫌后面有人看牌,他们是生怕后面站了人受到干扰,但疤眼皮今天还不完全是因为这个原因,她呢,一是讨嫌我,二又怕我这背时的四类分子站她后面给她带来晦气,所以她就硬喊我站在你后边,以为我会把晦气带给你。"

"哎呀啊,这死疤眼皮还这样拐的?"

"可是她又想错了,我这人是背时,一世人都背时,看样子以后还有得时背,可是干狗屎也有回润的时候。比如今天我就很走运,清早到白露河洗衣服,在河边上捡到一条活蹦乱跳的大鲤鱼,上午碾米坊的生意也好得恶,挑谷子过来的人排起队。而且,而且……"

"还有什么?都说给我听听。"

"而且我的名字也取得好。翠玉,'翠'字头上是'羽'字,那是飞得起来的;'玉'是'王'字旁边一点水,水是什么?水是财啊。所以我在你旁边一站,会给你带来财喜。"

一番话说得细姥婢有点云里雾里,感觉像是不着边际,又隐隐约约有那么点"内子"(道理)。细姥婢想了想,犹犹疑疑地说:"可是我今天没有赢啊。"

"你也没有输。没有赢是因为你犯了麻将桌上的一个忌,一个大忌。"

"我犯忌?还犯了大忌?"

"你听过'麻将鬼'的说法吧?就是麻将桌上有个鬼。这个鬼就是心态。"

"心态是什么?"

"说白了,心态就是心情。心态搭手气好坏关系好大。如果心态浮躁,容易出错牌,出错牌心里不免会烦躁恼火,这叫心火。有了心火,那是很影响手气的。"

"我今天没有烦躁啊。"

"但是你今天心里很不安。"

"我心里不安?没有不安啊。"

"那是你自己不觉得,我在旁边看出来了。因为我站在你后头看你打牌,你心里总觉得过意不去,时不时就回头看我一下,没错吧?"

"没错,我心里是很过意不去。"

"有句话叫作心浮气躁。心思不集中,哪里能气顺。那个疤眼皮更加浮躁。为什么?因为她讨嫌我,看到我她心里就来气——其实我从来没有得罪过她,不知道她为什么要这样;又因为我以前经常喊她一起打麻将,知道我的牌打得好,生怕我上桌就没有她的戏了,所以一定不肯给我上桌,又一定不让我站在她后头,还让我只能站在她的对面看。她自己可能都没有悟到,越这样,越背时。不知道你注意到了没有,她经常摸一张牌,就要抬头看我一眼。我想她心里肯定是越看越有气的,她心里肯定是巴不得我赶紧走开的。我还就不走,没有哪条法律规定四类分子的子女不能看人打牌,我就要看到她手气越来越衰,输得不听见。"

"呀,你的心思也这样拐的?"

"我搭你说这些,就是要告诉你,牌桌上心态一定要平和。平和到什么程度？打个不好听的比方，要平和到像座古墓。管它天塌了房倒了，管它赢了输了，一概不能心动。没有这种定力，你不要上麻将桌。以前人家总说我麻将打得好，赢多输少，他们哪里悟得到，我的牌技在其次，主要还是定力好。"

"那我做不到。"

"你是不是很喜欢打麻将？"

"喜欢呢。有得几天不打，手就发痒。如果一段时间没得麻将打，过日子都好像没有兴头，总感觉有什么事情没做。"

"那你是真喜欢。一件事情只要你是真喜欢了，就会下心思去琢磨，慢慢就做到了。"

"没有想那样多。打麻将，我不过就是图好玩。有时好辛苦，好累，有时心里好烦躁，只要一上麻将桌，就什么都不记得了，也不苦了，也不烦了，有病都不痛了，一身松快。"

"你图好玩，人家不是图好玩呢。好多人都是只想赢你的，都好用心。如果你一场输了，两场输了，三场还输，总是输，看你还松不松快。只怕你想哭呢！"

"是有过那样的时候。不只想哭，还想打自己的耳光，剁自己的手指。可是过后就又不记得了，她们一来约，赶紧又去了。"

"这就是打麻将的人的弱点，像狗一样，只记吃，不记打。"

"只听说你打麻将的技术好得上天，教我几手？"

"没听说过打麻将是教会的，都是看会的，是打得多了悟到的。说是说三分技术七分手气。打麻将不像做手艺，只要技术到堂，手里的物器就做得好。打麻将很多时候靠的是手气。手气这个东西，说起来要好玄妙有好玄妙，看不见，摸不着，就是一种感觉。"

"手气是求得来的吗？"

"哪样求？我以为是求不到的。只听说过打麻将的时候做了什么事情会不方便。"

"说说看，说说看。"

翠玉往靠背上歪了歪，眯起眼睛，想了想，慢慢说起来。她说，哪个行当都有忌讳，麻将的忌讳比别的行当多。除了前面说到的切忌动气——喜气不能动，悲愁之气、烦躁之气、哀婉之气、火气，更不能动。一动气，手气就衰了。另外，打麻将之前不能洗澡，不能洗头，不能剪头发，不能剪手指甲，不能倒垃圾——倒了垃圾，打牌时摸上来的尽是没有用的垃圾牌。去打麻将的路上，不能碰见尼姑，不能碰见光脑壳——那会输光光。

她说这是迷信，又不完全是迷信。疤眼皮就是信迷信的祖宗。疤眼皮打牌是要看日子的，相信金木水火土，相信八卦占卜，相信生肖组合。什么日子坐什么方位，同什么人打，都有讲究。你看她的小手指指甲留起好长，那是因为她相信小手指是抓钱爪，来财。每逢打牌，她一定穿红短裤，扎红腰带，大热天都套红袜子。打牌的时候，属她名堂多，一下子喊换位，一下子要过三墩牌，叽叽呱呱话特别多，撩得你心烦。她还有个绝招，打一天麻将，可以不上茅厕屙泡尿。尿是水，水是财，她是怕屙尿把财水泄走了。好笑的是，疤眼皮这样讲究，麻将桌上还是输多赢少。有一次在她家里连输三场，气得她抱起麻将跑到丙穴的出水口，一粒一粒清洗了一下午。

她说，当年慈禧太后最喜欢打麻将。她有一副世上最贵重的麻将，是拿黄金做的，分四个盒装起，盒子上刻起"吉羊"两个字。慈禧太后属羊，有意把"祥"的偏旁去掉，只留一个"羊"。打麻将的时候，她就让人把盒子放在旁边，让"羊"字对到她。她的手气特别好，真是要风得风，要雨得雨，想要什么牌就来什么牌。诡异的是，有一次一个太监给她上茶，袖子挡住了盒子，她竟接连摸上三张垃圾牌，气得她大发雷霆。

翠玉感叹：麻将鬼啊，真是麻将鬼！

细姥婢急忙问："还有呢？还有哩？"

"还想听啊。好多呢，等我想想……"

不知不觉间，天就黑完了，阴影在墙角湾里浓得成了团。远处天边有一线天光亮得刺眼。罗长子扯起了长声在底下的碾米坊里喊：

"翠玉咧，还吃不吃饭啦——"

"来了，来了。"翠玉大声应着，忙忙地站起身，又小声嘟囔："这个罗长子真是糯粘，一刻刻没看到人就喊魂一样。"

正说着，水旺回来了。他每天差不多都是这个时候到屋。好远就学着罗长子的腔调喊："翠玉咧，我把饭焖得又香又软怎么没人来吃？"

翠玉浅笑一声："就这张嘴巴讨嫌。"又对细姥婢说："耽搁你时间了，走咧。"

细姥婢跟过去一步，说："你还没说完呢。"

翠玉摆摆手，闪过侧门去，不见了。

细姥婢还没回过神来，喃喃自语："翠玉晓得的东西还真是多呢。"

水旺走进来，说："打麻将有什么巧？还不就是你整我，我整你；你骗我，我骗你。赢了欢喜，输了就怄气。不如我阉猪好耍。"

细姥婢说："你不懂。"

水旺以为是自己搅了她的场合，不想逗她发气，就说："好好，我不懂，我只懂阉猪。阉猪好呢，每天有财水进来，还日日见涨。"

细姥婢说："是吗？把钱拿给我看看。"

水旺说："进屋去，进屋去数给你看。"

细姥婢说："我懒得看，你自己放到枕头底下收好，我还要坐在这里好好悟一下。"

水旺不知道翠玉搭细姥婢说了什么，竟能够让她像个小学生一样端坐凝眉苦苦思考，他也懒得打扰，转身进屋。不一会，就从屋里传出叮叮叮的切菜声，一股饭菜香冲了出来……

水旺现在已经把生意的门路拓展得很宽，不光阉猪，而且阉鸡、阉牛，还阉狗。

水旺生性怕狗。县城里头不少人家里都养了狗，他不养。细姥婢和女崽们几次提出要养条狗放在家里，他都不肯。平时在街巷里行走，他见到前面有狗都要跌路走，或是站停下来，等狗走过了身，这才几步紧走过去。说起来水旺也是个胆子很大的人，有段时间天天下河摸鱼，河岸的石缝里常常藏起有蛇怪，好多次他摸到了蛇，一点不惊慌，只是猛地拖出来，用力往空中一甩。眼看着那蛇在空中扭曲挣扎，啪一声跌在水面上，水旺哈哈大笑。南门口外的猫崽丛是个枪毙犯人的地方，阴气森森，出大太阳的日子都很少有人敢上去。有一次水旺跟人打赌，如果半夜敢上去把一坛酒抱下来，那坛酒就归他了，额外还送三个油炸糍粑。他二话不说，把蓑衣一披，斗笠一戴，夹根打狗棍，拔脚就上去了。不过一个时辰就回来了，他把手朝众人一伸："糍粑呢？糍粑呢？"这样的一个角色，居然怕狗，说出来谁都不相信。

原来是水旺四岁那年，有一次蹲在地上屙屎，一黄一黑两条狗闻到气味就拢来了，抢他的屎吃。那黄狗厉害，屎还刚出肛门，早已经抢到了嘴里，并占住了有利的地盘再不挪动。黑狗没有办法，只好绕到前头，急切中把他的卵袋当作了臭屎一口含住。万幸的是那狗很有灵性，大约是觉悟到卵袋并非臭屎，感觉不能动它，便只含在口里润了一下味，随即松开了。假如那只黑狗动了邪念，上下牙齿一合，水旺这一世人就白做了。虽只一含，却把水旺的胆都吓散了，从此一见到狗，心里就发颤，脚心冰凉。奇怪的是，水旺怕狗，却特别喜欢吃狗肉，炒狗肉的手艺堪称一绝，吃过的人都还想再有下次。

水旺这样一个见到狗都怕的人，怎么会阉起狗来了呢？这要搭帮含田婆。

含田婆家里一直养狗，常常还不止一条。城里头有个说法：狗旺人家。她很信。她家的一条黑狗才七八个月，却已长得十分猛壮，一身黑毛亮亮闪闪，狗卵子有拳头大，好色得很。见到狗婆就追，追到就一拱趴上去，舂捣好久，拿竹篙都敲不开，常常给人呵斥。含田婆下狠心要阉掉它。

她找到了水旺。

水旺一听就急了，又摇头，又摆手，说："嫂子哎，你喊我做什么都没有二话，就这件事奈不何。"

含田婆说："任何事都不消找你，还就这件事要你帮了我这个忙。"

细姥婢插进来说："含田婆都这样说了，没有二话，你赶紧应了！"

水旺哀哀地说："老婆大人哎，你不是不晓得，天下万物我不怕，就怕狗。"

细姥婢说："你哪样都要做了这一回。"

水旺说："我还不会阉狗哩。"

细姥婢说："阉猪阉牛你都会，不会阉狗？你打鬼讲哩！你哄我们哩！"

水旺说："阉猪是阉猪，阉牛是阉牛，阉鸡是阉鸡，都不一样。不会就做不得。"

细姥婢说："有什么不一样哩！都是畜生，不过就是开一刀，把卵子取出来，万事大吉。"

水旺说："你口一丫，气一喷，说得轻巧，不是那样容易的。"

细姥婢忽然恼了火，黑起了脸说："你会做要做，不会做也要做，总而言之是要做。"

水旺说："你这是硬逼鸭子上架，太霸蛮了。"

"做不做？不做你今夜里不要上我的床！"

"做。做。"

水旺拖到晚上才架了场。他喊含田婆的几个崽把黑狗绑牢在条凳上，仰放起，又拿一条短裤蒙在黑狗头上。院子里的小把戏们听说要割黑狗的卵子，都兴奋地癫起拢来看热闹。水旺对着大毛坨的脑壳上敲了一栗壳，低声斥道："你们要吵，要闹，都可以，只不准喊我的名字。"他知道狗有灵性，听到了是自己动手阉的它，怕日后遭报复。

水旺示意大姥婢舀一碗水酒过来，喝一大口，剩下的喷在黑狗身上。他操刀在手，昂昂然雄视了一圈围在四周的小把戏们。小把戏们都停止了喧闹，屏息看住他。他忽然有一股豪气直冲头顶，低下脑壳，拿刀在黑狗身上比画。他没有阉过狗，但是看过别人阉狗，从哪里下刀，刀口好长好深，伸几个手指头进去抠卵子，如何缝线，他心里都清楚。刨湫打得好的人，再学划水是不难的。他有自信。

没想到黑狗的膘那样厚，水旺划了两刀才划到位，急得他冷汗都出来了。听到黑狗摆动脑壳激烈地狂吠，小把戏们的眼神都变得惊恐了。水旺一发狠，索性把一只手都扎了进去，摸住两粒滑溜溜的圆泡泡，估摸着必是卵子无疑，一用力抠了出来。小把戏们发一声喊，都亢奋起来，纷纷喊："把我看看！""把我看看！"

细姥婢早已打了盆热水过来，水旺反复搓洗了几次，好久，才感觉到手指不抖了。

含田婆拿出一块钱，这是平常阉猪工钱的两倍，连说："辛苦了，辛苦了。"

水旺把钱又拍了回去，说："搭你也能说钱的？！若是别人，给我再多钱也不得做。不要！"

含田婆说："那我哪天请你喝壶酒。"

水旺说："要得。喝酒我喜欢。"

含田婆家里的黑狗从此变得老实了。身上的膘更厚，毛也更长了，还是亮闪闪的，走起路来哒哒哒地抖动四腿，显得沉重，见到狗婆再没有兴趣,连眼皮都不抬一下。有一次水旺在路上碰见它,赶紧闪到一边,捡块砖头背在身后,准备它若是扑上来撕咬,就一砖头拍过去。没事,黑狗瞭都没瞭他一眼,耷拉着眼皮,从他身旁走过去了。

也是奇怪,水旺自从经历了那次以后,再不怕狗。甚至在路上碰到狗,会停下来端详一阵,捉摸着从哪里下手,一刀到位。他的经营范围又多了一项:阉狗。他更忙了。每天黑早出门,天晚了才归屋。他家的枕头芯里,床垫下面,都积起了不少钞票。他把钞票分了类,角票是角票,块票是块票,五块的和十块的也都分开,拿细麻绳绚起,整齐放着。他的体力和精神都变得出奇地好,白天累了一天,晚上到了床上还不知疲倦,总要捉住细姥婢捣腾一阵。然后,摊手摊脚地仰在床上,一边感受着枕头芯和床垫被身体压榨得发出的丝丝哼响,一边自得地想:"日子就这样要得,给我皇帝都不做。"

可是生活中常常会有意外。

意外是岳丈老子秋聋子带来的。

那天,好晚了,秋聋子忽然兴冲冲地来了。水旺正坐在火炉凳上,就着一碗辣椒炒干鱼崽独自喝酒。一见秋聋子,细姥婢赶紧添了副碗筷,让父亲上座喝酒。

水旺敬过秋聋子一杯,慢腾腾问道:"岳丈大人这样夜上门,有事?"

秋聋子说:"当然有事——好事!"

他来告诉水旺,让水旺去印染厂顶职。细姥婢的母亲忠良婆早年就有气痛病,过苦日子时又得了水肿,如今日子好过些,病是好了,体质却完全垮了,常年抱着个药罐子,人瘦得只剩骨架子,上班的路上要歇几次才能到得岸,过不几天就要送上一张病假条。厂里劝她提前病退。忠良婆搭秋聋子一商量,同意了,只是要给一个子女顶职。这个要求符合政策,厂里答应。但他们要求的是给水旺进去顶职。水旺是女婿,不算直系亲属,而且他是劳改释放人员,有前科的。这就让厂里为了难。

忠良婆却很坚持，绝不肯退让，拉了秋聋子天天去厂长办公室静坐。厂里拿他们没办法，念在两人都是老职工，秋聋子又是厂里的技术骨干，最后勉强同意了。秋聋子就是来报信的。

细姥婢听了也很欢喜，说："天大的好事呢。这真是运气来了门板都挡不住，走在路上有钱捡。难怪这几天打麻将我总赢。水旺，赶紧敬爸爸一杯酒！"

细姥婢给空了的酒杯满上，又自言自语说："好哩好哩，我们水旺也是工人了，明天把工作服一穿，也神气一下，看哪个还敢看我们不起。"说着又揿了一筷子鱼放到秋聋子的碗里。顺势一撞水旺的肩膀，要他说话。

水旺把一条鱼崽含在嘴里慢慢嚼着，好一阵，才说："爸爸妈妈的心意，我很领情；但是，我又不能领这个情。"

"什么意思？"

"意思是我不想当工人。"

"你没有吃醉酒吧？"

"蠢的、蠢的！印染厂是国营的哩。想进这个厂子的人，千多万少，好多人为了进这个厂子，找关系，走后门，请客送礼，名堂搞尽。你没有劳一点神就得到了，还不想要。你想要什么？想要当干部？你没有文化，没有本事，没有背景，藤无棚架就只能爬地下，想都莫想。"

"我没有想过哩！"

"那你想什么？"

"我只想自由自在，不愿意给人管。"

"我还搭你把话说完，你是觉得自己一个做女婿的，靠顶岳母娘的职进了厂，没面子吧。"

"老婆吔，你硬要这样说，我也认了。"

"你搭我说句真话，不想进厂当工人，到底是哪样想的？"

水旺转过头问秋聋子："当工人一个月能拿好多工资？"

"我搭厂长说好了，你不能做学徒进去，先拿一级工工资，一个月二十六块。半年以后转正，就是二级工了，有三十一块五。"

"你呢？"

"你搭我比得的？！我是七级老师傅，全厂工资最高。比厂长书记的工资都高。"

"我不是搭你比。我问拿好多工资。"

"五十块出头。"

"就这样多？"

"不少了。"

"啧，还不如我赚得多。有时运气好，我半个月就赚回来了。你说，让我进去当工人，一个月就拿二三十块钱，这个家里有六头人，吃什么，穿什么？"

"事情哪里是这样比的？你现在做这自由职业，就好比天上飞的鸟崽打野食，有的时候有，没有的时候就没有，完全靠天吃饭，没点保障，也没有发展。进了工厂就不同了，那是铁饭碗，跌都跌不烂的。病了、老了，也不怕。你不能只看眼前，要看远点，要为崽女考虑……好了，我今天把信带到了，该说的话也说完了，主意怎样拿，你们两口子去商量。只是不要拖，明天我等你们的信。"

秋聋子站起身来，望一眼桌上还剩下的半杯酒，好像没有了一点兴头，抬脚走下灶台，进里屋去看了看睡着的几个外孙，出门走了。

细姥婢一直送他到大门口。

细姥婢小心地说："爸爸，你不要发性子。"

秋聋子说："我没有发性子呢。我只是不明白，这样的事情，哪个都是求之不得，他还不肯去。"

细姥婢说："他这是坐几年牢坐蠢了呢！"

秋聋子正色道："话不能这样说，伤人哩！百人有百性，万物有万相。各人想法不一样，他这样做，自有他的道理，不要勉强。"

细姥婢说："不行！他若不答应，看我不整死他！"

水旺到底还是答应去了。

事情进展得似乎顺利，却也磕磕绊绊，就像绿油油的苞谷地，总会这里长出一根野草，那里冒出一根刺，让人扎心。

他去劳动局办手续。这就是走个过场，只需办事员在填好的表格上盖个公章，很简单的事。可是办事员办事磨蹭，在表格上反复看了几遍，又从老花镜上抬起眼睛锥了他一眼，说声"要请示领导"，让他回去等消息。水旺知道，是他坐过牢的这段经历让事情卡了壳。

表格第二天才回到水旺手里，是秋聋子陪厂长一起去拿回来的。从老人家无言而落寞的神态里，看得出是受了好大的刺激和羞辱，他心里像给瓦片刮一样难受。

他在厂里报过到，就往车间各处看了看。有的工人认识，有的不认识，但每个人的眼光里都有种异样，那神态里分明写着：呦呵，来了个劳改犯。只是有的明显，有的隐晦。

他被分配在染布车间，具体工作是把染好了的布匹捞上来，再搬到外头竹架上晾起。这是个没有技术，只要力气的工种，叫普工。车间里一排四个大池子，底下的灶膛烧着木柴火，池子上面常年氤氲着一层水汽，散发出一种怪味。地下湿漉水滑，工人们穿的都是长及膝盖的套鞋。这个车间工人的工作服都烂粉了，连帽子上都贴了补巴。水旺穿一身崭新的工作服出现在这里时，显得非常隔生。他很快察觉到更隔生的是人，他们都没有当他是新来的工友，只作屎一样嫌。劈面碰到，脑壳一偏，像没看见。中间歇憩时，他也往工友里头凑。本来他们正说得好有兴头，一见到他过去，一下闭了嘴，然后一个一个起身走了。中午那餐饭工人们大多从家里带来，拿个带盖的铝饭盒装了，放在车间门口的木架子上，一层一层搁好。中午去拿饭时,他发现自己的饭盒不知道给谁挪开了,挪到了地下的一块板子上,饭盒上面还溅了一坨蓝靛水渍。他摘下头上的帽子,一点一点把水渍擦干净。这是哪个狗婆养的如此缺德?!他很想骂几句无名娘,几次要开口,又忍住了。

到下午,他的一肚子混账火到底没能忍住。那时快下班了,他去上厕所。厕所在染布车间和织布车间的中间,是一栋简易平房,男厕所和女厕所是分开的,中间隔了层木板。厕所下面的粪池,一半在里头,一半露天。厕所的踏板离粪池很近,下面的蛆婆子都看得清楚。水旺走进去,听到一板之隔的那边女厕所有人说话。一个说:"染布车间又来了个新工人。"另一个说:"你不识得吗,那是秋聋子师傅和忠良婆的郎崽(女婿),叫水旺,刚从牢里放出来的。"又一个说:"啊!我们工人阶级队伍里头都能给这种劳改犯混进来的?"……

水旺心里的火气终于爆发了。他裤子上的扣眼都不及扣好,转身出去,绕到厕所后头,捡起一块砖头就对着女厕所下面砸下去。只听砰一声巨响,又听女厕所里一片惊慌乱叫:"啊——""要死哩要死哩,哪个绝兜子的!"……

没等下班,也没去澡堂冲澡,水旺把换下来的工作服摔在地下,就气冲冲回了家。

水旺坐在自家的门槛上一根接一根地抽烟。上一根抽到头了,拿下一根的嘴巴逗上火,接着抽。细姥婢问他话,不答。好久好久才说一声:"不去了!反正不去了!打死我都不去了!"翻来倒去,就是这句话,一句比一句狠。

细姥婢还没见他发过这样大的性子,猜估他是受了好大的屈辱,叹一声说:"不去就不去啦,哪样过都是过,只要自己心里松快。"

水旺又做回了自己的老本行。每天黑早,他就出门了。他大步流星地走在乡间小路上,吹着清新的凉风,心里要好松快有好松快。一进村口,他就扯起嗓门儿大声喊:"阉猪咪——家里有猪有鸡有狗要阉的都送起过来喽——"

他还给自己配了个哨子,喊一声,吹几声哨。村里好多人搭他已经熟了,一听到喊声、哨声,远远地就跟他摇手打招呼,接着是猪叫声、鸡叫声,一下热闹起来了。

一天一天地,他忙不赢。

他有时也还会要经过印染厂,远远看到,赶紧就跌了路。

也有三个学生,她们年纪轻,不懂事,怕她们跟着去做歪栽事,不放心,所以自己的家都没回,赶紧先到你这里看看。"

"是哩,二姥婢、三姥婢本分,不上课就即时回来了,守在家里做作业,就是大姥婢不听话,回来拿把铁锤就跑出去了。"

"哎呀,你应该喊住她。"

"喊了,她不听,拖都拖不住。"

"那你赶紧去找到她,不要让她乱搞。家里的几个细崽我搭你看住。"

"我就是两头不放心,脱不开身。你来了正好,帮我看住几个细崽,我去找大姥婢。"

"记住,你找到大姥婢,只跟住她,不要让她去砸物器,也不要拖她回来。"

"为什么?"

"你没看到过?那小牛崽子若是不肯走,任你再拽再打,就是抵死不走,搞不好还顶你一角。大姥婢如今正在兴头上,又有一帮同学一起,拖得回的?搞不好还扣你一顶反革命的帽子,会下不了台。"

"晓得了。"

细姥婢找到丰和墟的墟陂上,一眼就看到了一群学生里头的大姥婢,几个学生把楼梯架在戏台楼头上,大姥婢一手提锤,一手扶梯,正要抢先上去砸牌匾,细姥婢一把扯住她。

"做什么?"大姥婢刚把踩住楼梯的一只脚落了地,就有一个男同学拨开她,顺着楼梯刷刷往上攀。

细姥婢把她扯住一边,说:"有要紧事呢。"

"我不信。"

"你外公买了猪心过来,要炒辣椒给你吃。"

"我不吃。"

"你不是最喜欢外公做的辣椒炒猪心?"

"我现在不喜欢了!"

正说着,那男同学已经爬到楼梯顶上,左右手换着抡起锤子一顿乱敲,就听轰的一声,牌匾跌落地下,开作两半。同学们一阵欢呼。

看到男同学抢了头功,大姥婢急得眼泪水都要出来了,挣脱细姥婢的手,和同学们一拥而上,抬着牌匾走下戏台楼头,往街口去了。

细姥婢只好不远不近地跟在后面。

学生们顺着街口往里走,到了一家门面还算整洁的门口,为头的问一声:"这个人家里什么成分?"有知道的答一声:"小土地经营者。"为头的一挥手:"进!"学生们蜂拥进去,四散开来,楼下、楼上、睡房、杂屋、厨房、神台背,到处搜寻,乒乒乓乓乱响。细姥婢和几个闲人就倚在铺挞子门口看。只一阵工夫,屋主人还没搞清楚怎么回事,学生们就提着、扛着缴获的物器陆续返回堂屋。那些物器是:一个财神菩萨像、一张钟馗像、四幅雕了才子佳人的画屏、两个龙头屋垛、一个铜尿壶、一把银簪子和一把铜制长命锁。他们还将一把木躺椅拆卸开,起出三十二枚铜钱。人家的躺椅上螺丝的地方都是拿铁皮做垫圈,这家人用作垫圈的是铜钱。铜钱上铸着四字:开元通宝。学生们要把物器统统拿走。屋主人问:"为什么?"为头的说:"要搞'文化大革命'了,这些都是'四旧'物资!"屋主说:"那把这个尿壶搭我留下,没有这个尿壶我射不出尿。"学生们哄笑起来。为头的指着尿壶上画的一个努着小鸡鸡撒尿的小把戏,恼怒地说:"这样明白的'四旧'物资,你还想留?!"说完一锤下去,尿壶瘪作一团。

到了下一家,为头的照例问一声:"这家人什么成分?"知道的照例答一声:"工商业地主。"学生们立即撞门进去,翻箱倒柜,掘地敲墙,连床垫子都掀开来看过。什么都没有。最后在夹墙里找到一张地契。为头的说:"好啊,还留起变天账哩!"一声怒喝:"绹起来!"

又到了下一家:伪军官……

再到了下一家：右派分子……

…………

细姥婢明白了，这些学生也不是如秋聋子所说，什么人家都闯进去搜。他们的对象很明确：地主、富农、资本家、小土地经营者、伪军官、右派……都是些成分不好的。

学生们闹了一天，细姥婢就跟了一天。她默不作声，只是不远不近地跟着，一看到大姥婢想要动手，就一冲过去，捉住她的手腕，贴身站着，也不说话，低起脑壳，紧紧捉着。她的手劲好大，大姥婢怎么用力都甩不脱。大姥婢又恼又羞，骂还不敢大声，只用力去掐细姥婢的手。如此几次，大姥婢也不恼了，也不骂了，也不掐了，再闯人家，她也不动手了，只嘟起嘴巴站在后边看。

学生们一路停停走走，过南街，转正街，傍黑时分才到衙门口。这是约定会合的地方，好多学生从东门、北门、西门陆陆续续往这里赶来。衙门口的空地上堆起了从各处收缴到的物器，好多是各种菩萨像、兽头、檐垛、神牌、门楣、窗槅、梳妆台、屏风，还有些旧书字画、巫婆的衣裙、卦公的签筒、道士的檀板和旧社会阔太太阔小姐穿的绸缎旗袍。

衙门口的坡地上站的都是学生，细姥婢再不好挤在里头，转头看看，纵身跳上税务所门口的桥头。她看到衙门口四周的街巷上挤满了人，人头攒动，那热闹的景象就跟当年土改时在李家大院里看地主的浮财一样。

细姥婢转头回看，一眼就看到了衙门口石狮子下面的一堆麻将，好多呢，木头的、竹子的，还有泥巴捏的、磨光了石头刻的，怕有几十副呢。她心里一惊：麻将也是"四旧"？过一会，她又庆幸地想：得幸没有人知道自己家里藏了一副象牙麻将，不然的话，他们还不得把家都挖烂啊！她不自觉地望了人堆里的大姥婢一眼，拿手摁住心口。

等四条城门过来的学生队伍都聚齐了，在一阵阵的口号声和欢呼声中，一把火点燃了空地中间的这些旧物器。

火苗闪着蓝色，阴阴地燃着，烟子冲起好高，喇叭里一个声音像军号一样喊起来：

"我们一定要烧毁一个旧世界，建立一个新世界！"

"让暴风雨来得更猛烈些吧！"

"毛主席万岁！"

…………

细姥婢硬是扎实跟了大姥婢好多天。每天大姥婢一出门，她也跟着出门，大姥婢到哪里，她跟到哪里。她也不拢去，只是不远不近地跟着，眼睛一刻不离开。大姥婢也恼过，也骂过，回到家里还发过性子，细姥婢都默默受着，不回一句嘴，不发半点气。大姥婢真是从心里服含了她。好在学生们的兴头很快就泄落了，因为县城里头的"地、富、反、坏、右"家里，都给抄过了一次，而像义公祠、普济寺、水王庙、凌云观、福音堂、文庙和戏台楼头这些地方，都拉锯一样地打砸了好多回，连屋顶上的瓦当都一片一片揭下来砸得粉烂，还推倒了几扇墙，卸掉了所有的亮窗。他们快要没物器可抄了。

正在细姥婢暗暗庆幸大姥婢该得收心了时，城里头来了一队从北京过来的学生。这些学生一律都穿黄军装，头戴军帽，腰扎牛皮带，左手臂上套一只红袖章，"红卫兵"三个黄字特别打眼。他们说一口吓人的北京话，到处演讲。他们的衣服兜里兜了很多硬纸片，手板大一张，上里印起革命和造反的口号，见人就发。他们打着红旗，排着队，在街上游行，走了正街走横街，一个个英姿飒爽，意气勃发，口号喊得震天响。他们从衙门口的屋顶上扯下几条大标语："揪出党内一小撮走资本主义道路的当权派！""誓将无产阶级'文化大革命'进行到底！""打倒刘、邓、陶！""誓死保卫毛主席！"大标语触目惊心，惊世骇俗，像孙悟空的金箍棒，把县城撬动起来。

一座县城都轰动了。好多乡下人纷纷跑进城里头来看稀奇。衙门口天天像赶墟。

接着，大字报就上了街，从衙门口往两边街口延展，正街的墙壁上也一路贴满。大字报的标题都是"炮轰""揪出""火烧""油炸"各级领导，沾着血腥味。

很快地，城里头的学生也戴起了红袖章，好多人还搞起军帽戴上，把帽檐翘起好高，两只衣袖卷到手臂上。学校里成立了好几个红卫兵组织。社会上也跟着学样，一些工人、机关干部、店员、农民，都发动起来了。几个人一凑，一商量，一个群众组织就宣告成立，为头的都自封"司令"。这些组织大多有十几个人或几十个人，有的还有上百人。也有的不甘落后，一时又找不到志同道合的"同志"，便自立门户，一个人也宣告成立一个组织，名头还取得很大，叫"独立寒秋战斗团"。反正刻个圆章，打面旗帜，一个山头就立起来了。那番日子南门口的图章刻印社和北门口的旗帜社都十分忙碌，有时候半夜还有人去敲门让他们赶东西。

水旺还是每天一早出门，傍黑边子归屋。但他没有去乡下阉猪，只在城里头踹。每天都有新的大字报，每天也有新消息。他看看大字报，就到衙门口旁边的理发店里一坐，听人念空话，一听半天。理发店是国营的，城里头仅此一家，店堂很大，除了摆下九张理发椅，还余出不小空地，放着几张条凳和竹椅子，供后到的人排队等候。不知为什么，"文化大革命"爆发后，城里人的头发都长得特别快，理发的人格外多，常常要排队。一些闲人没事的时候也喜欢到店里坐一坐，因为店里有茶喝，热天凉快，冷天有大火炉子。所以那些条凳和竹椅子上总是坐满了人。有的人理过了发，也喜欢在这里流连一阵。人多口杂，城里头的各种消息都在这里集散，大事小情都逃不过他们的嘴和耳朵。理发店一般都在中午边子才开张，店门一开，水旺就进去了，拿张竹椅子在墙角湾里一坐，眼睛盯着说话的人看，心里像滚水一样乱翻。

一天，水旺回到家，兴头足实地对细姥婢说："娘子哎（这称呼也是他从理发店里学来的），我也要参加'文化大革命'！"

细姥婢问："你不阉猪了？"

水旺说："不阉猪了！"

细姥婢说："你一个'社会闲杂人员'，哪样参加'文化大革命'？"

水旺说："我也要成立一个组织。"

他举例说，南门口的花面，挑炭秸出身，如今当了"人在丛中笑兵团"的司令，手下几十头兵。又说，东门头的眯眼拐，出了名的扒子手，随便邀几个人就成立了一个组织，还美其名曰"铁扒子战斗队"，谁都不敢开声。还说，柴火巷的细崽螳螂，一世人都是补扒锅鼎锅的，老实得阿弥陀佛，见人低三等，如今把红袖章一戴，神气足得雷公都不敢会面。最后他说："我也要招几个人，成立一个组织，搞个司令当当，到镇政府占一间办公室坐坐，做一回人上人，看哪个还敢说我是社会闲杂人员！"

"说完了？"

"一时说不完，先告诉你这些。"

"我知道了，这番日子你根本就没有下乡，尽在城里头转了。难怪天天没有钱上缴，你只说是没有揽到生意，哄我。我还真的信了你。"

"乡下找不到生意也是真的，我没有哄你。"

"你打定主意了？"

"不打定主意还不得搭你说。"

"你不出去做事赚钱，家里娘娘崽崽吃什么花什么？天上有跌，还是地下有捡？"

"我只要当上司令，坐到办公室里，不要等天上跌，也不要等地下捡，自然会有。"

"那是南岭山上的土匪蛮子才会这样想。水旺你本分人不做，要学土匪蛮子？！"

"娘子你这就不懂了。你天天坐在家里，不晓得现在是什么形势。'文化大革命'是毛主席亲自发动的，毛主席说了：'你们要关心国家大事，要把无产阶级"文化大革命"进行到底！'我们都是搭帮毛主席才翻身得了解放，有吃有穿有房子住。如果不是毛主席，我这样的人只怕亲都讨不起，更加不要说能讨到你这样乖的女娜做老婆。毛主席的恩情比海深哩！如今毛主席发了号召，我李水旺坐下不比别人矮，站起也有别个高，为什么不去轰轰烈烈做一番事情？问舍求田，原无大志；掀天揭地，方是奇才。只要我李水旺出马，比哪个都不得差！"

"你好雄呢，雄得能飞上天。"

"那当然。志气立得大，雷公拿得下。所以说啊，我这次是悟清楚了，下定决心了，你不要拦我，再拦也没有用！"

话说到这个份上，细姥婢知道再说什么都是空的了。她想了想，将烧红了的锅子一把端开，黑着脸说："好，山要崩，绳子捆不住。既然你这样说，我不拦你。只是有一点，你搭我去一转北门口，搭我爸爸说一声。"

水旺一下皱起了眉头，说："我自己的事，为什么要去搭他说？"

"为什么？因为你是他的女崽郎。我爸爸只有我这一个女崽，他把我交代给你，你要做这样大的事，不该去告诉他一声？"

"说起来是应该噢。什么时候你过去那边，顺便告诉他一声。"

"这种事情是顺便告诉的？不行！要专门去，你自己亲口搭他说，我说不清楚。"

"现在就去？"

"即时走！"

两个人急匆匆转到北门口，忠良婆做好了晚饭，正把菜端上桌。忠良婆病退在家，身体好像好了很多，脸上也有了肉，只是走起路来脚下还有点打飘。细姥婢知道秋聋子准是在后门的坪里坐着抽烟,径直就去了。过了一阵,她才和秋聋子一前一后走出来。

秋聋子好远就打着哈哈说:"水旺来了啊,坐到坐到,陪我吃杯酒。"

忠良婆一听,赶紧拿出鸡蛋,要加一个菜。

细姥婢大声说:"你们两爷崽慢慢吃酒慢慢说,我不陪了。"说着,提脚就走。家里还有四个小把戏等着吃饭,她要回去招呼他们。

秋聋子举杯,给水旺一连劝了三杯酒,这才说道:"听说你有大事要告诉我?"

水旺吃下三杯空肚子酒,身上燥热,脸已经红了,嗨嗨笑着,说:"也不是什么大事,不过是有点想法,细姥婢不放心,喊我来搭你商量一下。"就把事情又同秋聋子述说一遍。

秋聋子盯着面前的酒杯,默默听着。

他又劝了水旺一杯,说:"你还晓得蛮多哩。"

水旺说:"我天天到衙门口看大字报,北京动态、长沙消息、州府情况,都晓得。"

秋聋子说:"那你悟过没有,毛主席为什么要发动'文化大革命'?"

水旺说:"这是读小学一年级的三姥婢都晓得的,报纸上、广播里天天喊,为了'反修防修'。"

秋聋子说:"我看不见得。报纸上、广播里天天喊的事情也未必完全可信。"

水旺一惊,一口酒呛在喉咙里。好一阵,才结结巴巴地问:"那、那你说为什么?"

秋聋子说:"我一个平头百姓,哪里晓得毛主席到底是哪样想的,我只是觉得,这事情没有那样简单。"

"为什么?你是我岳丈老子,说给我听听。"

"我说了,你不会举报我是反革命吧?"

"一万成没有一成。我李水旺、你的郎舅,什么缺德的事都可能做,就举报这种事绝对不会做——说说,说说。"

水旺又赶紧给秋聋子劝了一杯酒。

秋聋子慢慢说道:"现在喊得最起的一句口号是:革命无罪,造反有理。没错吧?我没有文化,没读好多书,但是也听说过,历史上一些有名的造反的人,比如陈胜、吴广和黄巢、李自成,那是实在生活不下去了,反正造反是死,不造反也是死,干脆赌一场。那是官逼民反。水泊梁山一百零八条好汉,好多不是穷人出身,只是遭遇不平,才造的反。他们造反也是只反贪官,不反皇帝。朱元璋就不消说了,他本身就是天子的命,不造反当不到皇帝。你呢,造反图什么?日子过不下去了吗?还是哪个贪官夺了你的家产要害你的命?你也没有做天子的命,可能当干部的福分都不见得有。造反,你图什么?"

水旺说:"我是响应毛主席的号召。"

秋聋子说:"这也正是我想不明白的地方。你说毛主席已经坐稳了江山,新中国成立不过十几年,正是需要发展生产、改善民生的时候,突然要来一场'文化大革命',这是为什么?是的,是为了'反修防修'。但是这样大的事情,应该是上头去考虑、去做的,我们这些老百姓知道什么,又做得了什么。依我活了几十年的经验,但凡没有搞明白的事情,最好不去做。"

水旺说:"好多人在做呢。"

秋聋子说:"我晓得有好多人在做。毛主席说要关心国家大事,我也关心噢。就说现在跳得最起的这些人,你看我分析得对不对。先说我们印染厂。印染厂是国营厂,差不多有两百人,在县里头也是数一数二的,但是参加造反的,数完了不过三十人,基本上是些年轻人。说句老实话,这些人里头没有几个我看得上眼的。有的是对领导有意见,有的是偷公家东西挨过处分,有的是好吃懒做经常不来上班,有一个扒女厕所给人剐过裤子,还有一个中午只带饭不带菜,一到时就到这个碗里夹点菜,那个碗里讨一点,搞得个个对他嫌狗屎一样嫌……"

"不对,不对。"水旺起身筛酒,打断说:"他们中间,有几个我都认识,那在厂里表现都很好的,有两个是团员,一个还是技术员,好爱读书的,还是厂里的培养对象。"

秋聋子点头说:"我晓得你说的是哪个。那个是中专毕业生呢,人聪明,又活套,扯常来搭我请教一些技术上的问题,你岳母病了还来家里看过,我很喜欢那个后生。照这样发展下去,以后印染厂厂长的位置会是他的——可惜了!"

水旺说:"可惜什么?说不定人家以后要当局长、县长哩。"

秋聋子说:"那要看他有没有这个命。"

"命是可以改变的。"

"不轻易。坐到的菩萨总是坐,站到的菩萨总是站,都是生成的。"

水旺猛地把一杯酒筐进口里,说:"我不信!我这个站到的菩萨也要坐一坐。"

秋聋子说:"你以为现在机会来了?"

"对的!"

"错!我搭你说,不——可——能!"

"不是不可能,是看我去做不做!"

"你要不要听我搭你说几句真话?"

"你爱说就说吧!"

"你听不听吧!"

"你是我的岳丈老子,你的话我当然听。"

"我的话会很难听,你莫怪我讲得直。"

"难听也要听。你说。"

忠良婆端碗炒酸菜放上来,接嘴说:"有话你就说,嘴巴里像包了热豆腐，吐一半含一半，看了都烦。"

秋聋子夹了一瀑酸菜塞到口里，直了眼睛慢慢嚼，良久，说："你也想扯旗放炮拉队伍，成立组织，是吧？"

水旺说："是。我不搭你厂里的工人比，我搭花面、细崽螳螂、眯眼拐他们比，我比这些人还是要强那么一篾片吧。"

秋聋子说："不对。你比他们任何人都差！"

水旺无比屈辱地说："差在哪里？差在哪里？"

"你自己悟不到？"

"我悟不到——也不想悟！"

"好，你莫怪我讲得直，也莫怪我讲得丑。"

秋聋子放下筷子，拈根烟咬在嘴里。又把烟和火柴推过去，让水旺自己拿烟吃。

忠良婆侧身坐下，紧张地看着秋聋子。

秋聋子说："不错，如果要比条件，你确实比他们都好。首先成分就比他们好。雇农出身的人，通城里头都不多。雇农搭工人是一个级别的。如今做什么事情，要先看出身，成立组织，这点特别重要，没有看到五类分子子女参加造反的。要论聪明，论文化，他们挂边都挂不上。那细崽螳螂生下来就只晓得补扒锅鼎锅，自己的名字都写不正。但是，你有一个致命的弱点——"

"是什么？"

"你坐过牢。"

"……"

"你不要躁。我晓得你想说什么，你搭我辩没有用，等我把话说完。"

"好、好，听你说完。"

秋聋子拈起两根烟，递一根过去给水旺，自己刮火柴点上了，说："无论如何，你坐过牢，这是事实，也是你的污点，说得不好听就是'劳改释放犯'，这是个定时炸弹。当然，现在哪个也不得提起，要把一潭水搅浑，下去的人越多越好，就怕你不去。等到事情落定，鱼都摸上来，要分配利益的时候，你就看吧，鱼只那样多，个个都想得，损人利己的原形就都出来了。你不要淡看了人性，在利益面前是什么阴招毒招都要得出来的。而你又是最经不起攻击的，只要别个把你的污点一揭出来，什么鱼都轮不到你，还要拿你搞臭。这还只是说万一，实际上是根本不可能的。最大的可能是另外一种结果，造反还只造到半路上，就给统统拿下了。为什么这样说？你想啊，现在全国都乱了，城里头也乱了，各级领导都成了走资本主义道路的当权派，连镇长、街道主任都不放过，统统打倒，靠边站，这不合常理。这好比一栋大屋，所有的梁柱都拆掉，这大屋还立得起？不可能！不可能把他们都打倒！也不可能总这样乱下去，迟早会有人出来收拾这个局面的，最后背时的只能是这些造反派。如果你参加了造反派，首先抓出来的就是你。为什么？因为你历史上有污点，很轻易就可以给你定个罪名。到了那时候，你还不晓得是个什么下场，肯定是好惨好惨。"

秋聋子说话的时候，水旺一直勾头听着，他掐灭烟头，把烟丝一点一点地揪下来，散在桌子上，揉拢，又打开；打开，又揉拢。

秋聋子又说："你现在年纪也不轻了，是一家之主，有老婆，还有四个子女，要多想想自己的责任，做什么事都要稳当，要三思而行，再不能由着自己的性子，图一时痛快。说句不近人情的话，这回你若是硬要霸蛮，搞出什么祸祟来，我都会喊细姥婢搭你离婚！"

忠良婆在一旁轻轻叫起来："啧，有这样严重啊！"

秋聋子说："就有这样严重。水旺啊，这些话，细姥婢不敢搭你说，忠良婆不会搭你说，只能我来说。话是很丑，可能会让你心里不松快。自己回去悟吧！来，吃完这杯！"

夜很深了，街巷上已经看不到什么人，石板一块白一块黑，水旺深一脚浅一脚,走得跌跌撞撞。酒意让他一身发胀,发蒙,他只能片片段段地记起秋聋子的一些话。他走了好久,在街巷里包了两个圈,才找到家门口。大门关着,里面传出细姥婢哄运崽睡觉的呀声。他在门槛上坐下,一根接一根地,把大半包烟吃完了。

水旺开门进去,摸黑舀一瓢水喝了。他听到冷水淋在热灰上嗞嗞的声音,一身松快了。

水旺轻轻走进里屋,挨在细姥婢旁边躺下,很快就睡着了。

他蒙蒙眬眬感到有人在揪自己的耳朵,一下清醒过来,知道是运崽在调皮,忽然两手一兜,猛地把运崽抱起来。他抱着运崽在床上滚过去,滚过来,父子俩笑作一团。

水旺抱着运崽走到外屋,细姥婢和大姥婢正在做早饭,鼎锅里的稀饭已经炼得差不多了,香气灌满一屋;二姥婢和三姥婢在门口坪里一个坐一个站,大声背诵课文,晶亮的声音像雨打瓦背,一下响起来,一下落下去。门口的烟蒂子扫干净了,太阳打在光整的泥地上,有点晃眼。水旺心里忽然一阵感动。

水旺在门口站了一会,就听到细姥婢在屋里喊:"都进来啊,种肚子了。"

水旺把运崽放落地,牵着走进去。桌上已经摆起了一碟炒酸菜、一碟炒酸豆角、一碟辣椒,六碗稀饭都盛好了。水旺欢喜地说:"哎呀哎呀,这阵我最想吃的就是一大碗稀饭就酸菜。"

细姥婢说:"想吃就多吃点。把肚子吃得饱饱登登的,想做什么就做什么夫。"

水旺说:"你呢,今天去做什么?"

细姥婢说:"你问我做什么?我自然有我的事情要做。"

水旺说:"你只说你做什么去吧。还保密?"

细姥婢说:"保什么密。今天上九老峰,土里一些苦瓜熟老了,赶紧要收回来。"

水旺说:"我搭你一起去。"

细姥婢说:"今天你有空?"语气淡淡地,眼角却分明飘过一丝笑意。

水旺说:"有空呢。这番日子我都不想下乡了。乡下也搞运动,没有生意做,天天打空回,没有兴头。"

细姥婢说:"搭我上九老峰拱刺窝更没兴头。"

水旺说:"你这话哇得真没水平。两口子拱刺窝怎么会没有兴头呢?你想啊,你在前面摘苦瓜,我在后面接苦瓜,你摘一根,我接一根,你摘两根,我接两根,你摘三根,我接三根;你……"

细姥婢一下笑得嘴都翘起来了,说:"我要摘一百根呢,你都接起来?"

水旺说:"接,接,越多越有兴头。"

大姥婢叫着说:"我也要去,我帮妈妈摘瓜。"

二姥婢说:"我也要去,我搭爸爸接瓜。"

三姥婢跟着吵:"我去我去,我又摘又接。"

细姥婢在三个女崽头上每人敲一下栗壳,忍住笑,黑起脸,斥道:"一个都不准去,好好守在家里带弟弟。"

水旺在每个女崽头上抚一抚,说:"乖,听妈妈的话,今天不去,明天带你们,都去。"

三个女崽都停下筷子,眨着眼,不知道今天为什么倒过来了,变得母亲严厉,父亲温和。

他们看到父亲和母亲都在笑。

水旺每天跟着细姥婢上九老峰,很是新鲜了一阵子。他现在也可以睡下懒觉了,总要等到细姥婢把早饭搞好,饭菜上了桌,洗脸水也倒好了,毛巾浸在了水盆里,一切熨熨帖帖,才慢慢爬起床。吃完早饭,他还要抽根烟,背着手,仰起脑壳,在门口空地上,像干部一样踱两个圈。

既然要上山做事，多少会要带点工具，篮子、镰刀、锄头，有时还要挑担尿桶，这些都归细姥婢，水旺空着手就去了。以前细姥婢独自出城，总喜欢走小巷，自从水旺搭她做伴，就坚持要从大街上直接穿过去。走在大街上，水旺一路东张张西望望，有时还要停下来，把一张大字报从头至尾看完。遇到游行队伍过来，他会退到一边，忽然对着队伍里头的某个人大声呵喝几声。出了城，一条石板路蜿蜿蜒蜒地往九老峰下扑去。从丙穴里涌出的溪水贴着路基流下来，人往前走，水往后流。两边的稻穗都扬花了，大片的绿色中敷了一层白，让人的心情十分松快。这样走走停停，爬到九老峰上时，已是半上午，细姥婢自去土里摘苦瓜、摘茄子、摘辣椒，松土淋菜，水旺就拣块岩石坐下，对县城里望着，抽烟、发呆。如果那天四个崽女都一起上来了，那才热闹。山上很多地方有野果子，酸枣、沙梨、毛桃、乌泡、野杨梅，还有喇叭花也是可以吃的。大姥婢扯头，一个跟一个，在岩石上跳来跳去，从这蓬刺窝里拱到那蓬刺窝，随手摘随手吃，互相争抢，尖声笑闹。这时候水旺就会加入进去，随他们一起闹。这样闹得半天，个个一身泥巴一身汗，嘴巴乌紫，脸是大花脸，仿佛比细姥婢还辛苦。

中午回到城里，细姥婢也懒得起火做饭了，一家人就拐进小面馆，一人一碗光头面，稀里呼噜填饱肚子。下午，水旺会歪在床上眯一会，细姥婢就坐在门口择菜，残的老的留下自己吃，其余的就由水旺拿到衙门口卖掉。水旺卖完了菜，把箩筐摞在石狮子下面，还是会忍不住到理发店里坐一阵，天快黑了才回家。

细姥婢在九老峰上面又开了几块土。政府部门的人都卷到了运动里头，忙的人特别忙，闲的人乐得逍遥，有时间就回家洗衣做饭带小孩，谁都没有心思管这些事，细姥婢的胆子于是大了起来。她在新开的土里栽了白菜、萝卜，还种了花生和红薯。她砍了好多箭竹，把土块都围了起来，还把路一截一截修好。这样，挑水担肥，上下都方便好多。她真

八 一副烂牌翻起打　　　　　　　　　　　　　　　　　　　219

是发狠，一天到黑一刻不歇地做。水旺也再不好轻闲，跟着忙。家里的事情就都丢给了大姥婢。

大姥婢现在很规矩，每天都老老实实待在家里，很少出门。她的变化十分突然。那天，他们一群学生照例去抓一个老师批斗。这个老师给他们上过课，教化学，姓向。向老师的课教得好，口水很足，能把极其枯燥的化学课讲得趣味横生，津津有味。向老师在旧社会做过伪政府的法官，口才好似乎是件自然的事情，可是在运动中就在劫难逃了。向老师给五花大绑地捆在学校操场上，一个名叫李石生的男同学站在他旁边。李石生比大姥婢高两个年级，是他们这个组织的司令。李石生瘦小，向老师高大，李石生喝令向老师跪下。一声喝不跪，二声喝不跪，到第三声还不跪。忽然，李石生唰一下抽出皮带，抡圆了，跳起来，一皮带甩在向老师头上。血花溅起来，向老师惨叫一声，跌倒在地。大姥婢一下惊呆了，半天没有回过神。同学们乱纷纷抬着向老师往医务室去了。她没有跟去，她脸色寡白，拿手摁住胸口，忍住恶心，呆站好久。然后，慢慢转过身，一步一步走出学校。她一路上都好像还听到向老师的惨叫。她不明白李石生同学为什么那样下得手。她自己把自己困在家里，再没去学校。李石生来过，细姥婢也侧面问过，她都没有回答。她收心了。

大姥婢每天待在家里，做家务，或者玩。她不是很勤快，不会看事做事，都是推一下挪一下，不推不挪，但她继承了水旺的禀赋，菜炒得好，手脚麻利，不要多久，一桌菜就上了桌，看有看相，味道很好。常常细姥婢和水旺收工回来，她就已经做好了饭菜，带着妹妹弟弟在院子里玩。几个小把戏疯得很，叫着闹着，满院子跑。后来她看到细姥婢和水旺出门都不走大门，宁肯走侧门，出去包远路。她明白父母亲的心思，那是因为大字报贴到大门口来了，还一路贴到了土保镇长的家门口，贴得满墙都是，细姥婢和水旺是不想看到这个情形。于是她也跟着不往前院去，带着弟妹们只在后院玩。而且，她也不想在前院碰到李初一家里的那几个恶霸崽。

李初一同土保镇长住在一栋堂屋里，还是门对门，都是土改时分到的房子。弟弟李初二住他下面隔壁。照理说风水都差不多，可是土保做了镇长，李初二也当了干部，就他还是个农民，吃的穿的都不如那两家，这让他特别不服气。唯一能让他想得开点的是，他有三个崽（土保镇长家是两个崽一个女，李初二的老婆则至今没怀上）。他给三个崽分别取名叫光雄、光飞、光成。三个崽都长得很蓬松，腰粗腿壮，手指、脚趾都很硬扎。光雄不到十八岁，却长得比他还高。几兄弟就是读书不进，光雄、光飞连初中都考不起，光成有点弱智，十一岁了还停留在小学一年级。每天同那些矮一个脑壳的小弟弟小妹妹一起学"东方红，太阳升……"。照道理，李初一家是农业户，两兄弟不上学就应该到队里出工挣工分，但他们不喜欢下田，喜欢搭南门口的一帮工商业户子弟玩。他们成天聚在一起，隔不两天就打次平火，从乡下偷只鸡或者打条狗回来，再各自从家里量些米倒点油，到戏台楼头后面的旧城墙下面烧起柴火煮了吃。他们喝酒都是拿碗，吃肉也不用筷子，都是使铁钎或小刀，戳上来放口里吃。喝完了酒，就在戏台楼头上翻跟头，打抱箍子架。常常好晚了，他们还不落屋，几个人勾肩搭背，从南门口这头走到那头，又从那头走到这头，大声喧哗，把石板踩得乒乓响。两兄弟有时无聊，就坐在院子的门口，看大街上的过往行人。看到大姥婢过身，四只眼睛就像鞭子一样甩过来，直勾勾地盯着，说些不咸不淡的话撩她，把手指放进口里吹马头哨，吹得又尖又长。因此，大姥婢见到他们就有点怕。

光雄和光飞做了件歪栽的事。

他们把土保镇长家的黑狗打死了。现场在院子后面厕所旁边的一道夹墙里。夹墙一边是厕所，一边是翠玉家，夹墙的尽头是围墙。兄弟俩拿一个肉包子作诱饵，逗引得黑狗进到夹墙，一条麻袋从天而降，罩在黑狗头上,接着一锄头挖下去,又一棍子扑过去,黑狗只来得及叫一声,脑壳就给削掉了半边,扑地死了。两兄弟的锄头棍子又一顿乱扑,好一阵才收手。

两兄弟正靠在墙上喘气,商量着如何把黑狗运出去,找那帮狐朋狗友打肥平火,土保镇长的大崽振海带着弟弟振湘和妹妹振梅就跑来了,后头还跟着光成。

原来是光成告的密。光雄和光飞密谋打狗的时候,没有避开光成。他们从来没把这个有点弱智的老弟当回事。两个哥哥一走,光成就把这个消息告诉了振梅。他是带着炫耀和讨好的口气告密的。

振海跑拢来一看,"啊"地大叫一声,抱住光雄就打。振湘也即时冲过去抱住了光飞。振梅不示弱,返身截住光成,扬手对着他的胸口就是一拳。几个人一个对一个,打成一团。

这时候大姥婢搂着裤子从厕所出来,一看场合,一边嘶声大喊,一边脱下鞋子就过去扯偏架。她帮的自然是振梅。她把一肚子的气都出在了光成身上,左一鞋子,右一鞋子,尽往他身上打。"啪——啪——啪——"

战斗很快见了分晓。振海和振湘都不是对手,先后给光雄、光飞抱摔在地下,只有光成不禁打,最早倒下去,抱住脑壳乱滚。振梅还不解恨,左右开弓地还在打。大姥婢举着鞋子在一边跳来跳去,看准空子就一鞋底拍下去。光成也真是奇怪,振梅怎么打他,都不哼不哈,只要大姥婢一打,他就叫。"哇——",叫得特别惨烈。

光雄拿手摁住振海的脑壳,喝喊道:"大姥婢,你停手!"

大姥婢说:"我就不停手!啪——"又一鞋底子打下去。

光雄更火了,说:"你为什么帮他们?"

大姥婢说:"我就要帮他们——你气呀!"

光雄说:"我揪掉你的脑壳当凳坐。"

大姥婢双手一叉，往前一步，说："来呀，你揪我的脑壳试试看！"

"哪个这样嚣？要揪我女崽的脑壳？！"

声到人到，水旺跑了过来。

光雄顿时噤声。他对水旺从小就很怵怕。

水旺揭开麻袋一看，眼都直了，黑狗给齐崭崭从脖子上切断，脑壳砸得粉烂，脑浆都出来了，一粒眼珠子挂在边上。黑狗没了脑壳，却还前腿屈趴，后腿柱立，"站立"在一摊已经乌黑了的血污里。水旺悲愤地说："光雄崽，你们下手太狠了呀！"接着又问："它没有沾你惹你，为什么要这样对它？"

光雄挪开腿站起来，说："它屋里的土保是走资派，它就应该是这样的下场！"

"走你妈妈的麻皮！"倒在地上的振海骂一声，抱住光雄的脚一扳，扳得光雄往后一倒，振海趁机翻上去，拿腿夹住他的脑壳。

水旺过去把振海扯起来，隔在两人中间。两个后生崽像斗红了眼的牛一样把目光从水旺肩膀上射过去，嘴巴里咻咻呼气。

水旺又吼光雄说："这狗没有沾你惹你，你说你为什么要打死它！"

光雄说："你没有资格管！"

水旺说："大路不平旁人铲，我就有资格管。你今天不说出理由来，莫想离开这里一步！"

正说着，大姥婢跑回去把细姥婢喊来了。

细姥婢说："光雄啊，兔子都不吃窝边草，鹭鸶不叼脚下肉，对门对户的，你做哪样要把振海家里的狗打死呢！"

光雄说："它咬了我弟弟。"

水旺说："它咬了你哪个弟弟？"

光雄一指光成："他。"

振梅叫起来说："不可能！我家里黑狗对光成特别亲，见到他就摇尾巴。"

光雄强辩说："就是咬了他！"

水旺说："咬到哪里了，点给我看看！"

振梅一把薅住光成的衣服，逼问道："咬了哪里？咬了哪里？赶快说。"

光雄说："咬了他的卵泡，你看不看？"

光成赶紧捂住下身，涨红了脸说："没有，没有咬，他说假话哄你们的。"

水旺说："光雄你还狡辩是吧，你还耍无赖是吧。真是没得王法了！你自己说，你无缘无故打死了人家的狗，哪样处理！"

光雄说："我就是狡辩了，就是耍无赖了，你奈得我何？狗捉老鼠，多管闲事！"

水旺喊起来说："嗨呀，你还来蛮的？老实告诉你，你吃得米，这里还有吃得谷的。你今天不认错，不赔偿，绚起你去派出所！"

光雄"哼"一声说："你也不看看自己是什么人，一个劳改释放犯还敢说去派……"

话还没说完，细姥婢一冲过去，一巴掌扇在光雄脸上，骂道："你个失教的东西，嘴巴上抹了屎，肚子里生了疮，黄眼畜生！"

光雄的一边脸都给打红了。他捂着脸，望了望夹墙这头，好像一院子的人都聚在那里看。他肚子一鼓一鼓，像只蟆拐。忽然一把捞起地上的锄头，就要挖细姥婢。

没想到还有比他手快的人。水旺伸手过去，捉住他的手腕，只一揪，锄头乓的一声跌到地下，给水旺一脚踩住了。

光雄嗷嗷大叫，一边撸起衣袖，架势要打。水旺将细姥婢拨开，两腿一抖站成马步。光雄的那声骂太伤人了，水旺来了性子，发狠一定要教训他一顿。水旺说："是角色的就搭我来，看我不阉掉你的卵子当泡踩！"

光雄招手说:"光飞、光成,一起上!"

水旺退后半步,靠墙站稳了,也招手说:"来啊,有本事就都一起来。莫说你有三兄弟,六兄弟都空的,我阉过猪阉过狗,还没有阉过人,今天就当着全院子邻居的面,阉几个试试!"

光雄还在跳着脚吼叫,封师傅和胡砣走了过来。封师傅说:"都在一个院子里住着,抬头不见低头见,夜里不见白日见,亲热都亲热不过来,不要动不动就说打架。"

光雄大声说:"就是的,就是的。"

封师傅说:"有理不在声高,神灵不在庙大,光雄崽,我说你哩!"

光雄说:"是他们先打的我!"

封师傅说:"我们都是隔壁邻居,人熟理不熟,凡事要讲个道理。依我说呀,你就该打——还打轻了。为什么?这事情一开始你就错了。第一,你打死土保家里的狗,这就错。后来你又怪水旺多管闲事,还骂出那样难听的话,就更加错上加错了。人怕伤心,树怕剥皮。水旺还是你的长辈,你应该喊叔叔的,能那样骂得的?!若是我的崽这样混账,那不是打个耳光,我要拿竹篾片打得他脱层皮!"

光雄说:"他们打了我,我势必打回来!"

封师傅说:"后生崽呃,不是我看不起你,即使你们三兄弟一起上,未必是水旺的对手。"

胡砣在一旁早已耐不住了,晃了晃拳头,说:"光雄你要这样拗,信不信我一拳弹过去,先捡了你的火药。"

封师傅阻止说:"你怎么也是这样的性了?"又劝光雄:"吃饭吃米,讲话讲理。后生崽你做错了就要认错。认错不是丑人的事,认错也不是好难的事。你去到土保家里,捡几句好话一说,道个歉,大事化小,小事化了,皆大欢喜,以后还是好邻居。"

花红薯在后面说:"要去赶紧去,趁土保镇长还没回家,这阵就含田婆一个人在屋。"

光雄说:"土保在也不怕。他一个走资派,都给人打倒了,还敢拿我怎么样?"

封师傅皱眉道:"你这话说得丑。他是走资派没有错,他这阵子背时也没有错,但他人还是那个人。有句老话叫作打狗欺主。你无缘无故拿人家的狗打死了,他会没有性子啊。你还后生,你是不知道,土保年轻时候是西门口出了名的角色。胆子大,力气大。有一回两头水牛斗架,斗得好凶,打锣鼓,放响炮,都赶不开。这时候土保来了,一来就拢过去,突然大吼一声。那一声吼得好器,把斗红了眼的牛都吓到了。他即时上去一脚,把一头牛踹倒在地,又把另一头牛的两个角扳住,又一声吼,一用力,硬骨硬煞把牛扳倒了。"

光雄斜起眼睛问道:"你看到了?"

封师傅说:"这事我没看到,听说的。另外一回是我亲眼实见。那回别个搭他打赌,拿牙齿咬一箩筐谷上楼。那箩筐谷少说有一百斤。他硬是做到了,轻轻松松就做到了。一下赢了两斤水酒,我还吃了半斤。"

光雄瘪瘪嘴,从鼻子里轻轻"哼"了一声。

封师傅说:"你不信是吧。你不要看他年纪大了,身上的肉还是好足实,底子好。我们都晓得那人脾气丑,镇里头的干部都怕了他。你要惹得他发起性子来,给你一拳,不怕你后生,只怕捡三服中药都诊不正。"

光雄说:"他敢!我谅他不敢!"

封师傅摇头说:"硬是人蠢没药医,狗蠢没胞衣。算了,我还要留到口水养牙齿,你爱哪样是哪样,反正吃亏的是你,我也不管了。"

封师傅转身要走,给花红薯从后面过来拦住了。花红薯笑笑说:"封师傅,你不能走。这通院子数你年纪大,为人又公道,你不出面搭含田婆说句话,她不得听。"又转脸训斥她的侄子:"光雄,你就听婶婶一句劝，封师傅把口水都讲干了，都是为了你好，你让封师傅带起你去，搭含田婆认个错。含田婆那人我清楚，心软、心好，不得哪样为难你。不然的话，等下你爸爸回来晓得了这件事，依他的脾气，又会拿担杆扑你，到时候没有人拦得住。"

光雄的脸色松弛了下来。他常常挨父亲拿担杆扑，想起来就打尿噤。花红薯见状，忙过去扯住光雄的手，又推着封师傅，说："帮人帮到底，这就硬要辛苦你老人家走一转，明天我请你喝壶酒。"

花红薯喊光飞和光成抬着黑狗，让封师傅打头，一伙人相跟着，涌到前头堂屋里。

含田婆正在天井旁边剁猪菜，好用力，剁得丁板扎扎地叫。她已经知道院子后头发生的事情了——是振梅回来报的信。看到众人进来，她提刀站起，朝封师傅点点头。

封师傅说："你先把刀放下，我们说几句话。"

含田婆将刀丢到猪菜堆里，一脚把畚箕踢开好远。

光雄结结巴巴地说了几句。花红薯补充说："光雄专门来搭你认错，赔礼道歉的，要骂要打，要赔偿，你开句声。"

含田婆倒杯茶给到封师傅手里，然后说："大老妹你说到哪里去了，认什么错，赔什么偿，更加不能骂不能打。要说我还应该感谢光雄兄弟。我家里这条黑狗老早就不想养了，悟着哪天要敲了它。这下好了，不消我们动手了，他们帮了我们一个忙。好哩——"

封师傅轻轻点头，仰头把一杯茶喝了。

花红薯欢喜不过地说："还是我老姐姐肚量大，世上的人，好到你打止了！"

含田婆淡淡地说："男人肚大宽如海，女人肚大装个崽。我一个老婆家，说什么肚量。都是隔里隔壁的，老话说，远亲不如近邻，近邻不如对门。都对门对户住起的，凡事要桥上过得人，桥下过得船，这样才处得久。"

一伙人散了，含田婆喊水旺留下："辛苦你搭我把狗挑到白露河修好修好，拿到街上去卖脱。"说完又揭起麻袋看看黑狗，不觉落下一滴泪来，叹声："遭孽啊！"一下转过脸去。

水旺把狗肉挑到衙门口，在猪肉案板上借出一半摆出来。以往有人卖狗肉，狗头都是不修，带毛摆起，四个蹄子的毛也都留着，让人一看就知道这是什么毛色的狗。黑狗头给打得烂粉，自然是不好摆上案板的。水旺就做了个变通，拿带毛的狗尾巴代替脑壳，四个蹄子还是依惯例，留了撮毛。一黑二黄三花四白，谁都知道黑狗的肉最香，焖出的胶多，最有嚼头。城里头人都酷爱吃狗肉，见了狗肉，有钱都不捡，先买了再说。不过半下午，狗肉就卖完了，只剩下褪光了黑毛的脑壳。平素日子，狗脑壳最是抢手，好多人买回去是辟邪用的，可是这次实在太过残破，看着狰狞恐怖，没有人敢要。水旺便收摊回去，把钱和狗脑壳如数交上。

含田婆喊他把狗脑壳拿回家里去。

"这样的好物器，你们不吃？"

"吃不进。你是不晓得，这条狗我们养了七年多，都养亲了，好乖，好有人性，见了我们就拼（摇）尾巴，尾巴都拼脱。我们如是多养了一个崽。"

"我晓得。见到我也是好远就拼尾巴，亲热疢了。"

"你没看到，振海他们三兄妹读书回来，每天到时候它就到大门口去接，没塌过一天。"

"我晓得。我都看到过的。"

"你可能不清楚，这狗是真的通人性呢。有一回振梅到下边河里洗衣服，一件衣服给水冲走了，黑狗跟了有几里路远，硬是把衣服给寻转了来。"

"我清楚哩。我听三姥婢说过。"

"还有一回,你想都想不到的……"

"我也听说了呢。这条黑狗除了你们一家人,也就是我们最熟悉了,太有人性。"

"所以呢,我们如何下得了喉!"

"是哩,是哩!你这一说起,我都进不得口了。"

正说着,封师傅也来了。水旺和封师傅下午为黑狗的事出了头,含田婆请他们过来坐一坐,喝壶酒。菜都炒好了,酒也烫滚了,只等土保到屋,就架势。几个人喝着茶,一边等。

天都黑完了,土保镇长还不曾回。

含田婆说:"不等他了,我们吃。"

封师傅说:"夜饭不怕夜。反正晚上没有事,再等等。"

含田婆说:"他这番日子回家都没有定准,扯常是小把戏们都睡落了他才到屋。"

水旺说:"那样晚才归家,做什么去了?"

含田婆叹口气,说:"他一个走资派,还能做什么?还不是写检查、写认识、写揭发材料,有时还要挂起黑牌、戴起高帽子参加批斗会。"

封师傅说:"有时参加完批斗会还不能回家,要安排第二天的工作。他还是镇长哩。"

水旺说:"你哪样晓得的?"

封师傅说:"人在家中坐,知晓天下事。我哪样不晓得?"

水旺说:"若是我,都打倒了,挨批斗了,还去抓工作,抓我条卵哩。一万成都没有成。"

封师傅说:"你这是什么觉悟。所以土保能当干部,你就不能当。"

水旺说:"我才不想当那什么干部。"

封师傅说:"你这就不是心里话。只要是个人,没有哪个不想当干部的。自从三皇五帝到如今,朝廷经常变,这点没有变。只是有人有本事当，有人没本事当，想也空想。"

水旺说："你的意思是，你也想当啰。"

封师傅说："是想啊。只是我没有那个本事，也没有机会。命里无时莫强求，我生成就是织箩筐织米筛织篮子的命。所以守住本分最好。"

水旺说："现在不是机会来了？去参加造反啊，搞成了，也搞个干部当当。"

封师傅嗤笑一声，说："你以为天下有那样的好事？怕只怕反没有造成，以后不晓得如何下台。一根甘蔗，要咬到头才晓得是甜是苦。"

水旺"啧"一声，没有接话。

含田婆就接住了说："我不晓得当干部有什么好。你看我家里土保，名义上是镇长，钱没有多拿一分，粮不比人家多一两，辛苦就辛苦得要命，白天晚上都不落屋，家里的事情靠我一个人做得完，还喊打倒就打倒了，自己挨批斗不说，房前房后巴满大字报，害得我搭崽女们门都不敢夹出一步，不晓得造的什么孽。"

封师傅说："人无百年运，事无百件顺。关云长还有走麦城的时候，你不能只看一时一事。水不清心清，山不高人高。以后政府还要用土保他们这样的人。坛子当鼓响不得，假如真的给细崽螳螂、眯眼拐这些人当了权，社会还不晓得会乱成什么样子——反正我是这样看的。"

含田婆长长地叹口气，看看窗外，起身说："看来土保又是一时回不到家，不等了。"

她喊振海和振湘出来陪客人。

含田婆忽然想起土保每天不论好晚回来，黑狗都会趴在门槛下面等他，就又叮嘱两个崽说："你爸爸若是问起黑狗，就说走失了。一定要记到了！"

振海听话地点点头。振湘的气还没消，瞪眼望着对门，发狠道："我不说！"

含田婆训斥道:"你不要多事!"

封师傅也劝道:"振湘你要听妈妈的话。雨过收伞,贼过关门。事情过去,就让它过去了。有的人心思歹毒,能不沾他,就不要去沾他。那种人是什么歪栽的事情都做得出的,吃亏的是自己。这种事我看得多了。"

水旺忽然喊道:"不说了,筛酒!"

振海提起酒壶,对着酒杯就倒。酒满出来,溅到桌上。那酒好香啊,香气弥散一屋。

"呵哟嘿,这样香的酒,隔张门都闻到了。"说着就有人推开门,探进一个脑壳来,用力地吸着鼻子,先看酒菜,再看人,又说:"呵呵,有客哩。"

来人却是对门的李初一。

含田婆没有抬头,淡淡地说:"是呢,有客——坐下来吃一杯?"这明显是一句敷衍的客气话,李初一却当了真,忙把肩上的锄头往门框上一靠,抬脚就上了灶台。人还没落座,一只手先接住酒杯,一口干了。

"好酒,真的是好酒!"

酒当然是好酒,菜也炒得好香。水旺却觉得这餐酒吃得没有一点味道,寡淡的。

真正寡淡的是这一年过年。不知道是谁的倡议,也不知道是哪里的决定,只知道一纸通告出来,要求大家过一个革命化的春节。据说这还是破"四旧"的重头戏。通告规定得很细,诸如拜年、请客、走人家……一律不准。还不准大吃大喝,不准放响炮。狮子、龙灯更是不准耍了。城里头风俗,再没有的人家,过年有几样菜是必备的。走油肉,约两寸厚的大肥肉切成巴掌大一块,抹上红糖放油锅里炸,把皮炸得焦脆,肉炸酥,油腻去尽,炸成酡红色。炸肉皮。炸丸子。炸豆腐。还有一种馅豆腐，先将一种特制的酒杯大小的豆腐炸得焦黄，挖空里头，另外填馅儿。馅儿是前腿精肉和上慈姑、香菇、胡椒、小葱剁蓉。另外，鸡、鸭、鱼、海带也是必不可少的。小年一过，家家户户就开始准备这些吃食了。天一黑，就把油锅坐到灶上，炸肉、炸丸子、炸豆腐、炸麻圆、炸花根、炸红薯片、炸粑粑（糯米粑粑、南瓜粑粑、红薯粑粑、萝卜丝粑粑、地菜子粑粑）。这里的人家真有意思，好像天下万物都要拿茶油炸一道才好进口。于是那番日子县城里头的上空，就一直飘荡着油香，经久不散。这样的旧风俗，不能不破。镇里专门成立了一支联防队，入夜出动，四处巡游。一闻到油香，当即破门而入，端走油锅，没收食物（没收以后的食物哪里去了？天知道！）。

那时有句口号：不破不立，大破大立。通告上倡导人们破旧风俗，立新风尚，三十晚上的团年饭吃忆苦餐，大年初一也不能在家里闲着，都到田里去参加劳动⋯⋯

过年时家家户户门口自然都要贴春联。以往的这时候，城里头一些翰墨功夫很好的秀才就有了显身手的机会，只在临街的堂屋里摆好案桌，研墨书写，等人上门来求。春联五花八门，喜气盈盈，人们尽管各取所好。也有人自拟了联语，来求他们代为书写。如果要图便宜省事，街上的日杂店和丰和墟陂的摊子上都有得卖。不过那都是机器印的，少了一种喜气和味道。这年也都变了，变为由各个街道居委会统一派送。听到通知，水旺和细姥婢非常欢喜。他们差不多是第一批赶到居委会的。居委会的大门口拿两张长桌子拦了起来，两个女娜坐在后面负责登记签名。门上头横了绳子，大约七八种春联从绳子上吊下来。每副春联下站个后生，门口外面还有几个维持秩序的。这些人的左手臂上，都箍了红袖章。

水旺问过，绳子上吊着的春联都是样本，自己看中了哪副，只需叫里头的人拿出来，签个名字就可拿走。水旺拥着细姥婢逐一看过去，打头一副是："四海翻腾云水怒，五洲振荡风雷激"。这不行！大过年的，正月头里,"怒"啊"雷"的,不吉利。依次便是:"破千年旧俗,树一代新风""江山巍巍无限好,红旗飘飘分外娇""颂歌千首对党唱,葵花万朵向阳开""凯歌高奏辞旧岁,壮志凌云迎新年""旧社会天昏地暗,新中国日曜月明""继承革命先辈志,争当红色接班人"。水旺一边看,一边啧啧摇头。他问里头的人:"没有了?"回答说:"都在这里了。"水旺往里头张了张眼,好不甘心的样子。细姥婢问:"看到合意的没有?"水旺说:"合我的卵意!"他想要的只有一副对联:"劳动门第春长在,勤俭人家庆有余。"往年子,他都是拿了这两行字去云西门口请老中医伍先生书写。细姥婢说:"又不要我们花钱,还想吃点菜啊,还不将就点。"水旺烦躁地说:"要将就你去将就。"说着转背到一边抽烟去了。细姥婢就随便要了一副,签过名,想起还少一条横批,又跟人讨要。横批却只有一种:除旧迎新。没得选。

过年那几天都没有落雪,天气却特别冷。北风叫得好嚣。

大年初一到初三,水旺在家里睡了三天。他觉得这个年过得好没有兴头。

过年完,一家人又开始筹划新一年的生计问题了。细姥婢还是打算到九老峰种菜,水旺却不想同她一起去了,他还是想着如何找点活钱回来。过去的一个冬天,家里基本上是只出不进,积蓄已经用得七七八八,剩不多了。接下来一家人每个月的口粮都要拿现钱去买,眼看学校马上会要开学,几个女崽的学费,还有文具费,也是一笔不小的开支,还有家里的日常花销,这里一点,那里一点,虽然细碎,却也蛮不秀气。一捧水看着不少,不经意间就漏得精打光,他不能不早做盘算。

可是还没有盘算出个头绪,家里就又出事了。

那天,居委会来了人挨家挨户通知,丰和墟陂上召开万人大会,每家都要派人参加。去了的,每人三个法饼,不去的,罚扫一天大街。

只去打个转身就能得三个法饼,这样的好事不能错过,水旺当即答应：去!

这天吃过早饭，水旺又磨蹭了一阵，这才兴兴头头地出了门，直奔丰和墟。

可是不到一顿饭的工夫，水旺就又空手打了回转。细姥婢奇怪地问："这样快？"

水旺粗声说："还没开始哩!"

细姥婢说："那你这样快回来做什么？"

水旺说："你晓得今天是什么会？是那些造反派夺了权，开大会庆祝。"

"夺权？夺哪个的权？"

"就是把当权派打倒，自己坐上去。"

"造反派还有这样的本事？"

"本事大呢！今天造反派的神气就足啦，好远就看到那些人在戏台楼头走来走去，指手画脚，耀武扬威，一副不得了的样子。"

"都是什么人，有你认得的吗？"

"认不完，有几个认得。"

"谁？说给我听听。"

"花面啦，细崽螳螂啦，眯眼拐啦，不是都认得。还有你爸爸厂里的技术员。都丫（横）得恶!"

"看到都眼胀。"

"你也这样想？"

"我才不眼胀别个呢，我是搭你把话说出来。"

"我就是眼胀。丫什么丫。我去年若不是临时收了手，也拉个组织，这阵子只怕比他们哪个都丫!"

"说那些没有用的做什么！我只看眼面前的——你领的法饼呢？"

"我没有去领。"

"为什么不去领？"

"心里不松快，不爱去挤。"

细姥婢看了水旺一眼，见他脸黑得像晒干了的煤炭粑粑，知道他的心里是真的很不松快了，就说："那你去眠倒吧，我去领。"又自顾叨叨一句："不花钱的东西，做什么不去领回来。"

水旺吼着说："不要说几个法饼，地下有钱我都不得去捡！"

细姥婢照直上了大街，一边走一边想：难道去年阻止水旺去成立组织造反真的是自己错了？随即又摇摇头，应该不会错。连父亲秋聋子都夸自己做得对，总是有道理的。有些事情就是不能只依着性子来。下象棋都还走一步看三步呢，人活在世上就不能只看一时。又想，只要自己的日子过得踏实，管人家神气不神气。这样想着，心里松快了很多。

到了丰和墟陂上，果然好热闹，人多得插脚不进，几个凉亭下面就不消说了，连街口上和对面缓坡上都挤满了人。好多面红旗在空中飘摆。几套锣鼓响器同时在敲，声音嘈得对面讲话都听不清。细姥婢挤到新华书店旁边的凉亭下面先把三个法饼领了，再要转身，却走不动了。想了想，就对发法饼的人说："嫂子啊，你晓得我家里有四个崽女，三个法饼不够分，你再多给我一个。"她同那人很熟，说话随便。那人为难地说："这法饼都是有数的，多给了你，人家那里就少了。"细姥婢说："哪里那样有数呢，你这里几箱法饼，少一个两个鬼晓得啊。求你了，我搭我的崽女都会记得你的好！"好说歹说，那人心软了，趁人不留意，塞给她一个法饼，示意她赶紧走开。

细姥婢捂紧口袋，拿脑壳楔开人缝，出到外头时，身上早已汗湿。这时锣鼓响器都已停歇，戏台楼头的喊话也已经结束，要架势游行了。听说这天游行的规模很大，城里头的四类分子和走资派，所有的牛鬼蛇神都被赶出来游街。细姥婢也想看看场合，就走小巷下去，插到衙门口。刚在街边站稳，就听到锣鼓声由远而近，有人说："来了，来了。"一队红旗打头,旗帜扫着街两边的瓦檐,遮天蔽日。接着是锣鼓响器,八杆长把唢呐一律朝天仰起,唢呐手们鼓嘴胀脸吹得左右摇摆,嘹亮震耳,却基本不成调,只是一派呜哇乱响。后面的六台大鼓才真正威风。大鼓都由四个后生抬着,鼓后面紧跟一个壮汉,赤裸上身,腰扎白澡帕,两只鼓槌上下飞舞,节奏一致,猛烈凶悍。随在后面的基干民兵队伍就踩着鼓点子,走着正步前行。这些人都荷枪在肩,头戴黄军帽,臂戴红袖章,腰扎牛皮带,挺胸凸肚,顾盼生光。旁边的指挥者不时地喊着口号。每喊一声,他们就跟着喊一声:"革命无罪!造反有理!一、二、三、四!"民兵队列过完,才是牛鬼蛇神和所谓的"走资派"。这是旁观的老百姓最想看到的。这些人都挂着黑牌,戴了高帽子,有的还被五花大绑。黑牌的规格统一,分别标明了名字和身份,拿红笔在名字上打了钩。高帽子却各式各样,五花八门。有纸糊的,有厚纸盒圈成的,有铁皮做的,有直接拿一个土喇叭扣上去的,还有人戴了痰盂盆。这些人大都显得萎靡,勾头弯腰,脚步踟蹰。队伍很零乱。这些人一露头,就有人大声呵喝,打马头哨。细姥婢听到旁边有人叽叽喳喳地议论:

"看咧,那是×县长咧。"

"快看快看,那是×科长。"

"哎呀啊,×主任还是个女娜啊。"

"那个,那个,×经理,我认得的。"

⋯⋯⋯⋯⋯⋯

细姥婢忽然看到土保镇长过来了。不知是哪个缺德鬼,找了顶师公子(神汉)的打卦帽戴在他头上,一边一块黑布耷拉下来,帽子上插了根好长的野鸡毛。走一步,野鸡毛颤几颤。这个打卦帽戴在他那硕大的脑壳上,好滑稽。他没有勾头,只是略略弯了点腰,双手搭住胸前的黑牌子,脸上漠然,目光平视,慢拖拖地一步一步往前推,同平时的样子没有好大区别。细姥婢往后缩了缩,躲到一个人的背后,低下脑壳,心口怦怦地跳。她听到旁边有人说:"这个土保镇长,还是那样横哩!"——"横,看他还有啥好横,平时动不动就发性子训人。你训啊,训啊!哼!"她很想抬起头来跟那人辩驳一句,抿了抿嘴,到底忍住了。

估摸着土保镇长走过去好远了,细姥婢重又抬起头来,眼睛一扫,猛然像给子弹打中一样定住了。她看到一个人,谁?段碧池!

段碧池竟也在游街的队伍里。胸前的黑牌子上写着好大的几个字:文艺界的黑线人物,段碧池。细姥婢不清楚"文艺界的黑线人物"是什么意思。在她心里,段碧池是个搞音乐的喜欢伴嫁歌的人,是个热心肠的好女娜。这样的人都给抓起来挂牌游街,这个世道不是好丑不分了?她想,这个段碧池平日里是个光光鲜鲜、活泼开朗、好有面子的长沙女娜,这样搞一下,受得了吗?她又忽然想起,段碧池不是下放到好远的农村去了,什么时候回来的?

细姥婢一边心里忽上忽下地想着,一边死死地盯住了段碧。段碧池黑了,原来白里透红的脸块,好像涂了一层淡淡的锅底灰。段碧池好像走了很远的路,裤脚上沾了好多泥巴,高帽子下跑出来的头发上蒙着汗渍。她真是好困好累的了,有点站脚不稳,走起路来脚发飘,东倒西歪的。细姥婢好担心,真怕她会一脚不稳跌倒下去。

段碧池真还一下子就倒在地下了。细姥婢惊呼一声。一冲过去,一脚踩住高帽子,蹲下身把段碧池的脑壳抬起来。她掐住段碧池的人中,见她的嘴巴微微张了开来,赶紧摸出一个法饼筑进她口里,连声说:"咬一口,咬一口。"她经验过这种事,知道段碧池是饿晕了(还又困又累)。

段碧池咬下一口法饼,囫囵吞下肚。早有旁边人家端出一碗水来。连饼带水,霎时就吃光了。段碧池舒出一口长气,睁开眼睛,弱弱地叫了声:"细姥婢。"

细姥婢心痛地说:"你哪里会饿到这个样子。"

段碧池幽幽地说:"昨天下午接到通知,要我今天之前赶回城里。我没敢耽搁,紧赶慢赶,今天早晨才赶到。"

细姥婢问:"你走路回来的?"

段碧池点点头。

细姥婢又问:"两餐饭没吃?"

段碧池又点点头,说:"怕来不及。"

细姥婢说:"遭孽哟!"

守在一旁的"红袖章"早就等得不耐烦了,问一声:"没事了吧?"见段碧池点了头,又喝一声:"那就赶紧起来,自己拿高帽子戴好,跟上去!"

"哪里是这种搞法?"细姥婢昂起脑壳,还想抗辩几句。"红袖章"指住她,说:"你不要多事啦,再开声,连你一起戴回高帽子!"

细姥婢一时气噎。旁边探过一只手,只一扯,将她扯到了人群后头。扯她的是罗长子。

罗长子说:"你真是不识时务呢,搭他们犟!"

细姥婢还在气头上,说:"有什么犟不得?!我出身手工业,依靠对象,又不偷不抢不做强盗拐子,不信他们能拿我怎么样!"

罗长子说:"你搭他们说这些,那是鸡搭鸭讲。那就是些混世魔王,会搭你讲道理?说起来你可能不相信,我都差点给一绳子绚起游街了。"

细姥婢惊奇地说:"抓你游街?有这样的事?"

罗长子苦笑一声说:"就是有这样的事咧——"

今天一清早,突然有一群红卫兵撞到罗长子的碾米坊,他们不知道从哪里听说了,翠玉姑娘是地主家女娜,要抓她去戴高帽子游街。罗长子挡住他们说:"不能去,她是我老婆!"为头的红卫兵问他:"你是什么出身?"罗长子说:"我啊,贫农出身。我上边三代都是贫农。毛主席说:没有贫农,就没有革命。我是革命的依靠对象。"红卫兵说:"既然你是贫农,为什么要讨地主家女娜做老婆?"罗长子说:"这种事,没有为什么。"红卫兵说:"你是贫农,就要支持我们的革命行动。"罗长子说:"我当然支持。从土改起,我就是积极分子。我还当过民兵。"红卫兵说:"你是你,你老婆是你老婆。你老婆是地主,要去游街。"罗长子说:"我老婆家里旧社会是地主,如今嫁给了我,也是贫农了,不能去游街。"红卫兵说:"你当我们是三岁小把戏?没听说过地主子女嫁给贫农就也变作贫农了的。不说了,再说拿你一起抓去游街!"另外那些红卫兵也来了兴头,乱纷纷喊:"一起去!一起去!"他们手里都是拿了棍棒梭镖的,这时都扬了起来。罗长子气得一身发抖,他知道这些学生崽是什么事情都做得出来的,但他不怕。他一个堂堂一米八几的男人头,出身硬邦邦,也从没做过亏心事,不能连自己的老婆都保护不了。眼看就要打起来,搭帮刚好进来几个挑谷子碾米的农民兄弟,一看场合不对,一起过来隔在中间,劝阻说:"罗长子是最硬实不过的贫下中农,你们不能动他!"又一齐声明:"我们个个都是贫下中农!"红卫兵看到势头不对,收起棍棒退了。罗长子怕他们再返来,赶紧把翠玉送到新屋场一个亲戚家里躲起。

"你晓得了吧,这些人就有这样横。"

"我哪里会不晓得。我也是实在看不过眼了。翠玉搭帮是嫁给了你,躲过一劫。"

"说到底还是搭帮你,是你的介绍做得好。"

细姥婢皱眉想想,也是讲得通,一下笑了。

说着话,牛鬼蛇神过了身,后面就是群众游行队伍了。这个队伍很长,却完全没有队形,只是簇拥在一起往前走,有的慢慢踱步,有的手牵着手,有的三四个人勾肩搭背。口号声也是稀稀拉拉,有人举手,有人不举手。罗长子有事先走了。细姥婢也觉得没有什么看头,正打算找路回家,就有人喊住了她:"细姥婢,不要走。"

细姥婢一回头，看到疤眼皮和三道弯从队伍里弹出来，一跳就到了跟前。两个人都戴了红袖章，脸上红扑扑的。

细姥婢说："咦，你两个哪样会到一起的？"

疤眼皮说："我在那里领红袖章，她也在那里领红袖章，还不就会到一起了。"

"这样巧。"

"就是有这样巧。"

细姥婢又说："你们参加造反组织了？"

疤眼皮说："参加个鬼呢。喊我们来参加游行，硬给每个人发个红袖章。我不想要的，又想起拿回去做水袜底也多块布，就要了。"

三道弯说："只怕你不是拿它做水袜底，是做里裤吧。"

疤眼皮就嫌她一眼说："你才是拿回去补里裤呢。"接着又说："拿它补里裤是蛮好喔，夹在下面，走一步，摩一下，会是好松快。"

三道弯说："比男人的手摸起来松快。"

细姥婢笑起来说："大街上呢，也不怕丑。"

三个女人头嗤笑一阵，疤眼皮小了声对细姥婢说："想不想去摸一下？"

细姥婢身上一噤，嗔恼地说："你真是，越说越没有名堂了。"

疤眼皮说："我晓得你又想裂了。我是问你手痒了没有。"说着张手做了个摸麻将的动作。

细姥婢"哦"一声，说："手痒得恶呢！"

疤眼皮说："我搭三道弯一路上都在打商量，好难得会到一起，今天硬要玩几圈。没想到这样巧了，刚刚商量好就又看到你了。生成的啊。"

细姥婢说："现在抓得这样严，给人抓到会不得了。"

疤眼皮说："怕什么！破'四旧'的时候过去了，现在造反派上心的是夺权，不会有人来管。"

三道弯也说:"就是,就是。"

细姥婢说:"你们都不怕,我怕什么。"

三个人当即商定,就到细姥婢家里去,细姥婢家里不同疤眼皮家临街,安静、隐蔽,没有人来人往。

说完三个人就分了手。细姥婢先走,回到院子里,喊了花红薯,疤眼皮和三道弯随后也到了。水旺不在家,不知道去哪里踹了。细姥婢把两个法饼掰开,给了四个小把戏每人半个,哄他们到疤眼皮家里去玩。

细姥婢闩上大门,关好小门,把麻将桌搬到里屋,桌上铺起床单。又把里屋的亮窗关紧,把窗帘也拉起了,扯亮电灯。里屋安了三张床铺,空地很小,刚好能够嵌进一张麻将桌,再放不下凳子,只能让三个人坐在床铺边上,疤眼皮就只好在门槛上将就了。她架了张小板凳上去,侧身而坐,隔不久就要站起来,活动一下双脚。

只有十五瓦的电灯在屋顶上努力亮着,屋子里还是很暗,只能勉强看见"筒、索、万"。四个人怀着偷情的兴奋,好像还有点紧张,嘻嘻笑着,把脑壳俯得很低,小心轻缓地揉洗麻将。麻将在垫得厚厚的床单上轻轻吟唱,唱得人心动。花红薯说:"这真是有味道。"

三道弯说:"像做强盗。"

疤眼皮说:"哪里呀,像偷人。"

三道弯说:"也不对,比偷人还松快。"

细姥婢催她们说:"赶紧赶紧,码牌呢。"

一圈麻将很快轮完,正要重新挑位,外面响起了擂门声:"嘭嘭嘭——一边擂一边喊:"开门,开门!"是几个人的声音。

四个人一下顿住了,大眼瞪小眼,大气都不敢出。疤眼皮怀着侥幸的心理问:"不会是水旺吧?"细姥婢说:"不是。他的声音我还听不出?!"三道弯说:"只怕是联防队的呢。"花红薯抖着声音说:"拐场了,拐场了。"

几个人正慌乱间，外头大门给人撞开了，只听咣当一声，接着隔间的小门也给拉得大开。

一个人大声喊："都搭我出来！把麻将桌也抬出来——都站好了！"

喊话的人她们都认识，是细崽螳螂。她们都到他那里补过扒锅鼎锅。认识，但不熟。也就是补一个漏眼两分钱的交情。

细崽螳螂说："你们的胆子好大啊！现在正是革命形势一片大好的时候，你们敢在这里打麻将，是可忍，我们的'叔叔'都不可忍！"

细崽螳螂说："你们以为关起门，拉起窗帘，我们就查不到了？老实正告你们，革命群众的眼睛是雪亮的，埋藏得再深，也要挖得出来！"

细崽螳螂说："毛主席教导我们，要扫除一切害人虫，全无敌！"

细崽螳螂脑壳很细，嘴巴很大，一张口，唾沫星子就喷溅出来。前面的人都往后退，花红薯悄悄地往门口挪出一步。

细崽螳螂还不过瘾，又像喊口号一样喊了两句毛主席的诗词："金猴奋起千钧棒，玉宇澄清万里埃！"

疤眼皮忍不住了，说一声："细崽司令，不要把话说得那样难听，这里哪个都不是害人虫，你再有孙悟空那样丫，金箍棒也打不到我们。"

细崽螳螂说："难听的还在后面。连人带麻将，都给我带走。"

疤眼皮说："我们是不该打麻将，我们错了。要没收麻将可以，不能说还要抓人。"

细崽螳螂说："当然要抓人。"

疤眼皮说："打个麻将，也没有犯好大的法，开口就喊抓人，前世都没有听过。"

细崽螳螂说："前世没听说，今天做给你看。"

疤眼皮说："你凭什么？你也不是公安局！"

细崽螳螂说："我凭这个！"一抬手，将臂上的红袖章连拍七八下，拍得啪啪响。

那红袖章上印着"独立寒秋战斗团"。

疤眼皮盯住那红袖章只看了两秒钟,忽然一激灵,猛然从口袋里掏出红袖章,往桌上一拍,说:"你睁大眼睛看看,我这是什么组织!"

那红袖章上的黄字赫然是:金箍棒红色兵团。谁都知道,这是县城里头最大的造反组织,好多是搬运工人,靠根棒棒吃饭打天下的,以凶猛出名,吃烧鸡公可以不吐骨头。

细崽螳螂的一只眼睛鼓大了。

三道弯也学样将红袖章拿出来抚平在桌子上。那上面的名头更加吓人:贫下中农造反总部。都还是手写体,好跋扈。

细崽螳螂把两只眼睛鼓得像牛卵子。他没想到碰到硬角色了,会下不得台。

他不清楚这两个人不过是为了游行临时领起的红袖章,只知道这两个组织是惹不起的。

搭帮细姥婢帮他下了台。

细姥婢说:"这件事情是我扯的头,是我喊她们过来打麻将的。你们要抓人,就抓我,不关她们的事。"

细崽螳螂暗暗松了口气,却还是凶声问:"还有一个人呢?抓两个走也可以。"

花红薯早已悄悄溜走了。

细姥婢说:"你们也不要去寻她了。人家是军属,男人在部队里当连长,惹不得呢。"说完也有点心虚,生怕有知道内情的人戳穿她。

细崽螳螂说:"今天只怕是撞到鬼了!"眼睛慢慢塌下来,忽然挥手,说:"捉四条鱼是捉,捉一条鱼也是捉,就带她一个人走。"

细姥婢说:"我可以跟你们走,但是有些话要当着我这几个姊妹说完。我喊人来家打麻将,是我的错,我愿意接受教育,硬是要罚款,我也认,拿不出钱,拿东西抵,就是不能打人,不能抓起游街——不然我不走！"

一旁的疤眼皮好是灵醒，跟着说："我们也会尖起耳朵听消息呢，若是动了我的姊妹一下，我即时报告我们雷司令，不怕打不回来！"

三道弯也说："是的，我们贫下中农也绝不答应！一千个不答应，一万个不答应！"

细姥婢看到细崽螳螂的脸一时黑了，一时又白了，两条细腿来回挪动，忙又把话说回来："两个姐姐说到哪里去了，细崽哥哥搭我们也都认识，他呢是公事公办，做什么要为难我；我呢认背时，抓了一手烂牌，只好慢慢打，走到哪步算哪步了。"

细崽螳螂没再多啰唆，将细姥婢连同麻将一起带到镇政府后面的院子里。他的总部设在这后头，一间很小的房子。细崽螳螂起事较晚，人也少，等他想要占山为王时，前面的办公室都已经给人占据了，他只好在后面将就。

他让人先把细姥婢关在一间杂屋里。

杂屋很大，堆着箩筐、簸箕和锄头，还有一些破桌子烂凳子，靠墙放了一排尿桶，隐隐地有股尿臊味。细姥婢搞不清楚为什么镇政府的杂屋里会放那么多尿桶。看到尿桶，她才感觉到身上一泡尿憋起好久了，不管三七二十一，坐上去就哗哗哗哗屙。屙完尿，长长地出口气，一身松快了，就拖过一张凳子，靠门边坐下。这时候她才能定下心来想想今天发生的事情。她不知道接下来他们会拿她怎么办。训斥一顿？打一顿？还是抓去游街？训一顿打一顿都还不怕，她怕真的给拉起去游街。她是个要脸面的人，如果真的是因为打场麻将给人拉起去游街示众，还真划不来。她忽然有点后悔不该自己一个人大包大揽把责任都担起来，若是四个人在一起，有事情也好互相说个话，游街也不会那样打眼。她想起"文化大革命"开始不久，居委会有人拿了红袖章来动员她参加造反，给她一口回绝了。若是那次把红袖章留下来，今天这样的场合也像疤眼皮一样把红袖章往桌上一拍,也许就不会受这样的吓了。想起都后悔。

想着想着,烦躁起来,她起身运动运动。杂屋后面有个亮窗,窗榀子很粗,她扒在窗台上往外面看了看。外面是条小巷,对面是爬满青苔的高大的青砖墙。小巷里平素日子很少人走动,麻石板地上积着狗屎和鸡毛,拐弯的地方丢了一堆撕下来的大字报。她盯着那堆乱纸看了好久。

后来,她有点困了,坐回到凳子上,把肩背抵住墙壁,抻直腿,坐舒服了。她想起应该是做晚饭的时候了,也不知道大姥婢几姊妹回家了没有。她又想起了水旺。这个砍脑壳的男人也不知道蹿到哪里去了,就没人给他去报个信?他若在旁边也好喽,总有个依靠。想了一会,竟睡着了,轻轻地扯起了鼾。

很快她就给吵醒了。她听到外面有好多人在说话,扒住门缝一看,欣喜地大叫起来:"欧干部!欧光祥!欧……"

木门哗的一声打开了,她一下冲出去,直走到欧光祥面前,口里还喊着:"欧光祥——"

旁边有人喝了声:"你不清白哩,他现在的名字喊欧卫东,是我们造反联合总部的总指挥。"

细姥婢忙改口说:"欧卫东……"

那人又纠正她:"喊欧总指挥。"

细姥婢又改口说:"欧总指挥。"

欧卫东微微颔首,笑笑说:"发生什么事了?"

细姥婢说:"我这人没文化,蠢的,今天做错了事,喊人去家里打麻将,给细崽螳螂抓住了,拿我抓到这里,直喊还要游街。"

欧卫东皱眉道:"现在是什么时候,什么形势,你还明知故犯,这不是找死啊!"

细姥婢说:"是呢,我晓得错了,没忍得住。"

欧卫东说："打麻将应该是四个人的事,另外三个人呢?"

细姥婢说："另外三个人放了,只抓了我。"

欧卫东反手接过后面递过来的烟,歪嘴等人点燃火,大口吸着,没开声。

细姥婢又说："欧总指挥,还请你搭细崽螳螂说一声,念在我是第一回,就放我一马。以后我再也不会犯了。"

欧卫东点点头,忽然一嗓子喊出来:"细崽螳螂——"

有人在后面答说:"细崽螳螂出去了哩!"

欧卫东将半截烟弹到地下,骂道:"这狗卵子乌的细崽螳螂,做事好没有分明,如今这样好的形势,他大事不做,走去抓打麻将,干扰我们革命的大方向,真是蠢得做猪叫。细姥婢,你走,回去!"

细姥婢惊喜地问:"没事了?"

"有什么事?没事!"

"那我可以走了?"

"我喊你走就可以走——走吧走吧!"

细姥婢走出两步,又折回来,小心地问:"你不搭细崽螳螂打声招呼?"

欧卫东昂起下巴,"哼"了一声。旁边的人说:"欧总指挥开了声的,细崽螳螂敢放什么屁?赶紧走吧,不要耽误我们的事。"

细姥婢道过谢,逃也似的出了镇政府大门。她没敢走大街,一闪进了侧边的小巷。她怕里头的人临时反悔又会追出来。路过丰和墟陂时她停了停,拐到废品收购站问了几句话,才又急急忙忙回了家。

喘息稍定,水旺也随后进来了。水旺是好晚才听到消息,即刻跑到镇政府,问过所有人,知道细姥婢确实已经离开,便飞脚跑了回来。急得一头的汗。

水旺直问:"他们没有动手打你吧?"

细姥婢说:"没有呢。傍都没有傍我一下。"

水旺捋着脸上的汗水,说:"我听疤眼皮说得那样严重,只怕你会吃大亏。真的没挨打?"

"没有就是没有。不说这些了。"

细姥婢转过话头,兴奋地说:"告诉你,今天我找到了一个赚钱的门路。"

没等水旺接话,细姥婢接着说,她在镇政府背后的巷子里看到一堆撕下来的大字报,起码有几百斤哩,没人管。她去废品收购站问过了,他们收。两分钱一斤。

"他们真的敢收?"

"红口白牙说的,只要我们敢去卖,他们就敢收。不过他们也说了,还是小心为妙,最好夜里送去。"

"那就好。那就好!"

原来水旺早就在打这个主意了。水旺没有拉得成队伍造反,却也没有死心,他还是常常到衙门口转。衙门口天天有人去贴大标语大字报,几面墙贴满,没地方了,就一层一层往上糊。经常是,新贴上去的糨糊还没干,就又有更新的覆盖上去,以至于有的大字报上不得不用红笔另外强调"严禁覆盖"或"保留三天"。隔不几天,就有人把贴得厚厚一层的大字报刮下来,腾出地方贴新的。刮下来的大字报谁也不敢动,只能点把火烧了。"文化大革命"以来,那样多纸就被一堆一堆烧掉了。如果把那些废纸都拿到废品收购站去,该会变出多少钱来呀。水旺不止一次地动过这个心思。可是,他不敢。他不知道这样做是不是违法。

这下好了,细姥婢把路子摸清楚,就没有什么好担心的了。

水旺很佩服细姥婢到底比自己多一根筋。

两口子当晚就动了手。他们一人一根扁担,潜入镇政府后门的小巷,把那堆废纸分两担挑了出来。他们只走巷子。他们对好口径,路上若是有人盘问，就把欧卫东总指挥的牌子打出来，只说是他让他们去处理这些废纸的。然而他们多虑了，没有人管。人们看都不看他们一眼。一路畅行，到了废品收购站，过秤，数钱，没有任何波折。

头回出手，就有收益，这让水旺一下胆壮了好多，心也定了。原来有些事情都是自己吓自己。他现在后悔的是没有早点动手。

有了这个路子，家里的生活活泛了好多。虽然这个来源有限，就像九老峰顶上的滴水泉，水流很细，但也总是有。起码家里每个月买米、买油、买盐的钱有了着落，有时还能打壶酒，买几支棒棒糖。捡拾废弃大字报，总归水旺是不便出面的，他只负责踏勘和指挥，具体操作归细姥婢同四个崽女。在这种事情上，小把戏比大人更方便，而且，越小越胆大灵活。白天，细姥婢独自去九老峰，水旺就吊着手在县城里头转，四处踩点。他也看大字报，但专注的是地下撕毁丢弃的废纸，还有就是墙角湾里已经过时的各类消息。天一落黑，细姥婢和几个崽女就分头出动了。细姥婢带运崽总是一路，三个女崽各自为战。衙门口、镇政府、义公祠和丰和墟陂是重点，一些机关部门、工厂、十字路口也都不放过，凡有大字报的地方，都有他们的足迹。几个小把戏都显得特别兴奋和踊跃，去时空手，返来时手里都搂着抱着，一个晚上跑得三四轮。集得差不多了，水旺拿草绳捆好，装到麻布袋里，搭细姥婢一起，连夜送到废品收购站。

慢慢地，只在晚上出去捡废纸，运崽好像不过瘾，白天只要有机会，他就一溜出门，钻到看大字报的人们前头，趁人没有留神，撕下一片纸，转身就跑。一个六七岁的小把戏，天聋地哑的，人们只当他是好玩，谁也不会在意。水旺没有阻止他，也没有夸他，只把他每天撕来的大字报单独收起，集得差不多了又单独去卖。卖得了钱，他会给运崽单独买一支棒棒糖。

口里含着棒棒糖，运崽的积极性更高了，差不多每天都要跑出去，乐此不疲。

水旺每天看大字报,也看出了一些门道。门道之一是城里头的群众组织也分作了两派。两派的斗争是发展的,波澜壮阔的,从开始的文斗(大字报、大辩论)发展到后来的武斗(也还有大字报、大辩论,但主要是棍棒刀枪相见)。两派的人都认为自己是站在毛主席的无产阶级革命路线一边,互相不服气,这时候大字报特别多,一群一群的人拿板车拖着,喊着高音喇叭,通城里四处张贴。而且,都很嚣,很跋扈,上去就把对方的大字报一顿乱撕,空出地方来贴上自己的。这是水旺最喜欢看到的。这时候他就可以毫无顾忌地过去把地下的废纸捡拾起来。但是两派的平衡不久就会被打破,什么风一吹,这派就下去了,那派上来了。又什么时候雷一响,那派又上来了,这派下去了。此消彼长,彼消此长。就像罗长子碾米坊旁边的水车,一时上来了,一时下去了。上上下下,翻来转去,没有个完。水旺还就巴不得他们没有个完。只要两派还在斗,他的废纸就有得捡。

终于有一天,大字报没有得看,也没有得捡了。那天飘了点粉粉雨,天气一下子冷了,水旺临时找了件夹衣穿上才出的门。到得衙门口时,只见几面墙壁上的大字报统统都撕了下来,两架高压水枪正对着高墙冲洗,脚下面污水横流。水旺踩着渍湿的大字报,傍上去,问一个干部模样的人:"看这样子,又是哪一派占到上风了?"那干部看他一眼,说:"你没有听到广播?革命委员会成立了,再不准搞派性、打派仗了。"水旺又问:"那大字报也都不贴了?"干部说:"当然不能贴了。以后的工作就是抓革命,促生产,都回去上班!"水旺做出一副恍然醒悟的样子说:"哦,'文化大革命'结束了。"干部说:"结束就还不曾。只是再不能这样乱下去了。"水旺说:"是哩。是乱得没有名堂。再乱下去会收不得场。"干部说:"有什么收不得场?!解放军一来,革命委员会一成立,不怕你喊得再嚣,跳得再起,一个个还不都归服归法,老实了。"水水旺小心地问:"那些群众组织的头头呢?哪样搞?"干部说:"哪样搞我也不晓得。但是有一条我晓得,那些做了坏事的,搞了打砸抢的,该抓的要抓,该关的要关,该管的要管,有人命的要抵命!"水旺一惊:"还要抓要关要管?"干部说:"当然!这叫善有善报,恶有恶报;不是不报,时候未到。现在时候到了,那些人一个都跑不脱,都没有好下场!"

水旺诺诺应着,退开一步,转身回家。一路上有点神思恍惚,脑壳里净想着花面、细崽螳螂、眯眼拐、欧卫东,还有印染厂的那个技术员……

回到家,细姥婢也跟脚到了,她是从上边堂屋回来的。一清早,镇政府就来了几个干部,带起扫把、刷子、水桶,将土保镇长家门口的大字报撕掉,又打水清洗干净了。细姥婢陪含田婆坐在灶台上喝茶。含田婆好久没作声,一直到外头没有动静了,才轻轻说了声:"天有眼啊!"她认识那里头有个干部,这些大字报就是他带人来贴的。

细姥婢对水旺说:"有意思的是,那些人在撕扯大字报的时候,对门屋里李初一的几个崽都站在一边看,脸一黑起,像死了爷娘。早先那阵,他们看到那些人去贴大字报,欢喜得像过年,还过去动手帮忙。含田婆哪样会傍到这样的邻居。"

水旺说:"那家人就是一瀑狗屎,躲远点好。"

细姥婢接着又说起一件事。昨天晚边子,她在西门口碰到细崽螳螂了。细崽螳螂拉住她,跟她说,上回去抓她们打麻将,就是李初一家里的光雄告的密。他本来不想管这号烂事的,被纠缠不过,才去的。他跟细姥婢说:"对不住!"

细姥婢说:"我就猜到是光雄告的密。我们把门窗关得那样严实,外头的人不会晓得。院子里的人即便晓得,也不会多事。只有光雄那几兄弟做得出。"

水旺发狠说:"这狗日的,哪天跌到我手里了,看我不捶他一顿!"

细姥婢说：“这个羔羔心思是毒哩。那回不是搭帮欧卫东，我就吃大亏了。"

水旺说："不晓得欧卫东现在哪样了？"

"听说关起来了。最起码会开除公职。"

"这样厉火——你哪样晓得的？"

"都听细崽螳螂说的。他还提到花面、眯眼拐……"

"他们怎么样？"

"都关起来了，听说可能会坐牢。"

"为什么？"

"说是打过人，拿一个老干部的脚都打脱了；抢办公室，还到武装部抢过枪。眯眼拐就更没有名堂，昧了人家一个玉镯子。"

"那细崽螳螂没有事？"

"那个人，没有文化，没有本事，蠢相蠢相的，名义上说是司令，其实担不得大事，只能跟在人家后头喊喊跑跑，也好，背不了大时。"

"他回去了？"

"不回去还留到过年？自然是回去了。"

"那以后呢？还补他的扒锅鼎锅？"

"能回去补扒锅鼎锅已经不错了。"

水旺从水缸里舀一瓢冷水，慢慢喝了，说："以后没有人贴大字报，我们也没地方捡废纸了，又要另外寻路子了哩！"

细姥婢说："这有什么难的，东方不亮西方亮，有脚就有路。打伞的是人，戴斗笠的也是人。我们生成是抓的一手烂牌，那就干脆翻起打，好好歹歹都能把日子过下去。"

水旺大声说："说得好！滚壶酒，今天我要好好喝一杯！"

九
叫和大过天

又有人到细姥婢家里来了。这已经是第三次上门。头一次来了一个人,第二次来了两个人,这一次是三个人,居委会主任亲自带队。他们都是为同一件事上门做工作来的——动员细姥婢全家下放农村。

这是又一场运动。运动的意义在居委会召开的动员大会上已经强调得很清楚,大街小巷上悬挂的横幅标语出门就可以看到,一看就惊心。那些标语只有一句话:我们也有两只手,不在城里吃闲饭。

细姥婢对这句话很不能接受,她怨气很大地同父亲秋聋子说:"我们哪里吃了闲饭呢?哪个给了我们闲饭吃?我们一家六张嘴巴,不是自己一手一脚赚钱来填满的?"秋聋子说:"你说这些没有用。上面要这样说,你就要这样认。问题是你搭水旺肯不肯全家迁到乡下去落户做农民?"细姥婢说:"我们当然不肯。我从小就在城里头生城里头长的,一下被赶到乡里去,一无亲二无故,田土里的农活一点不会,让我们怎么活?!"秋聋子说:"这还不是最重要的,人不熟傍得熟,不会下田学得会,饿不到。最重要的是你们的运崽怎么办?他还那样小,农村的办学条件那样差,读不到书会害他一世。"细姥婢说:"对哩,我们还没有想到这一层。你这样一说,我们越发不能下去了。"秋聋子说:"你们打定主意了?"细姥婢说:"打定主意了。一定不下!死都不下!"秋聋子说:"好,打定主意了就好。兵来将挡,水来土掩。不下去有不下去的做法。"秋聋子提出的做法是:搭他们拖。秋聋子分析说,城里头没有正式工作的人家多了去了,绝大部分不会肯下去。城里头的赖崽头也多,都是水煮不烂火烧不死的狠角色,发起横来天王老子都奈不何。有他们挡在前面,我们只不软不硬跟在后面拖。最后哩,估计只有那些出身不好的人家会给赶到乡下去,大部分不得动,也就不了了之了。

细姥婢正是拿这个策略,对着第一拨、第二拨上门来做工作的干部,一时哭,一时笑,软磨硬缠,应付过去了。

没想到居委会主任还亲自出了马。

居委会主任进门就说:"细姥婢你牌子好大呀,还要让我亲自上门。"

居委会主任名叫曾蓉,就在前面隔一条街住,平素都很熟的。好久以前细姥婢去参加万人大会,曾蓉还偷偷多给过她一个法饼。曾蓉长得高大胖壮,行事干脆利索,也热心,也义道,在几条街道上人望都很高。她出面做的事情,人们都要多少给她几分面子。细姥婢知道今天是"来煞(厉害)了",只得硬着头皮一面招呼他们几个上座,一面偷偷给水旺丢个眼色。这是两口子的约定,只要有人来,水旺就赶紧走开,只由她一个人单独应对。

水旺搭讪一句,傍住门边溜出去了。

曾蓉让细姥婢在旁边火炉凳上也坐下,说:"今天我亲自上门,为什么事,你应该心里有数吧?"

"没有数呢。"细姥婢装傻说,"是不是又要出义务工?还是要开会学习?也可能是要考我背诵毛主席语录?——不管什么事吧,你曾蓉主任好难得上门来,先搞抬茶吃了再说。"

细姥婢说着,就要起身去拿茶壶,曾蓉按住她,黑起了脸说:"在我面前你不要装。我来你家里的目的,你心里清楚。"

细姥婢叫起来说:"我的曾蓉姐姐哎,我真的不清楚呢。"

"好，你不清楚我就搭你说清楚。全家下放的事情，你们考虑好了没有？"

"噢噢，你说的这个事情啊，我整天搞吃的都搞不赢，没有时间考虑。"

"不管你考虑没考虑，结果是一样的。反正要下去，这是国家政策，任何人没有特殊——要不要我拿文件搭你再说一道？"

"不消了，不消了。大概意思我晓得。"

"晓得就要行动啊，你说个日子，哪天可以走？我好组织人欢送。"

"这样大的事，还说不定呢。"

"你搭我打马虎眼是吧？你是搭我拖是吧？你是不想听政府的号召是吧？"

"哎呀曾蓉姐姐，你这就冤枉我了。我哪里能够不听政府的号召呢？你晓得的，出义务工也好，开会学习也好，搞卫生也好，早请示晚汇报也好，哪回不是居委会一出通知，我都第一个响应，从没塌过场。就说这下放的事情，我家里都下去两个人了，大姥婢先走，二姥婢还不满十六岁，也要跟到去，她们说这是毛主席发了话的，知识青年要到农村去接受贫下中农的再教育，我二话没说，亲自送她们下去了。你说，我做得够好的了吧？"

曾蓉把脸放开，笑了，说："这些我都晓得。我也晓得你是通情达理的人，最支持我们的工作。所以这次也要你起个模范带头作用。"

"我带不了这个头。"

"不要你带头，跟到去总可以吧。你悟过没有，在城里头有什么好？你们两口子都没有正式工作，带起四个崽女，这些年有好难，受了好多磨，遭了好多孽。到了乡下去，你们就是公社社员了，你们有一份田土，出工就有工分，自留土也是现成的，再不要操那样多的心。再说，下去了，政府帮你们把房子也都准备熨帖，还给一笔安家费，这样好的事情哪里有啊！"

细姥婢在心里说：说得天好，你自己哪样不下去呢？她塌着眼皮，没有接话。

曾蓉又说："你若是现在就应到了，我还可以帮你选一个富裕点的村府，工分值高，口粮足实，保证你们生活无忧。"

细姥婢还是不接话。

曾蓉的脸又黑了，皱眉说："你开句声呀！"

细姥婢小声冒出一句："我的运崽读书呢？"

旁边一个干部早忍不住了，大声说："我们还要管你的崽啊，还管你的孙呢！"

细姥婢也大声说："我当然要管我的崽！"

曾蓉挥挥手说："我们的干部不晓得，我晓得，你是把崽看得比自己的命还要紧的。不过呢，你放心，乡下也有学校，一去运崽就可以进学读书。"

细姥婢说："乡下学校没有城里头的教学质量高，我不能害了我的崽一世。"

曾蓉默了默，说："我晓得了，你是打定了主意就是不下去。我说这样多，都是白费口水了。既然你不给我面子，我也不能搭你把面子留起。你在九老峰上种了那样多菜，以为我们不晓得，老实搭你说，我心里清清楚楚，只是可怜你一家人生活不轻易，你也是靠劳力在生活，也就睁只眼闭只眼，没有去管你。现在我就宣布，以后你再不准上九老峰夫种菜。"

细姥婢勾下头，低声说："不种就不种！"

曾蓉一下被噎住了，瞪眼望着她。

旁边的干部说："你这是什么态度？你不要嚣！曾土任搭你做这样久的工作，你硬是油盐不进哩！你以为你不肯走就不走了？告诉你，对你这样的人，有的是办法，不怕整你不服！"

细姥婢说："我晓得你们有办法，我也听说了隔壁那条街上的王麻子是怎样给赶下去的。但是我告诉你，我搭他不同。我是劳动人民出身，他是四类分子。"

干部说："你以为你们屁股上好干净？想想看，你男人是从哪里放出来的？"

细姥婢说："我晓得你会要这样说。水旺是坐过牢没错，我也老早就不想搭他过了，你们进门以前我们两人还在咆架，我要搭他打离婚。"

曾蓉打断说："你说什么，要搭水旺离婚？"

"是的，离婚。离了婚我带三姥婢和运崽回娘家去住，拿户口也迁过去，再不要跟到这打靶鬼怄气。"

"哎呀啊，看你扯到哪里去了。两口子过得好好的，说什么离婚，想都不该想。"

"我就是这样想的，姐姐你是不晓得，自从他坐牢回来，我在人前就矮了一截，走路不敢走快，说话不敢大声，好事不敢抢头，烂事不敢拢边，吃了亏不敢作声，路上看到条狗都赶紧躲一边。那回到白露河洗菜，一个苦瓜冲下去，给下边一个人捡到，硬说苦瓜是他的，开口就骂：你这个劳改犯老婆……姐姐哎，你是不晓得，我这日子过得，是比苦瓜还苦啊！天啊天，我的上辈子做了什么缺德事，要让我这辈子来受啊……"

细姥婢说着，眼泪水就下来了。她想起了一些事情，真的是好伤心。

她不由自主就诉出了这样一瓜拉语。眼泪水跌在脚下的炭灰上，嗒，嗒……

曾蓉没有想到细姥婢会提出要打离婚，也没想到她会哭。她当居委会主任好几年，有好大一部分工作就是给夫妻劝和。她把好几对已经到了离婚边缘的夫妻都劝回了头。她很喜欢做这种事情，也很善于做这种事情。常常有重新和好的夫妻提了点心上门感谢，那是她感到最熨帖的时候。她为自己做了一桩又一桩好事而骄傲。这次却真是碰到鬼了。本是来动员这家人下放的，却搞得人家要闹离婚。她的心也融了、乱了，感到很不安。

她拉过细姥婢的手，轻轻摸着，柔声说："晓得呢，我都晓得呢，你是过得真的不轻易。再不轻易也得过呀，是不是？我们女人头生到世上来，本身就比男人要多受苦，不是这方面苦，就是那方面苦，总归是要自己想开点。水旺这人，除了有这点污点，其他方面还是不错的。他坐牢这件事，当时处理得也是重了点，了解的人心里都清楚。事情已经过去了这样多年头，你也不要总拿它放在心里，背思想包袱。再苦，日子还不是过下来了。看到看到，几个崽女就都长大了，一个个都好泡松，好乖的，好逗人爱。不说了，不说了，总而言之一句话，你们两口子要和和气气拿日子过下去。家和事顺，日子会越来越好的。你要认我这个姐姐，就听姐姐一句话，以后再不准提'离婚'这两个字，我不爱听——应到了？"

细姥婢的身子动了动，抬起脑壳。

"你应我一声！"

细姥婢点点头，"嗯"了一声。

"点头不算，开句声。"

"听你的！"

"好，那我们走了。"

细姥婢送走曾蓉和居委会两个干部，又在灶台上坐了一阵。刚才一哭一诉，心里的郁结松泛了好多，她的脸色慢慢平顺了。

晚上，细姥婢打定主意去曾蓉家坐一坐。城里头习惯，请人吃饭不说吃饭，说来家里坐一坐；给人送礼也不说送礼，说去家里坐一坐。坐一坐自然不能空手去，可是细姥婢家里实在没有拿得出手的东西，也没有钱买包点心什么的。转来转去,她把鸡笼里的两只鸡捉出来,拿禾草绚了脚,趁着夜色,去了曾蓉家。

曾蓉住在西门口的一条偏街拐角地方,堂屋不大,但是很深,门前河水哗哗流过,进她家要上两级台阶。细姥婢一上台阶,心里就无端紧张起来。她还是头一回给干部送礼,不知道进了门怎么开口,也不知道人家得不得收。她慢慢地跨过门槛,在木屏风后面的黑地里站了一会。曾蓉一家人都在堂屋里,好像还没有吃晚饭,曾蓉和她在税务所工作的男人分坐在八仙桌两边,三个崽都站着,一家人在激烈地说着什么。细姥婢从他们的争辩和曾蓉的插话中,大概理清了一件事情。下午,曾蓉去西门口草席巷一个叫恶霸头的人家里做工作,动员他们下乡。恶霸头一家人都没有工作,靠挑脚和做水袜底,以及收鸡毛鸭毛、鸡蛋鸭蛋谋生。那是在半个城都出了名的赖崽头,无人敢惹。曾蓉进去,话还刚起了个头,就被恶霸头的两个崽一人揪头发,一人抠肩膀,扳倒在地,然后,倒着拖到了门外面。那两个恶霸崽下手好重,竟把曾蓉的头发薅掉一大绺,手膀子也扭伤了。曾蓉的几个崽气恼不过,喊着闹着要去恶霸头家打回来。可是曾蓉不肯,还打算吃过饭就去派出所把恶霸头的两个崽保出来。曾蓉的几个崽一听更加上火了,又跟母亲对吵起来。细姥婢清楚地听到一个崽凶狠狠地说:"伤得这样了,还要去作保,你若是给他们打死了,看你还去不去给他们作保。"

细姥婢伸长颈根,看到曾蓉头上还真的包着纱布,心里一惊,手一抖,手里的鸡婆咯咯叫起来。

"哪人?"里头曾蓉问了声。

细姥婢答应道:"我呢。"就从木屏风后面转进去,将鸡婆放在八仙桌下面,才说:"听说你受了点伤,特地过来看看。"

曾蓉说:"这真是好事不出门,烂事传千里。下午才出点事,就连你都晓得了。"

细姥婢说:"不要紧吧?"

曾蓉让她坐下,说:"没有好大的事呢。"

她那在税务所工作的男人抽口烟,拿脚把地下的烟蒂子拨到坐凳底下,说:"头发都被扯脱了一瀑,头皮都烂了,还说事不大!"

曾蓉说:"就你嘴巴多。"

那男人换根烟点上,说:"搭你说过无数百遍了,你是主任,不要什么事都亲力亲为,事事到堂。你看我们那所长,收税的事我们去,吃酒的事都是他的。你要学到点。"

曾蓉说:"我们这些基层干部,本来就是这样的。居委会就那几尊菩萨,若我不带头,那样多工作哪里做得完。我不能坐着不动。"

那男人说:"这回这个工作啊,你十个曾蓉出马都做不好。为什么?以前号召知识青年下放,一家也就去一个两个,人家还好接受,不会那样反对。这好比一蔸树,只砍掉一枝两枝枝桠,关系不大。现在要连根拔起,全家人一起下放,人家会肯啊?不会肯的。要我也不得肯。"

曾蓉瞟细姥婢一眼,说:"你这是什么觉悟!"

那男人将烟蒂子丢到地下,又要拿脚往坐凳底下拨,细姥婢起身捞起扫把,一起扫到撮箕里。

她听到那男人说:"这不是觉悟不觉悟的问题,我这是实事求是。"

曾蓉说:"这是上面的政策,我只晓得要执行!"

那男人说:"所以喽,挨打了喽。恶霸头家里的人是横,动了手,只怕还有更横的呢,动刀子棍子都有可能,吃亏的还是你。"

"敢!你这样讲起还有没有王法了呢!"

"没有王法就等我们几兄弟去!"曾蓉的几个崽乱纷纷嚣叫,都把袖子撸起好高,堂屋里的温度一下升高了好多。

"呔,这又哪里轮到你们说话了!"

曾蓉拿眼神严厉地扫过去,制止了几个崽。

细姥婢懂味，赶紧放下扫把告辞。

曾蓉手撑桌子，想要起身送一送。不想触到了手膀痛处，不觉就轻轻地"哎哟"了一声。细姥婢忙过去扶住她，问："要不要紧？要不要我去西门口喊伍先生来搭你看一看？"

曾蓉说："不要紧呢，这有好大的事。人民医院的医生搭我看过了，过番日子就会好。"

曾蓉坚持要送细姥婢出门，脚一动，触到了桌子底下的鸡婆，鸡婆咯咯咯大叫。曾蓉低头一看，嗬，一个新鲜鸡蛋趴在那里。

曾蓉责怪细姥婢说："你来就来了，还拿什么东西。拿回去！"

细姥婢说："自己家里养的鸡婆，又不是什么好东西，拿来给你补补身体。"说着提脚就走。

曾蓉跟了过来。

到了门口，曾蓉一脚门外，一脚门里，喊住细姥婢，说："我晓得你今天来我家里的心思。老实搭你说，为你的事情，我也着了好多神，但是我的权力就这样大，没有办法呢。"

细姥婢说："我都晓得呢。我主要是担心我的运崽没有书读，现在报名也报不进，怕耽搁了他。"

曾蓉看看街面上，等一个人走过去了，这才轻轻说："你的担心我完全理解。我们做爷娘的辛辛苦苦一世，还不是为了崽女好。只是政策规定死了的，符合下放条件的人家，一律不能在城里学校报名入学。这事情好难办哩。"

细姥婢说："政策是死的，人是活的，鸡蛋包得那样紧都能进油盐。有点权的人，我也就认得你。你本事大，路子宽，硬要求你搭我指条路才好。"说时喉头一哽，眼泪水又要下来了。

曾蓉想了想，更细声地说："这样吧，我搭完全小学的校长熟，我明天就去给校长打声招呼，先给你的运崽报了名，进去了再说。我的能力只能到这里了,其他的事情,只能走一步看一步,靠你们自己去上面,比如镇里啊、县里啊,找到那说话作得数的人,看能不能帮到你。只要上头有句话,我这里就好办。"

细姥婢说:"好呢,搭帮你了!"接着又说:"记起来了,我家里还有种诊跌打损伤的药,特别见效,明天喊三姥婢搭你送过来。"

曾蓉把一只脚收回屋里,挥手说:"随便你。回去吧!"

细姥婢回到家,将事情搭水旺说了。水旺却没有反应,只淡淡地说:"两只鸡婆送出去,只换回来让运崽报名?"

细姥婢说:"这个人情还不大?天大呢?"

水旺说:"进去了又如何。若是最后我们全家都下放了,他还不是得跟到走。"

细姥婢说:"你那样聪明的人,脑壳就不晓得转弯。人家曾蓉说了,实在到了那一步,到时候拿运崽的户口往我爸爸妈妈的名下一迁,运崽还是能留在城里头。"

水旺这才有点高兴了,说:"这还差不多。"

细姥婢轻轻地笑着说:"无论如何,叫和大过天,只要把运崽留在城里,我也甘心了。"

水旺问:"什么意思?"

细姥婢反问:"什么什么意思?"

水旺说:"什么叫'叫和大过天'?"

细姥婢大笑起来,说:"哦,你不打麻将,难怪不懂。那是牌桌上的一句话,意思是手里不管抓到好牌烂牌,只要能叫和,就先叫了和再说,最后能不能和牌,就看个人的手气了。"

水旺也笑起来说:"你真是吃这碗饭的,三句话不离本行。"

细姥婢说:"如果可以,我真的好想现在就约几个角过来开台。"

水旺说:"你还是先考虑正事,明天就带运崽去学校报了到,再不去，就迟了。"

细姥婢说："我还不晓得正事要紧，哪里要你来教。赶紧赶紧，把他的学费翻出来。我的崽上学是大事，再哪样，也要搭他扯套新衣裤。"

水旺说："你这话才说得蹊跷，这样迟，百货公司、缝纫社都早关门了，你就是孙悟空，也变不出一套新衣裤来。"

细姥婢笑说："我就是孙悟空，我就能变出新衣裤来。"

水旺说："你好大的本事呢，哪样变？"

细姥婢说："衣箱底下不是还有块龙头细布？我自己动手，熬个夜就做出来了。"

水旺说："你觉都不睡了？"

细姥婢："心里欢喜，反正也睡不落。打麻将都能打通宵，给我的崽做衣服熬个通宵算什么。"

水旺说："又来了，又拿麻将来比。"

细姥婢说："就是，就是要比麻将。"

水旺说："你怎么不拿我们那时候抱在床上打滚熬夜作比方呢？"

细姥婢说："你莫撩我啊。我真的好想让你箍在床上熬夜呢。"

水旺嬉笑说："好啊，我们即时上床去。"

细姥婢撇撇嘴，说："你净悟好事。要箍也等我把衣服做好再箍。"

"好，我陪到你，等你把衣服做好。"

"说话算数，就坐在边上陪，不准栽瞌睡。"

"当然，当然！"

到天光时，细姥婢把一件新衣服、一条新裤子做出来了。最后还剩下一块布，又做了一个小书包。水旺经不得熬，半夜就爬到床上睡他的觉去了。细姥婢熬了一个晚上，神气却还好得很。她把新衣新裤摊在火炉凳上，衣裤接头的地方压着新书包，想象着运崽穿戴上它们那个来神的样子，心里热热的。她干脆也不睡了，起炉大火，蒸了一锅红薯，又熬好一锅稀饭，从坛子里夹了几碟腌菜摆上。

细姥婢轻轻叫起三姥婢，帮她梳了头，安排她把饭吃了，拿出那瓶专治跌打损伤的药水，让她打飞脚去一转居委会曾蓉主任家里。她叮嘱三姥婢一定要得到曾蓉的确信才回来。

细姥婢打开门，坐在门槛上等。

日头爬高了，一方阳光铺在瓦背上，反射下来的光映得细姥婢一双眼睛亮莹莹的好有神。

好久好久，三姥婢打起飞脚返回来了。细姥婢一耸起身，眼都不眨地盯住三姥婢。

三姥婢告诉母亲，她等到曾蓉主任的亲口确信了。曾蓉让她赶紧带运崽去学校报到。

细姥婢转身进屋，给运崽换上新衣裤，背好书包，又把手巾包着的学费打开数了一遍，再包紧，塞到裤子口袋里放好了，搭水旺打声招呼，就带着运崽出了门。

马上要做小学生又穿了新衣裤的运崽非常兴奋，一路蹦蹦跳跳，书包不断地弹起来拍打着他的小屁股。细姥婢常常要紧走几步，才能跟得上去。走完西门口的长街，转到大马路上，走一截，从桥头拐下去，傍着丙穴下来的溪水走过一段，就是完全小学了。细姥婢抬眼望望校园里高耸的树尖，心里有点激动，不由得加快了脚步。马路上没有车，也没有人，两旁的白杨树已经长得很高大了，树荫浓重地匝下来，无风自凉，她感到十分舒服。

忽然，后面有人大喊一声："站住！"

细姥婢略略回头，就见一个后生从后面快步赶过来。后生很矮小，大热天头上却戴顶耷拉着帽檐的蓝布帽子，想来是小时候得过癞子跌光了头发。细姥婢还没回过神来，癞子头已经跑到跟前，隔在了她和运崽中间。癞头后生说:"要性命还是要钱?要性命就把钱拿出来。"

细姥婢瞭一眼他腰里别着的杀猪刀,麻利地从裤袋里摸出钱包,散开给他看过,丢到地下,拉起运崽就跑。

细姥婢一边跑,一边回头。她看到癞头后生捡起钱,顺马路走下去了。

娘崽俩跑到桥头一户人家跟前,见门开着,细姥婢将运崽往里一推,顺手从门背后捞过一根棒槌,返身就疯了一样往原路追。边追边喊:"抓强盗拐子啊!砍头打靶的强盗拐子啊——"

喊声惊动了田里劳作的人,也有行人从马路那头兜头拦截过来,四处都有人喊抓喊打。等细姥婢赶到时,癞子头已被两个后生抓住,双手反扭着跪在地下。细姥婢接过手巾包着的钱数了数,谢过了众人,返身又往回跑。

有人喊她:"你莫走,还要搭我们一起去派出所录口供哩。"

细姥婢头也不回地说:"我还要去接我的崽,没有时间了。"

回到桥头那户人家,那家的男人挂根扁担站在门口,身后的大门关着。细姥婢忙问:"我的运崽呢?"

那男人说:"在屋里头哩。"说着,推开门,把运崽喊出来。细姥婢一见,一把抱住运崽,喉咙里哽咽了几下。

那男人也认识细姥婢,问她:"钱收回来了?"

细姥婢咬牙说:"不收回来,我搭他宕(拼)命。"

那男人又问:"那你当时为什么没有宕命?"

细姥婢说:"当时运崽在旁边,我怕他伤到我的崽!"

那男人说:"后来你又敢宕命了?"

细姥婢说:"当然!这是我崽的学费钱。"

那男人连连点头,让她坐下喝杯水压压惊再走。细姥婢怕耽误时间,道声:"吵烦了!"谢过,牵起运崽赶紧去了学校。

运崽进了学校，细姥婢松了口气。可是更大的忧虑还压在心里：全家人下放的事还悬着。那天听曾蓉主任的口气，这事情也不是铁板一块，也是可以有松动的。只要有可能，她就要争取。她不好再去找曾蓉主任，人家已经帮过一回忙，不可能再有二回，人要懂味。她只能照曾蓉主任说的，找镇里、县里的领导去想办法。这让她作了难，她一个平头百姓，怎么可能在那上头认得人。她也想过找土保，听说土保已经官复原职，不做镇长，是镇革委会的副主任了。可是含田婆早就看穿了她的心思，先不先跟她说过几次，土保名义上是副主任，但就是个摆设。不过是"三结合"的权力机构里，要有个"革命领导干部"充数，其实卵的权力都没有，还不如一个普通干部。含田婆明确说："什么事都不要找他。"细姥婢了解含田婆，若不是无奈，她不得搭自己说这个话。

细姥婢也同水旺商量过，水旺一句话就堵得密严的："若是你要我赚一百块钱回来，我宕了命都赚得回；这件事情，你不要搭我说。"一句话堵得她气都上不来。

水旺不肯做，就只有她自己去操心。她实在不甘心就坐着等死。她下了狠心，即使事情有登天那样难，也要找架梯子试一试。

思来想去，无计可施，她决定硬起头皮找一回欧土保。她只有这一条路可走了。

想到就做，她正要出门，含田婆来了。

含田婆听说运崽入了学，来给她贺喜。

细姥婢说："有什么好贺的？愁都愁不过。"

含田婆说："还有什么好愁的？"

细姥婢说："运崽现在是入了学，若是我们全家要下放农村，他还不得要退学，跟起我们走？你说愁不愁。"

含田婆说："到什么山唱什么歌，只要运崽入了学，要退学就不是那样轻易的了。"

细姥婢说:"若是我们都走了,他一个人留在城里头哪样搞?"

含田婆说:"硬是到了那一步,你把运恩交给我,我来管。再不行,拿他的户口迁到我的户口本子上,就看你放不放得心。"

细姥婢说:"对你还有什么放不得心的。只是我们要能都不下放就好了。"抿抿嘴,一努力,又说:"听说只要是镇里或者县里的领导批了,事情就好办呢。"

说完了,把脸偏一边,不敢看含田婆。

含田婆自然是明白她的意思,干脆挑明了说:"你家里的事情,我好早就搭土保说过,他喊我千万不要管,还发起好大的性子。你是晓得的,只要是你家里的事情,他比自己家里的事还着神,从不说二话。这回不晓得他为什么这样作难,我也不敢问。"

细姥婢忙说:"不说了,不说了。你们帮我们也帮得够多了,我心里都清楚。姐夫现在肯定是有他好大的难处,我们再不能去为难他了。大不了我们全家下放,总能找到一碗饭吃。"

含田婆叹口气,眼皮塌下,十指交叉在一起绞扭。隔一阵,幽幽地问道:"你们硬是再找不到认识的领导了?"

细姥婢说:"我们是好没有用的人呢。"

"有个大领导你认识。"

"哪个?"

"你还记不记得,土改那阵子,有一回土保带一个解放军找你上台唱伴嫁歌。"

"记得啊。那个解放军喊余同志。"

"他现在是县革委会主任。"

"主任的官有好大?"

"那就大啦。等于县长是他,县委书记是他,还兼到县武装部政委,你说大不大?"

"啊呀——"

"你去找下他看看？那样大的官，只要他开声口，打个喷嚏都是要作数的。"

"……十几二十年过去了，不晓得他还记不记得我呢？"

"记得哩。有一回他碰到土保，还问起你——"

"他哪样说的？"

"他说呀，那个人长得漂亮、伴嫁歌又唱得好的小妹子现在怎么样了？"

"真的？他真的是这样说的？"

"真的呢。土保亲口对我说的，我要骗你是有钱赚啊？啧啧，人生得漂亮就是不同，十几年了人家还记得。"

"哪里呀，我现在老得不成样子了呢。"

说着细姥婢抬手捧住脸。她的脸块热烘烘地有点烫手。

含田婆说："还只三十几岁的人，说什么老。打扮打扮，比那十七八岁的小女娜还欢气。"

细姥婢打了个嚏，脸块更热了。

不知为什么，她重重地叹了口气。

含田婆说："你去找下他看看。"

"哪个？"

"余主任啊——好多年以前，你们都喊他余同志的。"

"二十年都没有会过面，贸然去找他办事情，人家会肯帮忙吗？"

"这个我也说不准。只是现在你也没有另外的熟人，既然有这个关系，管它那样多，攀上去再说。真的办得成，我们都欢喜；即使不成，也没关系，又不蚀本。"

"你让我悟　悟。"

"不要悟了。一定要去！即时就去！"

"我怕他到时候一副不理不睬的相,好倒丑呢。"

"不倒丑!人活世上,哪个都有求人的时候。求人不丑!"

"我还是有点怕。"

"你这人,真是搭你说不清。没有路子的时候吧,急得要上吊;有了路子吧,你又怕这怕那。怕个鬼呀!不说了,我走了,让你自己一个人去急——急死你都不关我的事!"

细姥婢拉住含田婆,望望她,又望望门外,一咬牙:"好,我去!"

细姥婢还真的一个人就去了。出门之前,烧壶滚水洗了脸,把头发梳细致了,抹了点茶油,又换上一件干净衣服,脚上还穿了水袜。照道理,去求人办事手上总要提点东西做礼信的。可是人家是"县太爷",送点什么好呢?而且家里也拿不出什么好东西。想了想,干脆免了,空起手出的门。

县委会不在老衙门办公,搬到了北门口外头的一座小山包上,四面围墙,大门口就是碎石马路,白露河绕着小山包流下去,山包上树木蓊郁,门口设了传达室。细姥婢费了些周折才进得了门。走过一条水泥铺就的坪地,眼前现出三条路,一条通山顶,一条走平路,中间一条的前头是几排三层楼房。她正想跟迎面过来的一个人问问路,却见那人挺胸阔步目不斜视,顿时打消了念头。她想起"三条大路行中间"那句老话,管它对不对,抬脚就往中间那条路直走过去。两旁的树木还没有长成,都规规矩矩各安本分地待着,不摇不动,整洁端肃。空地里种起好多花:喇叭花、凤仙花、菊花……红的、黄的、紫的、浅蓝色的,看得她眼睛直发花。一路走走停停,像在做梦。不觉到了楼房跟前,墙上挂了很多木牌子,白底黑字写着:政治部、人防办……细姥婢心里一喜,估摸着大模样是没有走错。

细姥婢很顺利地就找到了余同志——余主任。

余主任的门上挂了块小木牌,上书:县委会主任,木门关着。细姥婢推门进去,一眼看到有个人正坐在办公桌前埋头看文件,看不清脸面,只看到一头乌青的头发。细姥婢轻轻喊了声:"余同志?"

那人慢慢抬起头来,细姥婢即刻认出他来了,正是余同志。脸块还是老样子,只是不再年轻,像涂了一层釉,现着一种光泽。细姥婢心里一阵激动,又喊了声:"余同志!"

余同志也认出她来了,欣喜地说了声:"嗬,是细姥婢——大名叫刘细细的,对吧?"一边就起身过来,同她握了握手,让她在一张藤椅上坐下,又倒了一搪瓷缸水递给她。

细姥婢双手捧紧搪瓷缸,局促地说:"哎呀,这样多年头过去了,你还认得我。"

余同志回到办公桌后面坐下,大笑着说:"怎么会不认得呢?当然认得啊!"

细姥婢说:"亏你还记得我的名字。"

余同志说:"你的名字好记。"

细姥婢说:"我的名字好记?烂贱的。"

余同志说:"小名好记,大名也好记。我开始还不知道'细'是什么意思,后来明白了,在你们土话里头,'细'就是'小'。'小'姥婢,在旧社会是最没有地位的吧。"

细姥婢说:"大名、小名都是我爸爸取的。他说'贱名护贵人'。亏他讲得出。长这样大,我都不晓得自己贵在哪里,'贵'字的边都不沾。"

余同志说:"你的理解不对。在旧社会,'小'婢是很低贱,但到了新社会就不同了,你们都是国家的主人,那就是贵人哩。"

细姥婢说:"贵个鬼哩!"

余同志说:"你不知道吧,我就沾过你这贵人的光。"

细姥婢疑惑地问:"你还沾过我的光?这就蹊跷了。"

余同志说:"你还记得吗,解放那年,城里头搞了台庆祝晚会,你唱的是主角。"

细姥婢兴奋起来："记得哩，到死都记得！"

余同志说："就是因为你唱得出色，因为那台晚会办得成功，我得到了上级的通报表扬，还被提拔当了团部的文化干事。你说你是不是贵人，我是不是沾了你的光？"

细姥婢说："哦，还是这样的。"

余同志说："那场晚会以后，就再没有见到过你。我一直想当面跟你道声'谢谢'！今天你来了，我要补上。"

余同志站起身，双脚一并，行了个军礼。

细姥婢想起，二十年前土保带他来寻到自己时，也是这样行了个军礼，她心里热烘烘的。

细姥婢赶紧起身，手脚都不知道怎么动。

余同志让她坐下，喝水。

细姥婢就咕咚灌下一大口水。

余同志问她："现在还唱伴嫁歌吗？"

细姥婢说："不唱了。那些背时的封建的东西，哪个还敢唱！"

余同志说："你认为那些歌都不能唱了？"

"我不晓得。"

"现在城里人家嫁女还有唱的吗？"

"我不晓得。"

余同志呵呵笑起来，说："其实你晓得，只是不肯讲。那我问你，你自己心里呢，想不想唱？——要跟我讲实话。"

细姥婢默了默，说："说实在的，有时想，有时不想。早几年有人家嫁女，偷偷来请我，也去过。后来给抓过一次，差点游街，就再不敢去了。实在想不过，就在心里唱几句。"

"这我就明白了。"

余同志摇摇头，转而问道："你专门找到我的办公室来，是有什么事情需要解决的吧？"

"是哩是哩，没有事情还悟不起要找你。"

细姥婢就睁大眼睛，掐头去尾把事情说了。

细姥婢说的时候，余同志没有抬眼看她，手里拿支铅笔，在玻璃板上下意识地一下一下地顿，发出鸡啄米一样的笃笃声，像是在给她伴奏。余同志的神情有点峻厉。

细姥婢说完了，余同志收住铅笔，笑一笑，说："很抱歉，你这个忙我不能帮，也帮不到。"

"为什么？你是'县太爷'啊。"

"'县太爷'也不能乱来。城镇的闲散劳动力都要下放到农村去，这是国家的政策，我不能干扰革命的大方向。"

"人家说你有这个权力呢！"

"谁说的？乱弹琴！"

余同志直了直腰，缓和下语气又说："刘细细同志，我不是不肯帮忙，如果你是生活上有了困难，我一定想办法，但是在下放这件事情上，我想帮也帮不了。这是原则问题，违反原则的事情我不能做。请你理解！"

细姥婢低垂眼睛，小声嘟囔道："若是生活上的困难，饿死我都不得来求你。现在是实在没有办法，这道坎硬是过不去了。"说时，一阵难过，眼泪水都要出来了。

余同志起身给她添了些开水，问道："你家里几个子女？"

"四个，三个女一个崽。大女崽、二女崽都下放到南岭林场去了。家里还有四口人吃饭。"

"哦，已经下去两个了？"

"是啊。上头一号召，我们二话都没有，一个跟一个就下去了。我们还是有觉悟的。"

"你男人是做什么的?"

"没有工作。"

"你呢?"

"也没有工作。我们要有工作,还会来找你啊。虽说我们没有工作,七做八做也养活了自己,没有找过政府任何麻烦。余主任啊,今天硬要请你想想办法,不然——不然我就赖在你这里不走了!"

"嗜——"

余同志的铅笔又在玻璃板上顿起来了,笃、笃、笃——他的神情又变得峻厉起来。

细姥婢紧紧捧住搪瓷缸,里头的开水在慢慢变冷。她没敢抬头。

顿铅笔的声音忽然停住了。余同志问:"你们做过什么临时工没有?"

细姥婢抬起头来,茫然地问:"什么?"

"我问你们做过临时工、合同工没有。"

"噢,做过呢,做过好多。"

"在哪些地方做过?"

"竹棕社、缝纫社、水泥厂、印染厂,都做过,一下子数不清。"

"水泥厂和印染厂是国营工厂吧?"

"是呢,是国家办的,大厂子。"

余同志很响地喝口水,舔舔嘴唇,说:"你在这两个厂做临时工是什么时候的事?"

"好早了,过去有几年了吧。"

余同志"啧"一声,摇摇头,说:"隔了那么远。如果是在最近可能还好办点。"

细姥婢意会到了什么意思,一下活彻了,说:"如果我现在还倒回到厂子里做临时工呢?"

余同志略感意外地问:"你能做到?"

细姥婢说:"我想能够做到。我爸爸是印染厂最老的老师傅,公私合营时际进的厂,技术数他最好,给我进去做个临时工应该可以。"

"我说的是现在,马上。"

"你的意思我懂,回去就办。"

"那好,给你三天时间,能不能够办好?"

"这我不晓得。"

"如果做不到,这件事就不要谈了。"

"能够,能够。我能做到。"

"办好了,你直接找镇革委会的葛主任。"

"找他做什么?我又不认识他。"

"他能办这事,我不能办,懂不懂?他是我的老部下,我会跟他打好招呼。"

"你帮我写张条子不行吗?"

"条子我就不写了。"

"没有条子作得用吗?"

"打电话亲口说不比条子有作用?乱弹琴!"

"我只听人家说,找领导办事硬要拿到条子才靠得住,这似如打牌拿到了大小王。你就给我写一张啰!"

余同志又笑了,笑得呵呵的。他知道一时跟她说不清,只好说:"你若是办不了,再来找我给你写条子,可以放心了吧?"

"那我就放心了!谢谢你!"

细姥婢起身告辞,又说:"几时得空了也去认个门,到家里坐坐,喝杯水酒。"

余同志笑着点头,叮嘱说:"你跟任何人都不要说来找过我,懂吧?"

"这个我懂。"

细姥婢轻快地走下办公楼的水泥台阶。满地阳光,路两边的喇叭花、凤仙花、菊花……好像开得更艳了。

细姥婢一家的城里户口到底保住了。很有意思的是，自从她到印染厂做起临时工，就再没有居委会的人上门来动员他们下放了。见了面，矢口不提这件事。细姥婢有次在路上碰见曾蓉主任，曾蓉主任好远就同她打招呼，显得又客气，又亲热。她心里清楚，这是余同志——余主任的威势在罩着。

让她搞不清楚的是，城里头有好多人家都没有下放。相反地，有的下去了又返回来了。

到后来，这件事情就慢慢熄了火，不了了之了。衙门口最后一条横幅标语"我们也有两只手，不在城里吃闲饭"也给人扯掉了。

年底，细姥婢家里又有了好消息：两个女崽都招工上来了。大姥婢去的地方很远，是长沙一家叫红旗织布厂的国营工厂；二姥婢进的县里铸造厂，属于小集体，就在县城边上。不管路远路近、大厂小厂，总归是上来了，有了着落，细姥婢开始觉得生活有点兴头了。

细姥婢同水旺的角色颠倒了过来，她到印染厂做临时工赚钱，水旺操持家务。水旺的阉猪生意已经彻底断了。乡下大兴"割资本主义尾巴"，规定每户人家不准养猪，鸡也顶多养三只。如此一来，哪里还有生意可做。水旺索性就困在了家里，每天做好三餐饭，想睏了就睏一觉，不想睏就上街溜达溜达，然后到理发店一坐好久。有时勤快起来，也会跟人上翘脚岭打打野物，烧一担木炭挑回来。他觉得这种日子过得蛮松快。

细姥婢过得却一点不松快。在厂里做临时工，干的都是苦事脏事不说，还要表现得比别人勤快，能听调摆，受得气。她知道这回进厂不容易，是秋聋子霸了老蛮，以提前退休要挟，厂领导才格外开恩，让她进了厂的，还只用两天时间就给她办好了手续。厂领导也依了秋聋子，让她去了印染车间，给秋聋子打下手。车间里的人都知道她是秋聋子的女恩（这里有一半人是秋聋子的徒子徒孙），对她都很客气，不会颐指气使。只是细姥婢自觉，很懂水，清楚自己就是个临时工，人家要呓五喝六也是应该应分，不多调摆是她意外的福分。

她每天都会提早半小时上班，那时候车间里还空荡荡没有一个人，空气中飘荡着淡淡的蓝靛水的气味。她换好工作服，打开大门，将两座炉膛里的炉灰清空了，架起炭火。然后，把敞口壶里的隔夜茶倒掉，拿清水洗干净，抓把粗茶叶丢进去，过到茶水炉那头灌满开水；再又给秋聋子的茶杯换好水。到工人们陆续上班时，水池上已经飘起了袅袅的游丝一般的热气，车间里的蓝靛水气味浓烈了起来。敞口壶里的茶水也筛出来就可以进口喝了。有几个老师傅进了车间，照例要先筛杯茶，细细地喝几口，又抽完一根烟，才起身做事。机器一响，手忙脚乱，工人师傅们一架势做起事来都是十分紧张忙碌的。细姥婢也跟着紧张忙碌起来。

她是临时工，就是个打杂的，没有固定岗位，只能是哪里需要奔哪里，见事做事，随喊随应。她本就是个乖顺平和的人，做事不会惜力偷懒。她的眼睛也尖，一看到卸货的人手不够了，看到染料桶乱丢在地下了，看到牵拉染好的布料的工人吃不住劲了，看到抓钩竹篙挡了人的路了，就赶紧跑过去清理帮忙。有时做扎染的师傅尿急屎胀了，一时又脱不开手，也会喊她过去接手做一阵。扎染是个技术活，还得有耐力，她小时候跟到秋聋子和忠良婆做过，有点功底，接下手做一做也差不到哪里去。

她当然还是有大致固定的岗位的：看火。染料池里的水温是有要求的，一批布落下去，水温要慢慢降下来，降到一定程度时，染布师傅伸进中指一探，呓喝一声：撤火！细姥婢就要赶紧从炉膛里撤下柴棍子。这撤也不是一下全部都撤的，得一根一根慢慢往外抽。抽出来的柴棍子随手插进旁边的灰堆里闷熄，留着备用。柴棍子撤完了，剩在炉膛里的炭火仍然阴阴地燃着。这段时间的火力不能大，也不能弱，得保持在一定的程度上。等这一批布染好起走,时间差不多了,又得及时添柴烧起大火,好让水温升上去,接得上下一批布落水。这是她最忙碌,也最紧张的时候。眼看耳听,手脚麻利,一刻不挨,环环相扣。这需要经验,也需要体力,还要耐得热、经得烟熏。这时候就是尿胀了尿憋了肚子痛了都得忍着。细姥婢做得都很到位,从没误过事。

到了半上午和半下午,工人们照例要停下来歇一阵憩,吃一根烟,灌几口水,念一些空话。歇憩的地方就在进车间大门的空地上,摆了张旧藤沙发和几张竹椅子,还有两条缺腿的长凳子,以及一些拿木头、青砖、废染料桶(上头都垫了布)等充当的临时坐凳。藤沙发基本是车间主任秋聋子的专用座椅,其余的工人各随所便散乱地或坐或半躺。每回歇憩,细姥婢都不坐,只不近不远地斜靠在布包旁边,眼睛一眯起,似在养神,又似在想什么心事。她确实是想安静,想休息一会的。可是她安静不了。在任何一个人堆里,只要有一个出众的女娜戳在那里,很容易就会成为众人逗说调笑的目标。细姥婢还只三十多岁,虽然已经生养了四个崽女,岁月的风霜在她脸上留下了不轻的痕迹,可是眉眼间的风韵还在,身材依然俏拔,头发乌细的,最可人的是她还非常大方,经得逗。

自从她来了,车间里歇憩时,她就成了大家穷开心的对象。细姥婢不怕,几十年了,什么人没有见过?任你什么后生崽也好,老男人也好,不老不嫩正是如狼似虎年纪、生机勃发的中年男人也好,什么淡语荤话她都能轻轻接住,再又不软不糯地回应过去。不发性子,也不让人难堪,还时不时爆出一句两句惊人的妙语,让话题和气氛继续,很是得体。大家笑闹时,秋聋子只蜷在藤沙发里,眯眼吸烟,不作声。只是有时玩笑实在开得不像话了时,才会猛然睁开眼睛,呵斥一声:"呔!"

到了下班,细姥婢又总是最后才走。她要一一查看炉膛,看里头的火星子死灭了没有,要把抓钩、担杆规整规整,看看案板上有人遗落了什么物件没有，要把几扇窗户都关拢落下插销，还要把地扫一遍。然后，关上大门，看着门卫过来落了锁，这才急急忙忙往家里赶。水旺早已做好饭菜等着了。吃过饭，守着三姥婢和运崽在灯下做作业，只一会，就困得眼睛都睁不开了，挪到床上，头一挨枕头，即刻就睡着了。

细姥婢是到了厂里，才对运动有了很明显的感觉。那几年运动特别多，好像隔一年就要来一回。运动一来，她感觉最松快的是，上班不用做事，统统到会议室开会，干部、正式工、勤杂工、临时工，概不例外。细姥婢很喜欢开会，她喜欢开会不是为了开会，不是为了学习，不是想要表现，不是，完全不是。她不懂什么批林彪、批孔老二、批"右倾翻案风"，也不懂法家、儒家，不知道什么"资产阶级法权"，不知道哲学是做什么用的，不知道为什么要压着老百姓个个学写诗，饭都吃不饱，写诗有什么用？（她有时候会突发奇想，若是上头压着个个学打麻将，那就有兴头了）她倒是知道《水浒》。小时候听秋聋子和大人们摆古，听到过，知道水泊梁山有一百零八条好汉，个个身怀绝技，杀富济贫，行侠仗义，她很佩服里头的武松、鲁智深、扈三娘。她不明白为什么这也要批……

开会要传达宣传的东西太多了，一时一个名堂，比麻将桌上的牌局变得还快。驻厂的军代表是个"会议宝"，三天两头地召集全厂开会，有时还连续开。厂里的高音喇叭一声通知，细姥婢停下工作，弹着手就往会议室走。她如此积极，为的是抢先占一个好位置。她占的是最后一排最靠边的位置。那里有根圆柱子，挡住一团阴影，坐在这团阴影里，她看得到台上，台上的人却看不清她，她可以放心地闭眼打瞌睡。会议都是由军代表主持。军代表的神气很足，声音嘹亮，带着干柴燥火的哔哔剥剥在礼堂里回响，她却丝毫不为所动，面色祥和，还微微打起了鼾，仿佛半世辛劳，终于得到了一个安睡的场所。

会议一般是宣读文件、念报纸、学习社论，很多时候是发言批判，交流心得。所有批判,无不新(社会)旧(社会)对比,联系实际,忆苦思甜,深揭狠批。上台发言批判的大多是老工人,他们的话有说服力。印染厂老工人多,这事不难。老工人很多没有文化,一般是由政工办的秀才写好发言稿,他们只需上台照念,只有秋聋子例外。他嫌代笔的文章太"文",空话套话太多,轻飘飘的,念起来没有筋骨,他喜欢上去即兴说。秋聋子是厂里最老的老师傅,劳动模范、中层骨干,差不多每次运动一来,都要被推举出来作典型发言。说的回数多了,他也说出了经验,反正就是那些事情,顺过来说倒过去说都没关系,每次只要把开头结尾换成更有针对性的就可以了。每次照例是用几句口号式的语言"刹脚":林彪(或是×××,或是孔老二,或是猪×的水泊梁山)想要我们吃二道苦、遭二道罪,我们一千个不答应,一万个不答应!

  一次,他又说起做学徒时吃不饱,半夜饿得睡不着,起来偷偷到厨房看有什么吃的。一摸摸到蒸笼里有包子,抓起来就一口一个往肚子里塞。吃到第三个,老板来了,扒掉他的裤子,摁在灶台上,抄起铁钳就打。那万恶的资本家好狠啊,一边打,一边还喊他数数。打到第十下,问他还饿不饿。他说还饿。老板就又拿了三个包子给他吃完,然后喊他滚回去睡觉。秋聋子的屁股肿起好高,两天都挨不得板凳,但他吃了餐饱的,还是抵得。军代表说:"你只讲到资本家拿铁钳打你屁股就可以了,后面还扯什么鸡巴乱弹!"秋聋子说:"毛主席教导说,我们共产党人说话办事,都要实事求是。事实上,老板确实又给我吃了三个包子。"军代表说:"好吧。吃了就吃了,有什么了不起。只是不能说吃了挨了打还抵得,觉悟太低了。"秋聋子点头说:"觉悟是不高。只是那阵肚子饿不过了,还管他觉悟不觉悟。"奇怪的是,每次秋聋子一上台发言,细姥婢忽然就醒过来了,跟着大家一起哄笑。

  细姥婢还很喜欢上街游行。每有毛主席的最新指示发表,各单位就要组织人员上街游行欢庆。那几年毛主席常常有最新指示传下来。只要红色电波一传，无论白天、晚上，人们立即闻声而动，敲锣打鼓，扯起横幅上街去。这时候人们手头的工作都要停下，电路拉闸，炉火扯熄，奔走出门。有几次布匹刚刚落水，电闸就关了，秋聋子急得跌脚："哎呀，这怎么得了，这些布会要报废啊！"急也没用，他自己还得带头走在队伍前面。游一趟行，顺大街转一趟回来，一般都要两三个钟头，于是那个上午或下午就不用上班了，额外还给每人发三个法饼。细姥婢觉得游行很好玩。

每逢节假日，厂里还会搞台晚会，这时候细姥婢的伴嫁歌就派上了用场。秋聋子会派她代表车间出节目。在这种革命化的舞台上，她的伴嫁歌自然成不了主角，只是充数，是陪衬。但她的嗓音好、舞姿好，化了妆的脸块显得年轻清纯，是最受欢迎的，逗得一些青年工人跳起脚来拍巴掌。她感到好有神气。

开会、游行、登台唱歌，就像木匠手里的榫头，不由分说地深深楔进细姥婢的生活；又像秋聋子手下扎染布的花边，将她辛劳沉重的劳作点缀出好多姿彩。日子不再是那样地凝迟滞缓。不觉得，几年时间很快就过去了。

这一年发生了几件事情，让她从年头悲到了年尾。

都是死人的事。

先是翠玉。那时元宵节刚过，细姥婢忽然听说她快不行了，急忙赶到碾米坊，只见翠玉躺在床上，身上盖床薄毯子，一脸寡白，只有出的气，没有进的气。罗长子说，早上起来就发觉她蛮不对路，一个人总在傻笑，自言自语。说些什么也听不清楚。吃过早饭，她上了㘩转大院的老屋，也不肯让罗长子跟进去，闩起门在里头待了好久。中午又自己动手，拿猪板油炒了一大捧碗糯米饭，吃得精打光。然后就坐在镜子前面梳头，一根一根头发过细地梳，梳了好久，又在颈根上抹了一团雪花膏，再从箱子底下翻出一套红衣服穿好，鞋袜也换了。打扮齐楚，一个人就出了门。罗长子不放心，一直跟在后面。翠玉一出门，就像变了个人，蹦蹦跳跳，又笑又唱，一路顺着白露河往上面走。走着唱着，忽然就往河面上一扑，一头栽到了水里。罗长子赶紧跳下去把她救了上来。请过西门口伍先生来给她把了脉。伍先生说："只怕要准备后事咧。"罗长子说着哭出了声，哽咽说："不可能。不可能呀！"细姥婢说："救！一定要救！"听到细姥婢的声音，翠玉忽然吸口气，睁了睁眼。翠玉虚弱地说："海底捞月呢——白、板呢。"细姥婢一下记起了解放那年翠玉最后海底捞月摸到白板的情景，忙说："你是不是要那张白板？"翠玉微微点头，说："象牙麻将呢？"细姥婢说："在哩在哩，我即时搭你拿过来。"翠玉摇头，说："晓得了。"过了一会，就断了气。

罗长子哭得抽搐成了一团。

细姥婢跟着也哭了。一抽一噎，好伤心。

细姥婢给翠玉守了一夜灵。她坐在棺柩前面，嘴巴里哼哼唧唧地唱。她唱的不是夜歌子，是伴嫁歌。唱过一首，就往火盆里烧一张钱纸。翠玉头婚出嫁那次，把她请过去做歌头，伴嫁歌没有来得及唱完，这次要唱完给她听。

钱纸丢进火盆，呼地燃起一团明火，纸灰冲起来，直往棺柩上面飘去，洒落翠玉一身。她相信翠玉都听到了。

一捆钱纸烧完，她的喉咙也唱哑了。

更让细姥婢伤心的是，隔了没好久，母亲忠良婆也过世了。那时候已经快要过端午节了，家家户户都开始割艾叶、找雄黄、磨麦子做饺麦粑粑，准备过节了。忠良婆却连这个节都没能过得了。她是病死的。她身上有好几种病：气痛、哮喘、高血压……好多年了天天背个药罐子，人瘦得只剩皮包骨。去世前十几天又发了哮喘，总是出气不匀，喉咙里响得像推磨。秋聋子请了假在家招扶。细姥婢也是每天一下班就往这里跑，陪在旁边侍候。那天半夜，忠良婆一口气上不来，喊走就走了。细姥婢翻身抱住她，失声大哭。秋聋子从隔壁房里跑过来，在地下铺床席子，抱忠良婆下来放平了身子，在她头顶上点起油灯和三根香，又喊细姥婢打来清水，给母亲抹干净尸身。细姥婢趁着忠良婆尸身还软，一边说着"姆妈，女崽搭你老人家着衣服来了"，一边就给她穿好衣服，戴上帽子，套起鞋袜。秋聋子把准备好的黑棉线、红棉线各六十根交给细姥婢，让她扎在忠良婆腰上。又将忠良婆的两条手臂弯过来，架在胸口，左手握条手帕，右手握根打狗棍。再将包有米、盐、茶叶的"钱"纸包压在她嘴巴上。最后在忠良婆的脚后头摆上脸盆，架一双筷子当作"奈何桥"，把她生前穿过的一双鞋架在桥木上。做完这些，秋聋子示意细姥婢一起在忠良婆的脚后头跪下。

　　秋聋子一边一页一页地撕下钱纸烧着，一边说："忠良婆，老婆头，你就一路走好，看清路，慢慢行……"细姥婢还是头一次给最亲近的人做这些，一边做，一边嘶声号哭，手发抖，脚打跪，伤心得把控不住。秋聋子扶她一下，颤声说："女崽呀，不是亲娘不痛肠，我晓得你心里难过，想哭，就多哭一阵。这阵你家家还听得到。算起来，你家家也是满五十九，挂六十岁的人了，活了一个甲子，也不算短了。富贵在天，死生有命。阎王老子只给了她这样多阳寿，只能认了。她这一世人呀，劳碌是劳碌，辛苦是辛苦，不过也没有受过大苦大罪，平平安安，和和顺顺，日子也还过得去，只是没有享到什么福。我们这种人家，不图什么大富大贵，平安是福，和顺是福。就是不该她这一身的病痛，后来几年是磨得她够……不说了，不说了，说起来也是伤心。"说时眼里起了一层雾，嘴皮子也抖了。

　　细姥婢怕逗起父亲回忆往事，太过伤心，抹一把眼泪，忍住不哭，飞快出门报信去了。

　　办完母亲的后事，安排好父亲以后的生活，细姥婢自己也病了几天。

　　然后就到了这年的九月份。那天上午太阳还现了一下身，阳光好猛，很快就给一块乌云遮住，天阴下来，还有一下没一下地洒着几点雨。细姥婢正在街上走着，忽然电线杆上的高音喇叭响起来，奏起了哀乐。细姥婢清楚地听到，播音员用沉痛而缓慢的声音播报着毛主席逝世的消息。她一下给惊到了，双脚抖起来，身子直往下垮。她赶紧拿双手抱住电线杆，眼泪像屋檐水一样哗哗往下流。她惊惧地想：真的是毛主席去世了？……他老人家怎么会死呢？……他怎么能死呢？……播音员还在用一成不变的声调重复地播报着这条消息，像钉锤一样一下一下地，敲得她的脑壳生痛。她看到所有的行人都停住了，望着电线杆上的高音喇叭，目瞪口呆，惊恐万状。她知道这不是在做梦，是真的了。她伤心地想：若有可能，宁肯我换转他老人家去死！

细姥婢在家里也给毛主席设了个灵堂，每天起来的第一件事，是在毛主席的遗像前恭恭敬敬地点上一炷香。厂里组织毛主席追悼会那天，她破例站在了第二排（第一排的位置是留给厂领导的）。当主持人刚刚宣布："我们以极其沉痛的心情悼念……"一句话没说完，细姥婢就哭出了声。随后，前后左右的人都哭了起来，有人还嗷嗷地号，哭声一片。细姥婢一直低着脑壳抹眼泪，不敢抬头看上面毛主席的遗像。她在心里不断地绝望地想：你老人家走了，我们以后怎么办哦！

过了十多天，街上戴黑纱的人才慢慢少了，厂门口牌楼上的白花也都撤下来了。

细姥婢也把家里设的灵堂撤了，只留下毛主席像还在墙上贴着，进门就可以看到。她还在印染厂做着临时工，勤谨地尽着本分。水旺每天做饭做家务，还是有很多时间到街上去踹。他在理发店一坐半天，默默地听着各路消息。三姥婢已经高中毕业，在家里待业。运崽上了高一，读书很自觉，也很努力，成绩很好，他很想一直读下去，读大学，只是他自己心里也没底。那时候上大学不是看学习成绩，是靠推荐，是要有做工务农的经历，是要有路子的，但他还是发狠地读着。一家人各安本分，日子过得平淡，却也和顺，少有吵闹。

也许，他们的日子就这样过下去了。

细姥婢很满足，觉得这样就很好。

日子忽然就开了。

水旺是县城里头最早感受到这种开放的气息的。好多事情他都是在理发店里听到的：安徽有一个农村把土地都包干到了户；长沙的几间工厂开始搞计件工资；福建、广东的一些沿海城市都放开了贸易，允许做生意了；北京还有了个体户……人们说起这些，都只是当空话来念，议论一阵，感叹一阵，一散场就又丢到脑壳后面，不当回事。水旺却听到心里去了。他隐约感觉到机会来了！

水旺把家里的积蓄全部取出来，又借了点钱，凑满一千块，准备跑一趟福建泉州。

细姥婢问他："天远地远的，走那里做什么？"

水旺说："赚钱不怕路远，听说那里有个石狮镇，一镇的人都做生意，个个发了财。"

"你去过？"

"没有去过。"

"你在那里有朋友？"

"一个人都不认得，哪里来的朋友。人都是由生疏到熟悉，打得两回交道就成朋友了。"

"人生地不熟，你贸贸然跑起去，身上带起这样多钱，吃了亏你打天去啊。"

"我不会打无把握之仗，心里有数。"

"我悟来悟去都是风险太大了。你悟好了要去，我也不拦你。可不可以这样，先不要带钱，只去看一看，探一下水深，再说。"

"不行！等探清了路再打转回来取钱，一来一去，早都水过三丘田，黄花菜都凉了。做生意要紧的是抢头道汤。等别人抢了先去，卵都没得喂。机会难得！这点我比你懂。"

"我还是认为有风险。"

"做什么没有风险？条条蛇咬人。风险越大，赚头越大，做得也才有兴头。问题在于自己把握。你们打麻将不是经常讲，富贵险中求？"

"你会打麻将？"

"不会。扯常听你讲起，巴了点腥气。"

"你应该去打麻将。"

"为什么？"

"你胆子大啊，敢冒险啊。半斤的鲤鱼八两胆，冒不得的险你要冒。"

"我晓得，你是拿反话来激我哩。我也不是浑大胆，乱冒险。瞎子也不敢过朽木桥，我心里有分明。牛角不尖不过界，马尾不长不扫街。打麻将我不行，做生意我有定准。"

"好吧，倒要看你有好大的定准。"

"你等到啰，不赚到钱，我不回来！"

"没见识过这样乱说话的。赚不赚到钱，都要搭我好好地回来。"

水旺出门去，第六天就打了转身。肩膀上一头挽一个大蛇皮袋，鼓鼓囊囊地装着尼龙袜子、的确良衣服和自动洋伞。东西不重，但体量膨大，像两座小山，把他的身子都夹窄了。一路轮船、摩托、火车、汽车，上上下下，趔趔趄趄，飘飘摆摆，风尘仆仆。

第二天正好逢墟，水旺在墟陂上的戏台楼头脚下铺块油布做了货摊。他又喊了三姥婢一起去站摊。水旺换了装，穿件粉红色的确良衬衣，戴副蛤蟆墨镜，做出一副港商扮相，又让三姥婢站在前头拿一把自动洋伞不断地弹开、收拢，弹开、收拢。货物一摊出来，即刻就有好多小媳妇小女娜围拢起，拈起衣服袜子在身上比试，一边嬉笑，一边问价钱。

水旺并不急于答白，只管踮高了脚使劲地吹哨子。看看人挤人里三层外三层地围紧密了，这才开始做生意。他开价蛮狠，手里的货物一律在进价的基础上再翻两倍。他清楚城里头女娜后生的心思，只要新鲜时髦，不怕贵。果不其然，没有人嫌贵，没有人还价，都是甩下钱，拿起东西就走。不到一上午，墟场上还没到高潮，他的东西就已经卖光了，最后连他身上的的确良衬衣、蛤蟆墨镜、三姥婢做道具用的自动洋伞，都给人霸蛮要走了，水旺收了钱，随手塞进人造革黑皮包里。回家关起门一清数，刨掉本钱和搅（费）用，净赚一千一百零八块。细姥婢又惊又喜，张大嘴巴半天回不了原。这差不多是她做三年临时工的工资吧！

　　头回出马就斩获不小，水旺的兴头大增。他又接连跑了几转福建石狮。他知道好景不会太长，学样的人很快就会跟上来。县城就那样大，做这种生意的人一多，市场份额就摊薄了，他必须抓紧时机再接再厉，争取把第一桶金捞足实。资金大了，底气才足，运作起来才方便，才能得心应手。其实大家都在同条起跑线上，只看谁更机敏，见到握发令枪的手举起来了，抢先出线，处在领跑的状态，才能赚到大钱。水旺比别人都勤快，也比别人更会动心思。他知道做这一门生意在一个新，在一个巧，需要常常更新品种。他记死了在石狮听到的一句话：人无我有，人有我优，人优我廉，人廉我转。市场上有了第二家卖尼龙袜、卖的确良衣服的，他就换了卖西装；卖过两轮，西装市场一起势，他又改为卖磁带了。他把一架双卡收录机顿在摊子前头，一时"亚洲雄风"，吼得惊天震地；一时"邓丽君"，绵声绵气，靡靡绕耳，逗得好多人围拢来听，把人气搞得旺旺的，一个墟场就数他这里人多。水旺的生意一直很好。

　　水旺的帮手是三姥婢。三姥婢不跟他出去进货，只在家帮他守摊。后来生意做大了，两个人忙不过来，水旺跟细姥婢商量，想请秋聋子过来帮忙。那时候秋聋子早已退休，一个人待在家里，整天无所事事。若是请他出来帮忙照看，一来放得心，二来也免得他老人家寂寞，实在是件两全其美的事情。

水旺专门备了两条大前门、两瓶瓶子酒,和细姥婢一起上门去请。

水旺把来意一说,秋聋子就摇了头:"不去!"

"为什么?好多人求到我门下要搭我做事,我都回绝,就想请你去。"

"哪个求你你去喊哪个,我不去!"

"我们是请你哩。"

"八抬大轿我都不去。城里头、城外头,几家做染织的个体户请我去做师傅,一概不应。"

"那是外人,我们是自己家里人,不一样。"

"正是自己家里人,才更不得去。"

细姥婢忍不住插进来说:"你这老榨骨在说痴话呢!我就不清楚了,你退了休,一个人闲在家里,天天看着日头高起,又看着日头落下,好孤单,好无聊。搭我们一起做做生意,走一走,看一看,一家人说说话,几多松快。"

秋聋子说:"我这样就很松快。一个人的日子过长了,还不习惯热闹了。"

细姥婢赌气说:"你松快,我们就不松快了!"她原本以为,秋聋子从来把她看得金贵,凡事依她,只要她一开口,老点点(老爷子)二话不说就会爽快答应。没想到会扎实碰一个钉子。

她又说:"你硬要说个原因,为什么不肯?"

秋聋子喷地一笑,接过水旺的烟,一口烟吞一半吐一半,问:"硬要我说?"

"硬要说。一定要说。不说不行!"

"女崽面前不说假话,菩萨面前不烧假香。那我就老实说,我不愿意做商人,也看不起商人。"

水旺一下给烟呛住了,嘶声问:"为……为什么?"

秋聋子睒他一眼，说："你躁什么？我话还没说完哩。你知道自古以来是哪样给行业排名的？士、农、工、商。商人排在最末一等。哪样事情不能做，要去做商人？"

水旺说："最末一等又怎么样？只要赚得到钱，排在哪里对我来说都无所谓。"

秋聋子说："你无所谓，我有所谓。我不想给人家指背。"

水旺说："我没做亏心事，指什么背。"

秋聋子说："就是有人指背哩。人家背后说你搞投机倒把，是奸商。"

水旺说："我这是长途贩运，不叫投机倒把，是政策允许的。"

秋聋子说："一块钱的东西卖三块钱，还不叫投机倒把？水旺你不要怪我没提醒你，新中国成立以来，哪次运动不把投机倒把带上？长途贩运，这只是换了个说法，如果再来一次'文化大革命'，你死都死不脱，一家人跟到背时。"

水旺笑起来说："如今什么年代了，还说这种话，那些人就是眼胀我们赚到了钱，巴不得我们死。不要说一块钱的东西卖三块钱，只要有人要，就是卖六块钱又如何？岳丈大人你是给'运动'吓怕了，总怕出祸祟。我呢，是穷怕了，只要逮到机会，就要发狠赚钱，过过好日子。你放心，我也是吃过亏的人，违法的事情不得去做。而且，我也看过中央文件，'文化大革命'那类事情再不得来了！"

秋聋子说："你心里清白就好。你要如何做，是你的事情，我也老了，摇不动了，只想图个清静平安，经商的事沾都不得去沾。"

话都说到了这个份上，还要多说只会自讨没趣，细姥婢拉拉水旺，起身告辞。

水旺出门就把秋聋子的话丢到脑壳后面去了，他正在兴头上，生意做得风生水起，岂是能给别人几句空话就吓倒了的。

他把生意的路子拓得更宽了。他从福建进货过来，也把本地的土特产运到那边去，赚点差价。这个县无论城里还是乡下，一进腊月，家家户户都要熏制鱼、肉。熏烟的材料都是从木匠师傅那里撮来的杉木屑子，再埋几块老松树的柴蔸进去，只冒烟，不起明火。慢慢熏，一熏十天半个月。这样熏制出来的鱼、肉有一种特殊的香味，有嚼头、不巴牙。县里山多林深，野鸡野兔很多，野猪野羊、麂子、猫头鹰也常常有人打到，这些到了沿海地区，都是稀罕的东西。除此之外，还有一种剁辣椒。禾仓本地产的辣椒个都不大，皮薄肉厚，水分足，辣中带种甜味，好多人家将它剁烂了腌制出来，味道格外爽口，特别下饭。水旺拿了一点过去试销，没想到也大受欢迎。腊肉腊鱼、野东西、剁辣椒，都是捎带着做的，每次带过去的不多，赚头有限，但也足够承担起来回一路的费用，且还有余。这样，进货回来卖出去的就都是净赚的了。水旺精得真是到了家。

后来水旺又做起了古董生意。

水旺做古董生意是从收光洋开始的。一块光洋五块钱收进，十几块钱卖出，这比做任何生意都划得来。新中国成立后，换了新货币，但还是有很多光洋遗落在民间。城里头有，乡下也有。水旺主要是在乡下收。城里人一个个精得要死，乡下人容易说话，好糊弄。水旺跑乡下阉猪的时际，到过好多村府，人熟地熟，搭好多人都是以兄弟相称，一壶酒下去，什么忙都肯帮，他到哪里都有人带路。农民手里的光洋也不多，一块两块、三块五块，顶多十多块，铜钱倒是不少，有时一收几百粒，烂便宜。

一些城市忽然兴起了收藏古董的热潮，好多人都着迷上瘾，走火入魔，钻山打洞，四处搜求。水旺即刻转手收购古董，门楣、窗饰、飘檐、照枋、石鼓、柱础、门墩、石磨、石槽、牌匾、桌凳、箱柜、石雕、木雕、铜器、锡器、瓷器、祭器、瓦罐、尿壶……大凡有点年头的，他都收。这类物器，每个村府多多少少都有一点。乡下人不懂行情，好多都是当废物一样丢弃在屋后角落湾里，看到有人出钱要买，或者以新换旧，都喜饱了，以为捡到了便宜。水旺因此扎实捞了一笔。

水旺把那些旧东西收回来，家里放不下，就堆在了门口贴墙的坪里，拿块油毡布盖上，底脚压了砖头。那些东西，有的好旧了，又是从猪栏屋牛栏屋甚至茅厕里起出来的，气味好重。气味飘进屋里，熏得人心里作呕，运崽好嫌，三姥婢好嫌，细姥婢也好嫌，天天催他赶紧运走。水旺却不急，他总想访到点好东西再出门。他答应了福建那边的买家，一定要搞到点珍品才过去。

细姥婢没想到他把主意打到自己家了。

有一天，细姥婢下班回来，忽然发觉家里有点异样。扒开灶头的青砖一看，藏在里头拿檀木匣子装好的象牙麻将不见了。她立刻想到水旺。问三姥婢，回答说他搭下午的班车出门去了。细姥婢明白：他是拿象牙麻将换大钱去了。她骂一声："这个砍头打靶鬼啊！"恨不得即时把水旺追回来。可是往哪里去追呢？她找出水旺早先出门的车票、住宿发票一清，估摸他是去了福建泉州的石狮。她跟厂里请了假，开齐证明，第二天一早，带了十几个熟鸡蛋就搭第一班车上了路。

她还是头一次出远门，心里有点打怵，但她鼓着一肚子气，什么都不管不顾了。水旺的车票，就是她的路线图。到了州里，摸到火车站，坐一夜火车到福州，再换汽车到泉州，看到有揽客的摩托车，问过路，问过价钱，跳上去，直奔石狮。她又多给摩托车司机三块钱，找到一个叫金利来的旅社。水旺每次在石狮的住宿发票都是从这里开出的，这次想必住的也是这里。到服务台一问，果然。细姥婢到水旺开的房间前敲了好久的门，没人应。她就又返回楼下，找到水龙头洗把脸，在门口的榕树下坐了。她不知道再往哪里找人，只能坐这里死等了。海边的天色黑得迟，快七点钟了，还光亮光亮的，树下的影子都没退。天气很燥热，海风吹过来，凉凉的，湿湿的，巴在身上好舒服。她听到肚子咕咕地叫，摸了摸包袱，还剩四个鸡蛋，一把抓出来，一口一个吃了。肚子里有了东西，睡意也上来了，她把包袱抱在怀里，靠在榕树根上栽了个瞌睡。

不知过了好久，她忽然一惊抖，醒来了。她看到水旺正从那头一摇一晃地走过来，明显喝了好多酒。

细姥婢慢慢站起，嗖一下冲到水旺面前，厉声问道："你拿我的象牙麻将搞到哪里去了？"

水旺万没想到会在这里碰到细姥婢，惊傻了，好久才问了声："细姥婢？"

细姥婢继续问："我的象牙麻将呢？"

"卖了。"

"卖了好多钱？"

"三千块哩。你悟不到吧，一副象牙麻将能抵这样多钱，抵得你做十年事了。"

细姥婢忽然抬手，一巴掌拍在水旺脸上。

水旺的酒一下醒了一半，黑起了脸。

"你做什么打人？"

"你说你该不该打？"

"打都打过了，那就该打吧。"

"你把象牙麻将卖到哪里去了？"

"就在这个镇上，说了你也不认识。"

"钱呢？"

"就在包里。回去就交把你。"

"我不要钱，只要我的象牙麻将。你即时给我去把象牙麻将要回来，把钱退还给人家。"

"你说痴话呢，卖出去的物器还要得回的？"

"我不管你要不要得回，反正是一定要要回来！"

水旺还在犹豫。细姥婢又说："你不肯去是吧？把地方告诉我，我去！"

水旺忙说："你去还不如我去。你先上房间去休息，等我的信。"

"不行！不亲眼看到我的物器，我睡不落。我搭你一起去。"

水旺招手叫过一辆摩托车，两人挤着搭上去。摩托车啸叫着，带着打耳朵的风声穿街过巷，最后在一座带铁栅栏门的院子前停下来。

水旺让细姥婢在门口等着，他一个人进去谈。细姥婢交代说："你无论如何把物器要回来，不然我赖在这里不得走！"

水旺无奈地笑笑说："我晓得哩，放心！"

好像没有过好久，水旺就提着个塑料胶袋出来了。细姥婢坐在石阶上，捧出檀木匣子，打开，把麻将子一粒一粒地摸过。

水旺坐在一边抽烟，低眉垂眼，显得非常丧气。

细姥婢把麻将子全部摸过一道，最后举起那粒沾了血渍的白板对着路灯光看了看，放进匣子里码好，盖上盖，这才长长地舒了口气。

水旺沉声问道："没错吧？"

细姥婢说："没错。"起身要走。

水旺却坐着不动，又点燃一根烟，说："我真是搞不懂了，一副象牙麻将，当不得饭吃，做不得衣穿，拿它一卖现得三千块钱，立马可以过上好日子，你会这样不肯。"

细姥婢说："它不光是一副象牙麻将，还是一个信物，一个念想，这你真的不懂！"

水旺说："你说到天上去，它也就是一副象牙麻将。"

细姥婢说："在我心里，它就不光是一副象牙麻将！"

水旺摔掉烟蒂，站起来，说："不搭你争了。物器要回来了，争什么都没意思了。"他要帮忙提塑料胶袋，细姥婢不让，抱在胸前，一边跟水旺往巷子外头走,一边没话找话地问:"这个老板还蛮开通噢,买过去的物器还肯退。"

水旺说:"开什么通,是多加一百块钱才肯退给我的。"

"啊!为什么要加一百块钱?"

"过人手,加利钱,这是做生意的规矩。一百块算是利钱。"

细姥婢脚下迟滞起来,说:"才过一下手,就要一百块利钱,要得也太嚣了。"想想,又加快脚步说:"人在物在,只要物器要回来了,出点血就出点血,我悟得通。"

站在街边等摩托车时,细姥婢忽然问:"你哪样晓得我把麻将藏在灶头里了的?"

水旺说:"一间屋里的事,我有哪样不晓得?"

"你是早就晓得还是才发现?"

"你嫁过来那天就晓得了,只是没开声。"

"喊!"

回到旅社,两人没有带结婚证出来,不能同住,水旺只好另外给她开了一间房。第二天细姥婢就要打回转,水旺说:"来都来了,耍一天再走,我带你到海边上看看——先去喝早茶。"

旅社旁边就有一座茶楼。水旺带她过去,占一个小圆桌坐下。茶楼里头好热闹。大圆桌、小圆桌、四方桌,团转起码有六七十张,每张桌子都坐满了人,摆满了碟子。好多部食品小车在桌子间穿梭游走。服务员都是小跑快走。茶楼里热气腾腾,语声喧哗。细姥婢正张眼四望,十几个小碟就已经上了桌:清蒸鱼嘴、烤鱼片、豆瓣银鱼、蒜茸螺蛳、虾饺、蟹黄包……还有一壶大红袍。细姥婢看过去,说:"这样多,吃得完的?"水旺说:"肚子是吃大的,越好吃越吃得多。都是你没吃过的,每样尝尝。"水旺又教她:"先喝茶,再吃点心——当地人都这样。"细姥婢就把一盅茶一口喝了。呀,好苦,像喝中药。水旺忙说:"莫吐、莫吐,有回味的。这茶五块钱一壶哩。"细姥婢一听,我的崽呀,一壶茶买得四十斤米了,又倒一盅喝了。

吃完早茶,已经到了半上午,水旺又带了细姥婢往街市上去。一进街口,细姥婢的脚步就走不动了。街两边的商店一家挨一家:西服店、衬衫店、帽子店、牛仔裤专门店、袜子店、鞋店、假发店、化妆品店……隔着玻璃橱窗,能看到店堂里头整洁明亮,货物码放整齐,琳琅多彩。大白天的,霓虹灯却都亮着,旋化出一个梦幻般的世界。人很多,走来走去,进进出出,摩肩接踵,汗臭味和香水味搅和在一起,熏人鼻子。细姥婢哪里都想看看,见门就进。水旺都随她意,只在后面紧紧跟着,耐烦地等。

中午就在街边的摊子上吃了碗牛杂汤,啃了个面包。看看前面的街道还有好长,一眼望不到头。细姥婢不想再走下去了。水旺就拉了她,插小巷出去,拐个弯,横过两条街道,到了一片居民区。居民区那头有条长长的石板阶梯,下去,就到海边了。

居民区里好安静。干净整洁的水泥地,厚重结实的石头房子,高大浓密的榕树。有的房子周围砌了围墙。家家门口的对联好像是昨天才贴上去的,崭崭新。一个老婆头在太阳底下晒鱼干,浓烈的腥味飘过来,细姥婢忍不住打了个喷嚏。她觉得这腥味很好闻。她走过每个门口,都要往里张一张。这里人家的门楣上、檐柱间、栏檐下,都贴了巴掌大的红条纸,上书:财源广进、吉祥康泰、一本万利、富贵由天、招财进宝、三阳开泰……她看到每家的厅堂正中都有一座神台,神台上摆着供品,插着香,两边点着大红蜡烛。灯火长明,香烟袅袅。走进去一看,才知道蜡烛不是真品,是拿塑料做成的蜡烛外壳,里头装了小灯泡,所以才长明放亮。又有一阵一阵念经的声音传过来,飘飘忽忽,循声过去,原来是收录机里放出来的。她心里感到好新奇、好舒服。

她忽然听到一阵麻将声,紧走几步,转过一蔸大榕树,就见四个老婆头正围坐在榕树下的石桌上开台。麻将子很硬,石桌很硬,摩擦碰撞出来的声音咔巴脆响,听起来很悦耳。四个老婆头都有六十岁以上年纪了。年老的那位怕已经有八十岁了,头发全白,一张脸皱得像核桃,嘴巴一瘪起,感觉有人拢去,只稍稍偏脸眯过一眼,就又低下头去码牌。她的手有点顿拙,但显得熟练,随手一摸一捏,就知道往哪里插。肯定是个老麻精。细姥婢一时就挪不动脚了,抻直了颈根站在旁边看。她们的麻将除了筒、索、万、风牌、箭牌,还多出四张花牌,打法也不一样。但无论怎样变,技法都是相通的。细姥婢刚刚看出点门道,那位八十岁的老婆头已经和牌了。她拿手掌底板推倒跟前的麻将,瘪起嘴巴嘻嘻地笑。另外三个老婆头也跟着笑,一边就揉倒了麻将往桌子中间推。洗牌的声音又响起来了。细姥婢忽然注意到,这里的麻将也不一样,不是竹子的,不是木头的,更不是象牙的,那是用什么做的呢?她过去拈起一粒摩了摩,比竹子光洁,比木头齐整,比象牙要轻,握在手里好熨帖。问过几位老人家,知道了这是塑料做的。又问清楚了,返回去右边有条窄巷,走进去几脚路一家文具店里就有得卖。

细姥婢好高兴,海也不去看了,扯着水旺就往回走。到地方一看,果然,几副麻将揭开盖子躺在玻璃货柜里,就等她来。问过价钱,十八块一副,不贵。细姥婢正要抠钱,给水旺拦住了。水旺改用当地话同老板聊起来。他问老板店里还有多少存货,老板回答还有八副。水旺说,全部要了,但是每副的价格要降到十三块。老板摇头、撇嘴,非十六块不卖。一番讨价还价,最后十五块成交。

出了店门,细姥婢才问:"你买那样多做什么,做生意?"

水旺说:"不用问你都明白啦。"

"那你打算好多钱一副出手?"

"这回我不剁狠了,二十八块,可以吧?"

"那会抢起来要。"

"那就涨到三十三（块）。堤外损失堤内补。我算了一下，那头吃了一百块的亏，拿这头补回来，也就扯平了。我们总不能白白拉拉走一转。"

"你真是生成做生意的人！"

"这下你服含了吧？"

九副麻将，提在手里有点重。水旺停在街边，拿它当凳子坐了，摸出根烟吃了一口，说："走了一天，有什么感觉？"

"感觉啊，这里的人好有钱，日子过得好舒服。他们哪样会这样富裕呢？"

"做生意赚的啊。这里的人家家户户做生意，有本事的做大生意，没卵用的做小生意。你爸爸只记到一句话：无商不奸。我记到的是：无商不富。要想来钱快，过好日子，目前我们只有一条路，做生意。我早就想劝你辞职，出来做生意了。"

"我不是做生意的料。再说，在印染厂做熟了，舍不得退掉那份工。"

"你这就是说痴话了，在印染厂做得那样辛苦，那样勤谨，就拿那样点工资，我都觉得你不抵。算起来临时工也做了快十年了，厂里也不给你转正，我想起来就卵根子抽。你也是四十多岁的人了，还做得几年？再做下去也就是那个样子了，一碗水看得到底。趁现在还有力气，吃得做得，出来搭我一起做。夫妻同心，利可断金，保你可以赚到大钱。"

"我不搭你一起做呢！跑跑颠颠，我不习惯；剁人太狠，我不落忍。我还是适合做点呆事，不要动脑筋，不求大富大贵，只求有吃有穿，平平安安，就阿弥陀佛了。"

"那就开个店子。这点本钱还拿得出。你自己看适合做点什么？"

"等我悟一悟。"

"你开个店，赚多赚少不论。即使亏了也不怕，有我给你撑起。等以后老了，手里有点积蓄了，也可以像前面那几个老婆头一样，天天坐到打麻将。你不是就喜欢这桩事情吗？"

"天天坐到打麻将，有那样的好事？"

"世上的事也不是那样难，你想要有就会有。人家做得到的，我们也做得到。"

细姥婢转头四处看看，说："今天在街上转了一圈，看到有美发店、美容店、洗浴中心、洗脚店、健身房、唱歌房、游戏室、棋牌室，不晓得有没有麻将馆？"

水旺笑起来说："棋牌室就是专门打麻将的地方哩，你要讲是麻将馆也可以。"

"你不早说。"

"你想看？"

"想看。"

"这个容易，马上喊辆摩托车，送我们过去。"

水旺丢掉烟屁股，噌地站起。他知道细姥婢动心了。

水旺扬手大喊："摩托车，摩托车——"

十
打牌怕生手

细姥婢的麻将室很快就开了张。她给麻将室取名叫"同和麻将室"。麻将室在南街背面,一条窄巷插进去。窄巷不长,但很黑,因为窄巷上面搭了骑楼。出窄巷,右拐进去,是一片空地,空地那头是一大一小两口水塘。上头的水塘很小,下头的大,拦腰一条泥路,看过去像个"8"字。塘水很深,几乎不见涨落,常年四季水面都是蓝汪汪平展展的不起涟漪,天干那样,天雨也是那样。夏天,总有一群一群的小把戏光着屁股在水里打刨湫。水塘那头有一蔸柳树,这头也有一蔸柳树。麻将室的门就在柳树下,正对着水塘。门很小,里头却很宽敞,差不多有一个篮球场大。这里原先是竹棕社的工场,竹棕社破产了,她就租下来做了麻将室。依据空间面积和每张麻将桌大小,请人拿锯末板隔出了九个小房间——真是巧,她从石狮带回来的九副麻将没有拿去卖,正好做了用。

麻将房都很小,摆一张桌,坐四个人,有点紧,但很整洁,不显逼仄。这个地方,很多人知道,但不好找。水旺就在窄巷入口的地方钉了块牌子,上书:同和麻将室由此进。过往行人,好多不知道麻将里头这个"和"字是应该读作"胡(hú)"的,常常大声朗读出口:"同和(huó)麻将室"。不明就里。也有内行点的笑问:"同和(hú),同和(hú),大家一同和(hú)了,哪个输呢?"细姥婢听到了,朗声答道:

"我输啊!"

麻将室上午没事,不开门。打麻将的多是夜猫子,睡得晚,起得也晚,都会要到中饭边子才睁眼起床(好像还没有看到上午打麻将的)。也有勤快的,要做早饭、做中饭,还要把一家人晚饭的菜洗干净备好,家务、麻将两头不误。人们都是在中午两点钟以后陆陆续续往这里走。细姥婢自然是要提早过来把门打开。每天开始营业之前,总有些准备工作需要过细。她要把地再扫一遍,顺带看看每张桌上的麻将够不够数,把骰子摆摆正,把桌底下、角落湾里的烟蒂子拈走,还要把开水烧好,把茶杯都抹一遍。做好这些,还没有客人来,她就会同三姥婢在进门的麻将桌上面对面坐下,过一过手瘾。三姥婢是她专门喊起过来帮忙的。一个麻将室,事情说多不多,说少却也很啰杂,一个人总归是顾不过来的,三姥婢反正还闲在家里,出来搭她的娘老子帮帮忙,打打下手,还可以倚在门框上看看人家打麻将,调笑几句,也是蛮快活的。

三姥婢会打麻将,小时候细姥婢她们在家里开台,她就守在一边看,看也看会了。她的两个姐姐一个弟弟——大姥婢、二姥婢和运崽,都不会,只有她会。但她从不上场,她还没出去做事,没有收入,囊中羞涩,没有底气。打牌也是要有底气的。细姥婢喊她两个人"对弈",她很欢喜。同自己的娘老子玩,完全可以不守规矩,她不怕输。输了可以赖账,赢了却是抢也要抢过来的。她还常常歪起脑壳偷看细姥婢的牌,随手把牌拨倒。细姥婢只不跟她认真。细姥婢不在乎输赢,在乎的是能过下手瘾。本来还以为开了麻将室,天天睏在里头,应该有饱的玩了,谁知反而没有机会上场了。听着此起彼伏的洗牌声和猛然爆出"和了"的欢叫声,细姥婢心里像絮了冬茅草一样发痒,她只能提早一点过来,利用营业之前的时间抓紧搭女崽玩几手。

玩不得两手,就有人进来了。

最早来的总是那疤眼皮。疤眼皮永远是一副快活溜了的样子。她也没有不快活的理由。她还是开着杂货店，政策放开以后，她的老头子就把做牛肉干的手艺又捡了起来。这是她家的独门手艺，牛肉干手指大一条，也不知是怎么烘晒出来的，捏在手里软，吃在口里韧，非常有嚼头，最特别的是那个香啊，香得喉咙里都长钩子，能香脱下巴。学生崽们都喜欢买她家的牛肉干吃。上学、放学的路上，都要买几条抓在手里，边走边吃。好多学生还包远路过来买。这种小本生意，要发大财很难，却是天天有进账，就像屋后头的水圳，小是小点，经不住不断地流，日子就过得很滋润。而且她的满女崽也大了，可以帮她守店了，她每天就期盼着下午的牌局。上午在家里细细摸摸地待一阵，吃完中饭，碗一洗，在财神爷面前燃一炷香，拐个包就出了门。人还在坪里，就敲起喉咙喊了："细姥婢，你们两娘女又斗起来了？"进了门，先到柜台后头抓一撮茶叶放保温杯里泡起，拧紧盖，双手捧着，走过去说："麻将哪里有两个人打的？没看到过。"细姥婢说："没看到过就给你看一看呀。"疤眼皮说："一个人不吃酒，两个人不赌钱，明明是四个人打的麻将，两个人玩起有什么味道。"细姥婢说："四个人是打，两个人也是打，味道都一样——你也坐下玩两盘？"疤眼皮说："我不搭你们打呢。一个是娘，一个是女，还不合起来谋我一个啊——呢，天呀天，三姥婢你这'幺鸡'打不得，那是'炮'啊！"

正说着，花红薯和霞姐一起进来了。霞姐是她们新找的牌搭子。细姥婢做起"老板"，很少有时间上桌凑角，霞姐就做了替补。打麻将也讲缘分，几个人要"合卯榫"。以前先后找过几个人来凑角，都不欢而散。只有霞姐来了，一打招呼，一上手，就觉得合适，从此就约成"铁角"，固定下来了。

霞姐最逗人喜欢的地方是随和，不计较，赢也赢得起，输也输得起，赢了输了都是一个样子。她是个老知青，最早下放，最后一批才招工回城。她回到城里进的是铁木社，做的是普工，专门拉风箱、搬铸件的那种。没过几年，铁木社垮了，厂里发不出现金，就给每个人分了一批铸件抵了买断工龄的钱。她同老公一起，把这些铸件运到广东的清远卖掉，又从广州进了衣服回来卖，扎实做了几年服装生意。她大概是赚到了一点钱的，这从她家里添置的家具、彩电、洗衣机就能看得出来。赚了钱，霞姐见好就收，不再跟老公跑广州，只专心在家带崽。她的三个崽都还没有成年，小的还刚刚读小学，也是需要有个人在家里操持的。一家五口，吃饭穿衣，洗洗涮涮，打扫卫生，人情往来，事情还是蛮多的，霞姐却一点不费力。只用半天，就都做得熨熨帖帖，还可以腾出时间来打麻将。她比她们几个都小，她们却都喊她作"霞姐"，是一种亲昵，亦是尊重。因为她是花红薯喊来加入这个局的，所以每次花红薯都在巷口等到她，才一起进来。

　　这一桌"角"到得最迟的往往是三道弯。每次迟到，她总有理由，家里来了客人啦，小孙子屙了臭屉屉啦，中午饭吃晚了啦，晒竹篙上的衣服跌地下又要重洗啦……或者是，在路上碰到熟人，硬给拉住念了一阵空话。这些理由，所有人都知道她是编的，知道她有事没事都要故意挨到最后才过来。她听人说过，打麻将最后到的那个人，往往手气好。她试过一次，果然赢了，从此场场迟到。这让牌友们有了公愤，牌桌上最愁烦的就是三缺一等人。每次迟到，难免要挨一顿数说、奚落，甚至责骂。这时的三道弯表现出超高涵养，任你们数落也好，嘲弄也好，责骂也好，一概照单收下，不回一句嘴，摆出一副浑然不觉的样子，一路笑嘻嘻地往里走，直奔三号房。这是她选定的房间，她以为这个"三"暗合"三道弯"的"三"，于自己利好，又是迟到，又是搞房号暗合，她的手气真的很好吗？难说！好多次牌局，她的脸色总是打着打着就黑了，扯起脚到门口的水塘洗手。

　　这里刚刚打骰选位，第二桌的人也到了。

　　这一桌的也是老熟人，都是退休干部：雷副镇长、居委会主任曾蓉、肉食水产公司的徐股长和法院的向法官。雷副镇长还没到"点",是提前退休的。他给人举报收了礼,纪委找去问过话。虽然最后查实没有事,但他感到冤枉,很委屈,一口气堵在胸口出不来,就打报告提前退了。原先他是不打麻将的,退休后才学会。他是个当久了领导的人,现在退了,霸气还在。同他打牌是不兴挑位的,他想坐哪个方位就坐哪个方位。不知道他是不是得过高人指点,过了门,必先抬头四处看看,看朝向,看光线,围着麻将桌顺时针转一圈,然后一屁股坐下来。一般来说,他坐的位置都是白天背对门、晚上脸对门。手气不好时,还随时喊换位置。

牌桌上,雷副镇长对曾蓉和向法官很和气,唯独对徐股长苛刻。徐股长是个作弊高手,他作弊的手段很多。第一,码牌。他码牌时会把字牌成建制地码在一处,又不是完全一处,中间会间隔两三垛。字牌到手的多,就有了做大和的基础。第二,打骰子。他肯定是练过的,打出的骰子想要几点就得几点,能精确地推算出一定让自己摸到至少两组字牌。第三,偷牌。他的手板宽大,摸牌时只用拇指和食指,另外三根手指是蜷着的,里头藏粒麻将一点不现形。他能神不知鬼不觉就把麻将换了。如此行径,令人气恼,却又无可奈何,只有雷副镇长能够制他。他不是在牌垛上头搞名堂吗?待他牌一码好,雷副镇长忽然就提出过三垛,或是从他面前挖出四垛牌,移到别人的牌垛上,有时干脆就把码好的牌一下推倒重来,或者是等他打出骰子,明明是六点,硬让他推前一垛摸牌,把他的算计捣得稀乱。徐股长常常气得肚子痛,却又发作不得。因为早前徐股长的美差是雷副镇长安排的。他们这一桌固定在最里头的九号房。想来他们是退休老干部,总还讲点面子,打麻将也还是要避着点人。

雷副镇长有时也会参加另外的牌局,那是有人专门邀他。他当了二十多年副镇长,帮过好多人的忙,从来不求回报。退休以后,有的人还记得他的好,久不久的会请他吃个饭,玩玩小麻将,不动声色地"送他点零花钱"。

接着第三桌的人也跟脚进来了。

这桌"角"的搭配有点奇怪。做篾匠的封师傅、碾米坊的罗长子、补扒锅鼎锅的细崽螳螂,还有一个不知从哪里拱出来的巫哥。封师傅和罗长子、细姥婢都熟,知道这两个都是厚道人。细崽螳螂同他们根本不是一路人。巫哥呢,早先不认识,不清楚他的底细,只听说他在新中国成立前做过两年师公子,新中国成立后到乡里收鸡毛鸭毛卖麻糖,兼给嫩毛毛挑痧疖治无名肿毒。巫哥的名字也不知是怎么喊起来的,他并不姓巫(没听说城里头有姓"巫"的人家),想来也许是取他早年间职业的意思。

他确实是有种巫气,还很丫杈,这是从打麻将都看得出来的。每次来麻将室,先要在门口逗留一阵,双脚并拢,恭恭敬敬地给关公神像点一炷香,拜三拜。进了房间,绕室一周,将每把椅子都拍一遍。打骰子选位,轮到他先选,那是绝不会选靠门边的座位的。因为门口总有人穿梭来去,会扰了财气。又因为是公共场所,难免常有人拐进来看看,来的人喜欢伏在椅背上说话,兴起时又会抬手拍人肩膀。他忌讳有人伏在椅背上,更忌讳有人拍他肩膀,他说那样会把手气都压住了。开台以后,名堂更多,只要连续三把没有和牌,立即起身,这里看看,那里摸摸,将窗户打开半边,将风扇扭个角度,或是围住自己的靠背椅逆时针走一圈,再顺时针走一圈,有时干脆就喊细姥婢过来换凳子,名堂搞尽。同这样的人打麻将,真是碰了鬼。细姥婢担心罗长子吃亏。罗长子说:"我不怕他作怪。"——"为什么?"——"他作怪,说明他手气不好,他若不作怪才是不好办。再说,我们打得小,再输也就那么鼻屎痂痂一点。"——"再少也是钱!打牌有哪个会想输的?你要赢!"——"好,托你吉言,我要赢!"

细姥婢知道,这桌人只有封师傅不在乎输赢,他就是来玩的。封师傅的女崽个个争气，都嫁了好男人。大毛坨嫁了干部，二毛坨嫁了外资厂工人，三毛坨嫁了电器维修师傅，细毛坨嫁了包工头。把四个女崽嫁走，封师傅也老了，眼花耳背，剖篾片时刀口常常对不准地方。四姊妹就商量，不让他再接事做，把他的生活费都包起来，另外还每人每月给他一百块钱，让他出去打麻将。这时县城里头已经兴起了好多休闲娱乐的场所：卡拉OK、桑拿、沐足、洗头、松骨、艾灸、斗狗。九老峰下的操坪里天天傍晚都有老婆头跳广场舞。这些，都不适合封师傅，适合封师傅的只有打麻将，往牌桌上一坐，轻轻松松就把时光消磨掉了。细毛坨又偷偷搭他说："你只管落心去玩，不要怕输。如果钱不够，我负责给你包圆，这点钱我还随便出得起。"兜里揣着四张大票子，又有细毛坨这番话，封师傅就有了底气。他也想得很通，打麻将，就是玩。赢了，那是他们孝敬自己，自然欢喜；输了，就当是花钱买了门票请客，也不会不欢喜。为几块十几块钱怄气，不值得。他图的是松快。牌桌上难免有纷争，抓牌快了、出牌慢了、谁抽多了烟、谁把椅子移得响、谁大声咳嗽，都有话说。稍有心气不顺，一言不合，就会顶起来。细崽螳螂和巫哥因此常常斗碎嘴。两个人互相都不服舍，都很凶，你一句来我一句去，针头对麦芒。封师傅总是等他们吵得差不多了，才咳一声，说："吵够了没有？有那神气，好好打牌。"两人才都闭了嘴。这桌人打得小，结账时抽水的钱常常不够付台费，都是封师傅拿钱补足。光凭这点，两人服他。

封师傅喜欢喝酽茶，细姥婢每次都会给他的杯子里多抓一撮茶叶，水也添得勤。奇怪的是，封师傅茶喝得酽，也喝得多，却可以半天不上一次茅厕。

时常来麻将室的还有一桌年轻人。一来不是四个，都是五六个，有时还七八个。除了四个上桌打牌的，其他人站在旁边买外围码。有的买两个码，有的买四个码。码的计算也简单也复杂，有时要扯好久才扯得清,因此算账的时间比打牌的时间长。他们要么剃光头,要么留长发,一律穿皮夹克,里头花衬衫,下身是红裤子或蓝裤子,嘴里总在嚼槟榔。他们对什么都容易兴奋,不停地吵吵闹闹,不停地骂骂咧咧,从进门一直吵到出门,每句话后面都带着别人的娘。他们的烟屁股、槟榔渣、花生瓜子壳随口吐,房间的地下、茶几上,到处都是。一场麻将打下来,要进去打扫几轮。他们不喜欢细姥婢,指名要三姥婢服务。三姥婢年轻、活泼,他们喜欢搭她喷喷口水,调调口味。细姥婢本来看见他们就怕,只想隔远点,不要她进去打扫房间,她巴不得。但她不放心三姥婢,每次三姥婢进去房里,她就守在房门口听壁脚。还好,这些鬼崽子也只是图个嘴巴快活,尽管逗三姥婢的烂话很放肆,一句一句比茅厕板还臭,但也就说说而已,从来不动手动脚。

有一天,这桌人来得很迟。其他几个麻将房都上满了,他们还没到。来过几拨人问,细姥婢都没把房间放出去。她知道那帮年轻人有那样横,把他们常订的房间给了人家,怕会不得安宁。耐着性子又等一阵,又来了一拨人,细姥婢正犹豫要不要把房间放出去算了,忽然听到窄巷那头人声喧闹,接着就见那帮年轻人拐进坪里,为首的叫潲桶崽的后生右手膀子上吊着绷带,皮夹克敞起,在几个人的簇拥下,径直走进来。细姥婢忙叫三姥婢跟在后面进去安排,这里就拿好话将人打发走了。

好一阵子三姥婢才出来回到服务台。细姥婢小声问她出了什么事。三姥婢说:"什么事?和尚赶道士。"原来是,这帮人从望湖轩酒楼喝完酒出来,正往麻将室这边来,走到禾仓横路上,看到一个老头子过马路时忽然头一栽就跌倒了。一个女娜骑车经过,赶紧刹车,跳下来就去扶老头子。谁知这一扶还扶拐了,老头子硬赖到是女娜骑车撞倒了他,要女娜出医药费和精神补偿费。这帮年轻人气不过,"路见不平,拿铲子铲平",一起跟到派出所录笔录,证明亲眼所见是老头子自己跌倒,女娜是做好事。出了派出所,老头子的混账崽捡起一口窑砖就砍在为首的潲桶崽的手膀子上。于是双方打了一架。这样一来二去,时间就耽搁了。末了三姥婢说:"这帮人看起来像街痞子,没想到还很义道。"细姥婢也说:"难得,难得!"

这天细姥婢给他们的台费打了对折。

细姥婢常给人打折,但从没打过这么高的折。

到四五点钟,九个房间就都坐起了人,开了台。麻将声此起彼伏地响起,像弹琴,像流水,又像深夜掠过草尖的清风,真是好听。细姥婢给每个房间添过一轮开水,其余的事情就交给三姥婢去招呼了。

营业中的麻将室又安静又不安静。心静的自然端坐在自己的位子上,只专注牌桌;不安分的却总会有这个事那个事,很躁动,一时喊要一包烟,一时喊要一袋槟榔,一时又喊要添水。要烟、要槟榔、要添水都是借口,为的是要三姥婢过去,调调口味,拿眼睛在她身上揩揩油。三姥婢长得捏像细姥婢,但比母亲更清秀,也更发跳。她走路的样子真好看,腰肢一扭一扭,屁股还带点翘。尤其应人的声音才好听,"哎——"的一声,沁甜的,应得后生崽心里直发痒,忍不住想逗她几句。她不怕逗,她就像一张大绷子床,什么话都能接得住,还能弹得回去。雅来雅接,野来野回。她在嘴巴上不输人,那些人都知道她还没有男朋友,好多人来同和麻将室,只为能同她搭上腔,说点荤话,寻点嘴巴上的松快。

只有细姥婢心里有数,女崽是有对象了的。

那对象她看到过。每天晚上,麻将室收档关门都很迟,一般是凌晨一点钟左右,有时会到两三点。那时候一个县城都已睡了,家家关门闭户,水塘里的水冷冷地反映出天上的星光,有点瘆人。娘女两个一前一后走在窄巷里,心里跳跳的,即便到了街上,心情也是紧张的,直到进了院子,看到那儿蔸千年青了,神经才松弛下来。忽然有一天,她们一出窄巷,就有个候在那里的黑影跟在了后面,细姥婢回过几次头,知道那是个后生崽,但看不清楚面相,心里不免发怵。她敲敲三姥婢的手臂,三姥婢也早看到了,小声说:"他爱跟就让他去跟。"忽然就兴奋地蹦跳起来,把手甩得很高,嘴里还嗯嗯嗯地哼歌。黑影只是不远不近地跟着,穿街过巷,到了大院前面,一直看着她们进到里头,这才返身离开。连续一番日子,天天夜里如此,那个后生好像特意是来护卫她们的。细姥婢忽然醒过神来,那后生十有八九同三姥婢有关系。

一天夜里,进到大院,细姥婢没有急着回屋,站在千年青的树荫里,问三姥婢:"后面跟脚的那个后生崽是什么人?"

"不晓得。"

"你晓得!"

"你是娘,你为大,你说晓得就晓得。"

"我估他是你的男朋友。"

"你哪样晓得的?"

"早年子你爸爸追我就是这样子的。"

"呀!你们还好开化呢,那阵子就会玩这种把戏了,一定味道好足吧?"

"东说西说呢。味道足什么足,心都担不完,你外婆才没有我这样通皮(通情达理)。"

"你通皮就不要管我的事。"

"该管还是得管——他喊什么名字?"

"姓胡。"

"报全名。"

"胡、泉、生。听清楚了吧?"

"在哪里做事?"

"县委办。"

"喔喔,还是搭我家里运崽同事啊。"

"你不要搞错了。我弟弟的单位是政府办,人家是县委办。县委办的衙门比政府办大。"

"听起来差不多,有没有文凭?"

"当然有文凭,是大学生呢!"

"大学生有什么了不起,我家里运崽不是读了大学啊。"

"运崽的大学能搭他的大学比?人家读的那是名牌大学。"

"锅铲子是铁,锄头片也是铁,都一样。我还想晓得他家里在哪方天住?"

"查户口?"

"话不要说得那样丑,我想晓得他是哪里人。"

"哪里人?西边天里的冷水铺人。"

"冷水铺?我上南岭山扯笋子去过,还在南岭山的山窝窝里,那里的人家好穷。"

"那里的人家穷不穷关我屁事,我又不到那里去住。"

"看样子你硬是爱到这个人了。"

"有好爱也谈不上,只是还能对上眼,两个人在一起的时候有话讲。"

"那他呢?很爱你?"

"我又不是他肚子里的蛔虫,不晓得!不过他说了,马上会要在城里头买套房子;他也应了的,要帮我找个正式工作。"

"看来他还是很有心的喔。"

细姥婢默了默,又问:"你们谈好长时间了?"

三姥婢扳起指头算了算,说:"认得有五个多月了。"

细姥婢说:"你有本事呢,瞒了我半年。"

三姥婢说:"瞒你做什么,你问过我吗?"

"打算什么时候带给我们看看?"

"哪阵都可以,你们定日子。我喊他过来吃顿饭,到时候你只多砍两斤肉。"

细姥婢想了想,说:"吃饭的事情以后再说,先喊他过来陪我打场麻将。"

"他不会打麻将。"

"不会才好,你可以教他打啊。"

"做什么一定要人家打麻将?"

"这你就不懂了吧,牌桌上是最能够看出一个人的脾性的。你两个姐姐就是我没有帮她们把得关,找的男人都不如意。到了你这里,再不能放任自流,一定要喊过来打场麻将。"

"一定要?"

"一定要!"

"那你说哪天吧?"

"明天是来不及了,这种事赶早不赶晚,就后天吧——后天正好是礼拜天。"

"在哪里?人家一个县委干部,总不能喊他到麻将室去现眼吧。"

"这个道理我懂,喊他到家里来打啊。"

"麻将室那头不要人招呼了?"

"关门,歇业。生意天天有做,看郎崽的事情二十几年才碰一回,这事为大。"

"嘻!"

礼拜天细姥婢起了个大早。心里有事,她一晚上都没有睡得踏实。不知为什么,她心里总有点梗梗的,不着靠,好像又有点兴奋和烦乱。她拿毛巾包在头上,接长扫帚打掉屋檐下的扬尘,扫了地,把桌椅门窗都清洗一遍,把杂七杂八的东西都掳进里屋,把火炉凳下的烂鞋子烂袜子清空了,整得一个堂屋洁净清爽,看着舒服。她又早早打发运崽出门去找地方玩,还要他告诉外公秋聋子吃晚饭不要来早了。她不喜欢打牌的时候多有闲人。

然后，就喊了三姥婢一起到墟上砍了肉，买了鱼。又顺路去麻将室背了张麻将桌到家里，在堂屋正中间摆好。

吃过中饭，喊来作陪的牌友就都到了，还是几个老姐妹：疤眼皮、三道弯、花红薯。一进门，就都眼前一亮。疤眼皮说："这是打算要过年了啊！"

三道弯说："过年都没有这样上心。"

花红薯说："郎崽半个崽，今天头回上门，自然要上心。"

细姥婢笑说："南瓜都还不曾起蒂蒂，这阵就郎崽郎崽地喊，莫喊早了哩！"

一边说，一边就把芝麻豆子茶筛上了。

疤眼皮欠身端起茶，一口喝了，又用力拍打着杯子里的芝麻豆子往嘴里筑，问："你家水旺呢？这样大的事情他不到堂？"

细姥婢"啧"一声，黑了脸说："你只莫要提他，提起我就卵根子抽。"

疤眼皮忙问："你又是伤到哪根筋了？"

细姥婢说："都定好了三姥婢的对象今天上门来，要他一起接待一下。鬼知道他昨天趁我们做事去了，不声不响就又走了，说是要到广东进货。进他的祖宗娭毑货呢，太没名堂！"

疤眼皮附和道："也是，说起来都不该！"

细姥婢忽然又转口说："要说也怪不到他。他本来是定好了昨天要过去，临时改变，人家那头不答应。"口气淡淡地，她不想给外人声讨自己的男人。

疤眼皮却仍然说："大不了这单生意不做了，有什么了不起的？你们赚那样多钱，还在乎一单两单生意啊。"

细姥婢说："你看到我们好像是赚了钱，其实没有，人就辛苦得要死，一出门十天半个月，回来拿不出几个钱，有时还贴本。"

疤眼皮摇手说："不可能！生意场上的行情，我还晓得一点。比方这服装，在广东那边进价二十块，到这边要卖到三十块，一件衣服就赚十块钱，一百件就是一千块。他一次进货不止一百件吧？"

细姥婢说："那路费花销？每次要请客送礼呢？你不能只算进不算出。"

疤眼皮说："我都搭你算了，再算再算，总还是进的比出的多，不然还做什么生意。"

细姥婢说："我也是听水旺自己说。反正他拿回来的钱是越来越少。"

"那是他瞒了你。"

"不会不会！这点我相信他。他赚到一分钱都会交给我的，身上很少兜钱。你看他连麻将都不打，就是怕输钱。"

"你以为不打麻将就好啊？"

"总不能够说是坏吧。"

"你听没听过一句话？"

"什么话？"

"只要是男人，不赌就嫖，不嫖就赌，总有一样。我不相信他有那样乖。"

"疤眼皮你发神经吧！"三道弯喊起来说，"人家细姥婢是喊我们过来陪客的，你却在这里挑是非，越扯越远了。"

花红薯也说："就是，越说越没名堂！"

疤眼皮忽然也来了气，拿茶杯往桌上一顿，吐掉口里的茶叶渣子，说："我不是发神经，也不是挑是非，我们几十年的老姊妹了，我是为她好。是她自己说的生意越来越难做，水旺拿回来的钱越来越少，我心里就起了疑惑。依我对水旺的了解，他那样灵气的人，不赚钱的生意不可能做了一回又一回。"

"依你的意思,水旺他赚到了钱没有拿回家,自己花掉了?"

"你自己去悟。"

"不可能呀,以前他不是这样的人。"

"有什么不可能。人都是会变的。特别是这男人信不得,心里都有一根花肠子,到了外面那花花世界,兜里又揣起有钱,不坏都会学坏。我家里那老榨骨早就起意要去广东踹一踹,每回一开口就给我拦住了。他那个心思我还不晓得,明里说是去看看有什么生意做,心里打的净是歪主意,无非想去潇洒一回。我担心的是,你潇洒了,万一带个病回来了,那不是害人啊!我放不得这个心!"

细姥婢提起茶壶给杯子添水,耷拉着眉眼,没有接腔。疤眼皮继续说:"这番话我早就想搭你说了。世上的钱是赚不完的,我们这样的老百姓,也不要总想着发大财,那不现实,够花就可以了。细姥婢你这世人受的苦也够多了,那真是牛马不如,我们看到都心里急。现在好了,吃有吃了,穿有穿了,崽女也都大了,三姥婢谈了对象跟着就要结婚了,运崽也读了大学,做了国家干部,个个月有工资拿,不要你操心了。你还图个什么?不就是图个清静、平安,一家人和和顺顺过日子。男人搭我们的想法就不一样,他们总还喜欢到外面玩,图快活。这时候你还不把男人看紧点,常年四季让他在外头跑,假如搞点什么事出来,说不定一家人还会散去,你前头的苦就白受了。"

细姥婢手一抖,开水歪出茶杯口,浸了一桌。三道弯拿抹布抹干净,说:"疤眼皮说的是几十年老姊妹之间才会说的话。她也早就搭我说过这种担心。"

疤眼皮说:"这当然是亲姊妹才会说的话。邻愿邻安。我们的家里唯愿不要出事才好。说丑点,你家里若出了事,我们打麻将找个合适的角都不容易,心里不松快。"

花红薯点头:"这话说得实在。"

细姥婢的眉头弹了弹，轻轻叹口气。她瞄一眼墙上的挂钟，细声说："等下三姥婢的对象来了，就再不要扯这些事。"

三个女人头齐声说："不能，自然不能。"

两点钟，三姥婢陪着胡泉生应时而到。

细姥婢又瞄一眼挂钟，心里"噉"一声：这后生还蛮守时呢！

四个女人头就拿眼睛上上下下地打量胡泉生。这人好像也不见得有很特别，中等身材，五官端正，眉毛不粗不细，皮肤不白不黑，就是极其普通的一个本地男仔。但是，人家是名牌大学的高才生，是县委办的干部呢。

初次登门，又给未来的岳母娘和几个婶婶辈的女人头拿眼睛来回横扫，年轻的干部就像钻进了罩网里的鱼，难免拘谨，头上的汗都逼出来了。他随着三姥婢的介绍一一打过招呼，这才把礼品盒放到火炉桌上，听到细姥婢说："到灶上坐啊。"就到火炉凳尾坐下了。

这头坐下，疤眼皮在那头却站了起来，大声说："都起来，要坐到麻将桌上去坐，有什么话也到麻将桌上去说。"

众女娜纷纷起身。胡泉生迟迟疑疑地伸直一条腿搭到灶下，欲站不站，只拿眼睛去望三姥婢，问："我也要一起去吗？"

众女娜大笑，抢着说："你当然要来呀！"

三姥婢也说："早都搭你说好了的，上！"

胡泉生说："我不会哩。我看你们打好吗？"

疤眼皮说："不会才好呢。我们'三娘教子'，好赢你的钱。"

细姥婢说："不怕。打麻将未必比考大学还难，上桌就会。三姥婢搭你做参谋。"

三姥婢一使眼色，说："我家家都开了声的，你敢不上？你还怕了这几个老婆头不成？"

胡泉生一握拳头，说："好，我上！"两步走到麻将桌旁站起，说：

"我晓得几位婶婶都是麻坛高手,我也晓得打麻将是三分技术、七分手气,我还晓得'麻将怕生手'那句话。今天我就麻起胆子陪几位婶婶玩一玩。如果我输了,就当是孝敬几位长辈的;万一我赢了,也请几位不要不欢喜,就似如是头回见面给晚辈发的红包。"

一番话把几个女人头都笑仰了,乱纷纷地拍掌叫好。细姥婢一欢喜,忽然有了新的主意。她说声"慢点",就走进里屋。只听一阵钥匙柜门响,过一阵,抱了一个檀木匣子出来,放到麻将桌上,说:"把那塑料的拿开,打这副。"

疤眼皮一眼看到那个檀木匣子,惊喜得眼珠子都要弹出来了,颤声说:"这个木匣我看着好熟悉好熟悉呢——是翠玉姑娘的那副象牙麻将吧?"

细姥婢点点头,摁开匣子暗锁。盖一打开,几缕清香散发出来,几个人都倒吸了口气。

疤眼皮拈起两粒象牙麻将放在手里,一边摩挲,一边说:"只有这麻将摸起来才是松快。"

三道弯抵她说:"你只晓得要松快。"

疤眼皮说:"你不要松快啊。只怕你一摸这光滑溜溜的象牙麻将,下边就要胀得难受。"

三道弯说:"又来了。这里还有黄花女黄花崽呢!"

疤眼皮飞快地扫一眼三姥婢和胡泉生,说:"都是熟得出水的瓜了,哪里还寻得出黄花女黄花崽。"

细姥婢就"呔"一声,说:"不要东扯西扯的,没有一点分明的?"

疤眼皮又感叹说:"难怪土改那阵,翠玉姑娘家里的什么物器都给搜了出来,唯独没有看到这副象牙麻将。我想呢,真是奇了巧了,这多年头运动搞过好多轮,她家里连地都翻转过来几遍,什么抵(值)钱的物器都搜出来了,只有这件宝贝没有现世。原来是藏在你手里了。"

细姥婢说:"是翠玉姑娘给我保管的。"

疤眼皮说:"你早该拿出来啊,省得我时常念起它。若不是今天有贵人进门,还不晓得你要瞒我们好久。"

三道弯说:"老早就听说翠玉姑娘有副上好的象牙麻将,说得几好几好,今天开眼界了。"

花红薯没有说话,只拈起一粒象牙麻将印在脸颊上轻轻地揉、揉。

疤眼皮说:"早年子翠玉姑娘拿这副麻将喊我打过好多回,我是好熟悉呢。你们晓得吧,麻将的运气也是跟熟手走的,今天我赢定了。"

三道弯一撇嘴说:"净想好事!"

细姥婢打来盆温水,让每个人洗了洗手,选好位,麻将就开始了。

细姥婢不声不响地挪过去,和三姥婢并肩一起站在胡泉生背后看。

她不动声色地拿开了三姥婢倚在胡泉生椅背上的胳膊。

胡泉生明显是个生手。砌牌、摸牌、垛牌,动作都很生拙。他还死讲究,抓到字牌时,一定要正着放好,手上就越发地慢了。但他又比当年细姥婢头次上场时沉着得多。想来是事先已经过三姥婢的调教,一些要诀熟记在心。什么"防上家,堵下家,盯对家",什么"人旺我乱碰",什么"打熟不打生",什么"双碰不如一嵌",什么"打风不做牌,做牌不打风",什么"宁弃不放铳"……口里一直念念有声,逗得几个人都发笑。三姥婢气得说他:"你不要出声念。"胡泉生笑笑说:"不出声念我记不住。读书那阵,背书、背公式,我都是出声念的。"疤眼皮说:"你这样一念,念得人心里好躁。"胡泉生又笑笑说:"莫躁、莫躁。一躁就容易出错牌。"疤眼皮说:"这个崽嘴巴甜,晓得体恤人——我真想截三姥婢一个和,你搭我做郎崽算了。"胡泉生摸上一张牌,靠边放好,说:"那要看我得不得肯,还要看三姥婢得不得肯。"三姥婢一推胡泉生的椅背,说:"肯哩,等下打牌散场你就跟到去她家。"胡泉生拿椅子挪正了说:"这个婶婶家里有三姥婢这样乖的女娜吗?"三姥婢说:"有哩,她家里一只狗婆刚生了五只小母狗，个个都乖，随你挑。"说完，自己先就笑得蹲到地下了。

才打完一圈，胡泉生就上了手。砌牌、摸牌、垛牌，手势已经相当麻利。他也不再只顾低头盯住自己面前的牌，能够腾出闲暇，看看下家，瞄瞄对家，再晃一眼上家。神态从容自得，捏像了久经麻场的老溜子。他也不再顺从三姥婢的点拨，自有主张。他好像很不屑于做小牌，十三张麻将一上手，他就考量着直往大和去做（这一点真是太对细姥婢的胃口了，她直在心里暗暗称道）。他好像还有点固执，有时牌势使然，不得不做小和，他也绝不"吃"炮，执着地搏自摸。

只是这天他的手气实在太衰，这从他的牌一上手就看得出来。他每次摸上的牌都是稀烂的，连不成坎。好容易刚刚理顺，人家已经叫和了。有时眼看一个大和就要做成了，却又轻易就给人家的一个小屁和破坏掉。说穿了，他的对手都是牌精，只看他打得几张牌，就知道他想做什么，又做到了什么程度，即刻就有办法对付。他的固执也让他很吃亏。他不吃和，人家要吃和，绝不迟疑，绝不客气，让他连后悔的机会都没有。牌场上瞬息万变，需要顺势而为，需要造势，需要通达，需要当机立断，可是他都还不会。

眼看着他面前的筹码一点点矮下去，旁边的三姥婢急得跺脚。她连训带嗔，不停地指点胡泉生出牌，有时还越俎代庖，探过手去直接拈起牌打出去。看着胡泉生一直输，细姥婢心里也着急，但她不能作声，她要遵守牌场上的规矩，还要守住身为长辈的矜持。她只能眼睁睁地看着胡泉生有时个把小时都和不了一把牌。如此输法，胡泉生心里应该也是很着急的，好像他还很纳闷，为什么人家就能把牌局牌势看得那么透彻呢。但他脸上却波澜不惊，一点看不出心里的变化。他只是把出牌的速度慢下来，很少去看几个人脸上的神情，只微微皱眉，凝神盯着池子里的麻将子琢磨。有时在旁边帮闲的三姥婢自作主张打出了放炮的牌张，他也不急不恼，只快速把推倒在池子里的麻将翻转来看几眼，随手将输掉的筹码送过去。

胡泉生面前的筹码只剩最后一个了，这真是有点惨。再输，他就要拿钱买筹码了。细姥婢再看不下去，转身往灶上去准备晚上的饭菜。

她听到三姥婢在背后喊："起开，让我来！"过一会，胡泉生笑笑说："要我让开没关系，但你要问问几个婶婶同不同意？"跟着就有疤眼皮大声说："不行！事先都说定了的，今天就这几个角要打满十二圈才散场，哪个也不准换。"三姥婢软下声说："那让我帮他担一圈土。你看他手里只有一粒筹码了，输干净了不好看。"疤眼皮说："噢，你晓得心痛了啊。不行！说透眼了都不行！"就听胡泉生说："我手里不是还有一粒筹码吗？没有输干净啊！你信不信，我就要靠这粒筹码翻身。兵法上说'背水一战'，股市上说'触底反弹'，你自己也说过'牌都没有打完，就不能喊输'。"三姥婢说："我没有说过。"胡泉生说："这可能不是你的话，但我清楚记得你告诉我这是你家家说的。我觉得这话有道理，不到最后，不能认输。你要相信我，最后一定能赢转来。"——"好，相信你！我们拉钩。"就听到疤眼皮尖叫着"啧"了几声，说："你们倒不倒丑啊，当我们的面就这样亲热。"

细姥婢急忙转脸，就看到胡泉生和三姥婢的食指绞食指，勾在一起。胡泉生的另一只手还轻轻拍在三姥婢的手背上。

细姥婢喊："三姥婢，过来帮忙洗菜。"

三姥婢蹦跳过来，细姥婢把一个铜脸盆咣当一声丢在她脚下，说："到冰箱里把鸡拿出来。"

背后的麻将声又吵起来了。

细姥婢喊了三姥婢一起从小门下到河边，一人占住一块石板，剖鱼、修鸡、洗青菜。三姥婢蹲下，又站起，显得心神不宁。

三姥婢问细姥婢："胡泉生能翻过盘来吗？"

细姥婢说:"我看能够。"

"你凭什么说能够?"

"我也不清楚凭什么,就是感觉他能够。"

"感觉是什么东西?看不见摸不着,我不信!"

"好多时候,牌桌上就是凭感觉呢。"

"都怪你,要他到家里来,来就是了,要安排打什么麻将。我看他今天会输得好看。"

"今天这场牌输赢不重要。"

"你这话打鬼听呢。哪个打麻将不是为了分输赢?哪个输了心里都不松快。"

"那不一定呢,有时候打麻将就不是为了赢钱。我看这个胡泉生就比你悟得通,他那几句话让人听起来好舒服。"

"他真的输了钱就不舒服了。"

"他比你通事理。"

三姥婢忽然把菜刀往石板上一拍,说:"不行,我要上去守在他旁边盯住。"

细姥婢阻止说:"你不要去。你守在他后边,只会让他分心;你又喜欢指点,让他不能心静,这牌哪样能打得好?你只让他一个人去专心默神,守住气,慢慢悟。说不定风水轮流转,运气就转到他这边来了。我看好他。"

"你是这样悟的?"

"就是这样悟的。"

"你真的看好他?"

"他都是你的对象了,不看好他看好哪个?"

"好,我又信你一回。"

三姥婢就挪了挪脚,脸朝西边站好,屈肘合掌,闭住眼睛,口里念道:"财神菩萨,土地公公,布袋和尚,关公大师,各路神仙一路来,保佑我的胡泉生时来运来,要风得风,要雨得雨,大和小和一起来,赢完她们,赢死她们……"

细姥婢看着好笑,一转脸,看到一条大黄狗正从碾米坊的路上一颠一颠下来,她一边大声吆着,一边抓起一坨鱼杂,用力甩到往大院去的石阶上。大黄狗一愣,随即四蹄腾起,一蹿上去,一口叼住鱼杂,箭一样从小门射进去了。

细姥婢在心里欢喜道:"好彩头,好彩头!"

娘女两个都把心放下来,不紧不慢地洗鱼、剖鱼、修鸡、斩鸡,又把半篮子青菜一匹一匹洗干净,歇了会憩,这才提着端着往回返。

一进家门,两双眼睛就追着往牌桌上望。四个人已经换了位置,胡泉生靠墙对门坐起,面前的筹码码起好高。三姥婢欢叫一声,脸盆都不及放落,几步就到了他旁边。

三姥婢欠着身子,歪脸看着胡泉生面前的牌,说:"呢,又叫和了呀。我家家哪里测得这样准,认定你就是会转运。"又拿脚踢踢胡泉生,说:"你要搭帮我呢,不是我求神拜佛保佑你,你得有转运啊!"

细姥婢放好菜篮,到火炉凳上坐下,顾自倒了杯茶,边喝边训斥说:"三姥婢你这毛躁脾性几时才得改,只会东扯西扯,天上的云朵说得散,雪里打得出火,嘴里没得边。"

三姥婢感觉到自己欢喜得有点忘形,忙说:"好好,我只看,再不得多嘴。"

细姥婢说:"你不要倚在旁边看,赶紧过来,要架火炒菜了,我一双手做不赢。"

三姥婢腾出手来竖高一根指头,说:"你让我看完这一盘,就只一盘。"

话没落音,就听疤眼皮说声:"和了!"把牌一推倒,得意地大笑。

竟是胡泉生放的炮,还是个大和。

三姥婢气嘟嘟地埋怨道："疤眼皮接连放出两个炮你都不和，反倒给她吃了你的炮，我踢你几脚都没有反应，你在想什么呢？"

胡泉生笑笑说："我看到她的筹码都输得快没有了，哪里好意思还吃她的炮。"

三姥婢说："她放第一个炮你不和犹自可，放出的第二个炮已经是绝张了还不和，给人送钱也不是这样送的。"

胡泉生说："都是婶婶辈的人，看她输光了我会不好意思，心里不松快。"

"松你个尸，快你个尸呢！"

"喂喂，打情骂俏也不要当我们的面啊。"疤眼皮把手一翻，"先拿钱来。"

没等胡泉生动手，三姥婢替他搓出四个筹码，拍在疤眼皮面前。

疤眼皮睁大了一只眼睛说："哎呀，这三姥婢还对我拍气呢！"

三姥婢忙咧嘴一笑，说："没有呢婶婶，我是气这个人。"说时，拿手指在胡泉生背上用力一戳，戳得胡泉生肩膀一缩。

胡泉生说："气我，是气我哩。"

三道弯也打圆场说："看这小两口，还没结婚就这样互敬互爱，结了婚怎么得了。"

细姥婢大声喊三姥婢过去。

细姥婢把丁板放到火炉桌上，把鸡摆上去，又把鱼摆上去，拿菜刀在鱼背上比画了一阵。

细姥婢忽然没头没脑地说起话来，像是自言自语。她说："这打麻将啊，讲究的是一股气，再背再输，不能丧气，要稳得住；再旺再赢，也要稳得住，不能有躁气，特别不能心软。这手气是有脚会走路的，你不要以为自己这一阵手气好，生怕吃了别人的炮不好意思，该和的牌不和，心软下来。只要一有这样的念头，好手气即时就晓得了，扯脚就走，走得远远的，后悔都没得后悔。不信？不信你就看啰，比街上卖的老鼠药还见效！"

牌桌上的几个人都在码牌，有的话听到了，有的话没听到，谁也没有作声。她偷眼看到胡泉生微微点了下头。

三姥婢也听懂了，咧嘴一笑，动手扒开煤灰，填进火屎，架好炭。她蹲在灶门口，拿一把蒲扇用力扇，不一会，蓝色的火苗就冲起一尺多高，呼呼地叫，飘出一股硫黄味。细姥婢端起锅子坐到炭火上，只一刻，锅就红了。一匙茶油下去，嗞啦一响，满屋油烟。细姥婢快速地翻炒着鸡肉，锅铲子咔咔响，将麻将声敲得七零八落，溃不成阵。

细姥婢在灶头上劳神，心却在麻将桌那头。她身上到处长起了耳朵，一起朝着那边听。一边听，一边在心里估摸。好像胡泉生一直在走下坡路，一时听到疤眼皮喊"和了"，一时又听到三道弯喊"和了"，连花红薯都自摸过两次了，只有胡泉生没有动静。

三姥婢坐不住了，忽地起身，又要过去。细姥婢低声喝道："坐到，扇火！"

细姥婢往锅里撒下姜蒜和八角，盖上盖，等它去焖。然后拿张矮凳靠门坐下，以手扇风，眼睛望着门外空地。她的脑门上挂起了汗珠。

麻将桌上好久没人开声，这种情形很少有。细姥婢知道，疤眼皮那嘴巴是个漏斗壶，藏不住一滴水，有话就说，牌桌上只要有了她不会不热闹。除非她给打残了，才会无话可说，变得安静，那时候她的脸色也会黑得相当难看。

细姥婢忽然有点欣喜，她好久没有看到疤眼皮黑脸的样子了。

那么，是哪个打残了疤眼皮的呢？三道弯和花红薯？可能性不大，那两个都是稳砣子，轻易不做大牌，还见炮就和，不搏自摸，又一到后半截，就稳妥保守得要命，宁可弃和，绝不打生张把牌局搅黄。这样的牌搭子，很难打残别人，别人也很难打残她们。那就只剩胡泉生了。是有可能，他是生手，"麻将怕生手"不是虚言。而且他还很有悟性，稍一点化，就能领会。这样的人手气一顺起来，只要摸得几个大和，很容易就能把对手打残。

细姥婢很想过去凑凑热闹，看看是不是疤眼皮给打残了，看看是不是胡泉生把她给打残的。但她忍住了，她知道疤眼皮一输急了就喜欢发无名火，怨天怨地，找人出气。这时候过去，那是找时背。

她看到三姥婢举着蒲扇，一蹦就到了胡泉生背后。她瞟她一眼，也懒得喝止了。

鸡肉的香味浓起来，扑着亮光往门口走。她慢慢起身，过去把鸡肉盛出来。接着，炒牛肉，煮豆腐，煎鱼，炒酸菜。炒好的菜一样一样摆到火炉桌上，分别拿碗和盘子罩好，最后只等那边麻将一收场，青菜就可以下锅了。

她忽然听到疤眼皮大喊一声："咘，你这后生做得出——"忙转身过去，一看就明白了：胡泉生做了个十三幺，牌都有了，只等白板，恰好疤眼皮打出白板，胡泉生即时把牌一推，和了。疤眼皮说："这才打出头张白板，你就和啊？"

细姥婢将三道弯和花红薯面前的牌依次扳倒，各拈出一张白板，说："这两张白板都上了手了，你这就是绝张，他好不容易做盘十三幺，你打出来，人家当然要和。"

疤眼皮说："你是晓得，泉生崽未必晓得。"

胡泉生笑笑说："我晓得哩。"

疤眼皮说："只有我输得惨，你就不该和。"

细姥婢说："假如不和你，三道弯和花红薯跟到打，胡泉生就都不能吃，那还和个屁呀。"

疤眼皮说："那也应该等她们打出来再和呀！"

细姥婢说："你不打，她们都不会打。胡泉生吃你是对的。"

十 打牌怕生手

疤眼皮一下将自己的牌推倒,说:"若不是我做的大牌也叫和了,不得冒这个险。"

细姥婢说:"所以呀,富贵险中求,也不能说你是错的。"又翻起池子里的第四张牌,"呀"一声说:"假若他不和,你还自摸了呢。"

疤眼皮更加丧气,黑脸说:"是生成的呢!"又拿手扫着面前桌子,说:"我的筹码都输得精打光了,让我拿什么来给?"

三姥婢偏脸对着墙壁说:"拿钱出来买呀!"

"多嘴!"细姥婢喝住女崽,看看台面,问:"你们还有几盘打?"

疤眼皮说:"北风圈的最末一盘,连扳本的机会都没有了。"

细姥婢就说:"我们以前是有过这样的规矩,最后一盘和了牌是可以免单的。"

胡泉生会意,忙说:"那我这盘也免单。"

疤眼皮扯起一边嘴角问:"你舍得?"

胡泉生说:"本来就不是我的钱,不存在舍得舍不得的问题。"

三姥婢不满地说:"那是不少钱呢。"

胡泉生眨眼一笑,说:"不论钱多钱少,只要有规矩,我们就要按规矩办。"

细姥婢暗暗点了点头。

牌局到此散场。各人的筹码清点下来,三道弯和花红薯都输了一些,只有疤眼皮输惨了,拿她自己话说是"连里裤都没有留下"。胡泉生一个人大赢。这正应了牌桌上的那条规律,如果是三女一男同桌打牌,要么是三个赢一个,要么是一个赢三个,少有例外。

到了往出数钱时才是见真性情的时候。疤眼皮将几张票子拍在台面上,心怀天大的不甘,说:"没想到啊,今天脚背深的水里还翻了船,给一个后生崽打残了去。明天再来。"

细姥婢一边收捡麻将,仔细嵌进匣子里,一边说:"明天的事明天再说,先吃饭。"

疤眼皮说:"不吃了,哪里吃得进。"

三道弯守在火炉桌旁,揭开碗,拈起一坨鸡肉填进嘴里,说:"这样多好菜,不吃亏了呢。"

疤眼皮想想说:"也是噢,有吃做什么不吃,堤内损失堤外补,能吃回好多是好多。"

三姥婢将桌上的钱齐好,塞给胡泉生。胡泉生抓钱在手,说声:"等我一下。"扯脚出了门。

几个人把菜碗移到饭桌上,摆好调羹筷子,胡泉生就打了转身。他手里提着四盒巧克力,包装上都系了红绸条。他给几位婶婶辈的人每人手里筑了一盒,说:"给你们的孙崽孙女们吃。"他手里还剩了点钱,一下都交给了三姥婢。

三姥婢发嗲说:"我不要钱。我要巧克力。"

细姥婢忙说:"把钱给我,你把巧克力拿去。"

疤眼皮把巧克力凑近了看看,又举高了看看,说:"我那孙崽总吵着要买巧克力,这样贵气的东西,我哪里舍得买。这下好了,可以安到他了。我说细姥婢啊,你这个郎崽——要得!"

三道弯和花红薯也附和说:"要得,要得!"

细姥婢大声说:"不是要得,是很要得!"

屋里的气氛一下子活彻了起来。

十一
弃和的背后有好难

细姥婢没想到办个麻将室会有这么多麻纱。

有些麻纱是事先想到过的。挑水寻湿路,挑炭寻黑路,开店前她都跟人打听过行情,知道了怎样办证选地方,怎样支应工商、税务、城管、卫生防疫、街道、消防,该打招呼的打招呼,该打点的打点,连门口搞卫生的都不漏过。这些人久不久就会到麻将室来打个转身,只说是例行检查,走时,细姥婢总会给每人手里筑包烟,或是槟榔,意思很到堂。这些人身上大多穿得有制服,懂得规矩,很少有乱来的。有时这些人里头的某某会打个招呼,下午有几个朋友要过来玩一下,细姥婢会意,结账时就会打个对折,让打招呼的人感到很有面子。

麻纱事多点的是那些牌客。几桌熟客倒相安无事,最担心是那些喝完酒过来玩牌的人。这些人大多是后生崽,醉醺醺的,根本不是打麻将,而是为了发泄,他们又唱又笑,还大声吼喊,一口一个"妈妈的",把麻将子砸得嘭嘭响。这样自然会殃及周围。细姥婢接到投诉也不敢怎么样,只能泡几杯蜂蜜水过去给他们醒酒,小心地请他们稍微安静点。吵啊骂啊犹可,最难应对的是他们常常还会打起来,那自然是输家发了输气。几个酒醉癫子在狭小的空间里挥拳抢椅,细姥婢两娘女哪里奈得何。好在这时候往往有雷副镇长和罗长子这些人帮她出头。雷副镇长虽然退了休,余威还在,一声断喝,罗长子和细崽螳螂一摚过去,就把打斗的双方隔开了。那些人骂骂咧咧歪歪倒倒地出了门,一路走一路吐,连台费都不交,打脱了脚的凳子也不赔,扬长而去。细姥婢只能念一声"做好事"自认背时。

更荒唐的是有回来了几个牌客,里头的一个细姥婢还认识,那是一个做工程发了财的包工头,其余几个也应该是老板,这从他们颈根上吊着的金项链、手腕上箍着的金圈圈就看得出来。几个人一进房间,各自就把一包软中华放在案几上,烟盒上压一只防风打火机。这些人倒没有那种暴发户的毛病,没有高声喧哗,耀武扬威,只是静静地摸牌、打牌,一根接一根地抽烟。细姥婢进去添水,得用力挤开浓烟,才到得跟前。那天晚上生意还很好,卖出了三包芙蓉王、四袋牛肉干、两瓶汽水。一切都很好,很安静。细姥婢坐在服务台后面,一下一下栽瞌睡。到十点多快十一点钟,忽然门口一阵喧嚷,细姥婢走出去一看,是两个后生抬了一张麻将桌过来。她正在奇怪呢,那位戴金项链的包工头从里头大步走出来,指挥后生把房间里的麻将桌搬到门口,再又把新的麻将桌抬进去。原来是这个包工头这天晚上手气特别衰,换了位置,换了风扇,还是衰。一怒之下,一个电话打到日杂店,喊他们送一张麻将桌过来。细姥婢感到好笑,开店几年,有换灯泡的,有换凳子的,有换风扇的,甚至还有换鞋袜的,这换麻将桌还是头一回。这人啊,有了钱就是任性。没办法,他要任性就让他去任性吧。细姥婢只是担心旧的麻将桌会要怎样处理,谁知她又天真了。

那天晚上,这桌人是最后散的,结完账,包工头让另外三个人先走。他跟细姥婢提出,要她把麻将桌的钱给回他。细姥婢很生气,说:"我又没有要你换麻将桌,这钱为什么我出?"包工头说:"麻将桌放在你的店子里,钱当然归你出。"细姥婢说:"你可以拿它搬走!"包工头说:"我搬走它没有用。"细姥婢说:"我这里也没地方放了。你可以退回店里去。"包工头说:"卖出的货,退不回去了。"细姥婢说:"那你自己想办法处理。"包工头说:"我的办法就是你拿它买下来。"细姥婢说:"你自己看得到的,我的场子就这样大,再放不下一张桌子了。"包工头说:"老的不去,新的不来,你正好换一张新桌子。"细姥婢说:"我本钱都还没曾赚回来,哪里有钱换新的!你搬走搬走!"包工头说:"假如我硬不搬走呢?"细姥婢说:"你硬不搬走就让它蹾在那里。"包工头点起一根烟,徐徐地吐着烟雾,说:"好,那间房就归我了。反正我手下有四五十个工人兄弟,我让他们天天过来玩牌。先搭你交个底,我那些工人兄弟很粗鲁,最喜欢做的一件事就是搭人打架,还打起来都不要命的,你就多哄到他们点。"细姥婢默了默,慨叹一声:"天底下还有这种道理!"

细姥婢到底做了让步,她拿半价买下了那张麻将桌,她也不知道自己是赚了还是赔了。

这一类的麻纱事,三天两头就有一回,不过当时都能解决。细姥婢是个能忍让的人,相信破财消灾、和气生财,不搭人争斗。

但有一回,她觉得是碰到鬼了。

那天晚上,也是十点多快十一点的时候,麻将室忽然闯进几个治安队员。他们说接到举报,这里有人赌博。这个罪名有点吓人,也是很容易安在棋牌室一类场所头上的。现如今但凡有分输赢的场合,都会有赌。下象棋,赌;下围棋,赌;看足球,赌;斗狗头牛,赌;有时墟陂上有小把戏打抱篍子架,也即刻有人互相赌上了。这些赌还都是用现金兑现,毫不避讳。棋牌室里斗纸牌打麻将,自然都带彩。打麻将不赌钱,好比炒菜不放盐,那有什么味道。只是这钱都不放在台面上,只拿筹码进出,最后兑现现金是在私底下进行的。这已经不是秘密的秘密,谁都清楚,牌客清楚,老板清楚,公安警察也清楚。以前也有过检查(比如节日前、县人大召开前,或是有上级领导下来视察),但都是例行公事,走个过场,而且事先都有人打好了招呼。这次不同,突然就来了。一下来了四个人,两个把在门口,两个直往里头闯,挨个房间检查。那两个人手里都提了铁锤,先看身份证,再让每个人把包里、口袋里的现金拿出来,然后把人赶走,又对着麻将桌一顿乱砸。他们查到最后一个房间才停下来,没有进去,好像知道里头有退休的雷副镇长和老居委会主任,不想惹事。

细姥婢和三姥婢给钉在服务台后头,不准起身。三姥婢没有经见过这种场合,吓得一身发抖。直到那两个人从里头打转出来,把两个塑料袋交到门口的一个人手里。细姥婢已经知道了这个人是队长。两个塑料袋,一个装了搜缴到的现金,一个装了麻将桌上的骰子。

治安队长拍着手臂上的红袖章,说:"根据治安条例,你这麻将馆里有赌博行为,我宣布停业一个月,罚款一万元,限你们五天之内拿罚款交到治安队里来。记到了!"

细姥婢一脑壳的马蜂,早都蒙了。等她回过神来,那伙人已经走出好远。

细姥婢跌坐在服务台后头,放声大哭。

"一万块哪!你们口一丫,气一喷,张口就罚一万块,我年数年都赚不到一万块啊……

"你们还让我停业,这是砸我饭碗断我财路啊,还让我到哪里去寻吃……

"我一世本分做人,蚂蚁子都不敢踩到,哪个要这样害人这样歹毒啰……

"我没有违法呢,我哪里会做违法的事呢。我就是依法依规做事的人,为什么要对我这样狠……

"天啊天,你打开眼睛看看呢,我们过点日子为什么就这样难……"

细姥婢这样伤心、这样哭,还是二十几年前家里给强盗偷走全部钱财那一回。她边哭边想起了一些事，越哭越伤心。

三姥婢一路哭着跑去敲开尽里头的房间门。

里头的人都还不知晓外头出了祸乱，赶紧出来。他们看到几个房间里的麻将桌都给砸得稀垮，麻将子散落一地，又惊讶，又气恼。雷副镇长说："这是进了强盗还是进了蛮子？"曾蓉主任说："这样搞法，比强盗拐子还不如！"徐股长耸耸鼻子，长叹一声。向法官摇头晃脑地说："现在都是法治社会了，还有这样野蛮执法的？——不像个话！"曾蓉主任捡起散落在地下的麻将子，丢回到桌上，说："这样做得绝，硬是要断细姥婢的财路呢！"雷副镇长说："这人在世上啊，有两条路不能挡人家的。一条是财路，一条是色路。我做领导那阵，经济还不活跃，没有发财的人，没有财路可挡。偷人的人不是没有，经常性的。但是我从来睁只眼闭只眼，能不管则不管。我心里清楚，你挡了人家的财路，挡了人家的色路，人家会恨得吃得你进——你们看看，细姥婢哭得好伤心。"

说着话，已经到了门口。细姥婢喊住雷副镇长："你在公安局有熟人吧？"

雷副镇长点点头。

"我会要请你帮忙搭他们疏通一下。"

雷副镇长看她一眼，神情凝肃，没有作声。

曾蓉主任就说："镇长你就应承了细姥婢吧，这事还只有你出面才有用。只说一声有人举报了，就砸场子，罚款一万块，还勒令停业，有这样做得出的？'文化大革命'那阵也不过这样。"

徐股长也说："是要赶紧找人。如今这社会，出再大的事都要找人才得化解。"

雷副镇长说："这类事应该归治安股管吧？"然后又振奋地说："恰好我搭他们的股长很熟，明天我去搭他打声招呼，应该问题不大。"

细姥婢连声说："那就好，那就好。"

徐股长说:"少不得又会要花钱。"

细姥婢说:"这我懂水(明白)。"忙把抽屉里的钱都刮出来,说:"镇长你先把这点钱揣起,不够了明天我再拿给你。"

雷副镇长有点迟疑:"不必要吧?"

细姥婢说:"要拿起,你进门会要发包烟吧,会要请他们吃顿饭吧,都要花钱的。"

雷副镇长说:"我搭他们股长那样熟,还消要来这一套?"

徐股长说:"人熟只是进得门的一张名片,人要不熟啊,请饭都没有人应。"

向法官在一旁看得直摇头。

细姥婢又说:"等事情过后,我再来感谢你!"

雷副镇长勃然黑脸说道:"你要这样说,我就不搭你去找人了!"

曾蓉主任忙打圆场说:"先不说这个,现在要紧的是把这场祸祟躲过去。今天也晚了,明天还要辛苦镇长早点去一转公安局。"

雷副镇长说:"明天早上我起身就去。"

事情说妥,几个人要回去了。忽然三姥婢在后头怯怯地说:"几间房里的麻将桌都打得烂完烂尽了,怎么办?"

细姥婢进去看了一眼,满地狼藉,不觉又垂下两滴泪来,胸口梗得发紧。

曾蓉主任说:"一下两下也捡不整,以后再说吧!"

向法官说:"不要去捡整了,把现场留起。"

曾蓉主任白他一眼说:"你还打算计细姥婢去打官司啊。告诉你,这是打不起的官司。"

徐股长哂笑说:"向法官开口闭口就晓得打官司,不打官司他寻不到吃。你让她去打官司不是害她啊,那种事悟都不要悟。这种官司也打不起。"

向法官摇头说:"没有一点法律意识,真是没得救了。"

徐股长又说:"现在只有一条路可以走,那就是赶紧找人!"

细姥婢低头望住心口,点点头,然后关门落锁。曾蓉主任一直挽住细姥婢的手臂,几个人走到衙门口,分手,各自回家。

进了门,细姥婢才想起出了这样大的事,要赶紧告诉水旺,喊他回来。拿出手机一打,关机。再打,还是关机。她气得把手机甩到火炉凳上,一塌屁股坐下。

想想,她哑声喊起三姥婢,叮嘱不要把这事告诉运崽,也不要搭她的男朋友胡泉生讲。他们都是干部,有自己的前途要奔,不能受影响。得幸运崽到市里学习去了,还要一段时间才得回,少打点电话能够做到。只是那胡泉生就在城里,天天要见面的,嘴一快就怕说漏了,切记要给自己把好关。

交代好,三姥婢顾自去睡了。细姥婢泡了杯酽茶,吹开杯面上的茶末和白沫,小口抿着。这时候她才有时间想一想今天发生的事。今天的事来得真是有点陡。事先没有一点征兆,连梦都没有报一个,突然就闯起进来了,还打东西,还勒令停业,还罚款,这摆明摆白是有人要害自己,把人往死路上整呢。谁会跟自己有这么大的仇?她把周围的人都捋了一遍,不得要领。开店几年,她从来是笑脸对人,没给任何人看过脸色,偶尔碰到不讲理的酒醉癫子、土匪蛮子,打烂个杯子,少几块台费,骂几声粗口,她也都忍了。宁可亏自己,不去亏别人,她只愿大家和气开心,不存半点歪栽心思。房租是一年一交,没亏欠过一厘一毫。各种关系,也都打点到位,连过年的狮子龙灯过身,也都要送个包封。有时叫花子走错路到了门口,她也总要打发一点。没想到这样小心又小心,谨慎又谨慎,还是"人在家中坐,祸从天上来",给人打了一闷棍。她越捋越捋不清了。

既然捋不清,干脆就不捋了。"是祸躲不脱,躲脱不是祸。""鸡叫要天亮，鸡不叫也要天亮。"只好天亮了等雷副镇长回了话再说了。她把杯子里的茶叶抛出来筑进口里，嚼碎嚼碎，又抵住舌头一口一口吐干净，这才慢慢挪到床上，倒头睡了。

细姥婢难过了一晚上。

雷副镇长第二天半上午就上门来回了信。

受人之托，雷副镇长是把它当回事去做的。一清早他就到了公安局，坐在治安股的办公室里等。等了一阵，却没见治安股的人来上班。一问，才知道他们都下乡去了，会要在外头过夜。雷副镇长只好问了股长的电话，拿手机打过去。股长好像正有事，回答得很急促："我不晓得这件事，我也不具体管这种事，你要去问协警。"一下就把电话挂了。雷副镇长在公安局里转一圈，才问清楚了，管治安联防队的协警叫李光飞。

"这个李光飞我不认识，只听说他好横，是个混世魔王。"

"我认识呢。他爷娘就住在前头，同土保镇长家共一个堂屋。他爸爸叫李初一，他是李初一的细崽。"

"哦哦，这样一说，我晓得这个人了。"

"是哩，喊他混世魔王，一点没喊错。"

"既然住得这么近，他不可能不清楚同和麻将室是你开的。这事就有点蹊跷了。"

"我也觉得很蹊跷。"

"你是不是有什么事情得罪过他？"

"——没有呀。说是住在一个院了里，平素也没有来往，光飞和他的哥哥光雄早几年就搬出去住了，一年都难得碰两次面，碰到了我会赶紧跌弯，招呼都不想打。来往都没有，得罪就自然谈不上——再说得丑一点，我得罪什么人，都不会去得罪他呀！"

"你这样一说，我感觉就更蹊跷了。依我的经验，这件事还不光只是抓赌那样简单。"

"你告诉我,有好不简单啊?"

"这我一时也说不出来,也可能是又犯了经验主义,想多了。"

"这怎么办呢?我是实在不想搭这个人打交道。"

"你再不想打交道,也要去找他,只有他才能解决问题。我不是不肯帮你忙,我搭他不亲不故,就不好出这个面了。"

"那你要搭我出出主意。"

雷副镇长想了想,说:"我搭你举荐一个人。"

"哪个?"

"土保镇长。"

"你想让他去搭李光飞求情?"

"那不可能。我太了解土保镇长了,他这世人搭哪个说过软话求过情!我的意思是让老前辈出个面,请李光飞喝壶酒。请李光飞还不能直接请,要他爷老子李初一去约。土保镇长搭他们住一间堂屋,对门对户的隔壁邻舍,又是好多年的老镇长,德高望重,出面请他吃个饭,这个面子一般都会给的。"

"李光飞那个人你还是不了解,好横,又好丫,蛮不讲理,平素看人的眼珠子都是绿的,只怕他不得买土保镇长的面子。"

"给不给面子都要去试一下啊!如果他给面子肯来吃酒,事情好商量。你没听说那句话?'酒杯一端,万事好商量'。现如今好多事情不都是在酒桌上解决的。"

"假如他硬不给这个面子呢?"

"那后面的名堂就大了,就不光是抓个赌这样简单了。打麻将这事情你最清楚,多多少少都会带点彩,哪回检查不是走过场?但是这回不同,一点情面不讲,还砸物器,还罚款,还封店停业,来者不善哩。"

"你这样说起,我心里好吓得难!"

雷副镇长就要她让水旺去出面。

细姥婢说："靠他？最靠不住的就是他。现在他人还在广东做生意。"

雷副镇长说："赶紧给他打电话呀。"

细姥婢说："打不通。从昨天晚上打到今天，手机一直关机。"

雷副镇长惊讶地说："这又蹊跷了。做生意的人哪里有关机的？"

细姥婢说："是哩，我也悟不通。以前随时打随时有人接，偏偏这回有事了就打不通了。"

雷副镇长说："看来他是搭你趁不到肩了。"

细姥婢哼着鼻子说："还想望他搭我趁肩？不给我添乱就阿弥陀佛了。"

雷副镇长摇摇头，客气了一句，叮嘱她趁热打铁，抓紧去找人，该请酒请酒，该送礼送礼，又把头天晚上接了去办事的那卷钱退还给细姥婢，就走了。

细姥婢追在后面喊："过段时间请你吃酒。"

雷副镇长挥挥手，没有回头。

雷副镇长一走，细姥婢的心一下紧绷起来。她想起自己有崽有女有老公，遇到事了却连个打商量的人都没有，不禁好是懊恼。她默了默神，抬手打了打肩上的灰，出门往前头去了。

一进大堂屋的门槛，细姥婢的心就提了起来。她小心地贴住墙壁往里走，绕过天井，侧脸看到左手边李初一家的两张房门都关着，松口气，紧走几步，到了含田婆家门口。

含田婆家的门敞开着，含田婆正弯着身在灶头上架火。她的两个崽——振海和振湘都讨亲成了家，搬到城外头的小区住楼房去了。振梅也嫁了人，家里就只剩下土保镇长和含田婆老两口。虽只两人吃饭，含田婆却每天都要架一炉大火，炭火高出灶面半尺多，烧得亮亮的、旺旺的，一屋子都给炭火映得红红的，隔好远就有一阵阵热气猛往身上扑。

含田婆一见细姥婢，就大着喉咙说道："今天得空了？有两天没看到你来坐了。"

细姥婢忙说："细点声，细点声。"说着就拿眼睛往对门睃了睃。含田婆"哦"一声，仍旧大着喉咙说："对门的人都不在家哩，一天都没有看到开门。"细姥婢"喔"一声，顾自到火炉凳上坐起，倒杯茶喝几口，把事情大致说了。

含田婆直起身，说："只听到讲这光飞恶霸在街上横，今天还横到自己人头上了？"把夹钳往地下一扳，又说："就让我家里老头子搭他去交涉，你也不要说什么请他吃酒的话，你还怕他没吃得？"说着，喊起细姥婢就出门往正街上走，一路飞快。

土保镇长在正街上守店子。

土保镇长也退休好几年了。担子一卸，突然间无所事事，只感到无依无傍，无着无落，百无聊赖。他不打牌，不钓鱼，不唱歌跳舞，对洗脚桑拿汗蒸掐筋捶背那类事情听到就气恼，他也很少跟人来往。每天他大门不出，二门不迈，只在半边堂屋和自家屋里转悠，常常搬个小板凳坐在天井旁边，一根接一根地闷头抽烟。有时也会打开电视机，拿着遥控器扫过来、扫过去，什么节目都没有看清，就又关了，呆坐在火炉凳上，一坐半天。这样长久下去，是会要闷出病来的。几个崽女一商量，每人拿出些钱，凑到一起盘下正街上一个门面，卖些碗啊盆啊调羹啊一类物器，让他每天去守在店里，有个事做。只是店里生意一路不好，很少有人光顾。这要怪他的个性和当了二十几年镇长一些人对他的积怨。

土保镇长这个人忠诚、直套、脾气火暴、作风强硬，动不动就训人，跟人争吵。他文化水平不高，劲头很足，每次运动一来，总要竭尽全力不折不扣地执行上级指令，常常把事情做过头。为此，他得罪了不少人。一些人总想伺机整他，无奈他在位时不贪不占不吃请，从不跟女色来神，行事绝情但很公正，不徇私，不谋私，连几个崽女都没有给安排工作,没有把柄给人。到他退休,那些人就自然同他疏远,再无往来,有时在街上劈面碰到都不打招呼。土保镇长好像也无所谓,他觉得自己问心无愧。

起先他对崽女们搞个店铺让他去守还有点抵触,去得几次就习惯了。他对自己的生意完全是漫不经心。每天,他这个店子都比别人的开得要迟,左手边、右手边和对门的店铺都开始做生意了,他才从衙门口那头吊着个水壶晃晃荡荡地转过来,开了锁,径直就在门口的柜台后面坐下了,连铺板都懒得下。人家开门第一件事,都要扫扫地,掸掸灰尘,把柜台货架都抹一道,他这里一概都免了。所以,他的店堂里总是暗暗的,物器的沿口上都浮起一层灰。土保镇长坐下,从抽屉里摸出两副扑克牌,在柜台面上散开,就开始一个人玩牌。他把扑克牌全部扑起,然后再一张一张揭起。揭又不是按顺序揭,是东一张、西一张乱揭,揭上来的牌,组合也是乱的。有时按同花组合,有时又按牌面上的数字排列。谁也看不出他是在玩什么,或是在算什么。不论他玩的什么、算的什么,一个人这样玩应该是没有意义,也没有意思的。但他却沉迷其中,兴头很足,可以一玩一天。偶尔进来一个顾客(那大多是乡下人),问他点什么,他头都不抬,只说一声:"自己看吧。"细姥婢有时从正街上路过,总会拐进去看看,或是顺便买个油炸糍粑什么的拿进去给他打点心。这时他才会起个身,寒暄两句。等细姥婢一走,就又继续玩他的牌。

这天,细姥婢跟随含田婆走进店子里时,土保镇长还是一个人正在玩牌。听到有人进门,他眼睛都没动一下,只说:"要什么物器,自己看。"

含田婆走拢去,一下拍掉他手里的牌,恼道:"看你的脑壳呢!"

土保镇长抬起头,"呵"地笑了一声。

细姥婢就把事情说了。

土保镇长慢慢把扑克牌收好。一边收一边说:"若是别人家的事,我肯定不得去管,问都懒得问。是你家里的事,我只得去走一转了。"

土保镇长要她们回去等信,拿出钥匙要锁门。细姥婢说:"关什么门,我在这里替你守到,有人来了不耽误做生意。"

土保镇长说:"没有人来呢,天数天都没有人来。我要靠这点生意会背时,不过消磨时间。"

三个人一起出门,在衙门口的丁字路上分了手,土保镇长往联防队去,细姥婢就随含田婆回了家,坐在火炉凳上等。

一壶茶喝得精打光,含田婆淘好米,煮滚了,把饭锅子撤到火边上转着圈烤。饭香味飘起来,香得人想打瞌睡。

终于等到了土保镇长返来。

他不声不响地在火炉凳上坐下,伸出手板烤了一下火,才说他连光飞的面都没见到。

原来,土保镇长去到治安联防队,直接进了办公室,里头的七八个人有一半他认识,不认识的那一半也面熟,好像是附近乡里的。认识的几个人正围在一起玩扑克,轮流翻他一眼,没有作声,低头继续玩他们的。他跟一个不认识的、头皮刮得泛光的后生打问光飞,光脑壳后生反问:"你是——?"土保镇长说:"我是哪个你未必不晓得。"光脑壳后生摇头说:"不晓得。"几个玩扑克的就偏过脸来,一齐:"他是土、保、镇、长呢。"——说完一齐大笑。光脑壳后生"噢"一声,问:"你寻他有事?"土保镇长忍住性子,说:"寻他当然有事,他人呢?"光脑壳后生搔搔后脑壳,说:"光飞队长出外勤去了。"打扑克的几个人又一阵大笑,说:"出什么外勤,人家是到玉姐洗脚城洗脚去了。"土保镇长一惊:"上班时间洗脚?这是什么搞法!你给他打个电话,就说我找他有事。"光脑壳后生拿了手机出去,很快回来说:"光飞队长问你有什么事,给他打电话说。"土保镇长说:"打电话不方便,我要当面搭他说。"光脑壳后生说:"要不然你直接到玉姐洗脚城搭他说?"土保镇长说:"我不去那种地方。他什么时候返来？我等他。"光脑壳后生说："我敢问领导什么时候回来的？应该办完事就回来了。你肯等就在这里等吧。"土保镇长想想也只好等了，就拖把椅子，靠在窗户边坐下，眯起眼睛，迷糊了好久。土保镇长后来是给一阵吵闹声惊醒的。他睁眼一看，牌局已经结束，几个玩扑克的都站起了身，大声喊着要赢家中午请客，光脑壳后生正在帮着数钱。土保镇长问他："光飞回来没有？"光脑壳后生头也不抬地回答说："他中午不回来了，要去吃喜酒。"土保镇长说："你没搭他说我在这里等他？"光脑壳后生停下数钱，舔了舔手指，说："当然说了呢，他说今天都没得空。"土保镇长明白过来，他这是在耍我哩！

土保镇长怄了一肚子气回到家。

土保镇长搓着烤热了的手，气呼呼地说："好哩，他想躲我？我天天守到办公室去等，我就不信他一世不去上班。见了面没得客气，先不先骂他一顿饱的再说。"停停，锉几下牙巴骨，又说："搞得我卵扯了，去找他局长反映！作为执法人员，上班时间出去洗脚、吃喜酒，在办公室打牌赌钱，这是什么搞法？！我要问他们局长，光飞这样的人是怎样当上协警的？不是有人包庇、纵容，敢这样放肆？"

细姥婢脚杆子一阵发麻，吓得心口乱跳。她知道土保镇长的个性，讲得出，做得到。真要去闹，只怕会把事情搞拐场。她后悔不该找他帮忙了。正不知如何开口，含田婆说话了。

含田婆大声说："你这丑脾气几时能改啰。人家细姥婢是请你帮忙，不是要你搅场合的。"

土保镇长说："这不是脾气丑不丑的问题，这是大是大非的问题。我今天亲眼得见，实在是看不过眼了，不说出来会心里胀得难受。"

含田婆说："通天下就你的觉悟高。你以为你还是当镇长那阵啊？上台的狮子，下台的狗。人家不会买你的账了。"

土保镇长说："我是没有当镇长了，但我还是一个共产党员，是一个公民,有说话的权利!"

含田婆说:"你要说话找个背人的地方。如今好多事情你是没有去接触,眼不见心不烦,不然人都会胀死。依我的意思,这件事情你不能再管了,会越搅越乱,收不得场。"

细姥婢赶紧接住话头说:"土保镇长你不要怄气了。搭这种人怄气,只会气死去。我悟来悟去,我自己的事,还是自己出面去解决。"

含田婆说:"你一个女人头出面,不方便,我搭你一起去。"

细姥婢说:"有什么不方便的,光飞蛮子再横,还怕他吃得我进?"

含田婆说:"不是吃不吃得进的问题,我怕他欺负你。毕竟我搭他对门对户住着,小时候他那几兄弟饿肚子,扯常拱进我家里,跑到灶头上揭开锅盖就拿红薯吃,吃得少了啊?有一回他肚子痛得在地上打滚,要不是我及时背起他送医院,只怕命都没有了。所以现在他在外面再横,见到我总还是会规规矩矩喊声婶婶。我搭你一起去,起码他出口不得那样蛮。"

细姥婢说:"不怕!这样多年过来,我什么人没见过。这回我就要一个人去会会他!"

土保镇长叹着气说:"门神老了,挡不住鬼了。实在是对不住了!"

细姥婢谢过,顾自转回到家里。三姥婢又不知道到哪里野去了,家里冷火湫烟。她喝口水,定了定心,炒一大碗油炒饭吃饱了。

她拨通治安联防队一个熟人的电话,探问光飞的行踪。过一会,熟人把电话打回来,小声告诉她:大市场里面新开了一家洗奶店,专门拿人奶给人洗脸洗手,光飞吃完酒,就到那里尝鲜去了,下午都不会回办公室。

细姥婢听说光飞去了洗奶店,眼都直了,骂声:"这砍脑壳的!"她听说过有洗牛奶洗羊奶的,没听说还有洗人奶的。人奶该是月婆子才会有的吧。她不清楚能够从哪里搞得到那样多人奶,更不清楚是当场从月婆子身上挤奶给人用,还是拿挤好的奶去洗头洗脸。这些年来,社会也真是乱,为了发财,什么稀奇古怪的事都有,名堂搞尽。这洗人奶的点子也亏有人想得出。细姥婢只要想一想都脸红心跳,不能自已。这样的地方,她自然是不方便去的。可是自己的事情又太急促了,耽误不得。一天下来,她已经知道光飞就是个飞天蜈蚣,现在不去捕住他把事情解决,又不知道几时才能找得到他了。细姥婢急啊,急得嘴里的火泡都出来了,只好一口接一口喝水。生水下肚,肚里的油炒饭给水一灌,肚子胀得像一面鼓。她拿手伸进衣服里头顺着揉几圈,又倒着揉几圈。最后肚皮一收,心一横,管它三七二十一,洗奶店就是个乱刺窝,老子也要去滚一回;光飞就是个阎王爷,老子也要会一会。

  细姥婢即刻出门,招手喊过摩托车,跳上去,嘀的一声就到了大市场。

  洗奶店在大市场的尽里头,门口摆一溜开张贺喜的竹篾花篮,一面墙上是一大幅广告画。广告画上是一个女人像,不见脑壳,不见腰身,只见一个像半边南瓜一样的大奶婆,奶头上的奶汁像真的一样往下滋。细姥婢只看一眼,就不敢看了,低了脑壳直往里擂。

  进门就给一个女人头拦住了。女人头好精致,梳的巴巴头,穿的黑套装,脸上的粉打起好厚。女人头笑吟吟地问道:"姐姐是来献奶,还是来消费的?"

  细姥婢瞪起眼睛说:"你瞎了眼啊?我这把年纪还有奶献?——我也不消费。"

  女人头仍然笑吟吟地问:"那你有何贵干?"

  细姥婢说:"贵你的脑壳呢,还贵干——我来寻人。"

  女人头问:"请问寻哪个?"

  细姥婢想都不想就说:"寻我外甥子。"说完就昂起脑壳扯声喊道:"光飞外甥子、光飞外甥子,你搭我出来!"

一股奶香味呛得她打了个好响的喷嚏。

一个服务员从里头颠出来，低声说："莫喊，莫喊。你找的人在里头呢。"

细姥婢扯脚就往里头走，那女人头碎步跟随在后面。里头暗乎乎的，细姥婢差点绊一跤，趔趄几步到了一个小门前。服务员敲了门，细姥婢推门进去，借着由暗转红的灯光，一眼看到光飞赤膊趴在一张按摩床上，下身盖条浴巾。细姥婢忙偏脸说道："你赶紧先穿好衣服。"

光飞披衣坐起，说："刚才你喊哪个？哪个是你的外甥子？"

细姥婢说："我喊你妈妈作姐姐，你要喊我作姨，喊你一声外甥子，你不蚀本。"

光飞说："这样说也对——你寻我什么事？"

细姥婢说："锣鼓当当响，有话当面讲。我寻你当然是有事。"

光飞叼起一根烟点燃了，翘着烟说："你坐到讲。"

细姥婢看看旁边的骨牌凳，说："不坐了。就几句话，说完就走。我来搭你问我那麻将室的事。"

光飞没有搭腔，却问："你是哪样寻到这里来的？"

细姥婢以手当扇，挥开面前浓酽的奶香味，说："你是比雷公菩萨还有本事的人，走到哪里，响声就跟到哪里，我顺到响声就寻起来了。"

"聪明。"光飞"呵"地一笑，拿手拍着肩背，说："这人奶洗身就是搭牛奶不一样，松快。"

细姥婢不想同他扯开了，硬硬地说道："光飞，我是为我那麻将室的事寻你来的。"

"我清楚你就是为这个事来寻我的。"

"你清楚就好，算我做婶婶的求你了，看在老邻老舍的分上，高抬贵手，放我们一马。"

"我也想放你一马呢，只是有放不得的苦呢，我的婶婶啊。"

"你是队长,还不是你点下头的事。"

"你说痴话呢,那样轻易?我上头有领导管着,下头有那样多兄弟看着,乱来不得。"

"我请你吃饭。"

"你这样说都不该,应该是我做小辈的请你。"

"那你就搭我把事情毁平!"

"不可能,你这是难为我了。有举报,有记录,队上的人个个晓得,我要搭你毁平了,不得背冤枉啊!我没有那样蠢。"

光飞一口将烟屁股唾在地下。烟气裹着奶香,越发难闻了。细姥婢忽然烦躁起来。

细姥婢带了哭音说:"我哪里就那样背时啰,街上那样多麻将馆,偏偏就我的给人举报,是哪个背时倒灶绝苑子的下毒手这样拐哪?"

光飞重又叼起一根烟,冷冷地说:"既然你自己都认了背时,就背到底。赶紧拿罚款交了,把麻将室再开起。钱,不就是有进有出,这里出了,那头再赚回来。"

"你说得轻巧。罚款是一万(块)哪。你以为我是开银行啊,哪里来的那样多钱?"

"我不信你们做这样多年生意,一万块都拿不出。"

"你在打鬼讲哩!我要拿得出一万块还来求你啊。不行,你硬要搭我想想办法。"

"我早搭你说清了,我能有什么办法?"

"我晓得你能有办法的。"

"没有。"

"你肯定有!一定有!"

光飞想了想,很勉强地说:"你硬要这样说,我再多说就是不义道了。只是我帮了你,哪个又来帮我呢?毕竟这是要冒风险的。"

"什么意思?"

"吃稀饭要搅,走滑路要跑。你不懂啊?"

细姥婢眨眨眼睛,"哦"一声,忙说:"懂哩,懂哩。事情过去后我当然会感谢你的。"

光飞点点头说:"到底是做生意的,懂水。我打算这样,罚款呢,我尽量搭你减到五千。"

"还是要五千啊?"

"一万块我都搭你打了对折了,还不满意?不满意我就不说了。"

"你说,你说。"

"我们有句话,叫作'罚一不罚二'。既然罚了款,就不罚你停业了。什么时候交齐罚款,什么时候给你恢复营业。上一分钟交,下一分钟就开门。还有,听说我的兄弟砸坏了你的麻将桌,我们负责修好。修不好的,赔你新的,怎样?这样处理够意思了吧?"

"听起来是很优待了,只是这罚款我一时拿不出,打张欠条好吧?以后慢慢交。"

"这样你就是难为我了。做什么事总要船过得,舵也过得吧。你硬是不通皮,我也懒得管了,找别个去。看哪个会帮你,又看哪个帮得了你!"

"我只认得你。我也只能找你。"

"找我是对的。你赶紧去准备钱,早交早了。这事你拖不起,越拖对你越不利。"

"好,好。你这里我以后再来感谢。"

"感谢的话就不要说了。我只要你做一件事。"

"什么事?你说。"

"每个月交五百块。"

"每个月?五百块?"

"没有错,每个月,五百块。这钱不要交把我,光成你也熟,交把他。"

细姥婢当然熟,光成是光飞的弟弟。

"你也清楚光成那个人,从小就头脑不大清明,七颠八蠢的,也没得经济来源。你就当做好事,赞助他一点生活费。你这里呢,以后再要有人举报,我都会按住,泡都没得冒。也再不会有人敢找你的麻纱,你只管安安稳稳做你的生意。"

细姥婢一下明白了点什么,恍恍惚惚地,心里像堵了坨屎。她默了默神,心想管他呢,先过了这道坎,以后的事,以后再说。

细姥婢点点头,逃也似的出了门。

光飞在后面又追过来一句:"赶紧赶促去筹钱啦,等不得。"

细姥婢勾身站在门口的花篮旁边,干呕。她在按摩房里,早已被奶香和烟气的混合气味堵得心里难受死了,到了门口,给新鲜空气一激,直想呕吐。干呕一阵,什么也呕不出,她听到身后不断地有人走过,低眼瞟过去,一个一个净是男人,大都戴了墨镜,把帽檐压得很低。她忽然悟到,这就是个男人来的地方,自己真是太冒失了,赶紧绕过花篮,从后头的小路上一口气走出了大市场。

细姥婢掉头就去了北门口秋聋子家。秋聋子正坐在火炉凳上补一件棉衣袖子,脑壳凑在针线上,断了条腿的老花镜悬在鼻子上头。见到父亲,细姥婢心里怄的气猛然冲决而出,睁眼哭起来。她哭得呜呜地,像个三岁小女娜。

秋聋子没有开声,低垂眼睛听着她哭。他知道女崽心里一定是胀饱了气,没地方出了。

哭了好一阵,细姥婢才陡然住了声。秋聋子起身抽过洗脸毛巾,给她揩了揩脸,问:"这下心里松快了吧?"

细姥婢很响地擤着鼻子说:"松快多了。"

细姥婢拿过秋聋子手里的棉衣，接着缝起来。一边缝，一边就把麻将室的事说了一遍。

秋聋子说："这样横？还讲不讲道理？"

细姥婢又把去找光飞的事情说了。

秋聋子一下黑了脸，狠声说："他这是在收保护费呢！旧社会南岭山上的土匪蛮子都做不出的事，如今他做了。"

细姥婢说："碰到这样背时的事，碰到这样煮不熟烧不烂的癞子头，哪样搞啊？"

秋聋子黑着脸屈起两只手在身上摸，找烟。

细姥婢拿出在来的路上顺便买的两包大前门递过去。秋聋子撕开封口，拈根烟咬住。秋聋子一边抽烟，一边哗哗地吸气。

他抽完两根烟，这才开口说话。

秋聋子说："这件事情我越悟越蹊跷。我不会打麻将，但是我晓得如今的人打麻将多少都会带点彩头。我也一开始就不赞成你开麻将馆，所以我一回都没有去过你的麻将馆。但是我相信你什么都会按规矩办，不得乱来。我更清楚你的为人，不会无缘无故得罪人，更加不会跟人结仇。而且，你也没见得好发财，赚点辛苦钱，也就是刚好吃饱穿暖，还不至于招人嫉恨。一下手就这样重，这里头必定有原因。"

秋聋子又说："听到说光飞恶霸要搭你收保护费，我心里就清楚了，这是有人给你下了笼子，逼你服从。自古以来，衙门办事也是有规矩的，叫作'打了不罚，罚了不打'。他这是又打又罚，还勒令停业，这是什么搞法。"

秋聋子感叹说："以前只听说有收保护费的，我还不相信，今天听你这样一说，还是真的。这根本就是黑社会的搞法啊，好要不得哩！我哩，反正是个闲人，没事也喜欢到街上踹。现在市面上是好繁荣，人的生活水平也高了，吃有吃的，穿有穿的，日子过得好，就是太乱了。假货多。卖假烟的、卖假酒的、卖假药的，拐卖妇女儿童的，猪肉牛肉都要注起水才来卖，最不得了的是还有卖身的。我们县立县五百多年，历史上就没出过妓院，现在也有了，只不过不敢明的叫。今天你这里又出来个收保护费的，明天不晓得又拱出个什么。一些人想发财都想疯了，没有做不出的。说起这些我好有一比，似如那旱久了的树林子，陡然来了一场大雨，那些树啊花啊草啊都活了，跟着一些毒菌子也冒了头，把世界搅得稀乱。"

秋聋子又说："细姥婢我先喊应了你，那光飞就是个狗咬过的芋头，火烧过的柴头，又硬又黑，惹不得的。若以他的人品，哪里当得协警，又哪里当得治安联防队的队长，十成有九成是他背后有人，这人权力还不小。所以呀，不要去惹他。惹了他只会自找烦恼。你要还想开麻将馆，只能顺到来，捏到鼻子吃酸酒，他要罚款就交罚款，要保护费就交保护费。有句老话说，种得苦瓜多，总得有苦吃。夜路走多了总会碰到鬼。我今天就搭他把八字看死，人民政府不可能让他这样胡作非为，背时只是迟早的事。你只等到看！"

说着秋聋子起身去到里屋，从一堆旧鞋子里翻出几卷钱，堆到火炉桌上，说："这里大概有五千块钱，只会多，不会少，你拿去先应急。"

细姥婢偏脸看看桌上的钱。她一下就看到了里头一卷五十元一张的票子。她熟悉这卷票子，那是去年秋聋子得病住院，她塞给他看病买药买营养品的，他却没有动。她清楚这几卷钱是父亲一辈子的积蓄，养老用的。秋聋子退休得早，工厂也早破了产，退休金少得可怜，这些钱都是他从喉咙眼里抠出来的。她舔了舔嘴巴，想说什么又没有开得了声，心里酸酸的。

秋聋子说："我晓得你想说什么，什么话都不要说了。你现在遇到了难处，我是你的爷老子，这时候最应该帮你的就是我。"

细姥婢低头说："我也是急得没有路了。这些钱是我借你的，以后一定会还!"

秋聋子摆手说:"两爷女之间的事,说借说还的话就丑了。你只赶紧去拿罚款交上,把麻将馆重新开起来。"

细姥婢说:"急也不急在这一刻。我多坐一阵再走。"

父女两个一时无话。细姥婢穿针,秋聋子抽烟,窗棂上的亮光灰灰的。

棉衣袖口补好了,细姥婢咬断线头,心里想:等麻将馆重新开张赚到了钱,首先要搭父亲买件羽绒棉衣。

细姥婢把棉衣给秋聋子披在背上,扒开炉灰,架起一炉大火,又从地上捡起一根萝卜,洗干净切成丝,从冰箱里翻出一坨精肉剁碎了,跟着剥蒜、切姜丝、切酸笋子,丁板一阵响,完了端锅坐到火上,油滚了,嗞啦一声,油烟爆腾。秋聋子没有动没有挪,抽着烟,一只手握着老花镜,眯眼看着细姥婢劳神。很快地,一荤一素两菜一汤就上了桌,细姥婢又把碗筷调羹和酒杯摆到秋聋子面前,招呼他自己慢慢吃,这才离去。

细姥婢正一脚门里一脚门外,秋聋子喊住了她。秋聋子说:"有句话我还是要搭你多啰唆一下,还是封麻将馆那件事。你说昨天夜里麻将馆一出事就搭水旺打了电话,打不通,后来也一直不通。哪里会这样巧?平时电话一打就通,恰恰家里出事了就打不通了。我悟过来悟回去,都没有悟得明白。恐怕这件事情还不是那样简单,我感觉背后还有什么故事。你回去,再给水旺打电话,一次不通打两次,两次不通打三次,打通为止。你喊他即时回来,回来后也再不要出去了。他年纪也不细了,常年四季这样在外面跑,不是个路。他有手艺,有力气,在城里头做点什么都可以,还怕寻不到吃的?"

细姥婢点头说:"我晓得了。"

细姥婢回到家,坐在灶头上歇口气,摸出手机来还准备再给水旺拨个电话。她打算打过这个电话就去治安联防队交罚款,争取第二天给麻将室重新开张。正这时,一个电话打进来了,显示是从广州打来的。

细姥婢犹犹豫豫,手指不经意间点到了接听键,电话那头确认了她的身份后,告诉她,这是广州白云区一个派出所的电话。那头跟着通知她,李水旺在广州嫖娼,人已经在看守所了。按照治安管理处罚条例,人要关十五天,罚款五千块。那头要求她,尽快赶到广州,交款赎人。

细姥婢一下子蒙了。她担心的事情到底发生了。水旺长年在广东那边做生意,单身在外,没有管束,难免会经不住诱惑做蠢事。好多人都劝过她,男人的心思都野得没边,没有不拈花惹草的,有机会就想巴点腥,不能放任不管。疤眼皮就说过好多回,水旺那样活彻的人,生得又精爽,兜里又有点钱,只怕他不去沾女的,女的还会自己靠上去,得要守住点。细姥婢拿她们的话都当了耳旁风,听都懒听得,她是太相信水旺了。她也不是没有过担心,但一看到水旺殷勤周到的样子,就又放心了。现在,真的出事了。她很想恨他,很想找出他一些可恨的事情来嚼一嚼。可是奇怪,想来想去,眼面前净是水旺在看守所里受苦的样子。她很想离婚,把几十年的夫妻情分一下了断,却一时下不了这个决心。崽女都这样大了,还有外孙了,说出去都丑。假如水旺在眼面前,剁他两刀的心思都有。她只好拿其他物件来出气。她捡出一双水旺的旧皮鞋,架在灶头上,抄起铁夹钳一顿捶。她用出了全身力气,好像眼面前跪的就是水旺,她好像要把这番日子来怄的气全部发出去,闭着眼睛乱捶。

她把一双皮鞋捶得稀烂了。

把皮鞋捶烂,她一身也软了,心里的气倒是消掉了一大半。夹钳咣当一声跌在地下,她也一屁股坐在了夹钳上面,脑壳清醒过来。她想起当务之急,是要马上做出决断:要不要赶紧去广州赎人。一头是给水旺交罚款,一头是给麻将室交罚金,手里只有五千块钱,救得了这头,就救不了那头,一张膏药只能堵一个眼。她心里翻翻滚滚,好久才拿定主意:先去广州赎人。世上只有人要紧。有人才有物,其余的事情都先放一放。

主意一定，心也定了，只是气还不顺，一边不断骂着："砍脑壳的，抛尸的……"一边急急忙忙煮碗面吃了。她知道长途汽车站有趟夜里十二点发广州的大巴车，赶紧去，来得及。

夜行的大巴车跑得飞快，早上八点钟就到了广州。细姥婢问问走走，花了差不多两个小时才摸到白云区那家派出所。虚着身子，掩鼻蹑足，验过身份证，交完罚款，就逃也似的出了派出所，站到对面一蔸榕树下等人。

很快水旺也出来了。水旺径直走到细姥婢跟前，收脚站住，垂手站得笔直。

水旺说："辛苦你了！"

水旺又说："对不住你了！敬个礼！"

水旺接着说："你再等我一刻刻，我先返回里头去报个警。"

细姥婢一惊，身上一下又紧了。

"报什么警？你不要刚出来又去多事。"

"我都给人骗了，几十万块钱啊，我还不赶紧报警！"

水旺转身又返回了派出所。细姥婢心里七上八下的，等了一刻还不见人出来，想起还没吃早饭，就到旁边一个摊子上买了四个馒头、一瓶矿泉水，想想，又给水旺买了四个包子、一个鸡蛋和一瓶牛奶，做一包打了。

细姥婢返回到榕树下，找个地方坐了。小口小口吃完四个馒头，又挨了一阵，水旺才从里头出来。细姥婢把脸掉到一边，不看他。

水旺抓起细姥婢喝剩的半瓶水，一口气喝干。

"报了警？"

"报了警！"

"你真的给人骗了钱,一下还几十万?"

"没有假。硬骨硬煞的二十万块钱哪,生生歹歹就给人骗走了。"

"我不信。哪个?哪个有本事还能骗到你?"

"这个人你也熟。"

"姓什么?名什么?你说出来我听听。"

"我们隔壁邻舍,光雄。"

细姥婢一下转过身,两眼喷火。

"你是说李初一的大崽,李光飞的哥哥?"

"就是这个坏物器——坏透了眼的!"

"你晓得那是个坏透了眼的还去沾?自己去找时背,生得贱!"

"没有悟到,没有悟到!"

水旺撕开打包的塑料袋,抓出包子直往嘴巴里筑,边吃边含含混混地说了他搭光雄合伙做生意的经过。

事情还有点巧,两人是在广州会到的。有一天,水旺从酒店吃完饭出来,听到门口有几个人争吵,其中一个声音好熟。搭眼一看,正是那光雄猛子,就拿土话大喊一声:"光雄猛子,薅乜人盈新(有什么人欺负你)?"光雄一看,大喜过望,却操着一口红薯普通话喊道:"水旺哥哥,赶紧喊你的兄弟过来,这几个人要抢我的宝呢!"那几个人一见来了同伙,立即散了。两人一起消夜时,光雄告诉他,自己刚才喊说的宝贝是一尊铜佛。那自然是一件古董。他三百块钱进的,卖价喊一千块,那几个人却只肯出六百。讨价还价,争执不下,就一顿吵了。水旺很惊讶,一进一出之间,利润翻了一倍,都还不出手?光雄就告诉他,做古董这行生意的,利润只翻一倍算个卵,起码两倍以上,多的三倍五倍都不在话下,有次还翻了十倍,没有失过塌。

水旺是看着光雄长大的,清楚这人品性不好,信不得。但经不起他花嘴巴一顿吹起,居然信了,从此就跟光雄搭上了。开始还只是小打小闹，只出一百两百的本，顶多三百块钱，有时是交把他去做（光雄已经做了好多年，进货出货都有路子），有时是两个人一起去跑，都赚了。不到一年时间，水旺赚到手的就有上万块钱了，慢慢也就打消了对光雄的戒心。

这回说是有一单大生意要做，一个玉砚台，说是元朝时候的老物器，卖方开价四十万块钱，光雄联系好了下家，肯出一百万收进。可是光雄一时拿不出四十万来，找水旺商量，肯不肯合伙一起做。两人各出二十万，赚到的钱每人三十万平分。那东西水旺去看过，捧碗大的一个玉砚台，白净圆润，溜光泛亮，没有一点杂质，拿一个酸枣木做的匣子装起。那个下家他也跟光雄一起去会过，是个很有派头的中年人，西装笔挺，开一辆宝马车，只喊要抓紧抓紧，一百万，见货付款。水旺心里稳实了，心想二十万块钱只要过下手，就翻倍地回来了，这样的生意蠢子才不做。他把钱交到光雄手里那天，两人吃了餐酒。吃得好尽兴，一人握一瓶剑南春直接对口里倒。吃完酒，水旺已经有了九分醉意。光雄又请他去桑拿，问题就出在这里。他稀里糊涂跟着小姐进到一间暗房，给扒光了衣服，卵子还没有硬起来，就给警察抓到派出所里头了。他没有看到光雄，警察只抓了他一个。他开始还很庆幸，以为光雄没有被抓，起码还有人来给他交罚款。警察让他给光雄打电话，过来交钱。谁知光雄的电话再也打不通。那王八崽子躲起来了。他给关在派出所里想了一天一夜，把事情前后掰细掰细了想，陡然一惊，醒过来了：光雄是做了好大一个局，哄起自己一步一步往里走哩！这回是真给骗惨了。

细姥婢也是一惊。她在心里把时间一对，水旺给警察抓起的时候，正是自己的麻将室给光飞手下治安联防队查封的时间。很明显，这不是巧合，是他们兄弟谋划好了的。两个地方同时出手，使他们两口子无法互相照应，不等他们醒过神来，一下就把钱财都搞到了手。这李家兄弟真是好阴好毒，这样的事情都做得出。"这是要害我们倾家荡产哪，这背时倒灶绝菀子的……"她在心里咒道。"蛇咬三世冤，虎咬对头人。我们搭他前世无冤，这世无仇，哪里做得这样毒喽！"

水旺也说："蚂蟥咬人两头叮。我都没料想光雄兄弟会这样来谋我们的财！"

细姥婢骂道："你也是瞎了眼，李家几兄弟的为人你又不是不清楚，从小就是失教的烂红薯，人家躲都躲不及，你还要巴上去找时背。"

水旺把头乱点着说："我不光是瞎了眼，还给财迷了心窍，糊涂了呢！"

水旺吃完包子、鸡蛋还不觉饱，又去买了两根油条回来。他递了一根给细姥婢，给细姥婢挥手打掉了。细姥婢接着头前的话头继续说："你哪里是糊涂啊，挑水寻湿路，挑炭摸黑路，你就是跟起他们兄弟打算学坏呢。"

水旺从地下捡起油条，像咬甘蔗一样歪起嘴巴扯，呜呜哇哇说："我要学坏也不消跟起他们学，还不是为了能赚点钱。"

细姥婢嘶声说："赚到了吗？赚到了吗？你拖到和尚认姐夫，鸟崽没打到，倒丢了一铳硝。二十万啊，是二十万哪！"

细姥婢的心思都给"二十万"这个数字吓到了，不记得自己雷急火急赶到广州来是为了什么，一副痛心疾首的样子。

水旺也顿足说："怪我，怪我挑水找错了码头，买眼药进了石灰店，做了一世的老鹰，倒给鹞子啄了眼睛，吃亏吃大了。"

水旺把一手的油狠狠捺在皮鞋上，直身说道："我已经报了案，警察都记录在册的。你放心，这钱一定追得回来。"

细姥婢说："就晓得丫口嗨大话，警察是你亲戚啊，喊他追钱就追得回钱。"

水旺说："那当然，人民警察为人民。我报了案，他们就该得为我们破案，责无旁贷。"

细姥婢撇嘴说:"要有那样容易就好喽!"

水旺说:"这你就不懂了,现在都是高科技办案,只要他们上心,着神去搞,光雄他走不脱的。迟早的事。"

细姥婢还是摇头。她在家里不止听一个人说过,如果出了什么背时的事情,比如失窃了啊,遭抢劫了啊,最好不要去报案。一报案,那就似如跌到乱刺窝里了,反倒不得清场。想要人家破案,就请人家吃酒、唱歌、洗脚、桑拿,隔三差五就要来那么一回。吃酒还可以陪到,唱歌和桑拿那些事情你还不便掺和在一起,只能守在外头大堂干等,最后买单,再晚也得陪。等案子破了,财物追回来了,一时还不能到手,还得请一轮,还得跑好多趟,找这个找那个,签这个字签那个字,到了还不一定能全数归还。有的案子能破,有的却是破不了的,白白拉拉又破了好多财,还赔好多工夫,怄一肚子气。

水旺说:"这里不会。这里的公安警察搭小地方不同,都是秉公执法。"

想想,又说:"不过呢,一起坐到吃顿把饭,送条把烟,还是有必要的,也是为了联络感情,毕竟人熟了好说话些,要催他们心里底气也足些——你身上还有好多钱?"

"做什么?"

"有就都给到我。我要在这附近找个旅馆住下来,方便去催警察同志搭我破案。"

细姥婢一下记起了自己此行的目的,气又上来了,咬牙根道:"不行!你必须搭我一起即时回去!你那歪栽心思以为我不清楚?你就是想待在这里,好继续玩婊子。我还没有搭你算账呢,你倒起鬼屎劲了。我真恨不得剁掉你的卵子拿去喂狗!"

水旺的脸黑了,又红了。呆一霎,讪讪说道:"好好,听你的。回去,即时回去。我反正留了派出所的电话,在家里也可以催。一天一个电话催,不怕他们不搭我破案。"

水旺又返回派出所打了个招呼,就跟随在细姥婢后面,亦步亦趋,直奔汽车站,打了票往回返。

一路无话。细姥婢心里气鼓气胀地,半句话都不想说,都不想望他。

回到家,关起门来骂过一餐饱的,细姥婢心里的气才消了些,接着就有一股更大的火烧了起来。她想起了给光雄骗走的二十万块钱。

水旺给劈头盖脸一顿骂,直感觉头皮发炸,身子都缩小了,一句话不敢回。一看话头转了风向,赶紧说:"你给我出去一转。"

"一屁股的烂事要商量呢,你就坐不住了?"

"就是坐不住了。我要赶紧去光雄家里看看。如果他在家里,那好,我当面搭他开口要;如果没看到人呢,我也要先去报个梦,这件事情不可能就这样了了!"

"他家里你也敢去?"

"事情到了这一步,他家就是龙潭虎穴,我也要去探一探。他们兄弟再嚣,未必还吃得我进?!"

"好!这是男人说的话。我搭你一起去!"

"既然你承认这是男人说的话,就也是男人做的事。我一个人去就行了!"

"不行。我必须搭你一起去做伴!"

"好,有你做伴,我就更不怕了!趁热好打铁,遇官好告状。说走就走。"

"走!"

李家几兄弟早已不在前头的堂屋里住,几年前就搬到北门外头去了。他们在那里起了栋五层楼的洋房子。洋房子的外墙贴的是绿色瓷板,围了围墙,围墙也涂成绿色,远看像一条绿腰带围起个绿城堡。洋房子的后面，也仿那李家大院种了八蔸千年青，都长得有两层楼高了。围墙的铁门经常不关，迎门矗着一块巨大岩石作为屏风，上书"飞天"两个红色大字，格外打眼。周边平地上，错错落落地顿了一些洋房子（现在时兴喊别墅了），都没有超过四层楼高的，也都没有砌围墙。

走到离绿房子几丈远处，细姥婢站住了，对水旺说："我在这里等，你自己去吧。"

水旺点点头，昂起脑壳继续往前走。细姥婢目送着他一步一步走拢到了绿房子门口。门口蹲着一条大狼狗，壮如小牛犊，一见有生人靠近，陡然蹦起，恶声大吠，把身上的铁链子扯得哗啦啦地响。据说这条狼狗是德国品种，两根獠牙有三寸长，恶得毒，一口就能把人的心肺都抠出来。水旺急忙在地下捡起一块砖头，一边呵斥，一边仍然往前走过去。

过一会，里头有个声音飞出来："狗不咬人的呢，你对直走进来，不要惹它！"

水旺傍住大狼狗的边上走进去，悄悄把砖头丢掉，转过石头屏风，不见了。

细姥婢的心也放下来，就近走到一家门口，搬条竹椅坐下，又讨了碗水，慢慢喝着。

一碗水喝干，就听到那头的狗又叫起来了，又蹦又耸地，狂吠。接着就见水旺走出门来。水旺就像给雷打了，灰头黑脸，眼神都是散的，走过细姥婢旁边时，也没有望她一眼，急急走过去了。

细姥婢赶紧起身跟了上去。

走出好远，还听到后面的狗叫声。

回到家，水旺乓的一声踢关了门，倒杯水喝了，好久才回过神来，气色平和了些。

细姥婢小心地问："看到光雄崽了吗？"

水旺猴坐在火炉凳上，眼睛望着冷灰灶，摇摇头，不说话。

细姥婢又问:"我听到他家里有人搭了腔的啊,那是光飞恶霸吧?"

水旺没有点头,也没有摇头,还是不说话。

细姥婢紧张地问:"他们没动手吧?告诉我,打到你哪里了?我就是宕了这条命,也要去寻到他们说清楚!"

水旺还是摇头。半天,才吐出一句:"畜生!畜生物器啊!天都容不得你的!"

细姥婢知道,再问水旺也不会说。她约莫能想到,水旺肯定是遭到了比打更厉害的打击。她倒了杯滚茶捧给水旺。水旺还是一脸乌黑,神不守舍。她想不出光飞那些人玩了什么法术,能把一个人恐吓到这个样子。

细姥婢说:"那就是一帮比畜生还不如的强盗拐子,先前你说要去找他们,我就估到没有用的。那就不是一个讲道理的地方。有一句话只没说出口,若是他们能认账,我拿手板炒冷饭给你吃。果不其然!"

"是大不该去!"

水旺歇过一阵,又喝完一杯滚茶,脸色活泛了,说话也利索了:"以前只听说他们兄弟嚣,没料想会这样嚣。他们凭什么能这样嚣?!"

细姥婢说:"凭什么?凭他们背后有大角色罩住。听说还不是一般的角色。"

水旺的脸又黑了,哀哀地说:"这样看来,我那二十万块钱是要不回来了。"

细姥婢说:"那不一定。他横得了一时,未必还横得了一世?如今是共产党领导的天下,不可能总让他们这样横行霸道。我爸爸说了,种得苦瓜多,总得有苦吃。他们作了那样多恶,总会有治他们的人。迟早的事!"

水旺说:"我就是不甘心!"

细姥婢说:"不甘心也得忍到。听说北门口的李光癞子、南门口的雷老板,就是不甘心受了欺压,往上头写了告状信。最后,告状信都落到了他们手里。报复即时就兑了现。李光癞子在一天晚上给几个人按倒,那些人在他的光脑壳上涂起一层黑油漆,几个月都洗不脱。雷老板更惨,家里的人只要出门,就有人找个岔子打他。后来连铺子也开不成了,铺门一开就有人搅事,硬逼得一家人离开城里头,不晓得躲到哪里去了——好作孽呢!"

水旺陡然膝盖头一抖,打了个尿噤。他的眼神又散了,约莫是想起了刚经历过的什么事。

细姥婢又压低了喉咙说:"还听说,有人怄不过,又奈不何,就剪了两个纸人,写起光雄、光飞的名字,每个纸人头上扎三根针,埋在家里的门槛下面,每天出来进去都要踩一脚,咒他们不得好死——你晓得别人有好恨他们了!"

水旺说:"这是哪个家里?我也天天去踩!"

细姥婢说:"我也不清楚是哪个,总不外乎光飞恶霸得罪过的人家。这事你千万不要在外头乱说,若传出去给光飞兄弟晓得了,又不晓得有好多人家的门槛要遭殃。"

水旺说:"那我也天天咒他!每天早上起来,第一件事就是咒他。一天咒一千句,咒也咒死他!"

细姥婢冷笑说:"你莫在这里念空话呢。不消你咒,他们作那样多孽,政府不治他们,天都会收他们。有那个神气,多悟些正事。"

她说的正事是还能不能收回给骗走的二十万块钱。那是他们一家的老底子。

水旺说:"现在就唯愿广州的警察能着神了。"

"着神能如何,不着神又能如何?"

"只要着神,就能破案。破了案,就能抓得到人。光雄在我们这小地方可以一手遮天,在广州那地方他也出不了什么水。他再横,关进去不出一天，是铁都要化作水，服服帖帖，吃好多进去都要吐出来，我们不怕收不回钱。"

"那要如何才能让他们着神？"

"头前我说过，坐到那里催啊。如今案子多，不追到他们催，只会搭我们拖。"

"你意思是还想到广州住到催？"

"只能这样了。"

"你做梦呢！我再不得放你一个人去广州了。我宁可那些钱打了水漂，就当是喂了狗。你只老实搭我在城里头待起，不准离开我半步！"

"好！我就老实待起在家里，每天给广州那头上午一个电话，下午一个电话，催他们办。"

"哪样催都由你。你那样灵泛的人，有的是办法，只再莫在我面前要滑头。总之一句话，人不能去，钱要搭我追返来！"

"这件事好难呢！不过，再难也要去做。事在人为，对吧，老婆。"

接下来商量，水旺不出去做生意了（而且也没有了本钱），在家里找点什么事做呢？这事好办。现在市面繁荣，饭馆像雨后的雷公屎，看着看着就一堆一堆地开起来了。饭馆里头，最缺厨师。水旺炒得一手好菜，只要开句声，只怕那些老板会抬起八抬大轿来抢起要。

细姥婢就难办些。麻将室她是不想再开下去了。她不想再受光飞恶霸的控制，更不想按月交什么保护费。她把眼下的形势好有一比，这就似如在麻将桌上，明打明（明明）抓了一手烂牌，那就赶紧弃和，不搭你们玩了。可是不开麻将室，她又能做点什么呢？穿衣吃饭，家里开销，这都是要花钱的。她不像水旺有门手艺，不怕没人请。她都五十岁上下的人了，下力气的事也做不起了，要出去找点事做，只怕不轻易。她也不想靠着水旺赚钱养她。她也是个人，是独立的。

正在两口子商量来商量去，苦思无解的时候，一个人推门进来了。

这个人是好久不见了的段碧池。

段碧池已经从文化馆退休了，但她手头研究伴嫁歌的事情还没有煞尾，上头又拨下来一笔专项经费，馆里就返聘了她，让她继续工作。同时，城里头一家婚庆公司也请她当顾问。婚庆公司是专门给婚嫁的人家承办各项事宜的，其中的重头戏就是组织伴嫁歌堂。伴嫁歌堂需要很多歌手，段碧池头一个就想到了细姥婢。

段碧池说："我知道你很忙，但是再忙也要答应我。现在的歌手不好找。老的呢，好多都不唱了，年轻人又都不会。我清楚你的底子，音色好，咬字准，肚子里的歌又多，还能跳得起来，能搞气氛。好久没唱了没关系，唱得几回就捡回来了。你去，是给我撑台面的。坐歌堂也不消每天到公司上班，只要有任务的时候准时去就行了。你知道的，坐歌堂一般都在夜晚，不会影响你白天的事情。公司会给你们每人每个月发五百块钱底薪，每次坐歌堂的包封归自己得，我想过，收入不会差。你一定要答应我。"

这真是刚想栽瞌睡，就有人送上了软枕头，细姥婢欢喜地说："我答应你，明天就去！"

"那倒没有那样急。到时候我会通知你。"

"可以可以，我保证随喊随到。"

段碧池一走，细姥婢高兴地对水旺一撇嘴，随口哼道："弃和弃和就弃和，重打锣鼓闹起台。"

这不像伴嫁歌的歌词，却有伴嫁歌的韵味。

十二
东边日头西边出

  细姥婢要去的公司叫祥缘婚庆公司。她没有想到公司的老板竟是欧光祥——欧干部。

  祥缘婚庆公司就在东门头的广济桥旁边，过桥就是，好找得很。公司是一栋两层楼的洋房子，外墙涂起红颜色，房顶上是红瓦。大门漆成朱红色，挂着一副竹制喜联：云汉桥成牛女渡，春台箫引凤凰飞。门口两旁，各是一排夹种着的樟树、柏树、桃树、梧桐树，树上缠着各色像栀子花一样的小彩灯，到了晚上就亮起来，一闪一闪地，想来是很迷人的。正对门口，竖起一座充气大拱门，旁边遍插红旗。细姥婢站在桥中间只一望，心里就即时荡漾起来，无比松快。

  进了大门，迎门一盆万年青，上面拦着一个脸盆大的"喜"字，细姥婢先不开声问人，只在走道里挨门看过去。房子里很安静，每个房间里都坐了一两个人，都在伏案做着什么。一个房间，就是一个部门，门口有标记。标记不是一般的木牌子，是写在一个个精致的灯笼上：拓展部、活动部、人力资源部、结算部……两边墙上，贴了一些艺术彩照和剪纸。公司的规模不大，部门不多，几脚路就走到了头，细姥婢折返到万年青旁边，也不管是不是该问人，就大声喊道："老板呢，老板在哪里？"

喊声刚落,从楼梯上走下两个人。前面的是欧光祥——二十几年没见,他还是一点没变样,还是梳个大背头,身上的枣红色西装很高级,很合身。后面跟着一个二十多岁的小女娜。小女娜穿了高跟鞋,走路一扭一扭。

欧光祥大笑着说:"细姥婢,听声音就晓得是你。"

细姥婢上上下下打量他,说:"咦,好雄哩,当大老板了!"

欧光祥就将小女娜往前一扯,说:"大老板是她。她是董事长、法人代表,我是总经理,是帮她打工的。"

细姥婢瞟小女娜一眼,欢喜地说:"这是你的女崽吧?你好福气呢,女崽都这样有出息。"

欧光祥忙说:"你搞错了。她是我老婆,名字叫温小娜,长沙女崽呢!"

细姥婢惊道:"哉吔,还是你老婆啊!"又正眼看了小女娜一眼,拿土话问欧光祥说:"老实交代,根(这)是你第几头老婆?"

欧光祥也拿土话回道:"不瞒你说,这是沙(我)第三头老婆了。长沙女崽,正牌大学生!"

细姥婢又是一声惊叹:"哉吔!第三头老婆了呀,起码比你细三十岁吧。你就松快呢!"

谁知小女娜听得懂土话,拿手环住欧光祥的胳膊,嗲声说:"松快吗?你好松快吗?"

细姥婢一下窘住了,一边脸宽一边脸窄。

欧光祥拍拍小女娜的手背,乜眼说:"松快,当然松快!一身上下都松快!"

欧光祥邀细姥婢上楼去喝茶。

细姥婢在宽大的皮沙发上塌屁股坐下,问欧光祥:"有年头没有会到过面了。"

欧光祥说："少说也有二十四五年了吧。"

"是的，只多不少。记得我认识你那阵，你还好后生，嘴巴上的胡子都还没有长全。"

"那阵你也年轻啊，要好乖有好乖，天上飞的鸟崽看到你都要停下来，地下的芙蓉花会到你都要勾下头，是男人都要多看你一眼。"

"几十年不见，你的嘴巴还是那样花。也真是呢，这日子是经不得过，女人头经不得老。"

"这也不是必然的规律，对你就不同。"

"同不同我自己心里最清楚，你花不到我。是人都会要变老、变丑，我这世人吃那样多苦，只会比人家老得快。你这样说，是哄我欢喜呢。"

"是是，你是吃了好多苦。"

"你怕也比我好不到哪里去。那一年子，是'文化大革命'后期了吧，你们造反派统统倒了，好多人给抓起关到了牢里，有的还被判了刑，听说你也给单位开除了公职。"

"我这还是顶轻的。我造反是造反，也抓过人去游街、去批斗，但是没有下手打过人，没有血债。人抓进去了，内查外调好久，屁都没有查出来，只好把我放了，开除了我。"

"我一听到消息，还专门到了转镇政府，想看看你。就是看不到人了，哪个都不晓得你走哪里去了。我心里还难过了好久。"

"真难为你这样有心，还敢去看我。"

"我有什么不敢的？我就是一个老百姓，既没有参加造反派，也没有参加保皇派，什么事都扯不上，不怕受连累。就是因为在我最困难的时候，搭帮你关照过我，日子才过下来了。那阵你有了难处，我也帮不到你，去看看你，默起也能给你心里好过一点。就这样一点心思。"

"你能够这样想，已经好难得好难得了。"

"这有什么难得，好平常的事情。今天是会到你了，就当空话拿出来念一念。"

"老早就有人告诉过我了。我还听说,当时就有人提出,要拿你抓起来,审一审搭我的事情有什么关系,还要查你的祖宗三代。搭帮土保镇长搭你说了话,他说细姥婢这人我最清楚不过,什么事都不会有。那阵土保镇长已经恢复了职务,他的话顶用。不然你就吃亏了。"

"土保镇长当然清楚我。"

说过了这段旧事,细姥婢又问起欧光祥后来跑到哪里去了,一荡没了风,连点音信都没有。欧光祥说:"嘻,这事一句话说不完。"

"不想说就不说,我不过就是问一问。"

"确实我也是不想提起。既然你问起,我就说一说。"

那真是一段辛酸史。欧光祥被开除了公职,在城里头是待不下去了,就搭辆货车,跑到了湖南和广东两省交界的莽山林场,投奔到一个亲戚家里,做点临时工,每天砍树、剥树皮、拖树下山,辛苦得要死。做了不到半年,风声更紧了,查户口查得很严,亲戚也再不敢留他,他就又往大山里头走,给一个窑牯佬做小工。那窑牯佬也是个黑户,估摸不是地主,也是右派。人呢,不好也不丑。成天除了喊他做事,再没多话。窑牯佬烧的是木炭,做这事不要成本(满山的树木随他砍),要的是力气。烧木炭,杉树不行,松树不行,合适的是碗口粗的杂树。杂树木质很硬,砍起来十分费力。木炭烧到九分熟就得灭火,火一灭,要赶紧出窑,一分钟都挨不得。欧光祥去后,这个事就都归了他做。出窑真是好苦哩,又热又累。他得先拿水把身上淋湿,然后一步跳到窑口,操一把铁耙子把木炭往外头耙。窑温很高,热气直往外扑;灭了火的木炭里头还在燃着,堆在脚旁边,热气炽炽地往外发散,他就像被架在蒸笼里烤,却一下也不能停,只要停得几分钟,木炭在窑里烧过了头,就变作了灰,事情就白做了。

每出一窑炭,他都要在地棚子里睡一天,筋骨才得活泛过来。木炭烧好,他就搭窑牯佬一人一担挑起,走二十几里山路,到附近的墟上去卖,再买些吃用的东西回来。回来还不敢走原路,得包好大一个圈,东躲西藏,走走停停,好晚才到。

　　这样过了几年,他实在忍受不了这份苦,也更忍受不了这份寂寞,就搭窑牯佬提出要离开,宁可去外面打流,也不愿再受下去了。窑牯佬倒还爽快,一口答应,还把自己存起捆在裤腰带上的钱分出一半给了他。(那是好多呢?三十七块五角八。他一辈子记得这个钱数!)他就兜着这笔钱,翻过莽山,走了两天两夜,到了广东的清远。从此就开始了流浪生活。

　　好像广东那头比老家这边要松泛很多,人与人的关系没有那样紧张,户口和外出证明都查得不严,欧光祥得以落脚,半明半暗地找点事做。做的那些事,说出来都丑。捡废品。淘粪便。洗绷带——从医院后门捡回用过的纱布绷带,洗净晒干,再给人回收去用。绷带上沾满脓血,看一眼都心里打哕,他却要一点一点拆开,放到水里用力搓洗,洗得不现一点血印子。倒痰盂——医院里的痰盂你是没有看到过,屎、尿、棉球,什么都有,浓痰、鼻涕挂满痰盂壁,有时候还有蛆虫拱动。倒一回痰盂,一天吃不进饭。还有擦皮鞋、推板车、砍树、帮人守茶子山,有一回还给人喊去到西江河里打捞死尸。只要有钱赚,他什么都做。有了在莽山上烧木炭的经历打底,任何事情都做得了。只有一件事情,他不做:讨吃。他堂堂男子汉,也是做过镇政府干部的,那种弯腰乞讨的事情,绝不能做。饿死都不做!

　　后来听说深圳那边开放了,好赚钱,他即刻打张火车票就到了深圳。在深圳,欧光祥遇到了贵人。这个人是从北京过来的,一口的京腔。他是做走私的,包里揣了好几张假造的批文。欧光祥在一个偶然的场合会到他,交谈之下,知道了他也是"文化大革命"时当过造反派头头才落魄至此的。两人一拍即合。那人姓孟,名片上印的头衔是经理。孟经理买套西装给他穿上,又理了发,焕然精神起来的欧光祥就成了孟经理的随身秘书。变作欧秘书的他就跟随孟经理这个衙门进那个衙门出,假批文换作了真批文。那个孟经理胆子是真大,居然骗到了部队里,动用军车,走私了一批电视机回来,一下就赚到了好多钱。那个孟经理很识时务,知道把戏不能久玩,见好就收。他把钱分给欧光祥一部分,两人在火车站分了手,他回他的北京,欧光祥就到了长沙。

在长沙,欧光祥在芙蓉路盘下一个门面,开始是做点五金生意,后来却做起了建材生意,没想到一下还做大了。这事现在想起来还好奇巧。本来,是一个搞装修的老板从他这里赊了一批五金件,议定是一个礼拜后还钱。到时候,人来了,钱却没有。原因是装修老板的上家卷款跑路了。这个装修老板不光欠他的钱,还欠工人的钱,欠几个进货商的钱,两手空空,只剩下一仓库没有人要的装修材料。欧光祥知道逼他没用,打官司也打不起,就拿一堆瓷砖抵了债。他在郊区租间仓库装下瓷砖,又把门面腾出一半,打算兼做建材生意。谁知刚刚搞熨帖,好像只几天工夫,房地产市场就火爆起来了,各种建材一时成了抢手货,供不应求,他赶紧抬高价钱把那批瓷砖出了手,大赚了一笔。

他看出来房地产这个行业将会大有可为。他没有资金架那样大的势,但跟在边边上跑一跑还是可以的,就顺势做起了建材生意。这也应了那句老话:时运来了,门板都挡不住。他的生意做大了,就在芙蓉路那头又租个门面再开了一个店,还在芙蓉路中段的公园九号买了套大房子住起,办了长沙户口。每天,他就开着一辆宝马车几头跑。

细姥婢听着欧光祥的讲述,一时眼睛湿了,一时眼睛又大了。她没想到眼前这个人吃的苦比自己还多。末了,她忽然问一句:"你已经在长沙做得那样好,做什么又要回来?"

欧光祥笑笑说:"还不是县政府的人去到长沙开同乡会,号召我们回家乡投资创业，又三番几次到家里作动员。我本来发过誓，这世人再不得回来。但又经不得劝，再说给我们的政策确实很优惠，一顿酒铳起，几句好话一说，头脑发热，一时冲动就答应回来了。"

细姥婢说："回来是对的。老班子一句话：落叶归根。早年你给搞得灰溜溜，还是偷跑出去的，你不回来，好多人都不晓得你在外头有这样风光，也是光宗耀祖呢！"

欧光祥又笑笑说："这话是你说啊，我是起根就没有这种想法。话又反转来说，如果不是'文化大革命'，如果不是被开除了公职，我也就只能老老实实在镇政府待起，可能混个一官半职，也可能连一官半职都混不到，就那样稀里糊涂地过日子，哪里能有今天的我。"

细姥婢说："就是不该吃那样多苦。"

欧光祥说："年轻时候吃点苦好呢。不到船翻不跳河，也是逼的。"停停，又说："生起做人，哪个又不吃苦。譬如你，吃的苦还少啊！"

细姥婢："上岭苦，下岭补。你是上到岭头上，这下该得享福了。我的岭头就还不晓得在哪里，还有得爬。"

欧光祥说："逢到如今这个好世道，全中国的人都是站在岭顶上了，还不享福啊。你还有崽有女有孙，一家人和和美美，福气大得恶呢。你不要身在福中不知福。"

细姥婢欢喜地说："我悟得通，悟得通呢！"

细姥婢接着又问欧光祥为什么想起办婚庆公司。"这事很赚钱吗？"她问。

欧光祥说："不赚钱。"

"不赚钱你还劳神费力办它做什么？"

"图快活啊！熟地方拜年，生地方赚钱。在自己屋门口做生意，不能光想到赚钱。"

"没看到过你这样做生意的！"

"不骗你，我真的是图个喜庆快活。当初县政府招商局的人拿了好多项目让我投资，什么铸造、水电、园林，都是稳赚不得亏的，我一概不认，我只想办一家婚庆公司。"

"办婚庆公司就有那样松快？"

"当然。你想想啊，讨亲、嫁女都是喜庆的事吧，都欢喜热闹吧，我帮别人张罗这些事，不也要跟到喜庆啊。听到锣鼓声、响炮声，喜糖吃起，不是天天跟过年一样？搭你说句实在话，在莽山待那几年，真的待出病来了，最怕孤单，怕安静。说出来不怕你笑，现在我晚上睡觉都不敢关灯，所有房间的灯开起通亮才睡得落觉。实在说，我办这婚庆公司，一半是为人家，一半是为自己。这几十年做人，我悟通了一件事，钱是赚不完的。就是赚到很多钱，人也不一定松快。我办这婚庆公司，一方面做了事，一方面也松快了自己，何乐不为？"

"你是有钱了，才会这样悟。"

"这跟有没有钱关系不大。有钱是一种做法，没钱也是一种做法。问题还在自己是不是悟得清楚。"

"我如今没有钱，悟清楚也是空的。所以只能来搭你打工。"

"不说搭我打工的话啦。以后是哪个搭哪个打工还说不清楚。"

"你是老板，当然是搭你打工啦——欧老板，对的吧？"

"哎哎，不要这样喊，听起心里不松快。"

"松快不松快都是这样喊。你是老板，又姓欧，不喊欧老板还哪样喊？"

"喊我欧光祥，喊老欧，都可以。"

"不习惯。"

"那就哪样习惯哪样喊，只要顺口。"

"欧老板——"

"嗨！"

"以后还要多关照，托你的福！"

"托福，托福！来，拿茶吃掉。"

细姥婢一口把茶喝干，抹抹嘴，忽然唱道：

多谢茶来多谢茶，多谢大哥好浓茶。
一杯浓茶当得酒，一杯酒来当好耍。

唱过了，细姥婢红脸笑道："唱得还可以吧？"

欧光祥拍掌，大笑道："太可以了！我就晓得你宝刀不会老，金嗓不会倒。所以段老师搭我一提出要请你出马，我就说赶紧赶紧。"

"真的可以？"

"真的可以呢！我不得拿我的生意来奉承你吧，那不是砸自己的牌子。"

"你这样说我就放心了。"

"嗨——"

细姥婢的日子又变得实在起来。她虽然算是公司的一名员工，但不消每天按时打卡坐班，只在有生意的时候（坐歌堂也变作了生意，这让她想起就好笑），段碧池发个短信过来，她才去。去也很自由，可以先到公司集合了一起去，也可以直接到办事的人家，随便得很。

不知为什么，生活一富裕起来，讨亲嫁女的事情也特别多。好像日子好过了，不热热闹闹办场喜事，连自己都对不住似的。隔不得一两天，就有一单生意上门，逢到日子好的那天，还有两家同时办的，她们就得两头跑，这家唱一阵，赶紧出门搭上摩托，呼——到了那家唱一气又返回这家，搞得手脚不赢，喉咙都唱嘶。而且，好多人家还不止唱一个晚上，要连续热闹三天，通宵地唱。

因为唱歌伴嫁，细姥婢把东、西、南、北四条城门都走到了，开发区都去过好多回。开发区是近几年建起来的生活小区，就在北门外头，把一片田土和半个山坡都占满了，几十栋九层高的楼房挨着排下去，里头还插花一样嵌了十几栋洋房子。开发区的架势比老城区还大，而且阔气，里头住的都是这些年发起来的新贵。这些人家，细姥婢平素同他们都没有交往，很少进得门去，只有办喜事这天，所有房门四敞八开，她可以随意出入其间。

唱歌的姊妹们在闲下来的时际喜欢四处走动，从这个房间穿到那个房间，到处看稀奇。有了解底细又懂行情的姊妹就会悄悄告诉她，这户人家是什么出身，屋里的什么物器又价值几何。这些姊妹对一切都喜欢拿钱来衡量。她们说，这家姓张的是东边乡里横塘人，煤炭老板，家里所有木器都是用海南黄花梨做的，光客厅里的几张沙发都要十几万块钱，睡房里的一张床抵得我们一间屋。她们说，这家人是塘村牯，在广东的顺德搞铸造，这套房子是买起专门给细崽讨亲用的，讨完亲，一家人又要返去广东，房子就让它空起在这里。她们说，这家姓林的原本住在南门口墟陂上，穷得房子都没有一间，就住在戏台楼头旁边的牛栏屋里。后来两兄弟出到广东、福建那边打流，听说是给人做保镖，又听说是做扒手，还听说是搞走私，到底做什么，谁也不清楚。但清楚摆明的是，不过十几年工夫，两兄弟就回来买了屋，讨的老婆都要比他们小上十岁，颈根上的金链子有大拇指粗。

这些姊妹去给一家养殖户坐歌堂的时候，偷偷溜到洋房子后头看了看养金钱龟的池子。池子不大，里头砌了假山，放了好大的鹅卵石，蓄了脚背深的水，金钱龟不过饭碗大小，有的伏在鹅卵石上，有的没在水里，静静地养神。龟背上的金线好打眼。池子上盖了张铁丝罩子，罩子上开了个小窗，也是铁丝编的，拿一把大铁锁锁起。铁锁旁边守了个大铁笼，铁笼里站了只凶神一样的藏獒。平时，这只藏獒就在池边上走动守卫。那天家里办喜事，藏獒给关进了笼子里。藏獒的厉害，细姥婢是早就听说过的。此时虽然被关在了笼子里，那龇牙瞪眼的样子，仍然让她感到一种恶气逼人，毛发战栗。她绕到铁笼对面，远远看了一眼池子里的金钱龟，就要打转。听说这些金钱龟要卖到两万多块钱一只，细姥婢心里一噤，忍不住又返身伏在铁丝罩子上，多看了几眼。她在心里大致数了数，池子里的金钱龟少说也有三四十只，那就是上百万块钱哩！这让她吓一大跳。她想，这样多钱啊！这会是些什么人买呢？她想象不出花那样多票子买一只金钱龟是为了什么。她只是觉得：作孽呢！

这样的人家去得多了，她才知道，有钱的人家竟是这样有钱。随便一瓶酒，就抵得一头牛；随便一条烟，就够得自己一家人一个月的伙食费，还不止；他们身上的西装、皮鞋、手表，随便一样少说都要过万块钱；家里装修得像皇宫，开的车都是几十万上百万一辆。为什么他们会这样多钱？未必钱票子都长了脚，会自动往他们家里跑。她不相信那样多钱是靠一手一脚做得出来的。（如果真是靠一手一脚辛苦赚到的钱，他们会舍得那样花？）于是，她就会有意无意地打听那些人的身世，好像是拿不上台面的东西多，见得阳光的东西少。其实，人们也并不很清楚那些人的底细，道听途说，连猜带估，过人口，加利钱，一个传一个就好像都成了真的。管它真不真，细姥婢听了都相信。她认死那些人就是赚了不义之财。后来有一回，她在衙门口碰到一队矿工模样的人，戴着矿帽，打着横幅，横幅上写着：还我煤矿！还我血债！她跟在队伍后面看热闹，转出北门的柴行街才停下。她看着那队人对直朝开发区走过去，心里说：这些人十成有九成是对张老板去的，这下报应来了吧！

坐歌堂，去的还是平常人家多。那些人家同细姥婢的家境也差不多，好不到哪里去，差也差不远。有的人家连凳子都不够，茶杯也欠欠的，都要临时临急出去借。包封也小，二十块、四十块，顶多的拿过六十块。主人家连自己都觉得不好意思，给一个说一声："对不住了！"

好像欠好大的人情。细姥婢却没有觉得有什么不好。这样的环境，她熟悉，感到亲切，像在自己家里一样，唱歌跳舞也没有限定，想跳就跳，想唱就唱，想坐就坐，不想跳、不想唱了也可以到门外头透下气，碰到熟人了也可以念一阵空话，随便得很。那些人家办喜事也都是真诚的，真诚地欢喜，真诚地笑，真诚地忙碌，真诚地往你嘴里戳片糖，连那句"对不住了"都好真诚，听着松快。到这种人家里唱伴嫁歌，一点不拘谨，如同小时候玩过家家，也玩了，也吃了（糖果虽一般，但可以随便吃），临走还有包封拿，天底下竟有这样的好事。细姥婢心里很满足。

坐歌堂不是天天有。没事的时候，细姥婢就去找疤眼皮几个人开台打麻将。地方还是老地方，就是细姥婢原先开在南街窄巷里的麻将室。细姥婢不做以后，跟手就有人接了盘。接盘的人是疤眼皮的亲戚。那个亲戚信了疤眼皮的劝，了解到如今打麻将的多，这个地头风水好，当即就接了手。那亲戚本来是开杂货铺子的，门面就在前头临街的地方，跟麻将室一墙之隔。接手以后，杂货也不卖了，将墙壁打通，重新装修，隔出了十五个麻将房，装上空调，又在后头坪里拿预制板搭起三间简易房，前头麻将房不够时也能用。

麻将室的生意果然十分红火。那亲戚为了报答疤眼皮，专门拿了个房间给她用，房费打六折。有了这个便利，疤眼皮就邀了几个老友，差不多天天困在里头玩。细姥婢不在时，她们四个角照常打，细姥婢去了，就改打"转转和"，轮流上场。细姥婢现在也适应了打"转转和"，五人一桌麻将，每打一圈，就有一个人下场休息。休息时在旁边走动走动，看看桌上几个人斗智，上个厕所，或是在躺椅上躺下来眯一会，这就没有那样累。几个人都上了年纪，要连续打十几圈牌，还是很辛苦的。细姥婢自从到了婚庆公司坐歌堂，虽然收入不是很丰厚，却也是有保障的，能够衣食无忧，还有余钱打打麻将，没有了什么挂碍，心安得很。很多时候手气是跟着心情走的，所谓：神闲气定。细姥婢的手气好得常常连自己都不相信。

细姥婢现在只做两件事情：坐歌堂，打麻将。三姥婢已经和胡泉生结婚。婚后不久，胡泉生参加了全国公务员考试，考取了广州海关的一个职位，三姥婢也一起去了广州。运崽也没在县政府工作了，调到石桥乡当了副乡长，隔得远，工作又忙，一个月也难得回来一转。家里就只剩下她和水旺老两口。水旺一直在珠泉宾馆的后厨做大师傅，一日三餐都在宾馆，晚上要九十点钟才回到家，白天见不到人。水旺的收入不低，每到月底，就会把工资连同工资条一并交到她手上。细姥婢当然知道他并不只有工资收入，这从他抽的烟都是蓝芙蓉王也看得出来。但她不去点破，更不会去追缴。她看到疤眼皮就是在钱财上对自己的老公管得太紧，口袋里多过二十块钱就要收缴出来，两个人三天两天扯皮打架，常常打麻将都不得安生，搞得大家心里都不松快，好没意思。她觉得自己也在打一份工，只要肯做，不怕没有财水进来。

细姥婢很勤谨，很守规矩，只要公司有事，随喊随到，不管落大雨、落大雪，也不管是自己有了病痛，还是父亲秋聋子那边有事需要人招呼，都绝不耽误。

只有一回例外。

那回是光成讨亲。光成是光雄和光飞的弟弟，一个脑壳不清白的人。

还在头天晚上，娱乐部的主管就给细姥婢发了短信："明晚有包封拿。地方是北门外头的绿房子。七点入场。"

细姥婢问道："是李家屋里？"

"是的。"

"他家有三兄弟，是哪个讨亲？"

"最小的那个，李光成。"

细姥婢刚刚拈上一个白板，手一颤，白板跌到了桌面上。她想赶紧捡回来时，对家的疤眼皮将牌一推，喊声："和了！"

细姥婢说:"不算,我是不自觉跌下去的。"

疤眼皮说:"落地不悔。老规矩呢!"

细姥婢说着"要死了",抿嘴在手机上回道:"不去!"

"头回听你打反弓呢,为什么?"

"没有什么为什么!不去就是不去!"

"公司有规定,没有特殊原因不能请假。"

"我不是请假,是不想去!"

"老板说了的,明天的这场生意很大,所有人都要到场,不得缺席。"

"天王老子说了都没用,我不去!"

"明天我亲自到屋里请你。"

"不要来,我不去!我不去!我不去!"

主管在手机屏上打个哭脸,不再纠缠。

细姥婢心里的气久久难平,一晚上的手气都不顺,净摸垃圾牌。

第二天一早,欧光祥就把电话打到了细姥婢的手机上:"姐姐哎,你就好福气呢,还睡到没有起啊。"

细姥婢说:"这个砍脑壳的主管,是搬出你来压我今天夜里去坐歌堂吧?"

欧光祥说:"既然你晓得就不用我多说了。今天夜里你要早点去啊。"

"我说过,我不去!"

"为什么?今天这单生意很大,对公司很重要,没有特殊原因不能请假。"

"生意大不大关我什么事?我不去!"

"人家光飞晓得你的伴嫁歌唱得好,点名一定要你去呢。"

"他是什么角色,他点了名,我就必须去?我不去做这种'扶卵泡'的缺德事情!"

"姐姐你一竿子打落一船人,连我也一起骂了。我晓得光飞名声不好，好多人都不想沾他的边。但我们就是做生意，你给东家是唱，给西家也是唱，有什么关系？"

"给任何人唱我都不会打推脱。他那里，我不去！"

"人家许诺了，今晚上给歌手的包封很大喔。"

"有好大？未必还能封二十万？"

欧光祥愣了一会，才说："我听出来了，这里头好像是有什么故事，我也不想问那样清楚。你就算是给我面子，今晚上去应付一下。"

"不是我不给你面子，是人家做得太毒。"

"你这样一说我就什么都懂了。只是事情已经到了这一步，还是想要委屈你一下，晚上我亲自开车来接你过去。"

"不要说了。你就是说穿眼我也不会去的。对不住你了！如果你认为我这样违反了公司的规定，就拿我开除好了。我不会怪你。"

"姐姐你这话又说重了，我哪里会开除你呢？我自己再想办法解决吧！"

"难为你了！对不住了！"

"说这些都没有用，我要赶紧去想办法。"

"明天我请你吃酒。"

放落电话，细姥婢感到一身轻松。洗脸梳头，又换件衣服，提起篮子上街砍肉去了。

这天晚上细姥婢的手气出奇地好，平和、小暴、大暴、幺九、十三幺、杠上花，什么和都自摸过，常常还中码，只有"海底捞月"没出现。另外几个人不甘心，又要求加打了四圈，这才散场。

细姥婢回到家，已经过了十二点。家里亮着灯，水旺正一个人坐在灶头上吃酒，火炉桌上摆了一碟腊猪耳朵和一碗炒鱼仔。

"哎呀，今天在宾馆没有吃夜饭？"

"吃了。心里欢喜，又想自己再吃一壶。"

"想吃酒就吃酒，有什么事值得这样欢喜。"

"你听说了也会欢喜——来，先陪到喝一杯。"水旺说着就拿杯子倒上了酒。

细姥婢也感到肚子有点饿，就端起酒杯喝了，又拈一条猪耳朵放嘴里嚼。

"你估我今晚上到了哪里？"

"哪个知道你一双野猫子脚去了哪里，我不爱估。"

"谅你也估不到——我去了北门外头的绿房子。"

"你去那里做什么，寻死路啊！"

"我去看把戏呢！你还不晓得吧？光雄、光飞几兄弟给警察捉起来了，一网打尽！"

"你看到了？"

"亲眼得见。今天是他们家里光成结婚的日子，光雄也偷偷回来了。自从那年光雄从广州潜逃，就没有消息了。这样多年过去，他以为没事了。没想到广州公安一直没有放弃，我们本地的公安部门也早就想对他们动手了。两处合一处，就趁这个机会把他们都捉了。我听到消息即时赶过去，正好看到公安把他们押起出门，都铐了手，身上捆得像粽子。"

"李家三兄弟都抓了？"

"不止！有十几个哩，他们那个团伙的人都在里头。"

"这就对了！"

"你没看到，平时一个个横得要命，衣角都打得人死的角色，那阵都像给霜打过一样，蔫头耷脑，死相鬼相，应该喊你也去看一看。"

"喊我也不得去。那种人，看一眼，身上会跌四两肉。"

"那是平素日子。今天看到那些个王八崽子的鬼相样子，心里不晓得有好松快。"

水旺一气喝干两杯酒，点起一根烟，又说："他们也有今天！"

细姥婢淡淡地说："迟早的事。"

"你听了不松快？"

"当然松快。比摸到'海底捞月'还松快！"

水旺不会打麻将，不懂"海底捞月"是什么意思，直起眼睛看了细姥婢好久。

细姥婢起身拿过木盆，舀了大半盆滚水。

细姥婢把两只脚架在盆沿上，让热气往身上扑，一边又说："他们做那样多恶事，都该得拉到猫崽丛去砍脑壳枪毙！"

水旺说："不枪毙都会要判无期。"

"是要拿他们把牢底坐穿，省得祸害社会！"

"他们的妈妈爸爸都是本分人，哪样会养出这样横的烂仔头，真是悟不通。"

"哪个庙里没烂神，哪条街上没烂崽，他们是从小失教呢！"

"树要根好，人要心好，那几兄弟是从小就心思不好，净打歪主意。"

"就是的呢！那几兄弟从小就在院子里称王称霸，没有哪个小把戏没给他们欺负过。最遭孽的是三姥婢，见到他们就像见到了鬼，吓得膝骨头打跪，吃了亏，哭都不敢大声。"

两个人接着又念起了自己的几个子女。细姥婢说："那几姊妹虽然发（出）息不大，都也还过得去。人是正的，良心是好的，不乖也不蠢，不懒也不勤快，不得给人指背。"

"这要搭帮你，是你从小把他们带得好。"

"那是哩！不管他们以后发息大不大，首先做人要做好。"

"几个女崽就是这个样子了，就看运崽以后能成个事不。"

"我看难。老鼠尾巴再肿也大不到哪里去。运崽人是聪明，也舍得做，就是太本分老实，不会来事。你看如今当官的有几个不会来事的。"

"他是太实在了。"

"实在得有点阿弥陀佛。我也认得几个在乡里当书记乡长的,一年里有好多日子都是在县城里头转,不是送礼,就是请客,吃酒,打麻将,洗脚,哪样喜欢哪样来。我们家运崽一点不像他们,一个月难得回来一次,回来了也是守在家里,白天睡了夜晚睡,赶都赶不出门。做什么事都是一样的道理,你要在官场上混,就要搭有权有势的混熟了,人家有好事才会想到你。"

"你说的这些他都清楚呢,只是不想去做,也做不出。"

"你晓得?"

"他搭我说过。"

"他还搭你说了什么?"

"也没有说什么。如今的年轻人,好多话是不搭我们说的。那天你唱歌去了,他寻到宾馆里来,我们两爷崽铳了一壶酒。他说起一起的什么什么人提拔了,个个都有背景。一个是舅老爷在人大当主任;一个是姑丈在县里当局长;一个是认了个当部长的做干妈,平时连文章都写不通,竟调到县报社当了社长……"

"他是在怨我们呢,怨我们没有本事。"

"也怪不得他怨,我们做爷娘的是没有本事,帮不到他一点。"

细姥婢两只脚一滑,梭进了水里。滚水烫得她张嘴咝咝哈哈地吐气,过一阵才又说:"也不能怪我们没本事。我们养出他,又养大他,还抚起他读了大学,这就是最大的本事。为人在世,就只要做好两件事,养大小的,送走老的。现在小的都养大了,还成家立业了,两个老的也已经走了一个,等我爸爸眼睛一闭,我的任务就完成了。有什么好怪的?要怪就怪他自己投错了胎。"

"你在说痴话呢!他没有怪你,你是伟大的母亲。要怪也是怪我,怪我在历史上留了污点,影响了他进步。"

"事情过去几十年了,县委县政府的领导都换了好多轮了,哪个还会记得那些旧事！"

"人不记得，笔记得，纸记得，那些东西是要进档案的。人家一翻档案，都记得。没有走的。"

"唉，害人呢！"

细姥婢提起双脚，低头看着后脚跟的水滴扯成线砸到木盆里，轻声叹息。

水旺把一条小鱼仔嚼得咔咔地响。

后来，水旺说："现在我最担心的是运崽的那种情绪。无论任何人做任何事，都要自己喜欢才好。比如我炒菜，看到客人吃得欢喜，我就有种成就感，越炒越有兴头。又比如你给人唱伴嫁歌，也是自己喜欢，才越唱越有兴头……"

"我才不喜欢呢，只不过去唱了有钱赚。"

"那就比如你打麻将吧，也是喜欢了，天天打都打不厌，越打越有兴头，心里才松快。"

"这个比方我同意。"

"运崽他就不同了。对自己的工作不但不喜欢，还好厌烦，就想着过一天算一天混日子。这样哪里行哩。你是个干部啊！现在你那样着神地做都不行，消极怠工就更加没有出路了。他还这样年轻，还有几十年的路要走哩！"

"本来呢，以为运崽读了大学，参加工作当了干部，可以放心了，反倒是让我们最操心的。"

"听运崽那样讲起，也是对他太不公平了！我听了心里都不服舍！"

"说什么公平，麻将桌上最公平。社会上的事情，有什么公平可言。"

"唉，牛婆过了坳，管他牛崽在后面叫不叫。年轻人的事情，靠他自己去解决。"

"你这话不像个做爷老子的说的。自己崽的事情，不晓得犹自可，

十二 东边日头西边出　　　377

晓得了就得想想办法。"

"怎么帮？我们小老百姓一个，想要去拜庙求神都找不到门。"

细姥婢又把脚浸到盆里，默一会，忽然兴奋地说："哎，那光雄恶霸抓住了，案子破了，我们给骗去的二十万块钱应该拿得回来了吧？"

水旺说："照道理应该是这样。不过我估啊，可能性不大。"

"为什么？"

"这都不清楚？现在光雄几兄弟人是抓了，只算是嫌疑犯，还要调查取证，要一件一件落实，等到证据确凿了才能判。他们做的恶事多，时间又长，落实起来好困难。即使判了，骗我们的钱还只能'酌情'退还；假如光雄死不承认，连'酌情'都没有。前前后后，不晓得要费好多周折，最后还有可能不了了之，竹篮打水。"

"有这样难？"

"反正不轻易。你没听老辈子说过一句话：饿死不讨吃，气死不打官司。有那些时间和精力，我发狠点做赚都赚回来了。"

"那你赶紧去赚啊！二十万，一分也不能少！"

"我也是念句空话——怎么，你要钱用？"

"我要拿去送礼！"

"送什么礼，要这样多钱。"

"刚刚我想起了一件事。花红薯的男人不是一直在乡下供销社工作嘛，去年调到县城里头来了，听她说好像就是送了这个数。"

"打住！花红薯的话也信得的？你说的这条路子，我不是没有想过，想来想去怕是走不通。你想想，我们搭那些权力人物从来没有交情，贸贸然送上这样大一笔钱，人家敢收啊？若是敢收的呢，肯定是个贪官，迟早会要出事，反倒是害了运崽，要拐场会拐大场。"

"听你这样一说，我心里还怕了。那我们就帮不到他一点了？"

"帮不帮，哪样帮，还是等运崽回来了商量一下再说。毕竟他是在那里头滚,晓得深浅,晓得分寸,由他定。"

"到底你的见识比我高呢。"

"那自然。我在宾馆工作,接触的人多,什么行情不了解。"

"你就是生得贱,夸你一句又神气了。"

木盆里的水已经凉了,困意也上来了。细姥婢把洗脚水泼到门口,返身摸到床边,一头扎到枕头上,就沉沉地睡着了。

蒙蒙眬眬地,她听到远处有鞭炮在响。

这年冬天特别冷。雪倒不是很大,就是风冷。屋檐下、树枝上,都吊起了尺把长的冰凌子,路面上都结起了冰。很少有车,也很少有行人,狗都不见一条。风像带了锥子,从门缝里、窗缝里、瓦缝里钻进房里,横行肆虐。人们铺了电热毯,抱了热水袋,身底下垫两床棉絮,身上盖两床大被窝,也还是冷,冷得缩紧一团。

秋聋子就是在这个冬天过世的。

秋聋子跌气(过世)的时候,细姥婢正在麻将桌上。有的事情真是很奇怪,天气冷成这个样子,街上的店铺都歇了业,好多公司都不能做事了,唯独麻将馆生意蓬勃,房间爆满。麻将一摸,什么冷啊冻啊都退居身后了。打麻将成了抵御寒冷最好的方式。早前天气开始冷时,秋聋子就感觉身体不舒服。细姥婢每天要过父亲那边打个转身,架炉大火,把要洗的衣物洗了,一起吃完中饭,然后直奔麻将馆。夜饭以后就叫水旺去看一看,报个平安。秋聋子吃得睡得,每天还要坐在躺椅上看一阵电视,精神很好。细姥婢慢慢放了心。谁知他突然就走了。细姥婢一接电话,放声号哭,起身就走。三道弯把麻将一推,打声招呼,赶紧随在后面出了门。

几个人跌跌撞撞摸到北门口的家里时,水旺已经摘下门板铺在地下,把秋聋子头朝外放在上面了。几个邻居在帮忙张罗后事。细姥婢双腿跪倒，给父亲磕了三个响头。她一边哭，一边点燃一炷香。三道弯、疤眼皮、花红薯、霞姐也上前烧了两手钱纸，分头找事做事。

那天停了电，几支大白蜡烛猎猎地燃着。把众人忙碌的影子放得无限大，又把硕大的影子摇曳得十分滞缓，嘤嘤嗡嗡的哭泣声都沾在了影子上，冲突不出，显得阴浓沉郁。

水旺告诉细姥婢，事情来得好陡。本来，因为停电，宾馆的人都退了房回家去了（早先天冷，好多人全家都住到了宾馆，吃住在里面），水旺也就提早到了秋聋子家，翁婿两个一起吃的晚饭。那天秋聋子的胃口好好，吃了一碗饭，还吃了三块大肥肉。吃完饭，秋聋子就说困了，想早点睡。水旺扶他到床上，盖了一床十斤重的大被窝，秋聋子还说冷，水旺就又给他加了一床毛毯，灌了个热水袋塞到他脚底下。水旺坐在旁边陪了一阵，秋聋子又说要睡了，催他回去。水旺吹熄灯，到外间屋里收捡好碗筷，正打算回家，刚走到门口，就听到秋聋子大喊一声："细姥婢哎——"又小声说道："忠良婆，忠良婆你在哪里？"水旺赶紧跑进去一看：秋聋子已经跌了气。他伸手到被窝里摸摸，秋聋子一身冰凉，只有热水袋还热着……

听完，细姥婢又是一阵放声大哭。

细姥婢哭道："爸爸哎，你哪样会走得这样急啦！爸爸呀，你要走，也该托个梦给我啊！我给你买的一条烟，还没有来得及孝敬你！我给你做的酒，还没有来得及给你尝一口！我要带你去广州三姥婢那里蹿，还没有来得及去打票……爸爸呀，你喊我我都不在眼面前，是细姥婢不孝呀……"

众人围拢来，好一阵劝，细姥婢才慢慢止住了哭。

一位邻居说："老前辈有八十四岁了吧？"

细姥婢说："满八十四，进八十五了。"

那邻居说："七十三、八十四，阎王不请自己去，死也死得过了。"

又一位邻居斥道:"你在说蠢话呢!老人家是上辈子积了德,才有这样的高寿。还走得这样平和,不给崽女添半点麻烦,世上难见。"

……………

不知不觉天就亮了。

灵棚搭起来了。水旺让人在灵棚四边烧了几炉火,把空气烧热,把周边的冻雪化开。冷天冻地的,他怕冷到先人,又怕冷到来吊丧的人。还请人把门口两头路上的冰雪都清通了。

可是过来吊丧的人不多。他们给亲戚朋友都报了丧,可好多人都给冰雪困住来不了,来了的也很匆促。放挂鞭炮,磕个头,略微寒暄几句,实在冷得待不住,赶急赶忙就走了。细姥婢裹床棉被守在灵前,不时往铜盆里添点钱纸。含田婆同几个麻友轮流过来陪她。天幕低垂,彤云密结,寒气刺胃,老天爷就像没睡醒一样,朦胧混沌,打不起精神。场面这样冷清,细姥婢心里很难过。

几个女崽都没有过得来。因为冰冻,铁路公路都封了,她们给困在了两百多里外的地方。只有运崽赶回来了,他把草鞋套在脚上,翻山越岭,走了一天,他是从乡下走回城里头的。

停灵三天,要出葬了。

出葬那天,太阳忽然现了一下,照得大地一片明亮,风也停了。送葬的人来了很多。土保镇长和含田婆带起两个崽、一个女儿家人一起来了。封师傅腿脚不便,就喊几个女崽带起家人来了。胡砣和胡麦糊两口子来了。罗长子来了。原来印染厂的老工友来了好多。几个麻友自不必说,疤眼皮还让她的几个孙子走在头前举旗幡。欧光祥给婚庆公司的全体员工发了通知,那天一律到场,算五天的加班工资,还花大价钱请了两套锣鼓班子。送葬的队伍扯了有两里路长,一路吹吹打打,锣鼓不停,响炮不断,乐音喧阗,热闹得不得了。所过之处,好多人家开门走出观看,少不得点一挂小鞭炮抛到空中炸响。他们都相信,看到了高寿老人出葬，会把福气接进门。

细姥婢把秋聋子葬在了九老峰的半山腰一块突出的坡地上，正朝着县城对面奶婆砠的垭口上。站在坟头，可以看到垭口上的一道灰蓝色的亮光。

送葬队伍刚刚返回到山下，忽然黑云涌动，暮色四合，北风骤起，只一刻刻，便纷纷扬扬飘下漫天大雪。

那年冬天，好多上了年纪的人都没有挨得过去。封师傅走了。雷副镇长走了。曾蓉主任走了。细崽螳螂走了。眯眼拐走了。罗长子也走了。罗长子只比细姥婢大四岁，属羊，还好做得，过世之前还炒了一大碗油渣糯米饭吃了。吃完就喊肚子痛，送到医院就跌了气。

细姥婢给每个过世人的家里都送去了奠仪。

大姥婢约了二姥婢、三姥婢在清明前一起回来给外公外婆挂青。县城里头风俗，挂青须在清明前三天。给秋聋子是头次挂青，得是前七天。三姊妹清明前十天就回来了，她们也想早点回来陪陪细姥婢。自从秋聋子过世，细姥婢就木呆了好多，做事摸东忘西，常常坐着坐着就叨念出声："我爸爸过世的时候最后喊的是我的名字，我却不在他眼面前。我有好不孝、好不孝呢……"有次坐歌堂，开口唱的竟是："东边日头西边出……"麻将也有好久不打了。几个麻友来邀她，水旺也劝她轰她，她都不去。

运崽提前几天就从乡下回来等着几个姐姐了。

挂青那天，一家人起了个大早，先去九老峰，再转到背弓岭，给外公外婆都烧了好多钱纸，又烧了纸屋、纸车、纸镯子，以及纸做的电视机、洗衣机、冰箱、衣服鞋子一类冥品，给坟堆培了新土，最后放一挂万子鞭和九支焰火，磕过头，这才打道回府。他们的清明饭没有安排在酒店里吃，一家人去了北门口外公外婆的老屋。这是水旺的主意。他已经听说了北门柴行街一带都被列入了拆迁计划，那里很快就会被毁为平地，再另起高楼。他要让后辈们再到那里感受一回外公外婆的恩德，记住这个地方。

锅灶都是现成的，水旺兀自在灶头忙碌。细姥婢就带了几个崽女坐在后屋坪地上念空话。

这里已经不安静了。对面好喧闹。小山包和田土都被毁平了，七八台推土机在上面交叉行驶，机器轰鸣，扬尘好大。秀水河干得快要秀出河底，两岸的芦草长起好高。河滩上撒满枯枝败干和废旧的白色塑料袋。几个小把戏在河滩上烧篝火，黑烟直捣半空，像一个巨大的黑色惊叹号。两条野狗正骑在一块大鹅卵石上交配，公狗的舌头耷拉起好长。这个场景把他们一点怀旧的念想击得粉碎。三姥婢厌烦地说："这样的地方哪样能住人。"

细姥婢说："不能住也要住。"

三姥婢说："等我走的时候，你就搭我一起去广州吧，去搭我带外孙子。"

三姥婢已经怀孕八个多月，还有几十天就要生了。细姥婢看一眼她的肚子，说："不去。我养的崽我带，你养的崽你自己带。"

"为什么不去？广州热闹呢，繁华大都市。"

女崽们都不知道水旺在广州有过的失错。细姥婢恨死了那地方。细姥婢说："你们住那鼻屎大的地方，我住不习惯。"

大姥婢说："那到长沙去住。我们的房子大，生活方便，小区里有花园，干干净净。"

细姥婢说："也不去。人生地不熟，又没有麻将打，住起不松快。"

几个女崽叫起来说："你这就外行了。如今全中国，哪里没有麻将？连外国都好多人打。"三姥婢补充说："我住的那条街上就有三家麻将馆。广州的麻将有好多种打法，丰富得很。"二姥婢说："在我们州里，还有二十四小时营业的麻将馆,过年都不停业。"大姥婢说:"我们小区还有家庭式麻将馆呢。"

细姥婢忙问:"什么是家庭式麻将馆?"

大姥婢说:"有人家里房子大,四房两厅,自己住不了那样多,就拿出三间做麻将房,对外营业。一张桌子打一下午算一场,两百块钱,还包一餐晚饭。晚上继续打的又算一场,另收一百块。"

"那有生意的?"

"生意好得恶呢。他们做的都是熟人生意,哪人打哪张桌子,基本上都是固定的,去迟了还订不到位。因为是熟人,如果哪天三缺一,或者哪个临时有事,老板也可以顶上去。"

"老板顶上去,输赢算哪个的?"

"当然算自己的。你放心,那些老板都不少钱,这家庭麻将馆的房子都是自己的,差不多等于无本生意,算算一个月要进好多线。"

细姥婢神往地说:"这生意是做得,好耍。"

"所以要你去我那里住啊,保证你有饱的麻将打。"

细姥婢还是摇头:"不去!打麻将也是要伴的。搭不认识的人玩不自在,没有神气。"

"你可以喊疤眼皮她们过来玩啊。我楼下有个邻居就是每个礼拜坐高铁去岳阳的朋友那里打场麻将,晚上坐最后一班高铁回来。现在交通方便得很。"

"喊她们去,车票钱你出啊?"

"一个人的车票还出得起,几个就吃不消了。"

"那你不是空说了。"

一直枯坐想心事的运崽忽然开声说道:"娘老子你不是不打麻将了吗?"

细姥婢气道:"哪个说我不打麻将了?不打麻将还能过日子?!我只

是这番日子心里不舒服,不想打。不让我打麻将,还不如不让我吃饭!"

几个女崽忙奉承道:"是哩,是哩。我们娘老子辛苦一世,老了打点小麻将有什么关系。我们娘老子只有往牌桌上一坐,神气就来了!"

细姥婢说:"那是的!这一世人我什么都做不得主,只有往麻将桌上一坐,就什么都听我安排了,什么都不想了,心里不晓得几舒服,几松快——你们不懂!"

几个女崽又一齐说:"是哩,对哩!我们现在唯一要做的,就是让娘老子舒服、松快!"

水旺过来喊他们进屋吃饭。听到后来的几句话尾子,拍手一笑。

席间,运崽郑重地对细姥婢和水旺说道:"妈妈、爸爸,我已经辞了职,准备去广东创业。"

事情有点突然,细姥婢一时愣住了。

水旺却是一副见惯不惊的样子,抿口酒,问道:"事先没听你说过呢?"

运崽低头抚着酒杯,说:"我怕申请批不下来,又怕你们担心,事先就没搭你们说。"

水旺又问:"你自己心里都悟清楚了?"

运崽瞟一眼细姥婢,说:"悟清楚了。这事悟了不是一天两天,也不是一个月两个月,是悟了几年了。确实,我是不适合在政府部门工作。不是吹牛皮,比起我们同辈的那批人,我要文凭有文凭,要能力有能力,要业绩有业绩,最肯干,也最受调摆。要说领导没有看到这些,也是不客观。无论在政府办还是在乡里工作,我受的表扬最多,受的奖励最多,可是一到提拔的时候就没有我的份。表扬也好,奖励也好,那都是虚的,只有在提拔不提拔的事情上才硬骨硬煞实在的。为什么?就因为我不是圈子里的人。你们是不清楚,县一级里头是有好几个圈子的。一到了利益分配的时候,圈子里的人就只会为圈子里的人拼命争取。不在圈子里的人，想都莫想。历来如此！即使有开明的领导过来，但是部、办、委一级都是结成板块了的，想要改变，也有心无力，难有效果。我在里头干了有几个年头了，越干越感到窒息。窒——息，你们懂吧？！这是会磨死人的！将来如何，我现在都能看到，再干个十几二十年，如果幸运哩，可能会被调到县里给个虚职摆下样子，也可能就在乡下等着养老了。与其这样，不如早做打算，趁现在还年轻，还有精力，到外头去闯一下……"

细姥婢的眼泪无声地滑下来了。

三姥婢忙扯了张纸巾塞给她。

二姥婢说："你们官场上还这样复杂的？"

大姥婢说："皇帝都痛满崽。老娘听了伤心。"

水旺说："莫咆，听运崽把话说完。"

运崽继续说："我准备到广东那边……"

细姥婢打断他："去广州？我不能同意！"

运崽说："不是广州，是深圳。那里平台大，机会多，竞争公平，有年轻人的用武之地。"

细姥婢说："深圳比广州还远吧，人生地不熟的……"

水旺说："生疏怕什么，熟地方好拜年，生地方好赚钱。"

运崽说："也不完全是为了赚钱。我从小就是有理想的，去那里是为了体现自己的价值。我有几个大学同学在深圳，都做得很器，搞出了名堂。这次是泉生姐夫搭我联系了深圳的一个朋友，让我去投靠他。我打算先到公司做一段时间，等摸清了路数，看清了形势，再出来自己做。当了几年乡干部，还是很有收获的，锻炼了吃苦耐劳的精神，有了一定的管理能力和经济头脑。还有，你们给我的十几万块钱，我也没有送出去，存起没动。我就准备以后拿它做创业的启动资金。我这回是下定决心了，有鱼没鱼，车干塘水再说，我就要闯一回！"

水旺喝彩说:"好!志气立得大,雷公拿得下。我相信我的崽以后一定有发息!"

细姥婢瞪他一眼,说:"你同意他去了?"

水旺忙说:"你不同意,我不会说同意。"

细姥婢又说:"我说了不同意?"

水旺笑笑说:"对哩,领导还没表态,我多什么嘴。先吃酒,让领导先考虑一下。"

细姥婢对三姥婢说:"你早晓得了运崽要走?"

三姥婢摇手说:"我不晓得呢,那是运崽搭他姐夫的事。"

细姥婢又望大姥婢、二姥婢一眼,说:"你们也是都通好气了的,只瞒到我一个。"

大姥婢说:"你莫冤枉我啊。你都不晓得的事,我哪里敢先晓得。"

二姥婢说:"我也是刚刚听到说。"

细姥婢撇撇嘴,不说话,每只碗里夹点菜尝了。水旺和运崽也闷头吃了三杯酒。

细姥婢忽然没头没脑地说,像是在自言自语:"上个月开发区有人家讨亲,我去坐歌堂。一屋子都是小女娜,个个穿得花嫩了的,蚱蜢子一样活跃,又唱又跳,唱得不歇憩,跳得也不歇憩,好会玩。我起了个头,还唱错了。我就晓得,我是老了。后来主家敬我一块片糖,咬了几下都没有咬得下来,我就又晓得,我真是老了,应该退出舞台了。"

几个崽女都不明白她突然说起这个是什么意思,眼睛看眼睛,鼻子瞪鼻子,一脸蒙。

细姥婢又说:"今天你们四个崽女都坐在我面前,都长得周周正正,有模有样。你们说,哪一个不是我屎一把尿一把抚大的?轻易吗?不轻易!大一个,走一个,现在连运崽也要离开了,还走得那样那样远。"

大姥婢说:"如果老娘不欢喜,我主张运崽就不要走了。"

细姥婢说:"哪个说我不欢喜了?年轻人有年轻人的想法,我们要多支持,这点道理我懂。你们不晓得,每回运崽回来,看到他愁眉苦脸的样子,我就好难过,打牌都没有心思。既然做得不顺意,那斛过地方去闯一闯也不是什么坏事。只是我搭你爸爸都老了,不能陪你出去闯了,万事都要靠你自己。我是哪里都不得去的。你们外公外婆的坟头都在这里,我要守到他们。"

大姥婢一把搂住细姥婢的肩头,说:"我说了的吧,我们老娘通情达理,肯定会同意的。"

水旺敲着酒杯说:"还不赶紧敬老娘一杯。"

四姐弟就站起来,一起给细姥婢敬了酒。

大姥婢说:"祝母亲大人像南瓜越老越红!"

二姥婢说:"祝母亲大人身体健康!"

运崽说:"祝妈妈福如东海,寿比南山!"

三姥婢最后敬道:"祝娘老子大吉大利,牌场得意,天天手气好,自摸十三幺,自摸海底捞——"

细姥婢哈哈大笑说:"这话我最爱听!"

县城里头忽然搞起了大规模的拆迁。北门口的柴行街、李家院子,都在拆迁的范围之内。柴行街起商贸城,李家院子盖商住楼。补偿有两种形式:一是补住房,二是补钱。补偿款不少。

水旺和细姥婢要求补偿的是房子。他们很开明,工作人员上门动员,都没用多话,他们当场就同意了。他们怎么会不开明呢?自从一家人吃清明饭那天,水旺听到大姥婢对家庭麻将馆的描述,就记在了心里。他很想也办那样一个家庭式的麻将馆,交给细姥婢经营,既赚了钱,也娱乐了自己,都兼顾了。他本来还想把自己现在住的和秋聋子的两处老房子卖掉,再买套大商品房来实现这个愿望。正要瞌睡,就有人送来了枕头，他们能不高兴吗？满口同意。

他们要了两套挨着的四房一厅。水旺计划，把两套房子中间的隔墙打通，连成一体，留两间给自己住，其余的就做麻将房。他把这个设想说给细姥婢听，细姥婢很高兴。

水旺没有让细姥婢操心，边都不让她拢，一手操办了。亲自设计，亲自找施工队，亲自监工，吃住都在新房子里。买材料、请师傅，一丝不苟。他还专门跑了一趟醴陵瓷厂，定制了一批瓷器，又从普济寺请回一尊财神菩萨。

前后花了四个月，房子才装修熨帖。

水旺喊细姥婢过去审查过目。打开门，细姥婢眼前一亮，且惊且叹，喜饱了。

十三
海底捞月的魅惑

细姥婢的麻将室不声不气开了张。

麻将室在千年青小区西栋的二楼，土保镇长同含田婆就住在底下一楼。楼前有一个大水池，水池里垒了石头，石头上安了喷泉，每天早晚，喷泉放水，水柱子冲起好高。晴天的上午边子，常常看到含田婆陪着土保镇长在边上晒太阳。楼后种了一排千年青。千年青有很高了，树尖已经高过了二楼阳台，铜钱大的叶片嫩绿嫩绿的。麻将室装了铁门。进门左侧，供着一尊财神菩萨。神像偏放，寓意这里做的是偏财生意。不知什么道理，神像脚下拿大块生姜垒成宝塔形状，上插一把尖刀。门的对面墙上，嵌了一个大大的"和"字，一个小小的麻将骰子点在斜上角，下面分别镶了"红中""發财"和"白板"。客厅地板砖是烧制成的麻将子，由里而外，由大而小地漫出来，到中间虚成了一条线。一脚踩进去，恍如进了麻将城，令人惊喜不已。

好多人来过一次，就喜欢上这里了，觉得好玩。

最欢喜的还是细姥婢，她万没有想到，老了老了，还住上了这样好的房子。尤其没有想到的是，住家就是麻将室，麻将室就是住家，她是睏在麻将里了。头一回进来那天，她从客厅走到房间，走到厨房，走到阳台，到处都要看一看，到处都要摸一摸，一身都活泛了，好像一世的辛劳，都得到了报偿。忍不住一再地对水旺说："我们硬要争取多活几年，好好享受！"

显得特别高兴的还有细姥婢的几个麻友。为了对得起这么好的麻将室，对得起越过越滋润的生活，疤眼皮特地去了趟长沙做美容。整过容的疤眼皮光洁平滑，没有留下一点痕迹。猛然见面，还有点不习惯。细姥婢当然不相信她的这个鬼理由，但还是很高兴。细姥婢说："再不能喊你疤眼皮了。"花红薯说："那喊什么好呢？"疤眼皮想了想，说："那——喊我双眼皮吧。"三道弯又过细看了看她的眼睛，惊讶地说："呃，真的，双眼皮好宽呐。"霞姐说："夹得住一粒麻将。"

麻将室的生意不温不火，每天没有空房，也不会爆棚。座上客常满，壶中茶不空。来的都是熟人，或是熟人带来的熟人。有些人来这里是为了近便，有些人来这里是为了能吃到一口好饭菜。自从麻将室开张，水旺就辞掉了宾馆工作，回家专门做饭。麻友们的一顿晚饭，就由他一个人包了。总起来不过二三十个人的饭菜，菜品简单，三菜一汤，于他真是小菜一碟，手到擒来。事关自家生意，自然要经心。水旺最拿手的是做狗肉和血鸭，其他菜肴，也都在行。他家做菜，只用茶油，调料极少，吃的是本味，无不爽口。有的人吃上了瘾，偶尔得了一腿狗肉，或是野鸡野鸭野麂子，也都提过来请他加工，然后就在大厅里打个平火。麻友们见者有份，围过来喝一杯酒，吃一碗肉，喊喊叫叫，来来往往，热闹极了。因此，他们的麻将室不愁没有客人。

闲下来时，水旺就到各个房间里走动走动，顺带做点服务工作，筛个茶，倒个烟灰缸，扫扫垃圾，或是站在旁边看一会。他也慢慢看出了一些门道，知道了什么是平和，什么是爆和，什么是幺九；知道了什么牌不该打，什么牌该打，该打又是在什么时机打。但他谨守"君子不言"，从不多嘴。他也从不上场。有时哪个麻友临时要上厕所，或是接个电话，喊他上去顶一下，他只笑笑，摇着头退后一步，不打。

有了水旺帮忙打点，细姥婢轻松很多。她也可以专心打麻将了。她和几位老麻友的一桌固定在尽里头的大房子里。这在平常人家是作主卧房的。房间很大，改造后的亮窗抬得很高，四面墙壁上都挂了山水画，这样坐在麻将桌的任何一方都能有靠，还有山水依托，不必考虑风水朝向吉方凶方。房间过道上摆了张名叫"仙人靠"的矮背躺椅，轮空的人可以躺在上面闭目养一会神。房里就有卫生间，小便大便不用出门，方便得很。房间的侧门通往外面的阳台。站在阳台上，可以远眺青山云影，也可以俯瞰千年青的细枝绿叶，还可以听到鸟叫。息心静气，换换脑筋，抖擞起来，回去再战。

细姥婢的麻将技术已经到了出神入化的地步，用文人的话说，是到了一种境界。五六张牌下地，她就能准确地判断出另外几家手里是什么牌势，想要什么牌；清楚自己手里的废张子（牌）什么时候该打，什么时候不该打。一等废张子清完，手上的牌就叫和了。接着，又自摸了。恰到好处，如有神助。她的心态平和，牌势把握得度，手气顺如春天的洪水。因此，她每打必赢，很少有输的时候。

她明显地感觉到了几个麻友的不满，一个个脾气越来越大。她几次听到她们在背地里说："再是这样输法，以后还敢来？"她听了，并不在意，轻轻一笑，心里还有点得意。

突然有一天，几个麻友都没来。疤眼皮没来，霞姐没来，花红薯没来，三道弯也没来。细姥婢孤寂地坐在麻将房里，空等了一下午。

第二天又都没来。

第三天还是没来。第四天、第五天……

细姥婢坐不住了，心里像有猫爪子在抓，焦躁不安。她不发微信了，直接打电话去问。她们都说了不来的理由，可是那些理由明显都是编的，听起来鬼都不信。带孙子、走亲戚、搞卫生。霞姐干脆说自己病了，起不了床。哪里有这样巧的事，一个有事，会个个有事。那些人可都是两天不摸麻将手就痒的鬼呢！细姥婢明白了，她们是在躲自己。但她不清楚，自己并没有得罪她们，为什么要躲自己呢？

正在细姥婢焦躁难耐、坐立不安、百思不解时，忽然外头起了一阵喧哗。她急忙出去一看，是一桌麻友咆起来了，从房里咆到了厅里。只听那个叫黑皮的后生舞手跺脚拍气道："出老千！你肯定出老千了！"他说的是站在房门口的老五。老五也气得红头花脸，说："愿赌服输。你要冤枉人我打你的嘴巴！"黑皮说："场场是你赢，你不搞名堂鬼都不信。我要剁掉你的手！"老五对骂道："自己没得卵用怪人家。我要搞名堂我把麻将子都吃掉！"

细姥婢心里一动，恍然悟到了什么，转身回房，门都不及关上就给疤眼皮打电话。

疤眼皮是过了一阵才接的。细姥婢问她在哪里，疤眼皮顿了顿说在家里。细姥婢问还在家里带孙子？疤眼皮忙说就是哩就是哩。

细姥婢眯笑一声，挂了电话。她已经从疤眼皮的声气里就听出了，她是在麻将馆。她还直觉她们几个都在一起。

细姥婢同水旺打声招呼，出门直奔南门口那家麻将馆。

果然，细姥婢在这里见到了她们。四个人正埋头摸牌，见到细姥婢，都很尴尬。

过一阵，疤眼皮才讪讪地说："她们几个来看我的孙子，顺路就过来玩几圈了。"

细姥婢说："我晓得哩。我也是去看你孙子，听说你们来了这里，就跟脚寻过来了。"

三道弯就要让她顶上。细姥婢摆手说："我那里离不开呢。下午刚刚有人送了一腿狗肉来，我是特意过来喊你们明天一起过去吃中饭。"

花红薯说："呀，有这样的好事？"

细姥婢说："几十年的老姊妹了，有了好物器，不记得你们，还记得哪个？明天都记得早点来啊！"

几个人一起说："一定，一定。"

第二天那顿狗肉吃得特别有味道，又都喝了点酒，几个老婆头脸上都泛起了红晕。

吃完饭自然是接着打麻将。疤眼皮提出，要把那副象牙麻将拿出来打。疤眼皮说："你再宝贵的物器总是收起不见天日，会长霉的。"

细姥婢欣然答应。以前不把象牙麻将拿出来现世，是怕有磕碰，她也知道象牙麻将是越打越亮洁的。现在，她舍得了。她喊水旺一起把象牙麻将从神龛背后请了下来。她拿水把麻将一粒一粒洗了一道。

五个老婆头都各抓了一把麻将在手，一阵摩挲，且惊且喜且叹。

那天细姥婢的手气有点欠，输了。

这是细姥婢晚年生活里的一个小插曲。从此这五个老婆头的活动又恢复如常，差不多每日见面，难得间隔一天，比上班还守时。也是从这天开始，象牙麻将成了她们这一桌的专用。

水旺偶尔也会进来看看。他的名字带"水"带"旺"，谁都希望他站在背后，能给自己带来财气。水旺是个很会看场合的人，知道她们的心思，每次进来，只轮流在每人背后站两分钟，静静地看，从不开声，连眉毛都不动一下。然后，又静悄悄地走了。事后也从不跟细姥婢议论评说。

只有一次例外。那天几个麻友一走，水旺就迫不及待地对细姥婢说："今天你在牌桌上是栽瞌睡了？"

细姥婢说："不可能的事。只要上了牌桌，我精神得恶，哪里会栽瞌睡！"

水旺说："那你为什么有牌和都不和的？"

细姥婢知道了，是有这么回事。那盘牌她组了个大爆和，已经叫和了，只等六万、九万。这时对家放了个九万，上家又放了个九万，下家也把最后的绝张子九万甩了出来，她都没有和。

细姥婢淡淡地说:"我不想和。"

水旺说:"你蠢啊!哪有打牌不想和牌的?"

细姥婢说:"我不蠢!我也不会不想和牌。只是那盘牌不想吃任何人的炮,除非自摸。"

"自摸个鬼哟!池子里已经有四个六万,最后绝张子九万也打出来了,我看得清清楚楚。"

"我不比你清楚啊——我清楚得很!"

"那我就不明白了,有和不和,不是蠢?"

"你懂个屁!你以为我打麻将就是为了赢别个?我早不是这样想了。我告诉你一个秘诀,在牌桌上啊,不要总想着赢,越想赢就越没得赢,天都不给你赢。"

"那你图什么?"

"图快活啊,图有朋友一起玩啊!虽然我们打这样的麻将也分输赢,但还不是赌。我还没有看到哪个因为打麻将发了财,也没有看到哪个破了产的。我这人啊生得贱,生成的就爱了打麻将。听到麻将响心里就发痒,一摸麻将不晓得好松快。不给我吃饭可以,不让我打麻将不行。打麻将靠的是三分技术七分手气,我的技术没有说的,手气也越老越好,头前有一番日子就没有输过,天天赢,赢得几个老姊妹都不敢搭我玩了。那时候我就反省了。打麻将当然不是为了输,但是赢也要有个度。你打得太精了,人家自然不敢搭你玩了。你没看到有几天我跟病了一样。生活里头你都看到的,有的人做人太精了,人家自然而然就会疏远他,不搭你来神。老都老了,若没有朋友一起玩,那还有什么味道。所以我现在打麻将再不会费心思算计了,再懒得防上家堵下家盯对家了,只舒舒服服摸牌打牌,顺其自然,反正输赢都在几个老姊妹里头。有时还故意放个炮,让别个松快一下。只有大家都松快了,自己才得松快。"

水旺不断点头说:"好呢。你真是悟通了!这样子你会要活一百岁。"

细姥婢一笑说:"死生有命,富贵在天。我没有想那样多,只想过好每一天。"

细姥婢和几个老姊妹还是照常活动。每天下午三点,在麻将室会合,吃过晚饭就回家,风雨无阻。她们一边熟练而颤晃地摸牌砌牌打牌,一边零零碎碎地念点空话,净是些陈年旧事。土改,工商业改造,"大跃进",吃食堂,过苦日子,"文化大革命",学生上山下乡,毛主席去世,"四人帮"垮台,市场开放,个体户,第一个万元户,粮票取消,印染厂工人下岗……顺带又扯出好多人。土保镇长,含田婆,罗长子,余同志,欧光祥,段碧池,雷副镇长,曾蓉主任,封师傅,李初一和他的三个恶霸崽,花面,细崽螳螂,眯眼拐……她们会常常念起翠玉姑娘,这是由手里的象牙麻将带发的。说她翘起三根手指拈牌的样子,说她闺房兼麻将房的各种摆设,说她牌技的超绝,说她最后那场麻将海底捞月摸到白板却挨了枪子的情景……念起这些旧人旧事,她们的神情都是撇淡的,只在煞尾时感叹一句:日子哪里过得这样快迅,好像还是昨天发生的事情!

日子过得是真快,越老感觉越快,尤其有了麻将打发,快得让人不敢相信。睁眼一天。再睁眼一天。细姥婢明显地迟钝了好多,拈起牌来,总要想一会才能决定。自从把象牙麻将拿出来摆在牌桌上玩,她就打定了一个主意:这辈子要摸一个"海底捞月"。不然,死都不甘心。从此一坐上牌桌,她就精神倍增。从此她也多了个毛病,只要有白板上手,绝不打出去,只等着再上白板配对。经过多年的揉摸浸润,曾经染过血渍的白板已经磨光,看不出哪张是哪张了。但她执意留着,宁可弃和,绝不打掉。

她相信总有一天会摸上"海底捞月"的。这个念想支撑着她把麻将一场一场地打下去。

细姥婢还没有摸到"海底捞月"。看来老天爷还要让她把好日子一天一天地过下去。